顾　　问：（按姓氏笔画为序）

丁　帆　艾　斐　朱栋霖　乔以钢　刘醒龙
李敬泽　吴义勤　何锡章　张　炯　张士军
张福贵　陈平原　陈思和　陈晓明　周健明
於可训　胡亚敏　施战军　洪子诚　姚海天
顾　彬　黄修己　章建育　阎　纲　阎晶明
梁鸿鹰　董之林　程光炜　温儒敏　熊德彪

编辑委员会

编委会主任：王庆生

编　　委：（按姓氏笔画为序）

王仁宝　王本朝　王庆生　王泽龙　王春林
王彬彬　朱水涌　刘复生　李　怡　李云雷
李少君　李建军　李遇春　杨　扬　杨　彬
杨晓帆　何向阳　何言宏　汪　政　宋剑华
张　冀　张永健　张志忠　张清华　张新颖
欧阳友权　罗振亚　周新民　赵小琪　南　帆
洪治纲　贺仲明　贺桂梅　郭宝亮　黄永林
黄发有　阎　志　谢有顺　窦金龙　樊　星

中国新文学学会、刘醒龙当代文学研究中心、武汉市文学艺术理论研究所主办，湖北长江文化发展基金会、卓尔公益基金会协办。

2025/2

编委会主任：王庆生
主　　编：黄永林　阎　志　张永健
执行主编：李遇春　杨晓帆
副 主 编：樊　星　贺仲明
　　　　　周新民　王仁宝
编辑部主任：张　翼
办公室主任：窦金龙
媒体部主任：余　迅
主编助理：彭　瑾

编　辑：《新文学评论》编辑部
电子信箱：xwxpl@sina.com
地　址：湖北省华中师范大学田家炳楼
　　　　　211室
邮　编：430079

主办单位：中国新文学学会
　　　　　刘醒龙当代文学研究中心
　　　　　武汉市文学艺术理论研究所
协办单位：湖北长江文化发展基金会
　　　　　卓尔公益基金会
出版发行：华中师范大学出版社

目录 Contents

作家语录
在虚构中，重新看见表情 …………………………………… 张怡微/4

文学新势力·张怡微
主持人语 …………………………………………………… 谢尚发/7
"离别"与"挽回"：情感的反复练习
　　——张怡微小说简论 ………………………………… 陆丽霞/9
夹缝中的叙述：张怡微的"90年代"记忆和书写 ………… 李　云/16
面向当下与未来的"世情书写"
　　——张怡微小说集《四合如意》读札 ……………… 战玉冰/24
张怡微的散文课：以理克情、以退为进 ………………… 姚良逸/30

诗人档案·一如
主持人语 …………………………………… 张清华　王士强/35
一如谈诗 …………………………………………………… 一　如/36
张杰对话诗人一如 ………………………………… 张　杰　一　如/37
一如旧梦中 ………………………………………………… 庞　培/42
宗经与诗教：源初遗忘与隐喻叙事
　　——一如论 …………………………………………… 江　雪/45

新文学史家访谈录·程金城
中国新文学：出乎其外观之
　　——程金城先生访谈录 ………………… 程金城　邱　田/56

《听漏》评论专辑
错位与复位
　　——评刘醒龙的长篇小说《听漏》……………………… 王仁宝/68
真假易辨，听说难解
　　——论《听漏》的"听说"本领 ………………… 黄乐为　李　勇/74
《听漏》：跨界掩映下的寻找叙事与知识分子本相 ……… 汤天勇/81
知识世界、烟火人间与历史现场
　　——论刘醒龙《听漏》中的现实书写新变 …………… 吕　兴/89

《听漏》叙事策略的"轻"与"重" ……………………… 罗子祎　吴李杰/96

批评前沿

空间叙事理论视域下的《呼兰河传》……………………… 李美熹/102
王安忆名物写作与重建文学性 ……………………… 汪志敏/108
徐小斌的女性主义别处 ……………………… 宇　秀/116
内在性、地方性与超越性并置的先锋写作
　　——麦家长篇小说《人间信》研讨会综述 ………………
　………………………………………… 晏杰雄　张秋瑾/120
当"种子精神"奔涌文学之渠
　　——关于郭海燕非虚构《归来仍是纯真少年》及其他 ………
　………………………………… 张若楠　陈国和　郭海燕/126
从《长江文艺》通讯员起步
　　——刘守华先生访谈录 ………………… 刘守华　唐媛媛/132

武汉文学微观察·张慧兰

主持人语 ……………………………………………… 邱　婕/135
写作是与自己灵魂对话的过程
　　——张慧兰访谈录 ………………………… 张慧兰　吕　兴/136
论张慧兰小说中的乡村叙事 ……………… 鲁　微　张林园/142
女性形象的塑造与时代精神演变
　　——论张慧兰小说中的女性书写 ………………… 吕　兴/147
人生如戏，戏如人生
　　——评张慧兰长篇小说《戏殇》 ………………… 董　琼/154
论张慧兰小说《戏殇》中的楚剧因素 ……………… 孔德玉/159

中国现当代旧体诗词研究

断裂后的修复
　　——网络旧体诗坛问卷实录（十一）……………………
　……………………… 阿　黛　程羽黑　黑眼睛　金　鱼/163

图书在版编目（CIP）数据

新文学评论．五十四／黄永林，阎志，张永健主编．武汉：华中师范大学出版社，2025.6. -- ISBN 978-7-5769-1090-2

Ⅰ．I206-53

中国国家版本馆CIP数据核字第2025W38E98号

责任编辑：王中宝
封面设计：吴　萌
责任校对：骆　宏

华中师范大学出版社

社址：湖北省武汉市珞喻路152号
电话：027-67863426（发行部）
网址：https://press.ccnu.edu.cn
印刷：武汉兴和彩色印务有限公司
字数：321千字
开本：889mm×1194mm　1/16
印张：11
版次：2025年6月第1版
印次：2025年6月第1次印刷
定价：44.00元

在虚构中,重新看见表情

□ 张怡微

我有两个学生当下在巴黎留学,她们都已经从复旦毕业。我们的关系,从一定程度上已经解除师生的权力秩序,或者说,静待重置。隔着七个小时的时差,柔化了原本"师-生"秩序的生硬感,变得很像古早时期的网友。有时她们给我微信留言,有时也写信,说的都是些极琐碎的留学生活。其中一个学生乔阳,在学校打排球时崴了脚,这本是一件糟糕的事,但对她来说居然产生了轻盈的、隔绝于学业之外的愉悦。她提到一件事很有趣,她的排球老师一边安慰她,一边说,他对中国学生最深刻的印象,是大家好像不太使用非语言的表现方式,比如表情和肢体动作;法国人是表情很丰富的,他们不会刻意节制表情,包括噘嘴、撇嘴、翻白眼和各种感叹的声音。这解释了我心中很大的疑惑。如今我同龄的朋友们已近中年,他们最大的变化就是,表情变少了。尽管生活的残酷并没有放过每一个人,但他们看起来就是没有什么表情了。

在《樱桃青衣》里,我写过一篇和表情包有关的小说《度桥》,令我意外的是,有许多年轻学生很喜欢这一篇。我写到了社交媒介符号的投掷与内心生活的割裂。尤其是疫情,加剧了人与人之间社交方式的简化。2025 年,AI 革命如火如荼,可见我们这一世代,被进步强制催逼,不只是人的表情消失了,日常生活、社交生活中巨细靡遗的体验也被机器轻视。这些体验的过程,本来可以诞生故事,诞生误会或者冲突,但如今,机器吞噬了生活的细节,也吞噬了日复一日的情感差异。生活削弱了丰满、多元的意义,审美同样被连累,小说评判标准更逼近于社会科学结论式的、规律性的讨论。形而下的争论轰轰烈烈,形而上的思考被边缘,个性变得更加稀缺、昂贵、不值得普通人追求。这是看似平稳的日常生活背后的危机。

我的另一个学生顾迪,去年 10 月 20 日参加了 2022 年诺贝尔文学奖得主安妮·埃尔诺的文学讲座。这场持续一个小时的法语访谈,主题是"文学,当代的挑战",我很有兴趣。顾迪给我看的现场记录中,安妮·埃尔诺谈到了她自己的写作追求,是所发生的事情的精确性。大多数时候,是重新找到感觉、重新发现"当下"。顾迪在 AI 协助的录音笔记中强调(这也很讽刺):"我不知道,因为我不需要想象,我不需要想象,我只想重新发现事物。""不需要想象"似乎与传统文学训练的目标背道而驰。我们原本是鼓励想象的,不是吗?在当代享有盛誉的女性作者,大抵都在柔性地抵抗着既有文学范式的规训。例如布克奖评委李翊云,就在她的作品中明确地反对 cliché-land(陈词滥调)。她所谓的 cliché,是与我们第二语言学习惯例相反的,她提醒我们写作的时候要远离惯用语、远离流行语、减少无脑模仿,将词语和意义回归源头,去探索本体论意义上的词与物之间的关系。她们标新立异的文学观,给予我很大的刺激,有些常挂在嘴边的陈词滥调再也说不出口。例如"写作是对阅读的模仿"呀,或者"发挥你的想象"呀。我对笼统的"女性自传体写作"的说法也很警惕。我有奇特的直觉,觉得她们不只做了这些,她们在做一件更颠覆的事情,她们叛逆的对象可不只是性别,而是文体,是小说的本质。

安妮·埃尔诺和主持人谈到了一些作品,恰好有中译本,例如《一个女孩的日记》。配合《一个男人的位置》和《一个女人的故事》,基本可以还原安妮·埃尔诺的父亲、母亲的经历和作家本人少女时代。安妮·埃尔诺出身工人阶级,喜欢阅读。父亲原本是缆绳厂的工人，后来在母亲的鼓励下开了小杂货店。安妮·埃尔诺念完大学后，父母对她的"另一种人生"表现得无措。小说里巨细靡遗写到这种窘迫和尴尬，例如安妮·埃尔诺不喜欢母亲用膝盖夹着酒瓶开盖子，也不喜欢父亲说"你配享受这样的生活"，她羡慕丈夫的家庭能在杯盏打碎后随口念出有典故的诗句，她在教育孩子不要在车厢里乱跑的时候，刹那间意识到自己可能已经背叛了出身所在的阶层。社会学有许多大词来形容这种跃迁的个体，类似"阶级背叛"，或者中性一些，"阶级移民"。如果说韩国有"1982年生的金智英"，那么法国也有"1958年生的安妮"。许多读者在看了意大利小说家埃莱娜·费兰特的畅销作品《我的天才女友》后，命名安妮·埃尔诺笔下的"安妮"为法国"莱农"。这很有意思。《我的天才女友》中写了两个女孩的友谊，莉拉和莱农，两人都出身于那不勒斯的社会底层，莉拉被命定野蛮生长，莱农则通过艰难侥幸的教育成为小知识分子，嫁入了一个知识分子家庭。从命运轨迹来看，莱农和安妮确实是相似的一代女性，她们通过写作，还原了冷酷的跃迁。在这看似激动人心的旅程中，"性"独具意义，甚至不只是"性"，而是堪称一种象征性的"投名状"。从这个意义上来说，读《一个女孩的日记》中少女失贞的心灵感受，确实会让我想到莱农和尼诺父子之间复杂的情欲关系。不管这种羞耻有没有被其他书评人识别出男性对女性及阶级之间的倾轧意味，我作为普通读者，在相似的成长环境中，确实见过许多尼诺父子这样的人。这是我写作《家族试验》《细民盛宴》等作品时，留下的心灵痕迹。

虽然感觉十分尴尬、又很怕被误解过于自恋，安妮·埃尔诺的出身背景和早年人生经历有和我极为相似的部分。例如出身工人家庭、偶然念私立中学、成为文学老师、除了教书之外投身写作、居然还没有饿死……甚至是被疯疯癫癫的亲戚告知自己不是父母唯一生育过的孩子。这些共鸣的细节勾起了我很不愉快的童年回忆。原来这样的故事是那么普遍，普遍到我们甚至可以忽略时代和国别。为什么安妮·埃尔诺幽灵般的姐姐会让她如此痛苦呢？我猜想这意味着沉痛的、对于自己来历合法性的思考，它恐怕也是"文学"这看似高不可攀的事业萌芽于一个工人家庭的起源。她

（我）开始思考自己的生活圈不被鼓励思考的问题：我是谁？我为什么来到这里？我为什么要这样活着？我为什么要经历这样的痛苦……以上的素材，在安妮·埃尔诺的作品《一个男人的位置》（写父亲）、《一个女人的故事》（写母亲）、《一个女孩的记忆》（写自己的青春期）及《另一个女孩》（写早夭的姐姐）均有成熟的表达。我很喜欢这几部作品的结尾，作家图穷匕见，写父母对自己的祝福是那么残酷："或许，他最大的自豪，甚至他存在的证明，就是我已经属于曾经蔑视他的那个世界。"（《一个男人的位置》）

批评安妮·埃尔诺就是法国"莱农"，乍一看有点道理。"莱农"是《我的天才女友》中的主角之一，她有一个"天才女友"叫"莉拉"。在贫穷的意大利那不勒斯，"莉拉"没有机会完成学业，而是野蛮生长，写作、制鞋、当肉联厂工人，甚至还能学习编程。同样出身社会底层的"莱农"则通过平凡的高等教育完成了保守路径中的自我实现。"莉拉"是更文学性的人物，"莱农"则符合主流趣味地靠记录"莉拉"谋生：不是把"莉拉"当素材，就是把"莉拉"当论文中的受访者。这是当下受过教育的年轻人最熟悉也最不道德的知识生活，常常引起我的反感和警惕。"莱农"后来嫁入一个知识分子家庭生儿育女。刻薄地说，"莱农"经过不懈努力、最终成为一个十分无聊和不怎么快乐的小知识分子。好在在文本之外，社会学意义上"安妮·埃尔诺"这样的女孩并没有满足于此，她没有被命运真正收编。一些不好听的标签一直萦绕在她的周围，她毫不避讳把它们放到台前。暴力的真相在安妮·埃尔诺笔下显得十分明朗，即"安妮"父亲所认为的"你配享受这样的生活"的幌子并不可靠，受辱和羞耻的感受才是永恒的。阶级移民和任何形态的移民一样，有足够的霉运亲历丑陋的人类世界。这些想法在安妮·埃尔诺的许多访谈中都有体现，例如，她说诺贝尔文学奖分散了她的生活，更重要的是，获奖并没有改变她的处境，她说："在法国，身为女性和左派是不被原谅的。"我很受震动。

因为不懂法语，我的阅读也许会有大量意义的损失。但我仍然被她深深吸引，因为阅读她，我甚至有动力去找出大学时期精读过的旧书，法国哲学家卢梭的《论人类不平等的起源和基础》。对屈辱的抵触与规

避痛苦的人性本能地趋向遗忘，唯有故事、故事中的复杂表情能将我拉回原地。是故事帮助我们重新发现人类的表情，菩萨都有金刚怒目的应化，我们不该只满足于表情符号。回归真实的情感和欲望，我们才能了解不平等公约是如何渗透至社会结构的方方面面。如果安妮·埃尔诺放弃了抵抗，那么她就是"莱农"；如果她没有，那便不是。或者说，她只是把自己作为方法，使得"安妮"成为一种全世界范围的普遍的处境和可能性。她一直没有变，她说："我为我的阶级复仇写作。"这让我想到陈映真的《山路》，以及其他种种。我希望我的写作没有迷失本心。

那场对谈活动，最后谈到了《事件》，2021年法国电影导演奥黛丽·迪万曾将这部小说改编成电影《正发生》，获得了威尼斯电影节金狮奖。这部作品其实是《一个女孩的日记》的虚拟叙述，关于1960年代法国女孩如何面对未婚先孕、非法堕胎的恐惧。奥黛丽·迪万在《纽约时报》的电话采访中表示，安妮·埃尔诺的作品有一种"原始的诚意"。由此，社会学意义上的"阶级"只是这"原始的诚意"中最表象的东西。更重要的是，安妮·埃尔诺关注某一段时间中，女性如何面对五花八门的禁忌，又如何在禁忌中感受孤绝，感受背叛，感受不平等的本原。然而我们在世俗生活中，几乎不会在日常聊天中讨论这些事，讨论对处境的恐惧、讨论死亡。ChatGPT倒是可以很快给出回应，但它并不真地关心，使用它的人可能也不关心。正因如此，在当下的文学写作才更具有逼近真理的义务。

从某种程度上来说，以上谈到的两位著名作家，在近年给我许多启发。我同样是依靠复杂感觉的发现建立了文学生活，甚至是精神生活。我没有"莉拉"的天才和幸运，能够在更草莽、更血腥的丛林中不断涅槃重生。我也有无数的机遇可以成为莱农，通过高等教育改变命运，通过写作他人获得文学生涯。但是，问题是：然后呢？如果说安妮·埃尔诺及埃莱娜·费兰特的成就多少会给我复杂的触动，我猜想就是如今，我非常努力在避免着更容易地滑向"莱农"。我希望挽留更多的复杂表情，站立于新旧生活之间，站立于体力劳动与精神劳动之间，感受人的苦楚、为难和挣扎，而不是把我爱的人们脸上窘迫的表情，变成素材、变成为"莱农"的媒介。我把以上这些感受，写到了《四合如意》中，尤其是《字字双》《缕缕金》《冉冉云》里。我想我还在写新的故事，我还在重新发现人与人，发现表情。我还想重新创造平等，并将之落实在日常生活、文学实践中。

2025年，我在跟乔阳学法语。现在我是她的学生。

[作者单位：复旦大学中文系]

主持人语

□ 谢尚发

张怡微是一个极容易被贴标签的作家。就其身份而言，女性、80后、海派作家、创意写作科班出身、创意写作授课教师等；就其创作而言，青春书写、成长叙事、城市文学、海派韵味……此类"名头"不一而足，既有对其创作代际归属的考量，亦有对作品进行的谱系归纳，又有勘验其创作风格群体效应的定位；它们或者构成一种观察的视角、立场，或者变为对其创作的内容与思想的厘定，甚至还会衍化为对作家创作生涯的阶段性标识。不一而足的"名头"既可以看作批评的"利器"，它们某种程度上可以十分犀利地形成对作家及其作品的剖析，在文学的整体性、时代性和统一性与作家的个人风格之间形成一定的"理解纽带"关系，从而起到提纲挈领的作用；也可以看作"批评的慵懒"，毕竟，"套名头"是文学批评中最容易操作的文学解读方式，也不会轻易地犯下"批评的错误"，却因此而导致对作家与作品的见微知著式批评的缺席，甚或导致"一叶障目，不见泰山"的"批评的粗暴"行为的发生。如此并非要否定"批评的名头效用"，它之所以存在是因为有一定的合理性，表现为作家对整体性、统一风格的归入，也是"同时代人"话题所允诺的讨论空间之凸显。然而"名头"所敞开出来的诸种讯息，可能同时造成一种"批评的偏见与淹没"，这一点在很多作家的创作中还是很明显的。

张怡微的写作，确乎体现出一些青年写作的共性：比如她基于个人城市生活经验、都市情感体会而来的城市书写，比如《试验》（发表时名为《小团圆》）、《春丽的夏》等中关于都市人情感的描摹，颇有王安忆《长恨歌》的韵味，也带着张爱玲的遗风；再比如对青春题材、成长故事的书写，尤以《我真的不想来》《呵，爱》等作品为代表，单亲家庭的成长故事、懵懂岁月里的爱情体验、年岁智慧的积累与沉思，甚至1990年代的工人历史作为其诸多小说的取材对象，勾连着她成长的经历、城市经验一并展示出其作品的多重面相；女性作为绝对主角而体现出其创作题材的特定性，围绕女性编织起来的人生境遇常被置入青春与成长的意味，于人物塑造的开拓上也并不显逼仄与促狭……但恰恰基于此，张怡微的创作有着"别样的开拓"：其笔下的女性以生命的厚重展示出对生活各个阶段的诠释，她们或者体现为城市生活一隅的复杂，或者彰显了历史的厚重，因而她们并未固化关于作品思想的理解，而是将女性作为思考对象来探求生命的真谛，实现对人性的拷问；穿梭于城市的角角落落，故事人物所裹挟着的时代变迁、复杂人际关系中的人性拷问，则体现出别有幽怀的寄寓与深思；作为空间的城市是故事的发生地，也构成本质性对于人物、故事、环境等剖析的方法，甚而是"作为方法的城市"所带来的盲视中的洞见、偏狭里的真挚……《细民盛宴》中择取女孩乔乔作为视角叙写上海工人新村里发生的家庭琐事，纵横交织着记忆中的往事、现实中的沧桑变化等，表现出对历史与社会等宏大主题的细密思索，却并不流于城市书写的外在现象；《四合如意》则以曲牌名作为题目，看似是小说集，而实则是一个长篇小说的写法，它瞩目城市里的日常生活，却选取抒情的视角，可以看作"个人的抒情史诗"，它虽琐屑、私密，却承载着别样的宏大叙事的幽怀；《哀眠》里的诸多篇什甚至可以看作张怡微探究生活真谛、追问"人应该如何生活"的代表，于苍凉的人世描摹生命的底色，带着悲悯之情来看取生存的热望……"名头"之下，暗藏玄机。

窥破诸种"玄机"需要批评界持续深入地对张怡微的作品进行探究。陆丽霞的《"离别"与"挽回":情感的反复练习——张怡微小说简论》尝试从"世情小说"的角度来宏观把握张怡微小说创作的历程,认为其小说作品经历了一个从告别青春写作到探寻细民世情的转变,愈发显示出思想的深邃,并强调"情感"在其小说中的分量、价值与意义。李云的《夹缝中的叙述:张怡微"90年代"记忆和书写》围绕张怡微小说写作中的"90年代"来纵论其作品,呈露出其作品中关于时间与空间的记忆及其所牵扯出的"生的启蒙"等思想性命题;战玉冰的《面相当下与未来的"世情书写"——张怡微小说集〈四合如意〉读札》则以小说集《四合如意》为核心展开了文本细读,详细剖析张怡微小说的"物质性""世与情的辩证法""机器与世情"等侧面,并指认这种写作既是面向当下的,也是面向未来的。姚良逾则集中讨论张怡微的散文作品,立足于"创意写作的教与学"而兼顾她的"散文教学"与"散文创作",是从"散文理念"入手对"散文作品"的解读,亦是从"散文作品"出发来对其"散文理念"的阐发,从而达成让二者互相说明、解释的效果。

勘探"张怡微文学世界的玄机"的方法与路径还有很多,比如主题类型学,即从取材的主题类型入手来彰显其创作的丰富性与风格的统一性;再比如思想的修辞学,即聚焦张怡微写作中"个人性的抒情史诗"特征,来综合探究其散文创作与小说创作中的抒情性话题;甚至"市民生活与城市空间的审美性书写""成规与创意生成"……相信不同的视角、立场、方法,必然能敞开出张怡微文学视角更多的面相与意义、价值。

[作者单位:上海大学文学院]

"离别"与"挽回":情感的反复练习
——张怡微小说简论

□ 陆丽霞

作为当代青年作家的佼佼者,张怡微成名得比较早。如果追溯她的文学起步大致始于她13岁在《新民晚报》"夜光杯"发表的第一篇文章。2004年,她获得"中华杯"第六届新概念作文一等奖[①]。2005年,当时还是高中生的她出版了个人随笔集《怅然年华》。如今,她在文学创作、创意写作教学、学术研究、新媒体文化传播等领域多处开花。就其小说创作而言,她经历从青春文学向世情文学蜕变的过程。学界多将她的《我真的不想来》(《上海文学》2007年)看作她从青春文学正式步入更为广阔的文学领域的处女作,如岳雯认为张怡微以《我真的不想来》获得《上海文学》举办的中篇小说大赛新人奖,"这一次,她与乔叶、葛水平、曹征路等作家的名字在一起,这意味着她涉过了青春文学的河流,在文学的世界里安营扎寨下来。《我真的不想来》也成为张怡微真正意义上的处女作"[②]。同期,她出版了长篇小说《梦·醒》(2008年)、《下一站,西单》(2010年)、《你所不知道的夜晚》(2010年);短篇小说《青春禁忌游戏》(2006年)、《时光,请等一等》(2010年)、《旧时迷宫》(2013年)。

近十年来,她又出版《细民盛宴》《樱桃青衣》《家族试验》《四合如意》《哀眠》等多部小说集。其中《细民盛宴》出版于2016年,是她目前为止为数不多的长篇小说;《樱桃青衣》小说集出版于2017年,收入了《蕉鹿记》《度桥》《过房》《樱桃青衣》等九篇中短篇小说;《家族试验》小说集出版于2020年,收入了《试验》《我真的不想来》《春丽的夏》《而吃菠菜是无用的了》《奥客》《嗜痂记》《最慢的是追忆》《丰年记》《今日不选

《呵,爱》十篇中短篇小说;《四合如意》集出版于2022年,收入了《端正好》《冉冉云》等以词曲名命名的12篇中短篇小说;《哀眠》集出版于2023年,它在《樱桃青衣》小说集的基础上增加了《伊丽莎白》《免疫风暴》《宿鸟记》三篇小说。纵观这些小说创作,张怡微以其细腻的手法书写寻常人家的家长里短、暗流涌动,以置身事外的态度去审视自己与周遭的世界,从而能更为冷峻地审视那些错综复杂的关系,窥探细民的幽微之处。或许写作对于她来说是一份青春疗愈的自白书,更是一种历史记忆,她从家族的纠葛之中慢慢疗愈,记录工人新村细民们的喜怒哀乐、爱恨情仇,关注媒介变革下的社会情感的转变,呈现出同代人的成长历程与怀旧心绪。

一、自我疗愈:一场漫长的青春告别

张怡微早期的小说创作带有很强的个人传记色彩。大家族的不重视、父母的离异与相继再婚等成为她小说人物情绪的源头。生活让她早早地开始思考自己的处境,思考那种基于血缘关系与非血缘关系而形成的家族关系。在家族中,她常会遭遇一些莫名的委屈,这种委屈又常会内化为强烈的羞耻感;在父母拉扯的关系中,她因为站队问题形成对父亲深深的愧疚。这两种情绪交织在一起,形成了她早年小说主人公挥之不去的"心魔"。她在小说叙述中一遍遍爬梳这种情绪,并一次次地与之抗争。

《我真的不想来》以18岁的罗清清的视角看待生活,尤其是与姥姥、小姨、母亲的相处。小说写到外婆偏心表弟;多病的小姨嫁给了为户口而结婚的姨夫,婚

后姨夫飞黄腾达之后便漠视小姨和家人并且觊觎外婆家的房产;父母离婚,自己跟着母亲过日子。罗清清的内心始终被一种强烈的被审视、被轻视的羞耻感笼罩着。这种羞耻感来自家庭生活的四面八方:首先是小姨一家人对自己的刻薄与蔑视,如父母刚离婚时,小姨却刻薄地说起母亲被抛弃的过往;小姨与小姨夫总是会说一些令人不舒服的话;还有某年的寒假罗清清跟着表弟去他家打印英文比赛表格,因为没有问母亲要钱,跟着表弟等了一个小时普通公交车,只是为了省下那一块钱,这也让"她甚至常常梦见被一辆又一辆车、一群又一群人肆意打量。她甚至梦见自己没有穿衣服,被这样等在寒风中,直至天黑又天亮"③。其次,这羞耻感也来源于父母,如当罗清清去向离异后的父亲讨要生活费时,父亲没有主动给生活费,也不舍得给多点零花钱,最后不得已给了她10块钱坐车,而她却在看到父亲花白的头发时竟然产生了一丝丝的心疼;当她没有拿到钱时,母亲投来的清冷的眼光也令她羞耻。她为自己对生活的无可奈何而羞耻。再者,当小姨背地里拿300块钱央求她过年去小姨家里,拿了钱后她却始终在要去和不想去之间徘徊。她为无法自决而感到羞耻。小说的最后,18岁的她终于鼓足了勇气打电话告诉小姨:"我不想来!/我真的不想来!/我一点也不想来!"④这篇小说如同一场成年的宣言。18岁的罗清清终于可以跨越那些羞耻与恐惧,说出了那句"我真的不想来"。

《呵,爱》中,张怡微看似写主人公郑小洁与艾伦、大学时候的男朋友的恋爱故事,实则是以两段感情作为引子剖析郑小洁的愧疚感及其对抗这种情绪的努力。小说写到郑小洁的父亲与母亲离婚前的一个晚上,父亲求母亲不要跟他离婚,"我妈不吱声别转屁股对着他。我睡在她身旁,也别转屁股对着他"⑤。这份愧疚感始终缠绕着她,因此青春期的她与艾达进行身体的探索,似乎是为了再现父亲的窘迫与困境,为自己解脱。而当大学时候遭遇"被分手"时,她的内心似乎有种扯平的感觉。她辜负了父亲,而男友辜负了她,她像是偿还了对父亲的亏欠。小说写出了青春期的女性如何在自己的情感世界里重复原生家庭里未完成的命题。

《细民盛宴》中,张怡微少了几分《我真的不想来》中被情绪裹挟的艰难,她也写到羞耻感、愧疚感以及由此而来的不安与恐惧,她在慢慢叙述中获得一份从容与淡然。正如张怡微自述:"所谓'细民'的'盛宴',我本人就是细民中的一员,而所谓的'盛宴',不过是我所见过的婚丧嫁娶的团圆、饮食起居的人生要义。对普通人来说,离散总是大型的,团圆却很小,这种反差很能打动我。"⑥小说可以看作一部成长小说,主要写袁佳乔的父亲家族盘根错节的关系、父母的离婚与再婚、自己的恋爱结婚与离婚等。小说从17岁的乔乔第一次见"梅娘"(继母)开始写起;这次的见面是在爷爷快要去世时,大家族所谓的"盛宴"中缓缓铺开。小说第一段写道:"我第一次见到我的继母,是在二伯家位于祁连山路的房子里。那一年我17岁。已经差不多快过完会有危险被可怕继母下手毒害的年纪,因而内心踏实得很,像逃脱山崖后吊桥方才收起,惊魂被时光毫不用情的翻转所悬置。"⑦这段话写得云淡风轻,但或许这份淡然是经过了漫长的恐惧、责难、愧疚等的淬炼才获得的。当她终于活到了可以平视父母的时候,终于可以冷静地将自己家族的尴尬与不堪和盘托出。她以叙述的方式去面对内心对父亲的愧疚,这份愧疚是深沉的、多重的:一是如同在《呵,爱》中的郑小洁在父母离婚时,她跟着母亲别转屁股对着父亲;而且在母亲的"宁跟讨饭的妈,不跟当官的爸"的箴言中⑧,她战战兢兢地选择了母亲。二是在父亲出差的漫长时间里,她在懵懂之中隐瞒着母亲的婚外情,接受未来的继父对自己的嘘寒问暖与经济救助,甚至在母亲再婚后还鼓励母亲再要一个孩子。因此,她似乎永远都无法心安理得地接受母亲与继父对自己的爱,因为一旦接受就意味着对父亲的背叛。三是临近结婚时,当未婚夫小茂的父亲命令她在婚宴等重要场合她家里只能出现两位长辈时,她选择了母亲与继父,她再次感受到了对父亲的背叛。这大概是青春期的乔乔的一种挥之不去的情绪。小说中,她与小茂在中学时的相识、大学时的相恋大抵是为这些难以启齿的情绪寻找一个出口,而当她一旦要进入婚姻,那些来自小茂家庭对她原生家庭的鄙视与对她的轻视,则使得那微不足道的"爱情"变得不堪一击。在经历了婚姻失败后,她终于理解了或许这种青春期的慰藉与幻想中的相互依靠是无效的,甚至只会让自己驶入更深的泥淖。小说在试图重述自己青春的故事时,嵌入了另一种视角。在这种视角中,她似乎少了一种不配得感的愧疚,而多了一份对人的处境的省思。她不再是带着愧疚感去重新打量父亲,而是冷静地重新梳理父母之间缺乏基本信任的情感起源、父亲的懦弱、粗鄙与狡黠,甚至也看到自己身上那无法摆脱的懦弱。她在后记中以"幽谷与过渡"为题,大抵是源自她将父亲与成千上万的如父亲一样的工人联系在一起,正如她认为"世情小说的落脚点并不是人的情感,而恰恰是市井生活中不让人升华的真相"⑨。她要书写的恰恰是一群生于斯、死于斯的人的基本形态。而她也通过小说认识到"人与人的缘分是或长或短的时间,如我们与父母、恋人,或说不清是什么却难以割舍的关系,都有看得见的尽头"⑩。写作或许对她来说是一种情感的过渡,一种新的自我在其中重生。

除了写对难以割舍的亲情、恋情做一个心理上的告别,张怡微还写到对青春期友谊的告别。小说《哀眠》中写到主人公幻雅与闺蜜的故事。故事主要在两个重要场合展开:一次是鲁西与李智的婚礼。幻雅一边听着婚礼上司仪讲着这对新人青梅竹马、真爱难求的故事,另一边却不断回想李智与鲁西各自成长的历程以及李智选择鲁西的现实成分。而婚礼外李智的父亲酒后的真言,即"我儿子不争气,我儿子结婚太早,我们花了那么多钱,他竟然还是把婚结在大陆,呜呜呜呜呜"⑪,则是直接撕开了这对夫妻所谓浪漫爱情的甜蜜面纱,让残酷的现实赤裸裸地暴露在读者面前;而在婚礼当晚,鲁西夫妻对她发出莫名的试探让她颇感不适,也让幻雅想到他们打着她的名义四处旅游,让她预感她们之间友谊的崩塌。第二次是李智母亲的葬礼。她又看到李智与鲁西,她看到鲁西婚后瘦弱的身躯以及李智一如既往的呆、吝啬、懦弱、惆怅。这一次她彻底地看到自己与曾经的闺蜜不一样的人生。当她从葬礼回家后,大脑里回放着她与鲁西很多小时候的画面,她替鲁西做的事,鲁西对她的笑的影像,这些都如同一曲漫长的挽歌。"那是属于我一个人的道场,没有人死去,而我圆然哀眠。"⑫或许友谊在此,早已成为过去式。

张怡微的小说不断写亲情、友情、爱情,这些在她青春期都曾经困扰她的情感。她通过小说的述写而不断被疗愈。正如安东尼·吉登斯认为,所谓的自传不只是过去生活的编年史,还是"校正性情感经验之演练",即"作者以现时所写的短篇故事之形式记录下过去曾发生的事件,并借此尽可能精确地回忆事件过程以及当时的感触。进而,故事将以作者希望其发生的方式被修改,并在其新情节中加入新的对话、感触和处理方式"⑬。对于她来说,或许她是借小说完成一次与过去的告别,从而重新修正自己的人生方向。

二、"置身事外":是作者,也是观者

"置身事外/这样看起来冷观/我总是试着在别人的命运中消遣自己"⑭,这是高中时期的张怡微在《怅然年华》随笔集中写到自己看待世界的态度。她清醒地认识"真正看透命运的人是不适合做电影或者小说的,只有那些心有不甘又捕捉到敏锐细节的人们才能够做好、做好一个真实的生存者的角色,然后把最为纯粹的体验和感动植入每一段迥然的命运中"⑮。或者因为这份对文学乃至艺术的清醒认知,张怡微似乎不断在调整自己小说的视角。硕士毕业之后,张怡微到台湾求学,这段离开上海的生活,让她有了从外部去审视上海故事的契机。读博期间,她开始研究一些明清世情小说,这对她的启发很大,她开始着力"使得世情故事中的人物形象从'沉溺'的幻觉里中挣脱,不再继续沉沦"⑯。比起早年置身事内的焦灼感与不断渴望被爱的困顿,张怡微近期的小说多了有一份置身事外的淡然感,从而能以更为平等的态度去对待她小说中的人物,并且对他们抱有多一份的同情。

在《细民盛宴》中,小说写到袁佳乔第一次看到"梅娘"的感觉。她对"梅娘"充满同情,这份同情首先是两个在袁家盛宴中格格不入的人之间的惺惺相惜、同仇敌忾。"在这个庞大而冷漠的家族中,我没有朋友,也没有同行者。她显然也没有。"⑰其次是袁佳乔替她选择嫁给父亲这种懦弱、粗鄙的男人而感到难过。她当时挺想告诉她,"若人生还有别的选择,何苦要跟我爸爸"⑱。她这种情绪在小说中时常涌现,尤其是当

她知道父亲第一次带母亲回家时制造了大自钟鸣的老宅只属于他一个人的假象骗了母亲,后来又以大自钟鸣的老宅要拆迁骗了"梅娘"时,"我为母亲和'梅娘'感到难过,多少带有女性的基本立场,我为家里的男性感到羞耻"[19]。小说通过写到自己走进婚姻又走出婚姻,才想到母亲多次告诫她女孩子不要自己先去拜访男孩子家、"宁跟讨饭的娘,不跟做官的爸"的箴言,她似乎多了一份对母亲的理解。

小说还通过照相馆这种特殊的置身事外的公共空间去呈现私人情感;经由这种公共空间,这些私人情感显得更加立体而多维。《奥客》与《春丽的夏》都写到了照相馆的故事。"奥客"是方言,意指"不受欢迎的客人"[20]。在《奥客》中,春丽和丈夫何明在小区开照相馆。小说中所谓的奥客是指春丽很不喜欢的老贾,他是"每个月只拿一张旧照来修,一年只做一本相册的顾客"[21]。可当老贾因为脑出血在病床时,看着老贾羸弱的身体,"春丽觉得自己错了,老贾其实是个挺好的人,爱照片、爱家人、不逾矩,也不怎么赊账"[22]。而小说精彩的地方在于它借助老贾在照相馆洗相册的故事,串联起老贾在日常生活之外的另一面。小说最后写道:"老妇人笑了,笑得那么尴尬,喃喃自语道:'我知道的,他除了我,谁都不欠。'"[23]这一句话有种阅尽千帆的感觉,将人物的多重情感世界呈现出来,使得短小的故事留下了巨大的想象空间。《春丽的夏》是《奥客》的延续。小说写到了春丽不顾母亲的反对与家庭的正义伦理与金叶保持婚外情并最终从浦西二嫁到了浦东,这本是符合追求个体自由意识的现代故事。但是小说从春丽庸常的婚后生活开始写起。小说写她与邻居金凤因为房顶水管漏水而争执,写她与金凤抢晾衣服的杆子、与邻居斗智斗勇,总之就是从家庭中勇敢走出来的春丽没有从此就过上王子与公主的幸福在一起的童话般生活,而是又扎扎实实地陷在生活的琐碎之中。小说以照相馆作为一个公共空间,在这里见识形形色色的人,透过他们照相、洗照片的瞬间而窥视他们的一生。当春丽看到金凤去世之后,突然想到自己也是人生的暮年,不免也开始为自己打算,如她想要买下金凤的房子把女儿留在身边、为女儿留退路,而这一切与母亲的所作所为如出一辙;想要为自己以及凤萍留下一些生

命的痕迹等。小说以暮年的春丽为故事叙述者,她平静地接受生命的时光在一点点消逝、欣然接受自己的坏。故事的结尾,她将人生宏大的故事具体到如"水管不要漏,天花板不要漏,风雨不要大,老鼠不要飞"[24]般的担心。"细民"的好与坏、狡黠与无奈、叛逆与顺从、努力与倦怠,都是她们最为本真的状态,而这些或许终将无法在历史书写中留下痕迹。

张怡微的小说还经常会设置第三人的视角或者第一人称自省的视角来呈现人物命运与自我反思。《过房》中,小说以护士小晚的视角切入老夏与佑琪的情感故事。年轻的佑琪抛弃了老夏,而当佑琪在外怀上了孩子,准备打掉时,老夏则承诺终身不娶来照顾这对母女。老夏就如同是从王安忆的《长恨歌》中走出来的程先生。可惜程先生默默地陪着王琦瑶渡过生产的难关,却仍然没能和她在一起,最后程先生自尽,也彻底从王琦瑶的世界里消失。而老夏的故事算是程先生的后传。老夏用一生去爱佑琪和她的女儿樱桃。小说结尾部分写到,可是老夏"可人做得再好,也不会百分百周全。毕竟墓碑上,也是没有习惯说要'过房'这一脉"[25]。老夏的爱虽然是一种超越了世俗的爱,但是小说的结尾又回到世俗人间,再多的爱似乎也无法写在传统的"名分"里,也许只能成为一种不对等的付出。这或许是对基于血缘关系的情感的质疑,也是对诸如老夏这类普通人处境的深切同情。《煞尾》则主要写到主人公的自省。小说的故事背景是2021年,此时的昊辰从国外留学回来入职上海高校。被隔离的时间让他重新思考自己的生命。作为东亚的小孩,他必须扮演好儿子、好丈夫等角色,也就是他必须要在"关系"中才存活;爱情变成了一种仪式,他们被迫去表演,工作也不过是为了"升等"或"进阶"以获得所谓的奖赏。正如尼克拉斯·卢曼所言:"在较古老的、凝聚于当地的社会系统中,社会生活的特征是复杂的关系网络,这阻止了个人游离于外,一种'私人生活'或退缩到二人关系都不再可能。"[26]"我们"同活在巨大的系统之中,人人都成为受害者,无一人为幸存者。

张怡微还试图通过文学做一些新的试验。《试验》中写到一大家子之间成年累月的矛盾,如心萍的姆妈越轨与儿子女朋友的父亲媾和,从而导致儿子分手后

大龄未婚；而她却依然遵循姆妈的遗愿将她与父亲合葬，从而使得儿子对她长期怨恨；妯娌之间的那九曲十八弯的矛盾。而小说并非要表现这些矛盾，而是要呈现随着年岁增长、历经白发人送黑发人的痛苦后，他们开始放下彼此的戒备心，重新再聚在一起。《试验》在做一种探索：探索有血缘的、没有血缘关系的人如何不去追求真相，而追求表面的和平而相互包容地活下去。在这里，情感与理智并非对立；因为恐惧、孤独、衰老生发出宽容与新的人生理解，帮助消除人与人之间芥蒂。

少了几分追求真相的执着与抗争，张怡微既保有置身之外的超然，又有身处其中的同理之心，以一种节制的情感呈现出市井细民"只求一份难得的安宁便能搪塞全部的原委"[22]的状态，呈现出细民生存的粗粝的状态。

三、新社交媒介下的情感：怀旧与重生的双重奏

张怡微的小说也注重书写新社交媒介下的亲密关系。近年来，通信世界发生着巨大的变化，80后一代经历了从早年的人人网、开心网，到新浪微博、手机简讯、飞信、MSN 协同，再到如今的微信等的变化。每一种通信方式的更新，就意味着一群旧友永远地留在旧时光里。如《哀眠》中，幻雅与鲁西这段青春时期的友谊，就在短暂的时光里消逝。在《一春过》中，张怡微写道："科技试图拉近人和人的距离，结果总是适得其反。有些人早晚会散落掉的，有些人再难'邀请'回来。总有一天，任何人与任何人都可能被科技的更迭彻底隔离开来。"[23]微信分组可见的朋友圈，区分着不同的朋友。小说写到十年未见的旧日闺蜜们的聚会不再是直抵心灵的畅谈，而是相互敷衍，最后成为朋友圈的"好久不见，参观朋友新居。我有积蓄，亦以御冬""好久不见，恩爱如昔"[29]等展览。社交媒体上的其乐融融将地久天长的友谊风貌操演得炉火纯青，而现实却是失去共同记忆的好友早已心知肚明那些旧时光早就不在，彼此的朋友圈"却没有一个人回应。鬼气森森，一如往昔"[30]。在《缕缕金》中，邱言在机场偶遇前男友，她在加上金泽的微信后，将其放了"家人领导"，也就是她发朋友圈会最先屏蔽的组别。"朋友圈像是一个奇特的舞台，制造着幻觉，将生活里不必真正相遇的人凝聚在一起，用小心心歌颂真善美。放在以前，这样的事只有在婚礼和葬礼上才会发生。"[31]而邱言在父亲生病时表现得情绪失控，宛若父慈女孝、深情款款的样子，但现实却是邱言很少去看父亲，他们像是通过视频交流的网友一般。现代科技重塑了人的交往方式，也重塑了人的情感模式。

近年来随着短视频、直播等的兴起，曾经红极一时的电台逐渐成为明日黄花，而这批还活在电台时代的人就成为困在旧时代的人，他们在新时代到来时开始艰难地转型，并且出现了阵痛。小说《冉冉云》写到的电台主播"我"就是这样的人。"我"在电台时代主持一档读书节目，积累了一定的听众；而在短视频时代，电台节目也许马上就要倒闭，"我"也不得不面对现实，做一些言不由衷的事情。在与读者阿德的交往中，阿德理解他为了现实而不得不做出来的选择，同时阿德在重述"我"此前在节目中分享的契诃夫的《主教》的故事似乎召唤着"我"要重新焕发生命的活力。"我"也重新想起了父亲的"不要在天完全黑才下山，不然就什么也看不见"[32]的告诫。

小说也写到数字媒介下的爱情。在《四合如意》中，在伦敦研究《情感依恋与现代科技》的博士盛明与在上海的中学当语文老师的茹蔓通过网络保持着恋人的关系。因为隔着七个小时的时差而使得情感凋零得所剩无几，他们通过各自讲述自己身边发生的故事来维持着这段情感的神秘感。讲故事者与听故事者无法预测故事的未来，就如同爱情一般，都是冒险的、充满不确定的。他们借此延续彼此的感情。而不怎么稳定的网络甚至成为他们的救命稻草。"不怎么稳定的网络，让他们的一天又匆匆过去了，让沉重的尴尬也稀里糊涂地过去了。"[33]小说还写到了研究著作中的世界与真实世界之间的距离，就如微信的朋友圈与现实社交圈的朋友圈的差距。《煞笔》中同样写到一对通过网络维系感情的异地恋情侣，他们被称为"爱情死亡游戏中的幸存者"。小说写道："爱情在这个时代里越来越像中晚期老年病人喉管中的那口痰液。那些失去生命活力的病人，最终会死于某种堵塞。"[34]小说里讲述的杀

死爱情的或许是所谓的"绩效原则"。韩炳哲认为"爱欲是一种超越了工作绩效和能力的、与他者之间的关系，表现为情态动词就是承认'无能为力'"㉟；"绩效原则不能姑息无度、无节制，以及越界犯规所带来的负面性"㊱。绩效追求效率，追求"能够"，因此个体会在看似自由之中自我剥削并且无法赎罪、无法免责。小说中写到昊辰的同事就是将情感与绩效联系起来，"在升等以前很难做出结婚的决定"㊲。而回国后的昊辰似乎既无法安然享受爱欲，也无法投身于工作，于是出现了抑郁症与工作倦怠。"抑郁症与工作倦怠（Burnout）共同造成了无法挽救的'能力'危机——一种精神层面上的'无力支付'行为。"㊳

阅读张怡微的小说，仿佛跟随着小说主人公从一个无奈的、破碎的少女慢慢成长为一个独立的、温暖的、舒展的成年人，她在慢慢接受与理解生活中的细碎，在自己的旧有世界中建构出一个新的世界。正如张怡微所言："写作令我发现了审美意义上'离别'与'挽回'的艺术，意味着在另一个世界里，我有足够的勇气对'离别'与'挽回'进行反复练习。"㊴

注释：

① 张怡微:《怅然年华》，汕头大学出版社2005年版，封页。
② 岳雯:《自渡渡人——张怡微论》，《上海文化》2023年第9期。
③ 张怡微:《家族试验》，人民文学出版社2020年版，第66页。
④ 张怡微:《家族试验》，人民文学出版社2020年版，第81页。
⑤ 张怡微:《家族试验》，人民文学出版社2020年版，第226页。
⑥ 张怡微:《后记:幽谷与过渡》，《细民盛宴》，人民文学出版社2016年版，第197页。
⑦ 张怡微:《细民盛宴》，人民文学出版社2016年版，第1页。
⑧ 张怡微:《细民盛宴》，人民文学出版社2016年版，第1页。
⑨ 张怡微:《后记:幽谷与过渡》，《细民盛宴》，人民文学出版社2016年版，第198页。
⑩ 张怡微:《后记:幽谷与过渡》，《细民盛宴》，人民文学出版社2016年版，第199页。
⑪ 张怡微:《哀眠》，人民文学出版社2023年版，第174页。
⑫ 张怡微:《哀眠》，人民文学出版社2023年版，第183页。
⑬ 安东尼·吉登斯著，夏璐译:《现代性与自我认同:晚期现代中的自我与社会》，中国人民大学出版社2016年版，第68页。
⑭ 张怡微:《怅然年华》，汕头大学出版社2005年版，第70页。
⑮ 张怡微:《怅然年华》，汕头大学出版社2005年版，第72页。
⑯ 张怡微:《我是我自己的陌生人》，华东师范大学出版社2014年版，第133页。
⑰ 张怡微:《细民盛宴》，人民文学出版社2016年版，第4页。
⑱ 张怡微:《细民盛宴》，人民文学出版社2016年版，第4页。
⑲ 张怡微:《细民盛宴》，人民文学出版社2016年版，第121页。
⑳ 张怡微:《家族试验》，人民文学出版社2020年版，第127页。
㉑ 张怡微:《家族试验》，人民文学出版社2020年版，第131页。
㉒ 张怡微:《家族试验》，人民文学出版社2020年版，第136页。
㉓ 张怡微:《家族试验》，人民文学出版社2020年版，第136页。
㉔ 张怡微:《家族试验》，人民文学出版社2020年版，第108页。
㉕ 张怡微:《哀眠》，人民文学出版社2023年版，第154页。
㉖ 尼克拉斯·卢曼著，范劲译:《作为激情的爱情:关于亲密性编码》，华东师范大学出版社2019年版，第91~92页。
㉗ 张怡微:《细民盛宴》，人民文学出版社2016年版，第161页。

㉘张怡微:《哀眠》,人民文学出版社2023年版,第59页。
㉙张怡微:《四合如意》,人民文学出版社2022年版,第61页。
㉚张怡微:《四合如意》,人民文学出版社2022年版,第61页。
㉛张怡微:《四合如意》,人民文学出版社2022年版,第47页。
㉜张怡微:《四合如意》,人民文学出版社2022年版,第29页。
㉝张怡微:《四合如意》,人民文学出版社2022年版,第119页。
㉞张怡微:《四合如意》,人民文学出版社2022年版,第284页。
㉟韩炳哲著,宋娥译:《爱欲之死》,中信出版社2019年版,第26页。
㊱韩炳哲著,宋娥译:《爱欲之死》,中信出版社2019年版,第30页。
㊲张怡微:《四合如意》,人民文学出版社2022年版,第288页。
㊳韩炳哲著,宋娥译:《爱欲之死》,中信出版社2019年版,第26页。
㊴张怡微:《如果爱赋予生活意义,凭什么不永远让生活变得更加容易》,《家族试验》,人民文学出版社2020年版,第108页。

[作者单位:上海师范大学教育学院]

夹缝中的叙述：
张怡微的"90年代"记忆和书写

□ 李 云

严格来讲，"90年代"并不在张怡微小说创作的前台，但如果把散文、访谈、回忆、评论（包括"张怡微评"和"张怡微被评"）等相关文本放置在一种互文性的关系中，就会在散落于小说和记忆缝隙的叙述中发现和拼凑出一个越来越不能忽视的属于张怡微的"90年代"。搜集和挖掘这个"90年代"的过程，也是如杨庆祥所言"将固化的认知重新打开和激活"的过程，在"两个世纪之间的九十年代笔谈"中，他说："无论是社会学还是历史学的理论类型，都无法解释全部的生活实感和生命情状。当一个时期被归纳为一个专业名词——比如九十年代被认为是'市场经济'的时代——也就有思想停滞的危险。"由此，在具有现场感的90年代写作之外，他还提倡关注21世纪关于90年代的书写，也就是更年轻时代作家对90年代的书写的意义，"因为这些小说的写作者同时具有亲历者和局外人的视角，这使得他们这些关于90年代的书写既有一种亲密感同时也有一种疏离感——这构成了一种富有张力的历史感觉"①。张怡微"90年代"叙述的意义和难题均在于此，即如何区别于上一代的视角建立自己的文学叙事以及此种叙事如何区别于社会历史学而呈现历史。

一、始于1993年

小说《樱桃青衣》中出现了一个非常显眼的年份：1993年。"我还记得一九九三年的上海冬天，窗外雪花飞舞，那是我有生以来体会过的最冷一日。"②紧接着，"我"的父亲死于一场车祸，寒气凛冽的1993年也因此成为小说中"我"人生中最大的一个转折："而我心中的旧年幻境，始终摇晃于一九九三年以前，像一个褪色的梦境……一九九三年以后，年节里我都随外婆吃素。外婆走后，我就自己煮面，或依靠零食打发一日是一日。"③其实，这不是张怡微第一次明确写到1993年，"1993年"还出现在另一篇小说《今日不选》的开头："1993年的一个清晨，我开始独自穿过田林东路去上学。"④就这样，母亲一度出轨的对象乘虚而入，挟持"我"（郑小洁）到小树林拷问母亲的家庭生活并气急败坏地预告"我"父母即将离婚，而"我"也最终见证这一预告成为事实。

似乎这是一个重要的时间节点，父亡或家破的悲惨故事恰巧都与1993年有关，有意无意出现的巧合，让我们不由得思考起1993年的特殊性。如果按照惯习，轻易地引入社会历史语境，1993年的确发生了一系列大事件，其中最重要的莫过于，1992年邓小平南方谈话之后，1993年，党的十四届三中全会审议通过《中共中央关于建立社会主义市场经济体制若干问题的决议》，把党的十四大提出的建立社会主义市场经济体制的改革目标具体化，标志着中国从计划经济到市场经济的转型。可惜，我们却不能指认这样的事件与文本有什么直接联系，至少，从表面看，"1993年"在这些小说中，暂时只能理解为某种童年创伤发生的源头。但"刺点"也很快在《今日不选》里，母亲缺席的日常生活中闪现："在无数个等待的时间里，随着父亲，我看了风风火火的甲A联赛（十几年以后我发现他妈的原来场场都是假球），也看了无数场红歌演唱会。我父亲总说,还是毛主席的时代好啊,而后嘴里就哼上一段。"⑤说到"红歌"和毛主席,卢燕娟曾经考察过90年代初的"红歌热"和"毛泽东热":"1991年12月,中国唱片总公司上海公司出版发行了《红太阳——毛泽东颂歌新节奏联唱》磁带,迅速席卷全国,创造了720万盒的惊人销量,并引发多家仿效,类似的磁带一时间风靡全国。""1993年适逢毛泽东诞辰100周年,历史记忆与对毛泽东个人形象的追怀甚至神化相叠加。在官方仍强调发展是硬道理、知识精英仍致力于告别革命之际,《红太阳》响遍大街小巷,市场上毛泽东画像、挂件持续热销。"⑥小说也迟至于此,才交代了父亲怀念那个时代的心理基础和现实触发,原来父亲一直赋闲在家是因为已经从假肢厂下岗。自20世纪90年代初起,由于产业结构升级,上海很多基础工业企业通过"关、停、转、并、改"产生了大量下岗工人。工人父亲的遭遇可以作为小说通向所谓大历史的一个契机,在这个意义上,"1993年"也终于可以被赋予某种象征意味。

但和悲情地正面表现工人阶级的失落不同,张怡微很显然淡化和延宕了下岗这个事件,父亲很长一段时间表现出来的闷闷不乐当然与此有关,但也可能更与母亲的出轨有关,失败的实感可以是一种普遍的感觉结构,也可以是一种特殊的个人情感。别的工人在眼泪纷飞中砸机器的时候,"我"的父亲慢慢积累起的是对母亲爱而不得的失望和怨恨;与下岗同时被延宕的就是父母的离婚,在"我"读四年级的时候才真正发生,离婚晚于下岗,这样的安排避免了刻意将离婚与下岗作同构化的解读,甚至结尾用自由间接体让"我"对父亲的下岗表达了不在乎的态度,因为假肢厂听起来"好滑稽",而让"我""是真的有点难过"发生在"我"意识到父亲将在生活里永远缺席那一刻。伍德说:"多亏了自由间接体,我们可以通过人物的眼睛和语言来看世界,同时也用上了作者的眼睛和语言。"⑦

这样一种将伤痛敞开于时代但又较大程度限制在家庭和情感层面的处理,一方面指向一种与个人经验的深度连接:"在叙事过程中,创伤者的内心伤痛得以宣泄,并慢慢接受过去发生的事情。这样,创伤者不但可以解构过去的伤痛,还可以重拾自我,重新认识现实世界。"⑧张怡微在90年代亲历的家庭变化构成了她高频征用的写作资源和背景,即回应了这种叙事的疗愈功能,而将创伤记忆投射于孩童视角的观察和体会,还原家庭空间中具体可感的悲欢离合亦合情合理。另一方面也源于张怡微所接受的文学训练和所偏好的文学传统,在她的写作中不难辨认出,王安忆"我眼中的历史是日常的",冯梦龙"借男女之真情,发名教之伪药",蒋小云关注世俗生活中的素人等观点和倾向的影响,也可以看出她的写作探索有高度的自觉,写情写日常写普通人同样可以导向社会与历史,重要的是,如何征用、分配和安排个人记忆、生活细节和历史事件,不动声色地去协调、组织和呈现情感逻辑与历史实感。

"1993年"在作品中存在的文学意义也在于此,它矗立在那里提醒我们,张怡微的写作毫无疑问是个人化的,但绝对不是去历史的狭隘私语和独白,且不说情感和经验本身就构成历史,有节制的叙述并不意味历史容量的弱化,只不过更为细致幽微。

二、小闸镇的意义

《今日不选》真正的家破即父母的离婚推算起来,应该是1996年。在小说集《旧时迷宫》的代序中,张怡微曾特别提到过:"事实上1996年在我内心中是一个十分重要的年份。倒不仅是因为外公的离开。当时我对死亡非常漠然,反倒不懂得苦痛,也不知道什么叫彻底的失去。我感受最大的变化,是那一年发生了很多怪事,比如学校里很多同学都走了。他们离开了田林新村,再没回来的打算。比如我的几位亲人也搬离了这里,曾经封闭、和美的童年的安全感、完满感被彻底打破。从那时起,我对世界的认识,才得以清晰、缓慢地展开。"⑨这段叙述谈及的同学亲人的离开,结合此文后面的介绍和其他文本的信息大致原因可以归结为出国和换房,其中"房子"在张怡微的生活和小说中都占有重要的位置。

1991年2月,《上海市住房制度改革实施方案》被批准,上海正式启动住房制度改革,同时推出"推行公积金、提租发补贴、配房买债券、买房给优惠、建立房委会"等五大举措,大大加速了住房由福利化分配向商品房买卖的转变。尤其推行公积金制度使很多上海家庭依靠贷款购买了商品房,而此前要改善已有的住房条件,除了依赖福利分房以外,主要靠民间自发形成或房管局组织的调换市场。1996年,上海以已售公有住房上市交易试点为突破口,出台了搞活房地产二、三级市场的相关规定,大大促进了存量住房流通和人口流动⑩。在这汹涌的大潮中,张怡微家却因为各种阴差阳错没有赶上时代的红利。1998年,国务院发布《关于进一步深化城镇住房制度改革加快住房建设的通知》,福利分房制度终结,房价已不是普通人能够触及,换房改善也因此被搁置下来,她也因此继续生活在"田林新村",这也将我们的目光集中到了"田林新村"这个空间之上。在对张怡微创作的讨论中,"工人新村"是一个关键词,这源于张怡微自己对于工人后代身份的认同以及对新村生活背景的强调,但实际上落实到90年代这个时间段的相关叙述和书写中,就会发现"工人新村"不再是像在《你所不知道的夜晚》中那种兼具集体的公共性质和家庭的私人性质的社会主义生活空间。剥离了特定年代的意识形态色彩,空间中的家或者说生活在家中的人才是叙述的重心。因此,与其说张怡微在写"工人新村",倒不如说在写"田林记忆",而"田林记忆"中很大一个构成部分是地理上独立于工人新村之外的一个空间,即"小闸镇",也正是小闸镇的存在,才让我们真正看清了"工人新村"在历史结构中的位置和象征意义。

小闸镇作为田林的城中村,"东起水果批发部,西傍宜山路,南抵盛家宅,街道呈丁字形,街宽不足3米。蒲汇塘流经镇通龙华、漕河泾、七宝三镇,聚集着许多外来移民。最美不过镇中心零星的两三栋小楼,攀着爬山虎。其余民房在如今看来,都是违章建筑。没有一栋体面的,好像现今合川路上的贫民窟"⑪。"小闸镇里有比较多破房子和乡下人,看得到他们自己养的鸡鸭鹅,也有很凶的黑狗。房屋十分破败窳陋,大部分都是违章搭建,九曲十八弯,又破又脏。到90年代末还有人用简易煤炉炒菜,开店谋生"⑫张怡微代序中的这些介绍既有描写也有叙述,为我们鲜明而生动地复现了小闸镇的风貌,小闸镇之于上海,等于西门町之于台北,九龙城寨之于香港,是三教九流鱼龙混杂的底层空间。而在小说《嗜痂记》中,她为"小闸镇"又增添了前世今生和风俗化的细摹,并加上了更多的"叙述":

"它的没落表现为芜杂、流动。大清洗。"⑬相对于新村的整洁有序清白,由小商小贩、流动人口构成"小闸镇"无疑是异质性的存在,作为张怡微/叙述人观看"小闸镇"的位置和视角也由此呈现出来。在现实生活中,张怡微初二曾随居委会去小闸镇进行"扶贫"访问,空间和阶级上的象征"区隔"表现在小说写作中则有一个明显的人称转换:在《今日不选》《细民盛宴》等带有"自传"色彩的小说中,常见的第一人称叙述在《嗜痂记》中则转化为第三人称叙述,毕竟讲的是"别人"的故事。小说的主角小闸镇少女蒲月,父亲"严打"期间犯事坐牢,跟着母亲狼狈为生,靠了因老公卷了家产去了日本而被台湾人包养在夜总会上班的金姐时时的接济倒也勉强度日。邓颖超逝世、"严打"、港剧《银狐》、千鹤宾馆、蓝带夜总会……这些小说中一闪而过的细节,搭建了一个光怪陆离的90年代现场,也见证着曾经坚固的"区隔"在被打破。

小说写道:"蒲月做梦都想住到工人新村里去,和同学那样。听说有独立的卫生间可以洗头,有抽水马桶可以大小便,有煤气可以烧水煮饭。有吊扇。有花露水芳香。"⑭这立刻让人想到张怡微1996年所经历的田林新村的变动:"全年级班级人数调整以后,随之换上的小朋友,就不再是工程师、中学老师的小孩,而是来自小闸镇卖鱼家的、田林十一村菜市场买菜家的,总之完全不同。与他们打交道令我彻底明白,一个年代过去了,所有旧时代之下制定的规矩也过去了。"⑮社会学的阶级流动是抽象的,而叙述中的阶级流动是具象的。尤其当张怡微童年诸如"夏天的热疖子""倒马桶""看猪猡"等经历不断移植到蒲月身上时,留在新村的工人阶级后代和小闸镇少女似乎已经合体,工人新村与小闸镇也已经合体,毕竟"生活艰难的程度""没有什么差别",而随着时光流逝,卖鱼卖菜的同学以及更多的外地人乡下人还会陆续搬入新村,在以后小闸镇彻底从上海消失之后,新村就成了新时代的"小闸镇",乌鲁木齐中路这样聚集着外国人的"蛋黄区"之外的"蛋白区"。而此时,小说中异质的则是金姐下海以后,让蒲月看到的那个"比小闸镇更有生机、更有画面的新世界"。那个"新世界"犹如威宁路的公寓尚未在小说中完全展开,但金姐从台湾人、香港人、从日本回来的上海人那里获得的金钱转化为送给蒲月家的各种新奇之物已经在散发出魔力,丝袜、口红、高跟鞋、可乐、汽水、咖啡这些资产阶级的物质符号曾经在社会主义社会长期被警惕和抵制,"但如今世风已变,整个小闸镇,就最爱吹金姐身上刮来的风"⑯。

而在这之前,也不是没有裂隙。小闸镇有个不甚讨喜的李家,当痴傻发情的儿子落水死了之后在宜山路开了熟食店发了财。熟食店这个情节明显来源于张怡微的同学阿棋的家庭背景。阿棋作为班里最出风头的女生,不仅深受老师喜爱,连小闸镇的人都巴结,因为当个体户卖熟菜的阿棋爸爸为阿棋提供了丰厚的物质基础。但母亲不喜欢,她用"出身论"告诉张怡微:"她家里就是个体户,没什么了不起。我们家里都是工人,出身也很好",而那时候,张怡微不认同母亲的逻辑也是"出身论":"我小时候看《作文大全》,看到'我们村里的万元户',都想起她家。她会弹钢琴、说英文、去旅游、包很大的场子过生日,还有蓬蓬裙、手掌机……我觉得这大概就是书里说的'出身好'。"⑰"出身"在这里经历时代的转喻,已经被填充了与50—70年代完全不同的理解。早在1980年中国第一张个体工商户营业执照颁发给了浙江温州的章华妹,个体经济就在中国经济中扮演了重要的角色,催生了一批先富起来的人,比如小说《细民盛宴》中,"我"爷爷退休之后就在母亲看不上的"下只角"大自鸣钟摆咸菜摊子赚钱,但张怡微却对个体经济有很清醒的观察:"且不要小看咸菜萝卜干这种打发退休时间的小营生。那几年里,爷爷通过这些小买卖赚了不少钱。"⑱爷爷因此开心地感谢毛主席,也感谢邓小平。无论是现实中的母亲还是小说中的母亲,在强调和维护工人阶级的骄傲和尊严时,并没有意识到在很多国有企业风雨飘摇的90年代,个体经济在80年代就已经先行改写了劳动的意义,而90年代的市场化和全球化则加剧冲击着单位体制下的有关身份和地位的认知,金钱在生活中发挥的作用将会越来越大,夜总会那些为了签单喝到腿软的小姐、卖到100美金一平的平成阁……一切都会令工人新村如曾经的小闸镇一样另类突兀且风雨飘摇,留在新村中的人,终将会卷入资本的大时代。

三、生的启蒙

《细民盛宴》中的继父曾是一个耀眼的存在:"他是我母亲所在工厂的宣传人员,在那个年代可以借到单位采买的各种电影、电视录像带为工人阶级枯燥的业余生活带来娱情娱乐。同时,他写得一手好字,是出黑板报的能手、厂长面前的红人。厂庆表演时,他又会主持又会唱歌,活跃得很。在商品经济和网络时代来临之前,他的那份工作简直是文艺青年的肥差。而他本人也是二十世纪九十年代标准的逍遥人,组织旅游、表演,爱看书看报,喜欢王朔。是无线电厂的王志文。"⑲也可以说,正是因为文艺这个特质,继父和母亲才能因为"有说不完的话,喝不完的茶"⑳而走在一起。小说中的母亲也算是文艺青年,平时在家里"她喜欢的事"是"唱唱文明戏,或者看看录像里的《茜茜公主》"㉑,"总在父亲上船的某个周末,用大只的Walkman放送姜育恒和钟镇涛。她喜欢《戒烟如你》,也喜欢《只要你过得比我好》,像一个始终在单恋的人"㉒。直到与父亲离婚才不再唱《雷雨》,看《安娜·卡列尼娜》,在阳台上花两倍时间晒衣服就为了等情人的电话……难怪母亲会与始终疑心她为大自鸣钟的大宅而结婚且喜欢打《魂斗罗》的父亲离婚,活脱脱像琼瑶小说里的人物。现实中的张怡微母亲就是一个琼瑶迷,张怡微曾讲到过琼瑶作为"内地'爱的教育'的启蒙者"在80年代大陆传播的接受语境:"琼瑶小说里歌颂的那些'不顾一切''冲破阻碍',其实是和婚姻爱情的'社会意义'、'国家意义'唱反调,这件事情被借调到当时的大陆,本身是很有意思的,也是有感染力的。"㉓事实上,"不顾一切""冲破阻碍"在任何时代任何语境都可以造就爱情神话,无论反对的是什么,《细民盛宴》里没有提及琼瑶,但母亲的离婚与继父的"姐弟恋",终究可以算得上接受了"爱的启蒙"而奋不顾身的行为。

后来,继父下岗,母亲也"从一个坐办公室的闲差人员变成了一个开始吃苦的、勤劳的女工"㉔。"自由经济又添了一把蛮力,将原本单调的工人阶级业余生活如爆米花般绽放开来。文化宫到了礼拜天,再也没有人头攒动的中青年学习国画书法,外滩也没有清晨朗读英文课文的大学生了。只有在公园的大树下,还有退休多年的老爷爷在比赛下棋。上海一点一滴地,恢复到了它被彻底改造前的面目。仅仅十多年间,一切欣欣向荣的正气都烟消云散了。取而代之的,是复古的慵懒、奢靡,非道德意义上的败坏、无常,在新时代里突起逆袭的种种反劳动的营生,开始逐渐占据我们的日常视野。"理发店悄然变了风月场所,流行的书不再是汪国真和菜谱,而是关于股票、彩票的新经济神话㉕。张怡微很多小说都被认为是成长主题的,成长主体较多指向了以张怡微自身经历投射的主人公,但实际上,有的小说并不仅仅嵌套着一个成长故事。在这个时候,回看继父和母亲生发于80年代盛极并终结于90年代的文艺生活,以及由现代文学经典文本、新进的港台通俗小说、流行音乐和90年代的大众诗人汪国真等构成的"情感教育"资源,其实是被单位体制给予的稳定和闲暇所赋予和保护的。而一旦这层保护屏撤去,社会主义空间里被包养的"主人翁"被迅速抛入市场经济,"爱情神话"变成了"新经济神话",犹如成长小说中的主人公,他们人生的历险才真正开始,"爱的启蒙"也得不加入"生的启蒙"。

通常,在童话故事的终结之处,"爱"与"生"是不能并存的,生活琐碎就是爱情的坟墓;但是在《细民盛宴》中,两个爱人同志明显改写了这个悖论的套路。"生的启蒙"首先意味着在艰难时世里,生存被放在首位,继父与母亲建立了斩不断的经济联系,也在某种程度上承担了一部分父亲的责任。其次,风花雪月不再,理想色彩褪去,饮食男女的本质也就浮现出来,吃饭做饭取代了谈情跳舞。这使得"我"与继父在日常交接之间或多或少产生了认同,也使得母亲和继父原本可能因越界而脆弱的"爱"获得了巩固:"各种转折时代的惊慌与不安,令他和我本无一技之长的母亲有了越来越多惺惺相惜的共同话题。他们对老厂有感情、对旧时代有感情,甚至对食堂里做的蝴蝶酥和鸡胗鸭胗都有感情。他们那么重情重义,又怎会对彼此没有感情?"㉖其中难说没有对集体时代共同体的留恋和计划经济残留下来的精神超越物质的力量在发挥作用,但也并没有超越张爱玲在《倾城之恋》里所揭示的素朴的生存真相:患难之中结成的共同体多少会有真心。这

个90年代的成长故事在后来继父与母亲最终的结合中将画上一个圆满的句号,与之相对的是"我"(袁佳乔)的父亲:"他当自己都当得七零八落……他从来没有真正长大。"㉗

虽然没有向社会学或思想史靠拢,着力表现工人阶级生存环境的急剧恶化以及心理上巨大的落差,但父/母一代90年代的人生历劫在子/女一代这里必然投下阴影。张怡微的笔下成长过程中经济窘迫如《细民盛宴》中袁佳乔的女孩子非常普遍,但大都早早实现了自立,当然,她们所受的"生之启蒙"思想资源完全不同。小说《锦缠道》讲到"我"七岁因为想看新加坡电视剧《人在旅途》而被寡母认为不上进,用卷发棒打。《人在旅途》是1985年新加坡的都市商战言情剧,展现了都市青年男女奋斗打拼的群像,在90年代经济飞速发展的中国大陆,这部剧的播出正逢其时,同名主题曲传唱一时:"从来不怨命运之错/不怕旅途多坎坷/向着那梦中的地方去/ 错了我也不悔过。""我"也将其视为重要的启示:"其实看电视不一定只有坏处,譬如我就很喜欢南洋电视剧里那种女孩子咬紧牙关也要'出人头地'的朴素追求,因为生活里看不到,算得上一种启蒙。"㉘而"出人头地"其实是童年追赶不上阿棋的时候,张怡微就已经萌芽的目标㉙。阿棋在好几部小说中都有出现过,只不过名字不同,《锦缠道》里的麦琪正好就是阿棋在小说中的又一个分身,在《今日不选》中则叫琪琪。《今日不选》在转折年代让母亲很丝滑地从无线电厂的工人转变成了合资厂的劳动力,从单位到企业,未经世事的郑小洁对这样的变化感到很开心:"'合资'二字在上海话听来,就是'盒子'。'盒子'令我想起琪琪爸爸手中捧着的木头方块。这样的盒子也许象征着某种命运。至少,我们的生活会变得好一点。"㉚尽管到合资厂,母亲的收入的确是一个飞跃,但已经远远落后于琪琪爸爸这样的个体户。在见证了父/母一代的遭遇以及经历了自己成长的冷暖之后,"出人头地"已成执念并不断被强化,子/女一代早已树立了冷静务实的生存法则,这不能从市侩的方向去理解,否则将会遮蔽和消解子/女一代的挣扎、努力和庄严。至于父/母一代甘之如饴的爱情则没有太大意义,欲望在世俗社会的流淌让爱的神圣早就被解构。因此,张怡微

的小说与很多同时代作家不同,与不拮据、有尊严地活着相比,"爱情"并不占据最重要的位置。可以说,这样一种写作选择或倾向是经过90年代的切身体会过滤之后的一个结果,当然也不会有所谓"升华"。

《细民盛宴》里有一个细节,"梅娘"突然问起了袁佳乔有没有看过奥斯特洛夫斯基,袁佳乔经过百度搜索才知道原来他就是《钢铁是怎样炼成的》的作者,顺便想起初中就背过的那段耳熟能详的话,她记起"背诵的时候,我正在不尽愉快的家庭生活和校园生活中煎熬。我不知道什么是人类的解放,我连自己的解放都实现不了。"㉛对袁佳乔来说,这本激励了几代人的书所指明的人生意义和方向以及所蕴含的革命英雄主义和理想主义,她从来没有拒绝过,但也没有尝试了解过,因为自顾不暇。相反,《人在旅途》提供的却是与时代语境与个体命运更为契合的切实的奋斗动力,足以支撑着她在市场经济的时代成为一个严肃而自立的女性,最终实现与父母的和解以及对自己的解放。不过,特里·伊格尔顿在分析《远大前程》时曾说:"长大的过程中,我们必须逐渐接受一个事实:无论觉得如何自由且自立,我们都不是自己的创造者。给我们定位的,是我们无法左右的历史,对它我们几乎一无所知。这段历史融入了我们的肉体、血管、骨骼、器官,也融入了我们的社会状况。我们的存在,还有我们的自由和自主,都取决于一连串的人和事,而这一切错综复杂,永远也无法彻底理清。虽然情节正在上演,但很难弄清我们在其中的位置。自我的源头居然不是自我。这个谜,我们必须学会与它相处"㉜但毫无疑问,不仅学会与之相处,张怡微的写作始终在尝试与之接近,如果说其师王安忆作为另一个意义上的父/母一代尚还可以回到60年代去探寻意义并在"启蒙的辩证法"中保留某种精神期许,那么作为张怡微这样的子/女一代又该从何处去进入历史进而在日常生活之中保持某种张力呢?

近年来,"漫长的90年代"已然终结并渐成共识,无论起讫点有何种参照标准㉝,从时间单位来说,张怡微都已经完整地经历了那个时代。对于张怡微个人而言,"90年代"包含了她童年时代即产生的创伤也包含了上海城市的巨大变迁和中国经济的全面转型,这也构成了她很大一部分显性隐性的写作资源。将以"90年代"为坐标的历史经验作为视角,既是进入其创作、重返历史的一个路径,也是与以"上海"为坐标的"地方经验"和以"东北"为坐标的"代际经验"发生勾连和对话的契机。从以"上海"为坐标的"地方经验"来讲,张怡微的写作当然是"上海的",纵向地看,她写普通男女的"日常"与"不升华"与张爱玲、王安忆的关联不言自明,但局限于"地方"的谱系梳理不仅会妨碍连接更为开阔的地理视野,也会集中于"海派""市民"等面向从而影响对个体写作的深入讨论;横向地看,《繁花》的热播,使张怡微的"工人新村"再度被当作上海"空间"多样性和意识形态暧昧性的证明,在实现对90年代"上海怀旧"的批判的同时,这种补充和堆叠式的解读也如朱羽所指出的,城市经验的刻板可能会再度被强化㉞。从以"东北"为坐标的"代际经验"来讲,"新东北作家群"的集体亮相和以黄平为代表的批评家的"新东北"书写研究,宣告了以郭敬明为代表的去历史去道德的80后"青春文学"叙事程式的终结㉟,"新东北"写作从"漫长的90年代"出发去连接"短20世纪"的尝试㊱被视为80后写作从个人突围提供了启示和方向,但是受地域限制的"代际经验"无疑会在普遍性上受到质疑,基于不同个体的位置和经验投射于写作实践必然呈现内容、形式、风格、立场的差异,比如张怡微的写作和新东北作家的写作就截然不同。但是如果引入以"90年代"为坐标的历史经验这个视角,地方、代际则将被打通,举一个例子,《细民盛宴》中有一段话:"如我与我的父亲、母亲、继父、继母,我与他们新家庭中的成员,我们以我们的平凡走过我们的青春,以我们的牺牲浪掷于魔幻的上海,无论历经多少挣扎,才终于走向沉默的协商,在外人看来,或在外人并无意观看的视域里,我们集体艰苦的嬗递不过是不起眼的一阵烟。"㊲同王安忆一样,张怡微也会或借叙述者之口或以直接点评议论的方式实现自己的在场,她在无数我们认为应该怨恨或控诉的戏剧化节点,会加上诸如"那又怎样"等平静而克制的限定来表达一种云淡风轻的听天由命,有张爱玲"就事论事""只能这样"的意味,让很多小说的人物不曾诉苦却仍能让人读出这不过是"沉默的协商"。这段话也是这种风格,虽"不过是不起眼的一阵烟",但"牺牲""挣扎""集体艰苦的嬗递"等又鲜明地指向了从父/母一代到子/女一代的创伤,不仅在下岗这个事件上同时也在历史记忆和情感结构上同在东北成长起来的同代人实现了连接。

张怡微关于90年代的记忆和书写,为我们撕开了一个又一个裂缝,我们不仅借以重返90年代的历史现场,看到一个又一个上海普通家庭的日常生活和80后女孩的成长故事,看到人性的幽微和命运的沉浮,也听到文学多声部的众声喧哗中流动的经验和传统。对于80后作家来说,最常见的指责莫过于游离在历史之外,但该如何安放个人,文学该如何表现历史,如何创造新的形式,始终是当代文学无法回避的难题,张怡微说:"我依然只能从感性出发,接近我所要抵达的部分。"㉘

注释:

① 杨庆祥:《九十年代:记忆、建构与反思》,《中国现代文学丛刊》2022年第12期。
② 张怡微:《樱桃青衣》,《哀眠》,人民文学出版社2023年版,第241页。
③ 张怡微:《樱桃青衣》,《哀眠》,人民文学出版社2023年版,第251页。
④ 张怡微:《今日不选》,《试验家族》,人民文学出版社2020年版,第195页。
⑤ 张怡微:《今日不选》,《试验家族》,人民文学出版社2020年版,第203页。
⑥ 卢燕娟:《和解、反思、征用与新的可能性——再论"唱红歌"及其引发的争论》,《文艺理论与批评》2018年第5期。
⑦ 詹姆斯·伍德著,黄远帆译:《小说机杼》,河南大学出版社2015年版,第7页。
⑧ 夏婉璐、汤平、吕琪:《身份、创伤、符号:跨文化传播视域下的谭恩美研究》,四川大学出版社2017年版,第139页。
⑨ 张怡微:《旧时迷宫》(代序),《旧时迷宫》,文汇出版社2013年版,第8页。
⑩ 参见《从6.6平米到36.7平米 住房制度改革破解"申城第一难"》,"东方网"2018年12月13日,https://sh.cri.cn/2018-12-13/4f3e12bd-1524-f660-730f-f79292d27565.html。
⑪ 张怡微:《旧时迷宫》(代序),《旧时迷宫》,文汇出版社2013年版,第3页。
⑫ 张怡微:《旧时迷宫》(代序),《旧时迷宫》,文汇出版社2013年版,第5页。
⑬ 张怡微:《嗜痂记》,《试验家族》,人民文学出版社2020年版,第146页。
⑭ 张怡微:《嗜痂记》,《试验家族》,人民文学出版社2020年版,第146页。
⑮ 张怡微:《旧时迷宫》(代序),《旧时迷宫》,文汇出版社2013年版,第10页。
⑯ 张怡微:《嗜痂记》,《试验家族》,人民文学出版社2020年版,第159页。
⑰ 张怡微:《旧时迷宫》(代序),《旧时迷宫》,文汇出版社2013年版,第7页。
⑱ 张怡微:《细民盛宴》,人民文学出版社2017年版,第6页。
⑲ 张怡微:《细民盛宴》,人民文学出版社2017年版,第37页。
⑳ 张怡微:《细民盛宴》,人民文学出版社2017年版,第37页。
㉑ 张怡微:《细民盛宴》,人民文学出版社2017年版,第6页。
㉒ 张怡微:《细民盛宴》,人民文学出版社2017年版,第112页。
㉓ 张怡微:《琼瑶〈窗外〉"但愿我生时有如火花,死时有如雪花"》,《新腔》,山东画报出版社2019年版,第17页。
㉔ 张怡微:《细民盛宴》,人民文学出版社2017年版,第48页。
㉕ 张怡微:《细民盛宴》,人民文学出版社2017年版,第39页。
㉖ 张怡微:《细民盛宴》,人民文学出版社2017年版,第39页。
㉗ 张怡微:《细民盛宴》,人民文学出版社2017年版,第112页。
㉘ 张怡微:《锦缠道》,《四合如意》,人民文学出版社2022年版,第251页。

㉙参见张怡微:《旧时迷宫》(代序),《旧时迷宫》,文汇出版社2013年版,第11页。

㉚张怡微:《今日不选》,《试验家族》,人民文学出版社2020年版,第200页。

㉛张怡微:《细民盛宴》,人民文学出版社2017年版,第79页。

㉜特里·伊格尔顿著,吴文权译:《文学的读法》,海峡文艺出版社2021年版,第173页。

㉝汪晖在《去政治化的政治:短20世纪的终结与90年代》中将2008年视为90年代终结的年份;张旭东曾把90年代的头尾确定于1989年到2001年,即从80年代的终结到中国加入世贸组织,即"改革时代的第二个十年",但也提出超越机械的历史年代框架,讨论更为实质的历史阶段论问题,参见《形式的暧昧:九十年代中国文学的叙事中立与历史复杂性》,《中国现代文学丛刊》2022年第12期。

㉞参见朱羽:《悬置移情的写作与上海经验的呈现方式》,《中国现代文学丛刊》2020年第8期。

㉟参见黄平《出东北记 从东北书写到算法时代的文学》,上海文艺出版社2021年版,第16页。

㊱参见石岸书:《作为起源的"漫长的90年代":"80后"的代际视角》,《文艺理论批评》2023年第3期。

㊲张怡微:《细民盛宴》,人民文学出版社2017年版,第104页。

㊳张怡微:《后记:幽谷与过渡》,《细民盛宴》,人民文学出版社2017年版,第199页。

[作者单位:上海大学中文系]

面向当下与未来的"世情书写"
——张怡微小说集《四合如意》读札

□ 战玉冰

一、张怡微小说的物质性

说实话,第一次读到张怡微的《端正好》时,最吸引我的部分是小说中的买房流程和行业术语,"她拿户口,缴社保,买新房,摇号分不够,二手房遇到房东离婚之难,再到三价就低、首付提高、贷款利率加码,放款时间放缓……用上好好住 App,逛线上宜家看软装"①。或许是因为读这篇小说时我正有着与小说人物相类似的生活经历,所以对这些看似冷冰冰的名词和动词格外有感触(我甚至在读完这篇小说后真的去下载了"好好住"App)。有趣的地方还在于,小说主人公阿梅原本是深受买房与装修流程的困扰,"一个人走完了一条耗尽心力的长路"②。但在作者张怡微行云流水般的写作中,在她那本清清楚楚的"买房操作指南"里,我却感受到了一种一气呵成的畅快,并一定程度上纾解了自己在面对现实中同类繁杂事务时的无力感。这一处小说细节及阅读感受上的"裂隙",暗含了某种我们理解张怡微近期小说创作的可能路径:一方面,张怡微的小说敏锐捕捉到了当代人们的日常生活经验,并借此勾起广大读者的相似经历,引发其情感共鸣;另一方面,这些小说又不是简单地反映和记录现实,而是以一种极其纤细敏感的笔触重塑日常生活本身,努力探求着当代人们感觉上的幽微之处。进一步来说,前者是关于写什么的问题,后者则关系到怎么写的问题。

在整本小说集《四合如意》中,诸如买房流程这一类极具现实感与经验性的细节可以说俯拾即是。比如《端正好》中就还有从"售后公房""非普通住宅契税""挂牌价""成交价",到中介半路"截胡"、公事转私活的行业"潜规则";《缕缕金》中的老年购物旅行团;《步步娇》中外公去世与公司有关直系亲属过身才能申请丧假的规定;《煞尾》中的疫情与隔离……丰富而精准的生活细节为小说中虚构情节的展开提供了基本的物质保障,令读者很容易对其中阿梅(《端正好》)或邱言(《缕缕金》)的故事"信以为真"。更重要的地方还在于,张怡微小说对于这些物质性细节的捕捉,进一步深入人物的内心深处及人与人之间的具体关系,从生活的物质性延伸到了情感的物质性。

比如《步步娇》中,郑梨和母亲帮忙清理外公去世前使用过的各种药盒子:

>那些奇异的三无产品,一点一点快把这户人家的空间吞噬掉了。它们的说明书、包装盒、保证书、防潮剂散落在这个家的角角落落,沙发缝隙里的灰尘与药丸的粉末,嵌在一股尿液、胃酸、胆汁的混合味道里。怎么丢也丢不完,怎么清扫也扫不干净。它们明明是带着健康长寿的愿望而来的,却散布着疾病和衰老的气息。③

从小说故事性的层面来讲,我们不难想象这些打扫、整理与收纳工作的琐碎,甚至还可以通过这些细节推断外公生前曾经购买或被赠送了大量药物与保健品的生活场景:久病在家,亲友来访,彼此寒暄客气,祝福身体健康。与此同时,这些物质细节又反过来构成了一种压抑、低沉的生活氛围,一种到处都"散布着疾病和衰老的气息"。特别是在外公去世后,这种气息伴随着亲人的离去而凝聚成为每一名家庭成员心头散不去的阴霾,形成一种可以让读者充分共情的情感体验。王安忆认为所谓"小说的物质性"不仅仅局限于器物、事件方面的写实和自身经验的表达,更在于逻辑与情感。她曾指出,"一旦承认小说是要创造一个存在物,自己个人的经验便成了很大的限制。要突破限制,仅仅依靠个人经验的积累和认识,是不够的,因为任何人的经验和认识都是有限的。还应当依靠一种逻辑的推动力量,这部分力量,我就称之为小说的物质部分","物质部分落实到小说具体的写作过程中,便是叙述方式的面貌"④。从经验的细节到情感的细腻,张怡微小说中坚实的物质性面向也由此而产生。

又比如在《缕缕金》中,母亲去世后衣服的处理方式与相应牵扯出的人物行为反应与人际关系也颇值得玩味:

> 母亲火化当天下午,父亲就把母亲衣柜里的羊绒大衣、只穿过一两次的羽绒服统统送给了保姆阿姨。那些好衣服都是邱言送给母亲的,有的是生日礼物,有的是母亲节礼物,母亲生前都舍不得穿。但父亲没有问过邱言一句,就着急腾出了四分之三个衣柜。他说:"哎哟这下我的东西终于有地方放了。"那位住家保姆得了衣服,隔月就辞了职,听说是和同乡一起去了北京。临别,她都没见上邱言。邱言很想对她说:"妈妈的衣服,我能不能赎回来呢?"⑤

在这一场围绕母亲生前衣服所展开的"送"与"赎"的过程中,我们不仅能看到父亲和邱言对于母亲去世截然不同的情感表达——一个如释重负,一个恋恋不舍;还不难感受到父亲与邱言之间父女关系的潜在裂痕——衣服是邱言作为礼物送给母亲的,却被父亲"统统送给了保姆阿姨"。甚至我们如果愿意冒一点过度解读的风险,还不妨尝试围绕并没有正面出场过的保姆形象作一些推测:她对于这一家人究竟有着怎样的情感态度?比如其在母亲去世一个月之后就离职北上,可能是她正好遇到一个更为合适的工作机会;也可能是对先前雇主一家的冷淡与薄凉;当然更可能是因为母亲去世了,父亲开启了自己的老年旅行生活,因此也就不再需要"住家保姆"了。张怡微并没有详细交代个中因果和来龙去脉,却留下了更多可以细细揣摩的空间,所谓"言有尽而意无穷"。

二、"世"与"情"的辩证法

张怡微的小说经常被研究者指认为"世情小说"。的确,无论从海派传统、女性书写、日常生活题材、写作时的细腻笔法哪方面来看,这样的判断都有其自身的合理性。而所谓书写"世情",最难以把握的是如何由"世"入"情"。张怡微作为在这方面有着相当经验积累的写作者,自然知晓其中的难度、微妙与分寸所在。"比起应对日常生活的枯燥,探索内心的矛盾反而更为棘手"⑥,因为日常生活中的事情/事件是可以被描述和记忆的,但其中相伴而生的情感和情绪却总是显得波澜不惊或稍纵即逝:"日复一日,生活的惯性是如此。总好像有过一点强烈的感情,愤怒、嫉妒、委屈,差一点要爆发,转眼又好像什么也没有发生过。"⑦

进一步来说,在张怡微近些年的小说创作中,最具笼罩性的"世"与"情"当属亲人离世。比如《端正好》中阿梅的外婆去世;《冉冉云》中"我"的父亲病逝;《一春过》中乔乔的婚礼是为了母亲癌症过世的"冲喜";《缕缕金》小说开头第一句话就是"母亲过世以后";《醉太平》也是从"林老太太往生第二天"写起;相应地,《步步娇》的开篇则是"三天前,郑梨见了外公最后一面,在他的床前";《锦缠道》中写到"父亲过世,大体放在伯伯家里";《字字双》中也涉及"父亲工伤过世后";其中情节最激烈的可能还要数《寄生草》一篇,其中不仅有新闻中女生台风天杀死男友的相关报道,还有关于一名继母连续杀人却因精神疾病而被轻判的都市传说……我做了一个粗略的统计,在张怡微的小说集《四合如意》和《哀眠》中,几乎每一篇都涉及这一方面的内容⑧,其或者作为故事的主要背景与情感基调,或者在看似不经意间而被一笔带过。当然,张怡微如此执着于书写死亡,其本质上关心的其实还是生者。换言之,张怡微在《四合如意》中所书写的最大"世情"之一,就是在亲人离世的背景下,家庭成员中生者间关系的微妙与敏感、冷冽与炽热、包容与矛盾、隔阂与羁绊。

与此同时,需要注意的是,现实生活中的"世"与"情"从来都是不能截然分开的,真正的日常之"情",往往掺杂着凡俗之"事"/"世",张怡微的"世情书"背后也通常还隐藏着一本"生活账",比如《端正好》中母亲资助阿梅买房:

> 阿梅对母亲说:"我和你、你老公住在一起,怎么可能会有男朋友?"母亲一愣,竟没有反驳。她好像是听懂了,却没有具体回答。阿梅买房的时候,她从股票里退了一笔钱。她对阿梅说:"我买了你爸老单位的股票,去年因为疫情,它突然涨了很多很多……就当是我和你爸给你的。主要是我给你的,因为你爸不知道,他是铁公鸡。你不能说出来哦,因为我跟你可不一样,我有老公的……"
> 阿梅就笑笑,说:"谢谢妈妈,妈妈真好。"⑨

引文中所表现出的母亲对于女儿的情感中,有爱、有愧疚,也有体谅与责任。与此同时,其中还有股票突然暴涨所带来的经济收益这个再现实不过的原因了。此外,这段话中还能看出母亲与父亲,以及与她现在的老公之间的微妙关系。母亲一方面因为"买了你爸老单位的股票"而获利,这才有了资助女儿的现实条件与可能;另一方面母亲也意识到了这笔资助是自己和前夫共同给予女儿的爱,但同时又强调自己在其中的主导作用和前夫"铁公鸡"的性格特点。此外,母亲与现在老公之间的关系,又使得她不好声张这一举动,并且也嘱咐女儿不要说出来,其需要在女儿和老公、爱与现实关系、情感与金钱之间小心翼翼地维系着某种平衡。而最后阿梅接受母亲赠予时的反应:"阿梅就笑笑,说:'谢谢妈妈,妈妈真好。'"更可谓点睛之笔,其中交织了感谢、无奈、嘲讽与自嘲等多重复杂的情感和心理,颇值得反复玩味。在这段两百字不到的文字中,张怡微多次从具体的生活细节——比如经济来源、财产关系、家庭关系等方面——突入人物的情感深处,从"事情"到"世情";同时其笔下之"情"又饱含"事"的物质感与"世"的经验性,因此不再是单纯的青春或私语性写作,而是显得更为质地坚固且具体可感。

借用《端正好》中转述的一个故事来理解张怡微小说对于普通人日常生活的呈现,或许颇为合适:

> 今年"烟花"台风过境时,阿梅在抖音上刷到周浦镇有一家人的阳台直接掉落,家中卧室直接暴露,好像《爱丽丝梦游仙境》里"洞开"一个天地。上海人家,洞开的天地里没有什么意境可言,逃进来一只花脚蚊子,就算是影响到生活的大事了。⑩

如果说"一家人的阳台直接掉落","好像《爱丽丝梦游仙境》里'洞开'一个天地"指的是一种关于城市历史的宏大叙事⑪,那么张怡微所写的家庭故事与世情小说,就仿佛打开一家人的房门,去捕捉其中"逃进来一只花脚蚊子",是在最纤细处拨弄生活的神经末梢。

需要补充说明的是,表面上看,张怡微小说似乎写的都是普通人的日常生活,但细究起来,其中的人物也并不那么"普通"。他(她)们或者是有过专著出版的知名电台主播(《冉冉云》);或者是从事东亚鲁迅学研究,并在日本仙台访学一年的青年学者(《缕缕金》);或者是在伦敦求学,以《情感依恋与现代科技》为博士论文选题的中国留学生(《四合如意》);或者是在英国获得博士学位,回国后又终于拿到稳定教职的大学老师(《字字双》)……总体上来说,"高知"构成了张怡微这些小说中主人公的重要社会身份标签之一(并且这些博士、博士后、青年教师、访问学者、交换生的另一个身份共同特点在于其都是广义上的、有着海外背景的青年学者)。如果再进一步对小说集《四合如意》中出现的地理空间作简单统计,我们会发现一幅生动的全球化图景:上海、北京、香港、台北、东京、伦敦、曼彻斯特、广州……总体上来说,小说集《四合如意》所关注和书写的对象人群和生活轨迹是比较偏国际化的知识分子阶层,但其所形成的读者共鸣体验却远不止于此。究其原因,一方面是在人物关系和故事情节层面,张怡微的小说不仅书写这些"高知"人群,也同样关注他们的父母和亲友,因此在叙事上部分突破了小说主人公生活阶层的束缚,同时笔触也多从"国际"回归到"在地";另一方面则是本文前面所讨论的小说中的"经济账"和物质感,正是"世"与"情"的交织、"利"与"爱"的纠缠,使得张怡微的小说获得了某种现实意义上的普遍性理解可能,即其所表现和塑造的,不是某一阶层人群的特殊经历,而是一个时代中人们普遍的感觉结构。

三、从"世情"到"机器与世情"

对于通过小说把握时代的方式,作为文学研究者、评论者与高校中文系教师的张怡微有着高度的清醒和自觉。正如她所自陈:"迄今为止,我有两个自我命名的写作计划,一个是'家族试验',包括了《家族试验》、《细民盛宴》、《樱桃青衣》,《细民盛宴》可看作那十几年写作的总纲。另一个是'机器与世情',以《四合如意》为代表。其实也包括了过渡时期《樱桃青衣》中的两部小说:《度桥》和《樱桃青衣》。"[12]作为写作命名的"机器与世情"最初或许包含着出版社在推广与营销方面的考虑,"2022 年,人民文学出版社出版了我的短篇小说集《四合如意》,责任编辑为我这一组短篇小说命名为'社交媒体时代的世情书写',后多次安排我就'社交媒介'与'青年写作'这两个关键词发表文学看法"[13]。但其确实又相当准确地捕捉到了张怡微这本新近小说集创作的最主要特点之一。甚至我们不妨认为,所谓"机器与世情"正是对张怡微此前"世情书写"的某种迭代和升级。

稍微跳开一些来看,现如今很多现实主义文学作品,相比起把握当下,更擅长书写历史。小说中的所谓"当代",其实也还是主要集中在"过去",比如 20 世纪 90 年代的国企改革,或者世纪之交的时代情绪等等。结果反倒是我们当下的、此时此刻的生活,并没有被充分地把握和书写过。这甚至让人一度怀疑,在非虚构写作充分介入生活第一现场的时代背景下,当代小说是否还有把握,乃至塑造当下生活的能力。在这个意义上,张怡微的小说集《四合如意》以及其他几篇围绕"机器与世情"这一青年议题所展开的系列写作就具有了格外值得被关注和讨论的价值。比如其中涉及的题材包括电商直播与弹幕(《冉冉云》)、微信朋友圈(《一春过》)、社交软件(《四合如意》)、小红书(《白观音》)等等。需要说明的是,张怡微在小说中书写这些新的技术发明与社会现象,绝非一种趋时与猎新,而是其将这些技术媒介形式的变化视为在新的时代背景下,"经由'机器'所生发的伦理话题",其中关乎"都市青年的日常生活中,情感劳动的表征"[14]。

一方面,媒介技术的变化有其自身内在的延续性和演变路径,比如《冉冉云》中的主人公,随着传统媒体的衰微与新媒体的兴起,终于从一名传统的电台主播转型成为网络直播间的主播,而在这一职业转型过程中,其无可避免地会接触到弹幕,这种新的、更加即时性与碎片化的交流与表达方式。在她看来,"弹幕这样的东西,其实并不新鲜。我们以前做节目的时候,算是观众留言区,节目做到后半程,总会念出一两封读者留言作为互动,最多的情况是点歌,也有粉丝问嘉宾问题的。编导会自动过滤掉许多奇怪的问题","这样的话在传统广播节目里,绝不会被念出来。弹幕就不同了。在直播间人人都可以看到"[15]。在媒介学的意义上,如果我们将传统广播视为某种中心化的媒介形态,那么网络时代的视频弹幕则意味着一种去中心化的舆论场域。同为"主播",其具体的工作方式,与听众/观众之间的互动模式也都会因此而产生很大不同。

另一方面,新的媒介形式所引发的生活方式的变革,最终必然会带来不同时代人们"感觉结构"上的变化。在雷蒙·威廉斯看来,"感觉结构"是"一种特殊的生活感觉,一种无需表达的特殊的共同经验"[16]。其和我们一般所说的"感觉"之间的区别在于:"感觉"是对象直接在主体身上所产生的结果,而"感觉结构"则是感觉的累积与固化,甚至最终形成某种主体的第二本能。即如本雅明所说:"在漫长的历史长河中,人类的感性认识方式是随着人类群体的整个生活方式的改变而改变的。"[17]比如在《端正好》中写阿梅怀念外婆的离世:"现在,再也没有人做第二名了。手机是第一名,是第二名,也是第三名,成了阿梅最喜欢相处的东西。手机里藏有她的行程、她的消费、她的病历卡、她的社会关系、她的全部生存事实,和谎言。"[18]张怡微在这里将主人公阿梅的外婆离世和手机成为我们日常生活中最重要的物品两件事并置来写,使得外婆离世这一个人事件由此获得了某种时代隐喻性的普遍意涵——传统一代人及其生活方式的消亡。

概括来说，张怡微在小说集《四合如意》中所关注的内容，是人际交往、亲密关系、亲情伦理等传统"世情"，在面对新的技术时代背景时，其在表达方式上所作出的必然转型，而这背后关乎当代人生存形态的根本性变化。比如其小说中写到的微信、朋友圈、小红书、弹幕、表情包，其一方面构成当代人情感表达过程中某种重要的、新的媒介形式，另一方面也反过来重新塑造和规定了我们今天的表达情感与感受情感的可能性。以我们日常所使用的表情包为例，其表面上似乎只不过是一种媒介化的、虚拟化的、游戏化的社交形式，是一种在社交媒体上快速表达即时性情绪反馈的图像工具。但当我们长时间、普遍地使用表情包来传递信息或表达情绪之后，表情包就会相应产生某种新的情感和意义类型，比如"捂脸哭""狗头"等。我们每天可能都会使用到这些表情包，但它们究竟表示什么意思？我们能否用文字来准确地描述出其中的含义？（如果可以通过文字来描述，那么使用表情包的意义又在哪里？）或者在小说中要如何呈现这些当下新的情感表达方式与时代感觉结构？从这个意义上来说，张怡微的《四合如意》及其整个"机器与世情"系列作品，无疑具有其文学先锋性和实验性的面向，而这也需要写作者拥有不断自我更新与持续自我升级的能力。比如其在《缕缕金》中写到一对男女间交往的细节：

"我们要不要加个微信？"邱言问金泽。

"好好好！"金泽这么说，"我加你还是你加我？"（这重要吗？）⑲

如果说这里女主角问"要不要加个微信？"构成了一种情感上的邀约，而男主角本能地迟缓反应"我加你还是你加我？"，则变成了一种不够主动热情，或者不解风情。而最后括号内的一句"这重要吗？"既是女主角不满的心声表达，也可以视为对弹幕形式的一种模拟。由此，这样一种当代年轻人社交中常见的媒介"技术"场景——加微信，就被张怡微赋予了某种微妙的"世情"意涵。

最后，我们必须说明，张怡微写朋友圈、表情包，实际上还是在聚焦写朋友圈里的"朋友"和表情包背后的"表情"。换言之，张怡微关注的不是新技术本身，而是新技术暴露出或遮蔽下的"人和人之间不尽如人意的关系"。2024年10月27日，复旦大学中国当代文学创作研究中心曾举办过一场"冲出日常——张怡微小说《四合如意》《哀眠》研讨会"。这里所说的"冲出日常"，并不是在中国现代文学研究中的"日常与传奇""日常与革命"等传统命题下所展开，而是冲出传统现实主义文学所想象和限制的日常。詹姆逊在《未来考古学》一书中将福楼拜《萨朗波》《圣安东尼的诱惑》等历史小说写作与儒勒·凡尔纳的科幻小说在同一历史时期的出现视为一种文学史上的征候性现象。简言之，即科幻小说在某种程度上可以被视为历史小说的延伸和替代品。詹姆逊指出，如果说历史小说在资本主义或资产阶级文化发展过程中曾经起到的作用在于，我们可以通过对于过去的、具体的、历史的想象来完成对于当下生活规范的理解和认知，那么科幻小说则"是将我们自己的当下变成某种即将到来的东西的决定性的过去"⑳。当然，我在这里引用詹姆逊的论述并非想把张怡微的小说指认为科幻小说（它们显然不是科幻小说！），而是想借此说明，在一个技术高速发展的时代里，未来已至。这个时代的现实主义不是继续想象一个属于"过去"的现实，而是积极探索和拥抱一种面向"未来"的现实。从这个层面上来看，张怡微努力把握和书写技术加速时代的"世情"变化，就具有了某种新的时代价值与未来意义。

注释：

①张怡微：《端正好》，《四合如意》，人民文学出版社2022年版，第10页。

②张怡微：《端正好》，《四合如意》，人民文学出版社2022年版，第10页。

③张怡微：《步步娇》，《四合如意》，人民文学出版社2022年版，第133页。

④王安忆：《我的小说观》，张新颖、金理编：《王安忆研究资料（上）》，天津人民出版社2009年版，第41页。

⑤张怡微：《缕缕金》，《四合如意》，人民文学出版社2022

年版,第77~78页。

⑥张怡微:《缕缕金》,《四合如意》,人民文学出版社2022年版,第81页。

⑦张怡微:《冉冉云》,《四合如意》,人民文学出版社2022年版,第35页。

⑧小说集《哀眠》(2023年)虽然出版时间晚于《四合如意》(2022年),但其中很多篇目,之前已经收录在张怡微更早的小说集《樱桃青衣》(华东师范大学出版社,2017年版)中,其中的作品也可以一并获得观察和讨论。比如在小说集《哀眠》里,《伊丽莎白》中好友梦伊的死讯;《免疫风暴》中刘彤父亲的去世;《蕉鹿记》中从父亲过世到蒋先生过世;《度桥》中外婆与父亲都已经过世了十多年;《过房》中老夏的死;《双双燕》中伯恩前女友的死;同名小说《哀眠》中李智母亲的葬礼;《故人》中已经过世五年的同学;《爱情的完成》中阿勇跳楼自杀;《樱桃青衣》中父亲因车祸去世;等等。

⑨张怡微:《端正好》,《四合如意》,人民文学出版社2022年版,第13页。

⑩张怡微:《端正好》,《四合如意》,人民文学出版社2022年版,第8页。

⑪张怡微曾在《反讽·童话·赘聚——重读〈长恨歌〉》(刊于《扬子江评论》2018年第6期)一文中指出,王安忆小说《长恨歌》与刘易斯·卡罗尔《爱丽丝漫游奇境》之间的互文性关联,其中也特别提到了《长恨歌》中"揭开屋顶""洞开一个天地"等童话笔法与细节。

⑫张怡微:《冲出日常》,《上海文化》2023年第9期。

⑬张怡微:《社交媒介时代的青年叙事观察——兼谈〈四合如意〉〈哀眠〉的创作》,《文艺争鸣》2024年第6期。

⑭张怡微:《社交媒介时代的青年叙事观察——兼谈〈四合如意〉〈哀眠〉的创作》,《文艺争鸣》2024年第6期。

⑮张怡微:《冉冉云》,《四合如意》,人民文学出版社2022年版,第40页。

⑯雷蒙·威廉斯著,王尔勃、周莉译:《马克思主义与文学》,河南大学出版社2008年版,第141页。

⑰瓦尔特·本雅明著,王才勇译:《机械复制时代的艺术作品》,中国城市出版社2002年版,第12页。

⑱张怡微:《端正好》,《四合如意》,人民文学出版社2022年版,第6页。

⑲张怡微:《缕缕金》,《四合如意》,人民文学出版社2022年版,第83页。

⑳弗里德里克·詹姆逊著,吴静译:《未来考古学:乌托邦欲望和其他科幻小说》,译林出版社2014年版,第379页。

[作者单位:复旦大学中文系]

张怡微的散文课:以理克情、以退为进

□ 姚良逾

张怡微在《散文课》引论中提到,中国创意写作课程中散文的缺席说明了中国当代散文的弱势地位,《散文课》写作的信念则是追求现代散文文体模式的突破。书中,张怡微从散文的灵感、语言、情感、结构等诸多方面对散文创作理论进行了论述。无论是在创作理论上还是创作实践上,她无疑都在身体力行地探索着那种"超越实用而进入美感的,可以供独立欣赏的,创造性的散文"[1]。然而,学界对张怡微作品的关注主要集中于小说创作,而鲜少瞩目其散文作品,这似乎恰恰再次证明了她所说的散文的"缺席"与"弱势地位"。

张怡微虽以小说创作为重点,但从她散文创作实践的开始与持续时间、产出的数量与质量,以及她对散文创作理论的探索来看,其散文作品是不应被学界忽视的。张怡微的散文创作主要集中于台湾求学期间,后集结为《都是遗风在醉人》《我自己的陌生人》《云物如故乡》等。《都是遗风在醉人》记录了张怡微初至台湾所见之人与事,展现了在台生活的流水抒情,读来比较轻松,虽不如后两本沉稳深刻,但诸多后来总结于《散文课》中的理论从中已能初见端倪。

一、想与说:对感性的理性处理

"在感受现实的经验时,他可能和常人一样沉浸其中,不胜低徊,可是在处理这些经验时,他必须身分身外,痛定思痛,不能泪眼模糊,以致妨碍视线。"[2]张怡微借余光中对文学与文学要处理的对象二者的辨析,表达了"好的创作需要理性地运用感性"[3]这一观点。这在《都是遗风在醉人》中体现于数次"想"与"说"的不一致。

书中有两次张怡微乘坐出租车的经历令读者印象深刻。第一次是在《从冒险到壮游——华丽岛纪实》中,彼时她初至台湾,由于雷暴天气在夜间迫降高雄,接机的同学已经散去,手机也不通,人生地不熟的她拖着两个大箱子,"抓阄"似的随便上了辆出租车。司机在保有尊严的前提下竭尽所能地传递热情与她攀谈,而她不仅不愿搭腔,心里还充满神经兮兮的吐槽。"他又问我在大陆的学校,然后惊呼:'那你来逢甲做什么!逢甲考七分就能上啦!'我即使心中想着:不是吧,我们老师可不是这么跟我介绍的啊。但我还携带好几个月的生活费、一台计算机、一台相机甚至家里藏了几百年的美金……哎算了,他说七分就七分吧。"[4]第二次是在《过年》中,她在出租车上向陌生司机抱怨台北过年时的凄凉,于是下车时司机给了她一张名片,说要是之后过年找不到地方吃饭的话,他可以帮她找朋友一起"围炉"(吃团圆饭),而她表示"'我怎么会和你一起围炉,我要回家的'。我心想。但我却对他说了一声谢谢"[5]。

第一次时初来乍到且临行前被叮嘱"不要回答会引起争议的问题",沉默与吐槽无可厚非;第二次时心中所想是事实,口中所说是为了表示感谢与客气,这也是人之常情。但书中还有多处这种"心口不一"的情况,比如她特地去看吴念真的舞台剧,最后却因该剧是没有字幕的台语而提前离场,剧团工作人员解释"我们吴导的戏,从来没有字幕"。"好吧,你们吴导,我心想。'谢谢。'我却说。"[6]又比如在听台湾人谈论她家门口的世博中国馆有多好时,"我想与他们搭话,告诉他们世博不仅人潮骇人,它的建设还拆毁了我童年的乐园。但终究还是忍住了"[7]。这些时刻她的所想为感性,所说或沉默为理性,在书写时她完全可以选择只写下她当时说出口的、更体面、更中听的客套话,但她没有,她选择将所想与所说同时写下来。这或许可以理解为散文对事件与情感"真实"的追求——这本也是她身为一个敏感的异乡人的真实感受。但如果从其创作理论来看,这便是"理性地运用感性"的体现。经历不等同于书写,她下笔时的理性不存在于经历时所想或所说的任何一边,而恰在于二者的共现。先心里吐槽后口头感激,感性为理性开道。现实中我们可以选择说或不说,选择说想说的或该说的,但写散文不一样,散文有它的"忍心",要"在散文中观看世界,观看他人,观看自我,开凿人与人之间情感面向上的明暗、冷热、亲疏"⑧。如果说第一次在出租车上的沉默是出于对新环境的敏感提防,那第二次的那声"谢谢"则是出于对温情的克制回应。设身处地地想一想:当我们在异乡一个人孤单过年还吃不上饭时,一个素不相识的司机主动提出以后可以找他一起吃团圆饭,我们心里会是什么感受?我们可能会哭。张怡微作为一个"若有人在异乡的时地,在静谧的夜晚,柔柔地对我说这样的话,我大约是会有冲动想要哭一哭"⑨的人,面对司机的好意,她却在文字中表现出疑惑不解。这样的反应是反常的,而正因反常才会引人深思其用意所在。她不能在收到司机名片的那一刻喷泪,感时伤怀不是高度理性,不稳定的情绪也不是高度理性。她需要一种反向的情绪来中和她的辛酸与感动,来摆脱琐碎的伤感和感官式的感觉。因此,她才让所想与所说二者同时出现以拉开感受者与叙述者的距离,达到悲与喜的平衡稳定。在台时对人事与历史变迁的进一步认识、对台湾"温情""怀旧"氛围的切身感受影响了张怡微这种内省与节制风格的形成,这既反映在她的散文中,也在她后期的小说作品如《四合如意》中得到了印证⑩。

除了在出租车、剧院、公园等场景中与人交流时出于自我保护或敏感、克制的"心口不一"外,《都是遗风在醉人》中还有诸多与朋友、师长交流时对内心真实想法的掩藏。这些掩藏涉及《散文课》中另一重要问题——对复杂感情的处理。"我觉得好的散文要蕴含复杂的感情,不能是简单的感情,简单的感情没有必要写下来。我们写散文,要写那些幽暗的东西,缝隙里的、有灰度的感情。"⑪有别于单一情感的表现方式,复杂情感是需要深入探讨和理解的、多维度的情感体验,它们可以是混合的、矛盾的、模糊不清的、深层或长期的。《不许联想》中,年轻时曾为文学少年的商人李先生感概"可惜文学不能果腹",张怡微对此只是礼貌地表示赞同。面对李先生背完余光中《莲的联想》后"这个莲是谁?"的问题,她的反应则是"啊,我怎么知道。我真是倒吸一口凉气"⑫。《莫欺少年穷》中,面对"小台北"轰轰烈烈的失恋,"他问我为什么她一定要喜欢一个悬浮在空中的'大叔'都不爱一个活色生香的他。其实我也不明白。你试过裸体吗?我心想。'你会喜欢陈升的儿子,还是陈升本人?'但我问道","我说,那你为什么不快回去。这里没人信。其实我心里想,他真没赶上好时候"⑬。张怡微曾一度只能靠"卖友""卖文"谋生,热爱文学但文学不能果腹的问题与矛盾肯定能引起她的共鸣;"小台北"年少时在经济上的困窘、情感上的挫折、在大陆与台湾两边体验的变化,张怡微也不会不感同身受。然而,正如周作人认为的那样,人与人的心灵极难相通,文章不应写得情感起伏抑扬,强烈的情感本来就是内在的,表达不好的⑭。张怡微的沉默与心口不一是她在鉴别复杂情感后的选择,正因对复杂情感的高度关心,在书写时才能做到"以理克情",做到像旁观者一般的奇异的平静,即便她本置身其中。

二、远与近:对故乡的重新认识

《散文课》提到,故乡书写,或者更准确地说,"想象的故乡"书写的问题非常复杂。这既是因为在"创意写作"的专业特征下⑮,乡土性与城市性的碰撞难以避免,更是因为被文明和消费主义规训的我们这一代人很少真正在那个所谓的故乡生活过,也难以真正认识文学作品中的故乡。"故乡"于我们而言已经成了一种被逃离、被回归的象征。"如果没有背后的思想意义作支撑,创作者仅仅是歌颂故乡景美人美,或仅仅批判现代文明的入侵对故乡的破坏,在当下已撑不起'故乡'的心灵意义。如何确立、调整自己和故乡的距离,可能会是未来写作这一题材的空间。"⑯在调整与故乡的距离上,张怡微的方式表现为"以退为进"。

《都是遗风在醉人》可以说同时书写了两个故乡,一个是此岸别人的故乡台湾,一个是彼岸自己的故乡上海。"来台湾以前,我一直以为像我这样的人是没有故乡的,而到台湾以后,我才发现'故乡'二字对于如今每一个年轻人来说,恐怕都是需要被重新理解的概念。"⑰张怡微说她原以为自己是个没有故乡的人,是在渐渐识得台湾、台湾人之后,才进一步识得了大陆与家乡。之所以认为自己没有故乡,是因为她的家族起初就是由于战争才被动迁徙到上海,而上海又一切都在被拆除重建。至于对台湾和台湾人的识得,正如她所写,多数大陆年轻人对台湾的向往中缺少之于变迁的感伤。抵台前的张怡微对台湾的认识多来自吴念真、侯孝贤等的文字与影像,当真正生活在其间时,她才慢慢发现这座岛屿有着同样的漂泊无定。无论是早年蛰居大陆的台湾人还是蛰居台湾的外省人,他们即便回到故乡所指向的那个地理空间,也再找不到心中那个原乡,很多外省籍年轻人更是直接将台湾当作原乡,成了彻头彻尾的台湾人。家庭或故乡记忆被吞没、被篡改、被遗忘的情境在两岸、在各处随时上演。异乡生活经历让她意识到,城市在趋同,乡村在被逃离,真实的台湾与上海无异,每个人都是没有故乡的人。"探寻上海与台北息息相通的城市生活记忆,体会城市现代性进程中个体注定漂泊流离的命运。"⑱这便是张怡微对故乡的重新认识,这种认识是在远离故乡、贴近异乡的过程中迂回产生的。

即便如此,张怡微依然会思念上海那个挤在工人新村的家,台湾外省人依然在与台湾人、台湾文化、台湾历史艰难磨合,本省人对台湾的爱依然坚如磐石。因为移民城市的漂泊无定已经融入人民的情感与行为,每个人都已习惯时刻带着清醒、警觉而又温情的妥协去面对那个不是故乡的故乡,去维护内心的和平以及与外部世界的和谐。《华丽岛流水》中那位退休后留在台中生活的大爷"路程远"就是最好的例子:"他能够背出大陆各个省份的铁路线、陈年的军事布局,却也无意去大陆周游。因为对他来说,老家湖北不是家,工作场地金门不是家,学校台北不是家,只有台中才是真正的、从来的、永远的家。"⑲在2024年的采访中张怡微也说道"上海是我唯一的家,它是一种经验性的存在"⑳,旅台经验并没有消解上海经验,而是成为她重新发现和认识故乡上海的重要资源。

但故乡日新月异的变化是不可更改的事实,我们又该如何面对?高楼、夜店、小汽车、连锁便利店、人潮、地标巷子,在《都是遗风在醉人》中,我们可以明显感觉出张怡微对城市表征尤其是趋同的城市表征的不安,该书序言中她就直言她所熟稔于心的台湾之景是"乡村与小镇"。张怡微对台湾的一半幻灭来自如今聚集着非常多日式烤肉店的、斑斓却失语的九份,而一半升华则来自奋起湖的铁路、山崖,来自阿里山的小火车,来自南投县的清境农场。但在《散文课》中,她对城市的看法似乎有所改观,因为她发现人们对城市人行道居然也是有要求的。徐汇区落叶景观道布展上的人工假花、敦煌女神引发市民争议,策展方收到反馈后迅速调整。人们对这样一条看着平静、没有任何讨论空间的街道居然提出了审美上的要求,这是一种城市人对待"故乡"的、不同于以往乌托邦式、桃花源式的独特情感。20世纪末的西方学界经历了一次空间与地理学转向,索雅将"第一空间"(真实的地方)和"第二空间"(想象的地方)结合,创造了一个既包含真实又包含想象的"第三空间"。在这个"第三空间"中,主体性与客体性、抽象与具象、真实与想象、可知与不可知、重复与差异、精神与肉体等统统包含在内。张怡微在《散文课》中用街道改造的例子,说明城市是——至少可以是一个复杂而有机的共同体,在这种共同体中,无论是情感还是文学,都有生发成长的可能。从不安到惊讶的这种转变,体现出张怡微不同于早期旅台时的新的城市感知。

城市在不断拆迁、重建、更新,一方面,决策和执行的是城中人,为的也是城中人的利益,内部主体与客体和谐统一;另一方面,如世博会的建设毁了张怡微童年的乐园一样,如她眷恋的中永和可能是别人逝去的往昔一样,我们所排斥的飞速变化着的、毁坏我们记忆的城市,可能也将是后来人土生土长的地方,将是他们的"故乡"。空间会随时间的流动、群体记忆的更改而变化,"故乡"其实是相对的。在《细民盛宴》中她就写道:"我们一起成长起来的工人的后代们当然会有自己的世界观、价值观,自己对父辈的认识,自己的审美,自己见过的一生一世。"㉑因此,面对这种无法避免的、社会发展所必要的变化,除了积极参与到城市公共空间的设计建设以使其符合审美外,张怡微在《散文课》的最后还给我们指出了一个方向,那就是"抓紧书写",用书写去抚平创伤,去修复记忆,去记录变化。

三、对语言物质性的运用

如果将语言看作一个表意材料,当我们选择用某一词语或句子进行创作时,我们会发现即使是同一种词语,也会生发出不同的语义,产生不同的审美功能[22],这是张怡微在《散文课》中所说的"散文语言的物质性"。她认为散文语言物质性被遮蔽的问题与现代散文文学地位的旁落有关,她对这一特性的实际运用同样也体现于《都是遗风在醉人》的多篇散文中。

对兼具时代与地域特色的语言材料的运用。从逢甲到台大再到政大,作为一个长期在台湾求学的上海人,张怡微直言留学的孤寂旅程使她沉思的对象丰富了起来。这种丰富除了体现在对人、事、物、景的书写外,还体现在其散文的语言使用上。"我们常用的词语是有限的,但不妨碍我们可以使用已有的词语去找寻它,无限地接近它,甚至可以用方言、用外来语借力摹写它","在情境所需时,也不妨用一些欧化或文言文的句子,以及适时而出的方言或俚语"[23]。散落于文中的历史词汇、上海话、闽南语、英语、日语、古诗文以及大量的歌词是《都是遗风在醉人》的一大特色,有"我真的没在 follow 这些哦""MAYMAY 的那个鸡排饭超赞的"这类语句的直接引用,也有"超级无敌百花齐放,超级无敌弹眼落睛""像想念一个编年体内的生活偶像"这样读来有些怪异陌生的古今词语搭配,还有"荣民""二二八""美丽岛""陆客""好康""古早"这样带有时间感地域性词汇的渗透,许多篇目更是直接以古诗文作结。有限的词语不能准确表达丰富的情感和体验,打通古今中外、向外部借力无疑是一种很好的处理方式。日常语言与文学语言穿插、实用性与艺术性交融,张怡微很早就在探索散文语言在情感、视觉、音乐等层面的各种可能。正如她在《散文课》中所言,"我们只希望能够尽量提供给散文创作者一些新颖又合理的方案和阐释,使其体会问题革新的艰难,并勇于用母语创新"[24]。

对材料有意地剪裁布置。张怡微以台静农的散文《始经丧乱》为例,通过分析"人生实难,大道多歧"后省略的"死如之何""学者以多方丧生",发出"作家刻意选择没有写出来的部分,是不是可以成为一种重要的提示"的疑问[25]。在《电影节》一篇中,她其实也像台静农那样避开了直接书写创伤,但向读者展示了通往创伤的路径。在《电影节》中,她提到自己看的两部电影,前一部"非常好看",后一部两位男生号啕大哭,她却只能在散场后"像局外人一般散去"。仅通过她提供的信息我们不知道两部电影具体是什么内容,但通过电影名信息及简单搜索可以得知,前一部——《记我的母亲》讲的是母亲,后一部——《永远的三丁目之1964》讲的是父亲。在《愈流逝,愈哀切》中,从电影内容到社会背景再到导演采访,她花了大量笔墨讨论电影《诸神的黄昏》,讨论年轻人的情感起落如何与个人生存、与家庭、与社会挂钩,而到了自己身上她却选择一笔带过。父母离婚又各自再婚,成长于重组家庭,家族关系凉薄,复杂的家庭情况影响了张怡微的写作,她的作品中充满对家庭、社会、爱的深刻洞察。《电影节》中银幕下的她不可能看完这两部电影无动于衷,她完全可以大书特书电影如何"好看"而她又如何"像个局外人",但她没有。在整本书中她都很少提及自己在大陆、在上海的父母,连在后记中提到时,也只是说"想到这个,总是因欲言又止而涕零。那就是爱吧,我对自己说,一望无际都是爱,就是重压。我只能假装没听到自己这样说"[26]。强烈的爱是欲言又止,是浩瀚的沉默,是假装没听到自己这样说,因为"'悲剧'这样东西,没有来临的时候,我们没法迎上去。来的时候,不去书写的那个文学动作,力量可能会比书写还要大"[27]。这种有意或无意以不写、略写达到的"无中生有",或者说在写作过程中对读者的"预设",可能是张怡微的一贯风格。比如早在吴念真的写作课上他们讨论她短剧本中的剧情时,吴念真就告诉她"我知道,但你不能预设我一定知道。在完整的剧本里,你要交代"[28]。张怡微对吴念真的建议是"感动"的,但她是否真按照他说的那样去"交代",至少从《电影节》来看并没有。

对一般创作而言,往往文中什么出现得多,作者就是在强调什么,《都是遗风在醉人》则有些不同。书中多次提到的事件之一,是台湾民宿老板偷吃了骆以军送她的巧克力,一开始她是非常生气和难过的,读者也能共情这种情绪。但正如她再次见到骆以军时,由于时间和空间距离的拉长而冰释了对那位偷吃妇人的埋怨一样,读者的情感反应也随着对这件事书写次数的增多而逐渐被削弱,由起初的生气、批判慢慢变成了对她那种"记仇"或"斤斤计较"的会心一笑。

无论是写出来的强调还是没有写出来的强调,无论是有意还是无意,这种拼接、裁剪都已经形成一种有效的文学布置。散文语言的物质性由此展现,并最终呈现歧出、装饰、暗示等艺术效果。

张怡微最为看重的是小说,但在小说无法养活她时,是数不尽的评论、专栏向她抛出了橄榄枝,散文最初之于她不是创作而是工作。在复旦大学教授创意写作的契机让她以更加冷静、专业、严肃的态度重新面对散文,她带着改变创意写作散文教材少这一局面的使命,以及追求现代散文文体模式突破的信念,完成了《散文课》这样一本与现代散文有关的"小册子"。张怡微的散文理论在其早期散文作品中多有体现,但写作不是概念先行,《散文课》是张怡微对诸多大陆与台湾文人的文献资料的整理思考,也是她对自己长期以来散文创作的回顾、反思与总结。她的散文理论与散文创作实践是相互映照、相得益彰的。

注释:

① 余光中:《余光中文集》,内蒙古人民出版社2003年版,第318页。
② 余光中:《逍遥游》,中国友谊出版公司2019年版,第15页。
③ 张怡微:《都是遗风在醉人》,山东画报出版社2013年版,第61页。
④ 张怡微:《都是遗风在醉人》,山东画报出版社2013年版,第25页。
⑤ 张怡微:《都是遗风在醉人》,山东画报出版社2013年版,第130页。
⑥ 张怡微:《都是遗风在醉人》,山东画报出版社2013年版,第20页。
⑦ 张怡微:《都是遗风在醉人》,山东画报出版社2013年版,第41页。
⑧ 张怡微:《散文课》,华东师范大学出版社2020年版,第69页。
⑨ 张怡微:《都是遗风在醉人》,山东画报出版社2013年版,第85页。
⑩ 如《字字双》中间接文体、自由间接文体和自由直接文体的交错使用体现了张怡微对"说"与"不说"以及"怎样说"这些问题的探寻,这些话语安排方式既保有传统现实主义的客观效果,又使得言说情景如在目前,同时还能体现出道德问题的复杂性与暧昧性。见张雅婷:《"谜一样的生活啊,真是笑死人"简析张怡微〈字字双〉的话语方式》,《上海文化》2023年第9期。
⑪ 张怡微、柏琳:《书写有灰度的感情》,《上海文学》2024年第8期。
⑫ 张怡微:《都是遗风在醉人》,山东画报出版社2013年版,第118页。
⑬ 张怡微:《都是遗风在醉人》,山东画报出版社2013年版,第108页。
⑭ 刘绪源:《今文渊源 近百年中国文章之变》,青岛出版社2016年版,第78页。
⑮ "创意写作"非常年轻、都会,是具有高度"城市性"的专业。张怡微:《散文课》,华东师范大学出版社2020年版,第185页。
⑯ 张怡微:《散文课》,华东师范大学出版社2020年版,第188页。
⑰ 张怡微:《都是遗风在醉人》,山东画报出版社2013年版,第8页。
⑱ 王小平:《世情叙事经验的流动与整合——论张怡微的上海书写》,《南方文坛》2024年第4期。
⑲ 张怡微:《都是遗风在醉人》,山东画报出版社2013年版,第12页。
⑳ 张怡微、柏琳:《书写有灰度的感情》,《上海文学》2024年第8期。
㉑ 张怡微:《细民盛宴》,人民文学出版社2017年版,第197页。
㉒ 张怡微:《散文课》,华东师范大学出版社2020年版,第44页。
㉓ 张怡微:《散文课》,华东师范大学出版社2020年版,第139~143页。
㉔ 张怡微:《散文课》,华东师范大学出版社2020年版,第12页。
㉕ 张怡微:《散文课》,华东师范大学出版社2020年版,第46页。
㉖ 张怡微:《都是遗风在醉人》,山东画报出版社2013年版,第225页。
㉗ 张怡微:《散文课》,华东师范大学出版社2020年版,第49页。
㉘ 张怡微:《都是遗风在醉人》,山东画报出版社2013年版,第165页。

[作者单位:上海大学文学院]

主持人语

□ 张清华　王士强

从年龄来看，出生于1960年代中期的一如已是一位"老诗人"，而同时，他也是一位创作状态正佳、知名度和影响力冉冉上升的"新诗人"。甚至一如这个名字也是近年才开始使用的，他此前写诗多署名长征，而他的本名叫做王长征。王长征1965年生于山东博兴，1985年开始写诗，他出版诗集多部，参与创办民刊《诗歌》《极光》等，并出版长篇小说、绘画评论集等。一如写诗至今已有40年，他对诗歌持之以恒的追求，他近年引人瞩目的诗歌变法，他提出的颇具理论价值的"最低真实""本源写作"等诗学主张……诗人一如确实值得更多的关注和讨论。

一如诗歌写作的鲜明特点之一在于其汉语性、中国性，他对于汉语的诗性特质孜孜以求，对于诗歌的中国特征、中国风范锲而不舍。在诗歌写作的初期，他即坚定了对于汉语诗性之发掘、开拓的写作路向，注重对于传统文化的审视、再现与转化，《习经笔记》即是这方面的典型代表，也构成了其诗歌写作的一个高峰。在这样的写作中，一如激活了传统，也激活了汉语，经过现代目光的重新拂照、发现以及发明，使其重新焕发生机与活力，如其在诗论中所说："我杀死我，我新生，我写下第一行诗句。"在这样的写作中，一如的目的不是简单地"向传统致敬"或者复古，也不是一般意义上的反叛、颠覆、反讽。他的目的在于发现、张扬传统之中优秀的、有益的、可以为当今所用的东西，或者说，是发现传统当中的现代性，以及现代当中的传统性，以实现传统与现代之间的有效关联与沟通。就此而言，一如的写作连接到了文化与美学双重意义上的"源头活水"，拓展了现代汉语的弹性、活力与可能性，丰富了现代汉语诗歌的质地、内涵与外延。

笔名从"长征"到"一如"的转变显然是深思熟虑之后的结果，有着文化身份和自我认同上的象征性意义，也更加鲜明地体现出作者的文化立场和精神姿态。与这个颇富禅意的名字"一如"相一致，他近年的写作的确更为纯粹、简洁、自然，明心见性，更具神性与禅意。2024年出版的诗集《明月之心》所收录的主要是一如晚近的作品，在诗集的《自序》中他说："诗需要通达语言与自然、社会、日常以及当代的关系，世间万物都是我内心的显现，每一寸山水、每一株花草、每一个生灵，都是我——我的肌肤、我的愁肠、我的肝胆、我的心肺、我的疼。每一件事物都不是独立外在的，大关怀就是这样升起来的，慈悲心就是这样升起来的。"他近期的写作的确具有见天地、见众生、物我一体、天人合一的意味，当然这一取向也并非全然是东方的或古典的，事实上它也颇具西方存在主义的意味，是现代性的产物，一如是在开阔、开放的文化视野中展开他的诗歌创作的。

一如早先曾阐述自己的写作立场："我希望找到自由诗的格律，我希望能做现代的古典主义者，我就是先锋中的保守派。"可谓辩证而周全。他近来则说道："我对传统诗歌与外来诗歌的学习仍在继续，越是对自己的传统接通根底，越有接受外来的姿态和胸怀。"他还阐明自己的写作理想："打通几千年的中国传统，取得西方诗歌之好，写出不偏不倚的中国风范的诗。"可谓理性而清醒。而他的诗歌创作，的确在上述诗学进向上做出了个人化、有成效的探索。

[作者单位：张清华，北京师范大学文学院；王士强，天津社会科学院文学与文化研究所]

一如谈诗

□ 一 如

得第一义,在一个混沌未明之地,有一缕光线,这是诗。

一颗心不能丢掉,是真心、诚心、赤子之心,丢了心诗就变成了词语的魔术,当然魔术也很玄,但是不高明,不能生不能活,不能死而复生。

西方的诗歌多是计较的,他们都有一个观念,各自不同,然后穷尽所能。汉语有一个本色叫自然,不是说的大自然,自然而然,当初的样子,也可以说天然,并无目的可言。这与平淡不一样,然而也不拒绝奇诡。

西方的哲学一直在研究人,这是他的伟大之处,到存在主义才接近了人,但尚未弄清:一个怀揣着心灵的人。而这颗心灵里有宇宙永恒的法则,那个不生不灭的空性。

海子是个奇迹,他的诗进入的是一种伟大的幻境——而不是光明无碍的解脱之境,这个幻境随时破灭。

海德格尔说:诗人的天职是返回故乡,他说的这个故乡可以安放一颗心,可对于灵魂不置可否。

生生之境,生生是生而又生,也是无生,得大自在。

诗歌也是一种自在之物,诗人是那个找到了她的人。

诗歌无所谓创造,无所谓美,但需要求道。

诗人无为,诗人需将能力减到最弱,损之又损,这个过程就叫才能。

只有心灵才可与宇宙相交,时间和空间都可穿越,只有心灵才有资格谈论自由,谈论诗。心灵被肉体层层包裹,所以很容易被混淆。

诗歌有一种超越性,不是因为身体是真的,精神一直看不见。而是因为身体其实是假的,而精神却真实不虚。

诗是一个时代的兴观群怨,是时代的浸泡物,关键是它穿透了一个个时代。

一位重要的诗人,他穿过本民族的语言后,他的母语随之有了新的改观。

新不是捏造出来的,是对陈旧的唤醒,其实是永恒的道统。

我曾经想怎样才能回到传统,可我忘记了我就在传统里;我想怎样才能忘记传统,可我忘记了我正在遗忘着。

诗歌有现场,但她又是闭上眼睛才能看见的东西,诗歌的语言不光是人的声音,更是自然的声音。

自由的根在自然,自然不生不灭又如来如去。

我希望找到自由诗的格律,我希望能做现代的古典主义者,我就是先锋中的保守派。

修辞就是修身,语言的功夫能使诗人从污泥般的身体状况中举出不染之莲,这是诗意之所在。

诗是用语言搭建的巢穴,安顿那颗低低鸣叫的灵魂。

我杀死我,我新生,我写下第一行诗句。

诗歌本有融通古今之力。

诗唤醒了人的感通性,与宇宙万物的道交感应,下笔如有神。

汉语的面容是善,汉语的气质是悲悯与顿悟。不辩,此中有真意。

破执之后的空性,破除逻辑思维后的智慧,无私无畏。

汉语自度度他,有千手千眼之能,来去自如,无遮无障,辞达,而不是词语的巫术。

现代汉语不但要有对西方语言翻译的胸襟,更要有对本民族道统语言翻译的诚意与孝心。

我们应该知道,生命也意味着死亡。我们更应该知道死亡也会死亡——新生。

[作者单位:山东省滨州市公安局交通警察支队]

张杰对话诗人一如

□ 张 杰 一 如

张杰：《清贫》一诗里，"清贫，你是风吹长袖里永不流转的银子"，为何清贫是银子？这是否和童年有关？

一如：不但与一个人的童年有关，更与一个民族的童年有关。我们最重要的精神气质就是在童年，长袖是中国人的仪表，清贫是中国文化的底色——永不流转的银子。饱食思淫欲，安贫才能乐道，尼采说：适度的清贫是值得颂扬的。

张杰：《给孩子们》里，"我希望你们含有大地的德行/我希望你们练出闪电般的勇气"，这样的诗句，是否也可以看作对成年人世界的告白和暗语？

一如：我们经历了一次文化的摧毁，接着又一轮经济的爆发。我与天地的同根断了，万物与我为一的德丢了，这才是真丧失。道法自然是传统之本，寄希望于孩子们，就是寄当下于成年人的自我挽救。

张杰：你所写的诗作，最终想表达一种破执吗？依据佛经，众生之所以六道轮回，就是因为执着。只要破执，就可以超越轮回，获得解脱。那么，如何破执呢？或者说，破执的具体修行方法，是什么呢？因为众生的八万四千种根基，所以，佛说了八万四千种法门，这是佛法里全部破执的修行方法。而如果从佛教游离出去，破执的现代意义是什么？破执对当代诗有何建设意义？

一如："具正法眼，得第一义。"就是要求破执，我们在生死里打转，在日常的无意义里耗费一生，最终跌落在轮回里，常没常流转。诗歌也是这样，自由诗并未得自由，得到的只是一个形式，我们对西方诗歌的学习，一方面学来了技术，另一方面学来了一个"我"，一个深刻的"我"，一个自大的"我"，一个肉味的"我"，可这个"我"没有生生之机。这样看上去，现代汉诗"先进"了，却没有去做"落后"的工作，我们的古诗就是破执的，是"无我之诗"，当然也有"有我"之诗，可那个"我"与现在这个个人主义的"我"也不一样。那个"我"总是与自然万物与鬼神在一起，通篇反映着儒释道的光辉。中国的自由观就是建立在破执之上的，与器官的解放完全相反，中国当代新诗面临的最大问题也在这里。

张杰：读《孩子们在用高倍望远镜看月亮》《为了挽留住一枝腊梅》，觉得你在尝试打通今古，也试图"化古"与"化今"，对此你有无设想？

一如：这正是我想做的一项工作，就是要有融通古今之力，传统越深厚，对当代的推动力越大，我们汲取到本源的能量，才可能完成新诗的大扭转。但百年新诗太单薄，朦胧诗和第三代都各自解决了部分问题，可对于深远的传统我们还没有来得及去深度辨认和对接，这是中国新诗亟待解决的问题。另外，我还用十几年的时间写了《诗经笔记》和《易经书》等，意从源头上续命新诗。以今化古，以东化西是我的发生点。

张杰：而在《已经丧尽精魂》里，"化今"转为了现代幻灭感与失败感，"钢管子落地之声/让我丧尽精魂/我还是愿意听见捣蒜声/在北方的平原传得很远/会有月牙透出/我还是愿听见偶然的豆腐梆子声/会有早年的旧事现前/会是重温旧梦/虽然那时也少不了凄凉"，一种渴望续接传统，回归传统的力量与调子，试图把读者拉回过去。这是不是徒劳的？当代诗的回归传统，接续传统，是不是你写作的一个思考？或是当代诗的一个内在定力源泉？当代诗的回归与创新，其相互关系是否也导致纠结与超脱？

一如：不是拉回过去，是把过去拉到未来。我曾经想怎样才能忘记自己的传统，可我忘记了我正在遗忘着；我曾经想怎样才能找到自己的传统，可我忘记了传统就在我的身上。就是这样的一种现状。西方的文艺复兴难道不是从古希腊文明中取得了精华？雅斯贝斯有一个论断：当人类每一次遭遇危急的时刻，总是要回到"轴心时代"去汲取动力。上面谈了，当代新诗面临的就是真正传统的缺失，同时又是新诗生成的深远空间。因此我提倡"本源写作"——言志载道之精神，思无邪之天真，明心见性之修为，古朴苍凉之风骨，逍遥自在之风度，圆而神之智慧。子曰：辞达而已矣。易曰：修辞立其诚。诗话曰：具正法眼悟第一义——我需要好好参悟古人传承的心法。寄情于景，寓景于情，情景交融；乐而不淫，哀而不伤，怨而不怒；修身养性，心识。这些我想努力在自己的诗歌里炼复起来。

张杰：《我不应该再带着身体去爱》诗里对"诗言志"的当下现实处理得饱满又充分，"我不应该再带着身体去爱/我应该是爱的本身/……我应该带着一双眼睛/看见落日的余晖里/鲜血般壮丽的河山//我不应该再带着身体去爱/我应该是那个破烂不堪的妈妈/求她那个不肖之子回家吃饭/她的儿子一边踩着她的头发/一边打她/这位妈妈跪在地上/一边给儿子系鞋带"，这首诗达到某种内在精神的高度统一，同时也不失一种"批判感""忏悔感"，这种"忏悔感"似乎贯穿于你的诗作，成为一个底色构成元素，那"忏悔感"的出现对当代诗意味着什么？"忏悔感"的重要性和启示意义又会带来当代诗的哪些重要变化？

一如：这个忏悔感是人类的应有之义，孟子说："恻隐之心，人皆有之；羞恶之心，人皆有之；恭敬之心，人皆有之；是非之心，人皆有之。恻隐之心，仁也；羞恶之心，义也；恭敬之心，礼也；是非之心，智也。仁义礼智非由外铄我也，我固有之也。"这大约是中国人的忏悔观了，所以是天生而固有的，但是会被遮住，现代人的享乐观，对自然与外物的掠夺、杀戮和摧残就是我们丧失了忏悔力的后果，没有忏悔就没法赎罪，文明就崩坏了，所以也是诗歌的应有之义，并非为了某种风格。

张杰：能否谈谈当代诗与世界公民的关系与意义？

一如：东方的圣人说：不学诗无以言。西方的哲人说：诗意的栖居。所以诗是人类的魂魄，诗歌是人类应有的现实，卡佛说：一个人忙得连读诗的时间都没有，根本不是生活。诗就是文明的制高点，所以她理应被公民所有。如果人类没有对诗性的共同追求和拥有，那我们不就变成私民了吗？那是奴隶。诗歌亦即大学之道，在明明德，在亲民，在止于至善。亲民亦是新民，新民是至诚如神之人，是出离于世间死生后的大解放，公民是诗教而成就的新人，新人因志于道，据于德，依于仁而游于艺，如此无碍无遮，动静一如，头头是道。

张杰：大乘佛教的空性与慈悲精神，对量子力学与现代智能机器人将参与未来战争的当代世界，其相互作用对当代人意味着什么？佛法的空，在你的诗写里是如何思考体现与处理的？

一如：量子时代的到来，是科学家们在惊叹：这世界是空的。但科学不能证悟空性。量子与机器智能的结合，只能是人加速异化的结果，我们会自造一个统治者。机器人会有越来越高的智力甚至学会情感，它们要学会了慈悲那还好，但它学不会证悟，所以它不能了脱，它也没有天堂可言。诗歌的空性是因为自我的抽身，没有一己之力，又不着一字，事物会从自己的位置浮现出来，情景会从无数个时空里浮现出来，就会迁想妙得，可这是假相，所以本质是空的，所以他们如来如去，他们自在。

张杰：若三百年后回望当代中国和当代诗，你觉得后人会怎样评价？

一如：这不是个伪命题，我们应该有站在未来回望当下的诗学设想，因为当代的诗歌写作在一种本源力量源源不断的推动中，有一个个体诗人的本性创生，成为在三百年乃至更为久远的未来回望时仍闪闪发亮的现实，是必然会发生的。但这要看我们在多大程度上汲取了本民族储存的精髓密码，以及与国际诗歌的互文能力。我们在今天的诗歌程度，直接关系着三百年后新人们的评价标尺，因为我们也成了他们的传统的一部分，我的意思是，我们越往后追我们越有对未来的楔入力，我们是他们的古人，又是他们的同代人，因为一种诗歌有着持之以恒的不灭精神，我们的诗歌应该现在就听到他们在三百年之外的议论、辨认和评价了。

张杰：对一位诗人来说，"返璞归真的写作"与"自我多样化的写作"是否矛盾？选择某种风格化的写作，是一种局限？还是一种机智的极致表达？

一如：万物并育而不相害，道并行而不相悖。我从这里去理解多样性，熊十力先生在《新唯识论》里说：千头万绪不离我身，千言万语不离我心。这就给多样性理出了一个头绪，和而不同而非同而不和。但是相害的互杀的多样性会带来混乱，你看一个大唐的诗歌，或就一个杜甫来说，其广茂繁荣兼收并蓄——吾心即是宇宙，这有多浩瀚。其一而二，二而三，三而万，而他们是相通相和而不隔的，这样的一个多样性，因为他们都有道的面容，自然的面容，悲悯苍生，兼善天下的情怀。现代诗说的多样性背景含混，来路不明，互否互争互损互害，是值得反思的。风格即自然，不是人造的，不是追求出来的，是出于天生的差异性，像梅兰竹菊的不同。有意识地为风格而写作是一种造作，泰山之雄，华山之险，衡山之秀，恒山之奇，嵩山之峻，都是自然造化的。其实返璞归真就是这样的，诗有它的多样性，它的复杂性，它的繁华，但它有来路和归途，它随时可以回去，汉语是可以返乡的语言，我们的心可以在那里安住，当它不能使我们返乡之时，汉语就失去了灵魂，离道远矣。

张杰：一如兄早年提出"最低真实"和"本源写作"的理论主张，在当下，是否有新的阐释或相关思考？

一如：在当时提出"最低真实"意在守住当下，让事物回到自身，诗歌回到常识，物物而不物于物，让诗意在虚妄中回归其真实性的生命状态，这基本上是一个第三代的认识。新世纪以来，我提出了"本源写作"的观念，即立足当代而回溯源头，打开身体而回到人心，追根溯源，续接新诗慧命，打通以西方翻译语言为主的当代汉语诗歌与中国古传统的脉络，成为有根的中国诗歌，一首诗是千年老树上最娇艳的花朵。如何恢复从这一点上来说，当代诗歌批评差之甚远，无以担当，还陷在百年新诗，甚至"朦胧诗"以来极为有限的时间里，也就是说一个小传统，而根本性的问题并未提起，如何开出？当代诗学的建设根基仅限于流派之囿，以及对西方文学的介绍阐释，更有甚者，以一个搬来的诗学理论硬套鲜活的诗歌文本，当然我是知道有见识而有抱负的批评家，我希望看见他们根本性的建设。我说的"本源写作"，即此针对身体写作、主体写作、个人写作、客观写作、知识分子写作、民间写作而成的一个具涵摄性与超越性的命题。

张杰：在《雨祭》诗里你写到了"春天美丽的假相"，在《成果》诗里你写到了"我们也要识破一个民族的假相"，在生活中还是诗写中，假相和真相的关系你是怎样认识的？现在，人们对"知识改变命运"都认为是假相，而认为"知识的应用才能改变命运"才是真相。对此你有何评价？假相和真相的关系对当代诗意味着什么？

一如：从空性的角度看，凡所有相皆是虚妄，量子力学的研究也表明了这一点。而诗歌的现起却是从中开出的，《唯识论》讲的人有八识，眼耳鼻舌身意，还有末那识和阿赖耶识，以我人心识之外的万有现象，皆是由我人心识自体所变现而来，亦即是由第八阿赖耶识中的种子所变现生起，故除心识之外，万有现象皆非实在。因此说"唯识无境"；或自万有现象自识所变一面来说，称为"唯识所变"。王阳明说："你未看此花时，此花与汝心同归于寂。你来看此花时，则此花的颜色一时明白起来。便知此花不在你的心之外。"但是有情之物的兴起给我们带来了种种诗意的景象，我们的诗歌也就此跃起，但我们不能流连忘返，它的本质是唯心所造的，归根之后是寂灭的。知识是外追的结果，是一种智力，但不是智慧，知识和知识的应用在发明一种越来越方便的工具，它改造不了心灵，并使我们离本性越远。《中庸》说：天命之谓性，率性之谓道，修道之谓教。道也者，不可须臾离也，可离非道也。这就道破了命运之谜。由此就有知识之诗与境界之诗的分野。郑敏先生说：境界是诗歌的灵魂，也是价值的最终所在，它并不浮出诗歌的表层，但却以它那不可触摸的光辉照亮全诗，没有境界的诗如珠玉失去光泽。不仅仅是这样，境界的终极是大觉悟。

张杰：你的有些诗深入民间弱势人群和小人物的生存困境，如《它们的巢在长长的摇臂上一起一落》里"这座楼很快就建完了/有建筑工人/从十五层楼上掉下来摔死了/灰喜鹊看见了人间的这些悲喜/还是一天天为他们唱喜歌/它们的巢在长长的摇臂上一起一落/谁也不知道工地再搬到哪里去"；如《这张钞票闪现着缕缕泪光》里"你走了很长的山路/又背着一筐玉米来卖//妈妈的重病/一筐金灿灿的玉米/压着你小小的身体/唉 妈妈的病什么时候能治好呢"。这样积极介入现实,关注底层,是来自你的佛心,还是来自你对现实的批判意识?当下有种观点是,当代诗人除了做好本职,作为知识分子,对其他现实问题也要有自己的看法,看到问题,要说出来或写出来。如果不敢说或不敢写,那还怎么做?对此,你的看法是?

一如:所谓境界,不是对现实的放弃,关注底层,介入当下,关怀苍生,乃是人类诗歌的主线。不同的是站姿和态度,有揭露的,有批判的,有愤怒的,有呐喊的,有战斗的,有改造的,有拯救的。"长太息以掩涕兮,哀民生之多艰。"你看他这种悲悯之情是大悲心,不仅仅是一个他者,是一种同体大悲,不单单是人,对于万物也是这样,子曰:"小子何莫学夫诗!诗,可以兴,可以观,可以群,可以怨;迩之事父,远之事君,多识于鸟兽草木之名。"所以对人以及万物生灵的体察,这是诗歌的本能,所以他有一种大无畏,勇者不惧。但他的爱是彻底的,他不但爱弱者,也爱敌人,就是一种无条件的救度,是圆善,没有遗漏,就是仁者无敌。西方的知识分子往往站在对抗的角度去解决问题,中国的士是站在星空上去救赎的,看看屈原、杜甫、韩愈、苏轼,他们是站在求道的角度去关怀苍生,他们为生民立命。

张杰:目前,大众都想听到来自民间知识分子的批评声音,诗人作为文明之子,也在重拾失落已久的知识分子道统,而知识分子的批判精神和独立自由的理想抱负,在当下,还是在当代诗里,又该如何合适地、妥帖地予以表达?一种当代诗的刚性的理性声音和当代诗的刚性的批评硬度,对当代诗的质地和构成是一种伤害?还是一种有效的维护和建设?

一如:知识分子道统在中国相当于士的道统。但两者还是有很大的差别。古希腊的哲学家是西方知识分子的原型,从思想史的观点看,西方知识分子的起源和十八世纪启蒙运动的关系最为密切。康德曾给启蒙运动的精神下过一个简明扼要的界说,即"有勇气在一切公共事务上运用理性"。这句话恰好可以代表近代知识分子的精神。而这种关怀又必须是超越于个人以及小团体的利益之上的。到了萨义德,他在《知识分子论》中提出,知识分子应该特立独行,不应该与当权者妥协,誓从独立的角度提出批判。这是西方知识分子在当代的形态,也就是你说的"刚性"。中国古人以"通古今,决然否"六个字表示士的特征,正可见"士"的最重要的凭借也是理性,但就"士"之"仁以为己任"及"明道救世"的使命感而言,他兼备了求道的宗教性,与天地合其流。他是兼善的而不是"刚性"的,总之中国的士是求道济世之独立的一族,诗人既然言志,就是发出士之心言,他应是最高的文明之子,这正是当代诗歌绝处逢生之契机。

张杰:在二战结束以来人类文明的更高智慧和更高文明集成的大背景下,韩愈、朱熹以及儒家学者所强调的道统,其哲学内涵在当下意味着什么?或当代儒者强调道统时,其用意究竟如何?是否尚有待于作出进一步说明?儒家道统的认同意识、正统意识、弘道意识,在"普世价值"大背景下,是否有了新的延展和纵深?

一如:孔子所最先揭示的"士志于道"已经言明了士的宗旨。士就是文明的创建者与卫道士,对汉文明来说,士的消亡就伴随文明大厦的崩溃。除了秦,历代都有"逸民",他们就是文明衰落的哀悼者和守夜人。士是一个精神范畴的分类,并不是社会阶层的分类,无论身处何阶层,有何身份,他是求道者,并身体力行之。他有最高的理想,维护最高级的文明。曾子曰:"士不可以不弘毅,任重而道远。仁以为己任,不亦重乎?死而后已,不亦远乎?"这正是士的原始意义,他以天下为己任,而且愈是在天下无道的时代,愈显示出他的品格与力量。20世纪50年代,新儒家代表梁漱溟、熊十力、冯友兰、贺麟等在作出初步建设后,已不能展开正常的自我理论的创造。而张君劢、钱穆、唐君毅、牟宗三、徐复观等以新亚书院和人文友会为阵地,从事着中国儒学的现代转化工作,形成了新儒家。60年前唐君毅、牟宗三、徐复观、张君劢四先生发表《为中国文化敬告世界人士宣言》,将儒家心性之学作为中国学术文化的本源和核心。认为必须顺中国文化历史之次序,由古至今,由源至流,由因至果之逐渐发展之方向,更须把握中国文化之本质,及其在历史中所经之曲折,乃能了解中国近代史之意义,及中国文化历史之未来与前途。

这份宣言全面阐释了中国文化的优长与不足,并指出在世界文化背景下重建道统的可能性与途径。牟宗三先生认为以儒家思想为主干的中华文化,不徒然为一思想,不徒为一原则,中国文化的核心乃天人合一,天地人的统一,是垂天纵地又遍及万物与人伦的大道。时代虽是古老的,而精神却是青年的。新时代之创建,欲自文化上寻基础,则不得不从根本处想,不得不从源头处说,从根本处想,从源头处说,即是从深处悟,从大处觉。但是儒学之究竟义不能不予以提炼,不能不予以充实,以新姿态表现于历史。充实之道,端赖西方文化之特质之足以补吾人之短者之吸纳与融摄。高明之道只表现为道德形式,人人都可以与天地精神相来往,而不能有客观精神作为集团组织之表现。这样个人精神必止于主观,其天地精神必流于虚浮而阴淡。中国文化不缺形上和形下,形而中的层面却十分薄弱,科学、理性、法治、民主需要从中开拓出来,近现代的知识分子,正是以"士"的人格角色,构建一个新道统,形成所谓"老内圣开出新外王"的局面。这种努力是十分可贵的,是曲折文化历史透出的曙光。总的来说也是以东化西,即形成一个"儒释道西"的文化格局。但是又必须看到,由个人主义而自然主义,自由、平等、博爱之思潮兴,近代英美政治民主即由此而孕育。但个人主义自由主义,如不获得一超越理性根据,为其生命与心灵的安顿,则个人必为躯壳之个人,自由必为情欲之自由,虽曰日益飞扬,实则日趋自毁,则又南辕北辙了。科学一元论,理性一层论,生命失去了道德与美的润泽,是人类的不幸。所以必须讲人文化成,以人性通神性所定之理性化成天下,就个人而言,以理性化成气质,所谓"克己复礼,天下归仁"也。就社会而言,则由理性之客观化而为历史文化以化成天下。所以"新道统"的建设任重而道远,同样需要与时俱进的启蒙进程。

[作者单位:张杰,河南省平顶山市干部学院;一如,山东省滨州市公安局交通警察支队]

一如旧梦中

□ 庞 培

诗,对于世人而言有时就是旧梦重温;对于诗人也同样。诗不仅是现世的头号大梦,也是语言、宇宙的水流深处同时而又不同次数的"赫拉克利特之瞳"。哲学家们站在时间哗哗流响的迸涌的水流中,见证了生命的无定种种、生命无言的命定(停留之空无)和那虚幻难明的唯一性。但也有可能,见证(听、念、看)本身就是梦境。或许是梦境,是不舍昼夜的人生的旧梦一场。

相对于诗艺的陈旧和新奇,我更乐意把诗人一如(本名王长征)将近四十年的诗歌创作,在整体上视为当代汉语中难得一见的赤子之心,类似于同时代另一位诗人杨键,在《不死者》一诗中"怀揣"一词的形象表达:

> 怀揣一封类似
> "母亡。速归
> ……"的家信
> 奔驰在暮色笼罩的小径

从一开始,一如的诗就有这种家园沦丧的紧迫、急迫感。他正走在从异乡到异乡的土路上。诗人大步行走在某个里尔克所说的"严重的时刻",有某个重大事件或灾祸正在发生,或即将发生,而诗人此刻是其事件中直接的血亲子嗣,直接的担当和受害者。写作诗集《读经笔记》(包括《诗经笔记》和《易经书》),如同被我们时代激流滔天的汉语秘密"怀揣"着的一个中年文本。诗人把自己抒写成了某个在场的生动文体。对于一如的全貌阅读,能清晰地辨认出诗人四十年创作历程中三个阶段的思想的沉积和写作意蕴的变化:第一阶段:《读经笔记》之前的学徒期,包括处女作,成名作和早期文本中诗人声音的调定。第二阶段:《读经笔记》,中年形象:对于古典中国的虔诚学习。第三阶段:2021年前后大量的新作:既有受同时代诗人写作的影响和感召,更酝酿出了黄河下游盐碱带北方大地上的新酒。往往用一种豪壮的声音,唱他孤独的悲歌。壮怀激烈如中年的曹操,低回倔强一似从野人山密林深处生还的即将步入生命沉潜期的查良铮(穆旦)。其诗学声带的慷慨豪壮,在中国当代,一眼就能辨别出来。这三个阶段所呈现出来的不同的诗歌作品,很难判别出哪一个阶段的手艺精湛,更接近经典,更激动人心言辞也更加幽独。而中文或汉语的赤子之情,在一如先生的诗作中,久已达到了普遍的流露乃至全身心的膜拜、顶礼和跪伏的程度——1965年出生的中国诗人年表上,遂跳跃出一颗耀眼的诗星:一如,山东滨州人。

习经,指的是《诗经笔记》和《易经书》两大部。习经者,也即人到中年的诗人,深谙中国古代思想的黄钟大吕者。团坐在晦涩难解的古象形文字堆中,静心深虑,为我们时代的烦躁焦灼添注出一股汩汩的诗心清流。从这个意义上,我们清楚地看到,我们阅读中的这名山东大地上的小个子大汉,实际上是一名心怀古典的源头性诗人,其诗学理想,诗写策略,是在一定程度上的对于中国传统文化的重温和回归。一名"旧梦式"诗人,充分意识到了中文汉字的往昔和今天。因为,真正的往昔,其实是今天。是我们脚下、眼前、身边的此时此刻。《读经笔记》作者充分意识到了这一点——所谓的"旧",实则是清新和清醒异常。是一定程度上的"同一条河流"和"不能"(赫拉克利特)。以及类似于作者《生前身后》一诗中的表露:

> 这时风就吹起来了,
> 一死,你就回到了生前,
> ……
> 那墓碑也被风吹得像一位戏子,
> 那碑文也被风吹得像一件行头。

这是一名中国的暮晚途中被"怀揣"的诗人,急急地赶路,类似荒野地表的孔门"丧家犬"诗人。几个惊心动魄的词(龙、麒麟、棺材、獬豸、飞檐、枯荣、刀割、阴阳、泥土、泥泞、人头、神像……)。在一如的诗行中,汉语一次又一次地试图返归乡里,寻宗认祖。汉语本身,既被流亡的乡愁人群所怀揣,同时也被北方大地上的暮晚、被即将升起的一弯新月所怀揣,更被国人本身的家国人文、山水江湖所怀揣。他并非一个秘密性质的诗人,他是历史、神话、经籍、自然综合生育出的诗人,似乎一度葆有中原大地的原始梦境。是此一梦境的还魂转世版,深具北方原始的农耕时代的灿烂童年之顽皮、天真、淳朴乃至顽劣。为了写作出一首真正的大地之歌,他可以把一首诗写坏,往嘹亮里写,也往鸡飞狗跳中写;朝向晦暗不明的黎明深处,也更笔指狂风骤雨的夏日午后。更多无法无天的志节和操守。"只是后世怕寒饿死,故有是说。然饿死事极小,失节事极大。"(《河南程氏遗书》卷二十二)亦类似于苏轼被贬海南,仍有兴致唱出:

> 日啖荔枝三百颗,
> 不妨长作岭南人。

"此皆是患难奈何不得,气象何其壮哉!""天地无穷年,无穷吾亦在,独立无朋俦,谁为自然配。"(陈献章:《晓枕》)

我们时代的汉语新诗,在传统诗学的继承和新发明这一块,多呈现命运跌宕的风吹雨打花落去,一派凋零景象。而世人若要在这凋零荒败深处,想要一窥古朴浑厚的汉语旧声,重温昔日山河中的牧童短笛,气象、节度、忠孝、义理——请读《读经笔记》。请读诗人杨键的《长江水》,请读一读正在竭尽全力地在模糊斑驳的出土石碑上悉心拓揭下深埋千年的汉语之美的一代诗人们的心气和汗血文字:一如、赵雪松、于坚、韩东、朵渔、杨键们对于旧中国的凭吊诗篇。

被新诗的命运"怀揣"着,也被大量的旧文字或旧山河深沉地"怀揣"。所谓"寥寥二百年,大忠起江渍。"(陈献章:《寄贺柯明府》)诗人笔下这种广义的认识论,完全有别于一般通常意义上的知识论,且早已超越了诗学的一般审美,而试图抵达或承载一份古老文明的心性和哲学遗产。在一如的诗中,人们可以很明白地接触到断章残简式的孔孟、荀子、墨子、庄老、释迦牟尼之学。古代中国,作为一首诗的深度时空在其声音背后熠熠生辉着,圣贤的面容、先哲的步伐,穿插往还,错落纷杳,栩栩如生着。人们不应该轻易忘掉这一代诗人在人文时空上所做出局部"复古"的深湛努力。正如诗人自己所述:"……取得西方诗歌之好,写出不偏不倚的中国风范的诗歌,这也是我说的'本源写作'的理想——外师造化,中得心源,具正法眼,悟第一义。"

"第一义""具正法眼",或许早已丧尽,但新的"旧梦"还在,山河大地,乡村残墟犹存,汉字一个个依次成为我们脚下的河流。诗如何哺育下一代?如何更加湛亮清澈地提升中国的心灵想象力?如何更加秘密地被"怀揣"这一份生涩苍砺、俊朗飘逸?如何能够像华莱士·史蒂文斯所说的"要发现声响是最索寞的先祖,要发现光明是一片振荡着的乐曲"(《最高虚构笔记》)或者柏拉图在著名的《会饮篇》中所指出的"人皆有孕在身,在身体和灵魂两个层面"?

一定程度上,何谓现时代汉语的赤子之心?何谓当代汉语的赤子之心?我们从郭沫若的《天问》《天狗》,从穆旦那些特异年代的战火之下的村庄和田园诗篇中一路读下来,相信会有一部分的心得:对于古华夏文明之现代遭遇的"泣血"之声。诗人一如的多数文字中,都有这样类似的"泣血"之痛楚。他是"痛"的诗人。从"痛"到一般的"恨",诗人走过了大半生的爱恨交织。甚至他刻意描绘的,在中期风格臻于成熟的《诗经笔记》阶段中,那名端坐在汉语废墟中静坐阅经的诗人形象,脸上仍有忿忿的、少年不谙世事的表情(一个通过残缺泛黄的经籍残章来完成并自我充实起来的当代诗人自画像),因而,读者也能够通过诗人的写作所营造的穿越千年历史风尘最终抵达的文字的寂静氛围,听到一部分仿佛正兀自自噬着的鲜血的滴淌声。因此,在《捎给妈妈的口信》《离曲》《危机》里,在《爱情的错误》里,生命是不断的旧梦重温,首先是汉字、汉语古代诗篇的旧梦和心跳,是中国式古老经籍的旧梦新说,更是一个东方古老民族对新世界的旧的目光打量、惦念和追寻,或旧世界对于新世界的"旧地重游"——诗人抒写了此一经典形象——读者有把握意识到了此间意图和良苦用心。诗是对一般世人的心灵丈量和延迟了的期许。诗是里尔克在《杜伊诺哀歌》全诗中所秘密耳语着的:"……那些早逝者们,静静地弃绝尘世而去,有如断离了母乳,缓缓生长。"(李魁贤译)

因此——如同20世纪著名的三首组诗:《四首四重奏》(艾略特)、《最高虚构笔记》(华莱士·史蒂文斯)、《献给俄尔甫斯的十四行诗》(里尔克)相仿佛——诗人一如的《诗经笔记》和《易经书》,必将成为我们时代的诗文本献礼,也即21世纪中国诗歌的旧梦遗札。

宗经与诗教:源初遗忘与隐喻叙事

——一如论

□ 江 雪

> 情怀万里长征客,身世连床旦过僧。
> ——陆游
> 手抄万卷未阁笔,心醉六经还荷锄。
> ——黄庭坚
> 赖有遗经堪作伴,喜无车马过相邀。
> ——王守仁

一、宗经意识:古典精神的复归

当代重要诗人一如,即 20 世纪 90 年代已成名的山东籍诗人王长征。新世纪以来,他的诗歌发生较大变化,现在的诗作与上世纪的诗歌作品,从形式和本质上出现诗学断裂与创新。其习经之诗从汉语诗学的辨认角度而言,从诗歌的精神内核上来看,依然趋于现代性抒情传统,但是注入了新古典主义的血液,正如他自己恰如其分地表达他现在的诗歌立场:"我希望找到自由诗的格律,我希望能做现代的古典主义者,我就是先锋中的保守派。"[①]一如的诗学变化,从某种意义上既挑战了他过去的诗歌读者,也挑战了一批熟悉他的诗评家对他的惯性认知。当代文学批评家张清华坦言某个时期,曾经对一如的这种诗学变化"不以为然",认为一如的习经诗系列既挑战了大家的判断,也挑战了他自己;张清华仿佛找到一如诗学嬗变的"奥秘与动机"。诗人邵风华在《诗歌穿越术》一文中则称赞"长征属于那种真正具有明确的写作思想与认知能力的诗人",并且敏锐地洞察到一如"习经"之"日常书写"的诗学意义:"长征的《习经笔记》并非他对《诗经》的致敬之作,而是他在寻求自己对当下生活的描述方式时,与《诗经》的一次美好相遇,甚至可以说是对《诗经》的现代性续写,是对《诗经》的旁注与补充。在这里,长征并不仅限于去描述他的童年和乡村经验,而是对于自身的境况倾注了极大的笔力,再现-反思,乃至发出低沉的呐喊。他并非躲进《诗经》的乌托邦,而是穿透千年历史将目光贯穿古今,审视和思考我们的社会生活空间发生了什么样的变化。因此《习经笔记》是一部确定性的诗歌,它排除了虚无和怀疑,让我们看到了'当下'和'历史'中的面貌:仿佛我们在诗歌中完成了一次可能的超越。"[②]

在我看来,观察一个诗人的诗学剧变,必须观照诗人的人生经验、个体诗学与时代精神叙事的变化,它们之间有着密切而隐秘的因果关系,反观诗人一如的诗学个案,也不例外。无论诗集《三种时间里的人物》(2006),还是诗集《习经笔记》(2012),细心的读者与批评家均能从他的诗歌作品、思想履痕中,找到潜隐的轨迹与变化,这一切与汉诗的传统有关,与诗人骨子里文化思想的"持守"有关。传统性持守,即是一种向后眺望的思想回归。刘勰在《文心雕龙》中著言:"大舜云:'诗言志,歌永言。'圣谟所析,义已明矣。是以在心为志,发言为诗,舒文载实,其在兹乎?诗者,持也,持人情性;三百之蔽,义归无邪,持之为训,有符焉尔。"[③]《毛诗大序》中更是对诗加以定义:"诗者,志之所之也,在心为志,发言为诗。"21 世纪之初,诗人一如渐入持守之境,其持守的姿态,即是一种"宗经意识",此乃当代一部分汉语诗人的思想呈现与道统复归。何为"宗经思想"?"宗经"二字最早见于刘勰《文心雕龙》一书,第三章的标题即为"宗经"。我们可以把诗人重新归入母语诗歌典籍中,寻求解读诗性密码的宗教般的语言创造行为与复归行为，称之为"宗经意识"。刘勰又言："三极彝训，其书曰经。经也者，恒久之至道，不刊之鸿教也。故象天地，效鬼神，参物序，制人纪，洞性灵之奥区，极文章之骨髓者也。"④这是中国汉语诗学中最早论及"宗经意识"的文字，当然这种宗经思想，更早则要追溯到文学家扬雄，追溯到先秦思想家荀子那里。在一如《习经笔记》中的早期诗作中，诗人的"宗经意识"已显露端倪：

　　诗经　我早已遗失在古代的魂灵
　　教我本来或者现在就成为有文化的劳动者
　　　　——《斧的运用》（坎坎伐檀兮，
　　　　置之河之干兮——《魏风·伐檀》）

　　我的诗句在回忆中
　　就像大树之根在山石和泥土中意味深长地蔓延
　　我的诗句在蔓延中
　　把我的亲人和我的祖先牵到南山脚下的家中
　　　　——《问候故园》（南有樛木
　　　　——《周南·樛木》）

一如诗歌创作中"宗经意识"的最大征象，即是他的《习经笔记》中的每首诗均可在《诗经》找到相对应的穿越古今的思想源头、精神密码和诗歌意象，以及抒情的、叙事的、隐喻的历史影像与日常影像，并且诗人会在每一首诗的标题之后都引注与诗歌相关的《诗经》中的诗句。这里，我把这种引经据典的诗学行为称为"经注"。这种经注形式，也是一如《习经笔记》的抒情特征，更是一如"宗经意识"的直接表达。比如《斧的运用》一诗引用《魏风·伐檀》中的"坎坎伐檀兮，置之河之干兮"，《桑蚕让我想起的历史》一诗引用《小雅·隰桑》中的"隰桑有阿，其叶有难"，《政变的消息》一诗引用《大雅·召旻》中的"天降罪罟，蟊贼内讧"，《修竹三问》引用《卫风·淇奥》中的"瞻彼淇奥，绿竹猗猗"，《国事》一诗引用《曹风·下泉》中的"忾我寤叹，念彼周京"等等，不胜枚举。事实上，当我们仔细阅读一如更早时期的一些抒情作品，依然可以从中寻觅到染有《诗经》气息的蛛丝马迹："一把失传的剑/至今下落不明""一把流亡的剑/至今杳无音信""失去了剑的人/已撒手荡向肥沃的泥土/深藏着剑的人/袖手混迹于广大的人民"（摘自《寻剑》，创作于1993年）；"那飘落的石榴花瓣/如一盏油灯/在我心中的黑暗里/寻找着镰""我看见一条孤独的大河/流过了广大的北方"（摘自《镰》，创作于1993年）；另一首《开镰》（创作于1993年）这样写道："将欢乐的麦穗拥抱满怀/翻身占有滚滚的麦浪/互诉衷肠"，不禁让我想起《古乐府》中一首动人的佚名诗："兰草自然香，生于大道旁。要镰八九月，俱在束薪中"；再比如一首《丰收》（创作于1994年）更是呈现出浓郁的《诗经》气息："秋天呵　果实累累的庄稼/敌视着梦中仓皇的人民——/一片红得发黑的高粱/恰似我北方母亲最后一次行经"；类似的诗歌还有《干旱》《关于伐树的前前后后》《弦月的上升和隐没》《安居》《凶猛的野菜》《君王的豹子》《洗衣歌》等，均能在一如的《习经笔记》中或在《诗经》中找到诗意呼应的诗作，而一首创作于1994年的《消失的白马》与创作于2005年的《子曰里的月亮》，相隔十年之后，悄然产生了密切的诗歌意象呼应关系：

　　一匹白马自古而来
　　它招摇的尾巴是世界上众多的歧路

　　一匹白马此刻正经过我的身体
　　像逝去的岁月一样洁白

　　一匹奔跑的白马
　　踏碎了我心中一段薄冰似的空白
　　……
　　我就像一位没赶上这匹白马的英雄
　　隐姓埋名
　　转身回到自己蠢笨的身体
　　转身回到城市里编号的房间
　　……
　　　　——《消失的白马》（1994）

　　您说　子曰
　　我脑海里升起月亮的鸟巢
　　您说　诗云

我心田里流浪着白云之马
……

——《子曰里的月亮》(2005)

写到这里,我们有必要重温一下《诗经》的历史与容貌。先秦时期,《诗经》称为"诗"或"诗三百";到了西汉,武帝罢黜百家,独尊儒术,将孔子整理过的书称之为"经",被儒家奉若经典,进而确定"诗经"名称,成为《六经》及《五经》之一,并沿用至今。秦火以后,汉时保存研究《诗经》的有四家:鲁人申培的鲁诗,齐人辕固的齐诗,燕人韩婴的韩诗,这三家先后失传,我们现在能读到的《诗经》,是毛亨、毛苌传下来的版本,相传二人学出于孔子的弟子子夏。毛亨因为作了《毛诗故训传》,故后人又称《诗经》为"毛诗","毛诗三百篇"就是这样来的。现在我们能看到的《诗经》是周诗,它产生的年代大抵上起西周初年,下至春秋中叶,历时五百余年[5]。《诗经》产生的地域,约在现今的陕西、山西、河南、山东和湖北北部(襄阳、宜昌、江陵)一带。《诗经》分《风》《雅》《颂》三部分,《风》系周代歌谣号子;《雅》系周人正声雅乐,又分《小雅》和《大雅》;《颂》系周代王室贵族宗庙祭祀之乐歌,又分《周颂》《鲁颂》和《商颂》。孔子曾概括《诗经》宗旨为"无邪",规训弟子熟读《诗经》,以作为立言、立行之标准。先秦诸子百家引用《诗经》者颇多,如孟子、荀子、墨子、庄子、韩非子等人在说理论证时,多引述《诗经》中的句子以增强辞赋文采和说服力。《诗经》内容丰富,主要反映古人的劳动与爱情、战争与徭役、压迫与反抗、风俗与婚姻、祭祖与宴会,甚至天象、地貌、动物、植物等方面,是周代社会生活的一面镜子。《诗经》是中国最早的一部诗歌总集,同样是中国古典诗学的源头,它在东方文化艺术史上的地位可用孔子第31世孙孔颖达在《毛诗正义》序之开篇所言:"夫诗者,论功颂德之歌,止僻防邪之训,虽无为而自发,乃有益于生灵。六情静于中,百物荡于外,情缘物动,物感情迁。若政遇醇和,则欢娱被于朝野,时当惨黩,亦怨刺形于咏歌。作之者所以畅怀纾愤,闻之者足以塞违从正。发诸情性,谐于律吕,故曰'感天地,动鬼神,莫近于《诗》'。"[5]近代学者傅斯年同样给予极高的评价:"《诗经》是古代流传下来的一个绝好宝贝,他的文学的价值有些顶超越的质素。"唐代是中国古代诗歌的一个巅峰时期,全唐诗受到《诗经》的影响是比较深远的,这也是唐代诗人继承和学习《诗经》的一个重要传统。这个传统同样可以追溯到荀子、扬雄和刘勰等思想家、文学家提出的"原道、征圣、宗经"的思想。作为唐诗双璧的李白与杜甫,包括白居易等唐代诗人,他们的诗与《诗经》有着一脉相承的关系。历代大家论述《诗经》的整体特征不外乎三个方面:一是"诗言志"的思想,二是"赋、比、兴"的技法,三是"温柔敦厚"的审美。这三个方面的概括其实正是古典诗学的精髓部分,在今天看来,仍然不会过时。如此叙述下来,我们再回头讨论一如的"宗经意识",就不足为怪了,反而让我想到他的"习经行为"的意义和无限的可能性,同时也较早预言并印证和汇入了主流文化的"复兴意识"。著名学者刘小枫在《重返古典诗学》一书中引述了哲学家尼采的观点"古典学的使用就是葆养古典文明",以及德国哲学家尼采(Nietzsche,1844—1900)关于"重返古典"的论述:

> 我们的古典老师是如此的狂妄无知,他们认为自己已经完全了解古代,并把这种狂妄无知传给自己的学生,同时还传给他们一种轻蔑,让他们觉得,这样一种了解对人类的幸福毫无帮助,只对那些可怜的、痴呆的、不可救药的老书虫很有用。(《朝霞》,第195条)[6]

一如在诗学的道路上出现如此重要转折,与他的诗歌创作历程和精神历程有着密切关系。20世纪90年代初,一如就开始关注思考中国当代诗歌的现状,以及历史进程和未来诗学的可能性。1994年,一如提出过"最低真实"的概念,意在守住诗歌中最恒常的、基本的、类于物的存在。20世纪以后,一如又提出了"本源写作"的诗歌观念。"本源写作",用一如的话说,即"守住当代而回溯源头,即打开身体而回到人心,打通以西方翻译语言为主的当代汉语与中国古传统的脉络,成为有根的中国诗歌"。一如提出的"本源写作",即是针对身体写作、主体写作、客观写作、知识分子写作、民间写作等而形成的另一个既独立又传统的诗学概念,一如认为它才真正靠近中国诗学传统:"言志载道之精神,思无邪之天真,明心见性之修为,古朴苍凉之风骨,逍遥自在之风度,圆而神之智慧。"从分析一如诗歌创作历程来看,我们对今天的一如所持有的诗学立场一点也不奇怪,甚至在我看来,一如今天的诗学立场还存在着渊深的生命土壤与文化基因,那就是传统文化博大精深的齐鲁大地,滋养了诗人一如:

> 南山脚下有一棵弯曲的大树
> 我的故园在那里
>
> 一棵大树为我的故园带来了风声
> 一棵大树庇护着我们的生活
> ——《问候故园》(南有樛木——《周南·樛木》)

二、汾王村叙事与虚构诗学启迪

诗人一如出生于山东博兴县的一个乡村——汾王村。一如的父亲中学毕业,因为会一些吹拉弹唱,而安排在生产队工作。其父二十八岁那年,因公遇难,那年一如三岁,哥哥五岁。一如在回忆中说,他是从亲人们的哭丧声中开始人生的悲喜记忆。一如的母亲也是中学毕业,毕业后在公社卫生院里当上了赤脚医生,母亲和她的同事们白天工作,晚上就开斗争会。因幼年丧父,一如有了继父,继父是一名受人尊重的中学老师,未害过人,也未挨过斗,算是幸事。后来,有了两个妹妹,幼年的一如经常背着一个妹妹,手上还牵着一个妹妹,然后带着两个妹妹在田野上到处玩耍。诗人说,幼年的欢乐、幸福与饥饿,就像田野上的苦菜花。

据一如讲,他的家谱记载其高祖王满子在明代洪武年间由山西洪洞率领族人迁徙而来,祖祖辈辈,生死于斯。当年,村南是一个奇大无比的冢子,冢子里埋着战国时期著名辩士淳于髡;村北是春秋霸王齐桓公的行宫遗址。汾王村的"汾"字与山西的汾河有着水脉之牵。据说那时有一条埋在地下的河流在沙子中穿过村庄,到了夜间还能清晰听到河水流动的潺潺声响。诗人诞生于此的汾王村,是一个崇尚英雄的汾王村。一如清楚地记得老人们跟他讲述的故事。在清代,汾王村出过一位"巨人",名叫王树袍,是位武举,他坐在屋檐穿靴子,一口气喝了十八碗面汤,一顿吃一赶轴子厚的大饼。汾王村周边的村庄是以"兴和某""张下某"命名的,到现在还有一首儿歌在村子的孩童中传唱:"七兴和,八张下,打不过汾王一王家。"诗人一如的幼年、少年,即是在有着如此传说的乡村里度过的,还有一部分时间则是跟着当赤脚医生的母亲,有时生活在公社的卫生院里。汾王村是一个水源丰富的乡村,村子的西湾、北湾和南湾都是少年一如游泳戏水的好地方。东湾的下水口像家门的样子,两边是同样大小的方石,下铺上盖着两块宽大、光滑的青石板,石板上镌刻的铭文,每逢下雨时节,碑文就会被冲刷得清晰可见。诗人说,他和幼年的小伙伴们在夏夜里躺在这冰凉温润的青石板上乘凉,望着夜空中的星星,想象着湾里死去的人可能就在浩渺的星空里。那几块刻着铭文的石碑,从此深刻于诗人的记忆深处。后来,一如把幼年与少年的那些刻骨铭心的记忆写进了他的长篇小说《王满子》,写进了他的诗歌作品,这些记忆事实上就是一个诗人隐秘的精神之源。诗人的幼年记忆、时代记忆与村庄史早已作为一种血脉和疤痕,深深植入诗人的生命共同体,诗人把这种记忆与影响称为"写作的直对物":

> 天降罪罟,蟊贼内讧。
> ——《大雅·召旻》

> 叫雨点去清点这些事物
> 并像闪电一样唤醒它们的名字——
> 瓦片　田亩　牛　铧犁
> 水井　谷子　绳　碌碡
> 祖籍　胡同　瓦罐　小姨
> 柴火　风箱　炕　机杼
> 饥荒　官司　坟　姓氏

此诗堪称一如之杰作,诗的第二节大量罗列"写作直对物",比如"瓦片""田亩""牛""小姨""水井""机杼""饥荒""坟""姓氏"等,二十几个朴素而又暗藏着诗人隐喻意识的汉语词汇,让我想到短小的《诗经》语言,同样具有一种"词的力量",词的"隐喻力量"。

我们可以把一如诗歌作品中大量出现的关涉到故乡的书写与记忆,称之为"汾王村叙事",这是一如诗歌创作中十分重要而又十分凸显的"诗学事件"。在我看来,"汾王村叙事",不仅仅是诗人在书写他的故乡,不仅仅是一种个体的乡愁诗学呈现,诗人还有着更为深层的诗学表达,包括诗人后期自觉产生的"宗经意识",事实上与"汾王村叙事"有着隐秘的承袭关系。1994年,一如创作了《虚构》,在当下重新阅读此诗,我认为仍然是一如的重要代表作品,而给一如写评论的批评家极少关注到这首诗,请允许我全文引用如下:

> 一团黑色的孤云 在长空中
> 像光洁皮肤上的毒瘤
> 取得了自身的存在
> 又像是一只游荡在荒原上的狼
> 寂静中 胸怀着撕心裂肺的嚎叫
> 你目睹了它 从此
> 你就像是一个在深夜中行走的人
> 总是提防着背后的哗变
> 而这是一个灿烂的秋天
> 你遭遇到这团孤云的阴影
> 好像是一个逝去已久的旧时代
> 又一次给你带来了压迫与回忆
> 使得你像一具突然立起来的僵尸
> 目击了现代的城市
> 和他们五彩缤纷的生活
> 而这团孤云又如此顽强
> 做出拒绝虚构的姿态
> 做出拒不消失的姿态
> 以狼的形象撞开你的心扉
> 把你心中的宁静吓得抱头尖叫
> 然后用一团冰凉死亡的气息
> 逼近你 使你狼狈不堪
> 使你在最后的挣扎中陷落梦中
> 在一蹶不振的梦里 这团孤云
> 仍不肯消失 而是化作一个
> 把尖刀横在你脖子上的蒙面人
> 眼睁睁抢光了值得你神往的家当
> 即使这场梦就要结束了
> 你也绝不怀疑那蒙面人
> 就是它 一团孤云
> 因为那双眼睛
> 就是这样确切无误地盯住了你
> 就像身处在冰的陡坡上
> 不住地向上努力
> 却止不住地向下
> 坠向恐惧的深渊
>
> ——《虚构》(1994)

诗人在诗中表达"拒绝虚构",这是时代性的诗学觉醒,甚至我个人认为此诗的创作应该是一如诗歌写作中的一个事件,或者是他诗歌写作的一个分水岭。随后的1995年,诗人创作出长诗代表作《诗人在三十一岁的即兴发言》,即已构成诗人诗学观念的第一次重要转折。批评家陈晓明在《"历史的终结"之后:九十年代文学虚构的危机》一文中写道:"虚构实际上是一种现代性的想象,当文学叙事从简明的历史记录中分离出来之后,它就表明人类把握自身历史的巨大渴望。从理论来说,文学想象亦即虚构的能量,它表明特定时期民族-国家对创建自身历史的巨大渴望。由此可见,虚构与历史观念相关,虚构总是建立在特定的意识形态基础上的虚构。"⑨陈晓明在90年代末提出文学叙事的"虚构危机",而一如90年代的新诗学启蒙观,恰好与陈晓明提出的"虚构危机"不谋而合:

> 虚构的危机说到底是意识形态的危机,也就是"历史终结"的后遗症。在这里之所以把"历史"与"意识形态"同等对待,是因为历史总是特定的意识形态叙述的历史。当然,这里所说的历史,与福山(F.Fukuyama)所说的历史也略有不同,福山所说的"历史"是指西方现代性意义上规定的以自由、民主为核心的思想观念和价值体系的发展历程。这里所说的历史,是中国革命胜利后的权威意识形态建构的历史叙事,这种历史叙事长期支配着中国社会的精神生产。权威意识形态为虚构的历史叙事提供基础,规定方向,也设定限制。虚构的危机说到底是因为文学叙事的意识形态总体性规范被实际弱化。虚构文学的本质意义在于重建历史,通过叙事,虚构获得了真实性,建立了"已然的历史"。虚构作为现实主义文学的

根本特征,也在现实主义文学这里获得超常的发展,并且建立了权威化的体系。因为虚构可以创造真实,真实总是在虚构中产生的。然而在中国的经典现实主义文学中,小说叙事却从来被看作是真实的还原,看成是历史自在生成的过程。现实主义文学的叙事性掩盖了虚构的实质,而虚构奇怪地经常作为贬义词在现实主义美学描述中才偶尔出现。例如,虚构与真实构成二元对立,不真实的被看作是虚构的;而真实的,则不是虚构的。⑩

正是因为一如拒绝伪"虚构"的意识逐渐滋长,而从他的诗歌作品可以觉察到"汾王村叙事"的征象,甚至包括他早期的诗歌,保留着地方主义的剽悍之气,比如《铁》《霹雳后的太阳》《撒尿》《寻剑》《剑鞘生涯》《将军的酒令》《君王的豹子》《茁壮成长》等,甚至可以说这是一批接地气的诗歌,也是呈现诗人真性情的诗歌:"铁深居泥土/最初的铁冒出剑与镰刀""铁一落进广场/就风云变幻"(摘自《铁》),"你烦躁不安/你卧在夜的壕沟中/捏出许多泥人/让他们打架"(摘自《霹雳后的太阳》),"一把流亡的剑/至今杳无音信//失去了剑的人/已撒手荡向肥沃的泥土/深藏着剑的人/袖手混迹于广大的人民"(摘自《寻剑》),"春天来了 我即使是带着许多的惭愧/这一切不能不叫我变成古代的君王/把她们拥有 把她们享受 把她们管理"(摘自《君王的豹子》)……从以上的这些诗句,也不难看出诗人一如仍然受到20世纪八九十年代大陆诗歌的影响,这种影响既有精神层面的,也有诗学层面的,同时还有时代层面的。90年代的一批诗人普遍追随一种泛抒情化、泛政治化的诗学道路,大部分诗人的诗歌写作毫无个性可言,尤其是"海子之死"以及海子的"麦地诗"影响了一批人的诗歌写作,至今存结为当代汉语的一种伪抒情"后遗症"。然而,一如是清醒的,他并没有效仿海子式的"土地抒情"与"土地神话",他开始有意识地建立属于他个体的"汾王村叙事",他开始选择自己的诗学判断,拒绝毫无诗学建设意义的虚假写作。在我看来,一如拒绝之"虚假",是一种伪"虚构",指的正是那种在90年代十分泛滥的"伪抒情""泛抒情"以及"惰性抒情""惯性抒情"的诗歌写作行为,而不是盲目地反对作为文学本身重要方法的修辞行为。一如二十多年前拒绝伪虚构的诗歌意识,让我不禁想起德国学者、著名美学家沃尔夫冈·伊瑟尔(Wolfgang Iser, 1926—)提出的"虚构诗学"理论。伊瑟尔在1991年出版的《虚构与想象:文学人类学的疆界》一书中,系统论证了"虚构""现实"和"想象"三者之间"三元合一"的文学思想,从文学人类学走向虚构诗学,哲学地烘托了文学虚构对于人类现实精神生活的重要性⑪。在我看来,《虚构》可视为一如的诗歌创作真正无意识地进入"虚构诗学"的启蒙状态。这种全新而陌生的诗学启蒙状态距离一如写出第一首"习经体"诗歌《斧的运用》(2004),整整十年。

坎坎伐檀兮,置之河之干兮。
——《魏风·伐檀》

坎坎伐檀　林木间的农人在劳动的连绵和间断里
飞出了节奏的光辉——斧的运用
不是诗句间的句读　但是回环　但是复沓
像它的一韵压过一韵
像光辉已经层层叠叠照亮了古老河岸的场景
古老　那完全就是想象的托词
我的葵花　我的雏菊　我的桑蚕　我的九月
我的牛
怎能让星云般奇异的传说所蒙蔽
怎能让陨石般顽固的历史所压制

我就是在河流旁目送那些树木随波而去
而我拖着树枝的牛　像船只
承载着它之上——回旋着光辉的鞭梢

诗经　我早已遗失在古代的魂灵
教我本来或者现在就成为有文化的劳动者
——《斧的运用》(2004)

三、源初遗忘与向死而生的隐喻叙事

一如在访谈录中如此谈到当初创作《习经笔记》的诱因:"我的这种写作愿景是对'本源写作'印证,新世初即准备入手,又找不到契机,零四年一个晚上,微醺,追古思今,纷至沓来,浮想联翩,遂成此篇,陆续收获诗作若干……";谈及《斧的运用》一诗时,一如又言此诗是他浸润于传统经典之中而产生的一次精神历险,一次漫长的招魂……"精骛八极,心游万仞,时空幻化,古今交融,而这柄斧,亦是灵幡,故是一柄不朽之斧,也是契入现代与传统的破障之斧"。一如从事诗歌创作以来,一直葆有自觉的探求意识和诗学理想。他先后提出几种诗学主张,不断地自我否定,自我觉醒,自我纠偏,这种警醒而开放的诗学态度在同时代的山东诗人中是不多见的。他的这种锐意进取而反思传统的批评与自我批评的诗歌立场,为同行所称道和关注。一如提出的"本源写作"即是一种融古典性与现代性于一体的诗歌观念,这种观念类似于美国杜兰大学哲学教授理查德·维克利(Richard Velkley)提出的"源初遗忘"哲学理念。"源初遗忘"是现代性/后现代性文化的精神征象与"源初真理"的遗失行为,已经引起哲学家的理论关注并成为重要的哲学命题;同样在中国,思想学者也在思考"源初遗忘"在文化艺术各个领域所留存的问题。"源初遗忘"存在于历史、宗教、文学、艺术、建筑等诸多领域,同样也包括诗学领域,刘小枫提出"重启古典诗学",同样可以视为一种"源初遗忘"的精神修复行为。1933年的夏天,德国哲学家马丁·海德格尔(Martin Heidegger)论及"源初"(抑或称之为"永恒开端"):"开端的本质逆转自身;它不再是伟大的先行起源,而是未完成的、关于未来发展的探索性开端。"⑫当我们从"源初遗忘"的哲学层面来思考《诗经》的影响力,我们可视《诗经》为汉语中伟大的"诗学乡愁",而一如在诗学探求的过程中发现并重温这个伟大的乡愁,因而我们会发现诗人已潜意识地借助"虚构诗学"与"宗经思想"的力量,让自己在诗歌道路上走得更远:

忾我寤叹,念彼周京。
——《曹风·下泉》

泉水遮在草丛里
看上去清得发黑
像列队密行的小动物

草帽下的眼睛是一对明明灭灭的鸟
树叶的漏勺
阳光的面条

泉水的小虫爬过脚趾
爬过火车的转轮

我的童年在周朝的京都里
七十年代随父来到乡野
却不忘国家的事

皇帝是一块不规则的石头
大臣是一块土

我运石 我吃土
泉水变成尿苞米变成屎

京城出事啦

木做的马 锡做的兵
橡皮筋的鞭子我一路挥师向周京

一如于1997年创作了《三种时间里的人物》,这是一首极普通的诗,但是我认为一如虚构"三种时间里的人物",这个标题的意象本身,却是十分重要的个体诗学征象的早期呈现。再比如诗人后来创作的《遇陈子昂》《赠李白》等诗虚构叙事,同样具有较为强烈的诗学伦理与人文情怀:"伯玉啊/ 把幽州台拆了吧/ 我不拆/ 风也会拆掉它""青瓦做月亮的帽沿/ 你在劳劳亭下送客/ ……/ 我在天下也伤心";而在21世纪初,诗人大量创作的"习经笔记"系列中更是大面积地呈现虚构诗学的特征,诗人将"虚构""现实"和"想象"三大元素与"宗经意识"娴熟而巧妙地建构,并且把《诗经》的传统"六义"(风、雅、颂、赋、比、兴)古为今用,灵活应用于诗歌之中,虚虚实实,真真假假,诗人的思绪带动读者的思绪,穿越古今,纵横捭阖。这种既传统又现代的诗学思想在当下诗坛是罕见的,因而十分醒目地凸现于当下汉语诗坛,这也正是诗人一如近年诗歌创作引起关注的一个重要原因。新诗已经走过一百年的历程了,未来方向仍然是不可知的,或者说,不可知的方向即是方向,没有方向即是方向。然而,不可知即意味着汉语诗学发展的多种可能性,当下的一批重要汉语诗人仍然在各自努力实践着、操持着新诗的现代性:新古典主义、后人类主义、现代主义、后现代主义、新现实主义、学院派、废话派、垃圾派、颓荡派、死亡诗派、口语派、新口语派……层出不穷,百花齐放,百家争鸣,而一如现在所执念的诗学方向大抵归于新古典主义阵营,或者可以命名为"新儒家诗学"立场。

十月之交,朔月辛卯。
——《小雅·十月之交》

光像蝴蝶一样成群地飞走了,没有了光,这国家也变成了黑暗的国度。我感到了光的退去。对于国王,光曾经就是统治,光曾经就是权利,光在千秋回荡,把空旷的贫瘠镀上了金子的颜色。

可光已经一寸寸离去,一村村一城城离去,没有了光,这国家就是黑暗的国度。

国王,你看着光一点点消失,你看见隐士如黄鹤袅袅而去,你看见宰相如鲜花落下,把死亡付诸东流,你看见大臣如玉碰碎在廊柱前,美人如云霞般的容颜忽然变得枯黄,弄臣偷走了宫廷的玉玺。国王你微闭着双眼,好像给江山留下了一丝开启的缝隙。

日没了,我成了孤。我徒然摸着丝织的地图——那锦绣的河山呵,国王的我,国王和我在相互推辞中,把国家掉在了地上。如果我是,如果我在地图上盖上玉玺,可我又能把这国家托付到哪里?

还剩下最后一丝光线了,国家飘摇,人民却像瓦片一样鳞次栉比,像栖落的雁阵翅翅相连。没有了光我就很快看不到他们,我的号召像一口凉气倒泄在自己的喉咙里。我听见大厦已倾,摇落的砖瓦发出了残破的古铜声。

还剩下最后一丝光线了,我才看见那阳光是怎样跟着一个推开了家门的孩子,那阳光是怎样在他睫毛垂挂的泪滴上闪烁着五彩,他因为恐惧而哭泣,可那阳光是怎样如柳叶一片在他的唇边吹出琴声。没有了光,这国家就要变成黑暗的国度。孩子推开了家门,孤的家在哪里?

还剩下最后一丝光线了,这光线柔软分明,一丝,只有一丝,尚能纫过针鼻。我借着纫过针鼻的最后这丝光线,看见一丛向日葵,还像一丛蓬勃的耳朵,努力打听那些在物质中刚刚荡起的生命的动静。我甚至看见了一棵建筑宫殿时锯掉的树,它的木纹像遥远的往事传播着心声。国王,人民,孩子,树,生命和心灵。叫我获罪——如果黑暗还未到来,这就到来;如果光还没有失去,这就失去。

日没了,最后的一丝光线在消失。

我甚至失去了自己的影子,我甚至摸不到赴死的路。

而诗句在继续,点点滴滴汇成海,录下了日食的一幕。

多少年后我还在翻阅这诗歌的经卷

它浩瀚东流

却飘荡着落叶般的字句——

十月之交,朔月辛卯。

——《日食》(2005)

《日食》一诗,无疑是一如习经诗系列中最具代表性的诗作。"日食"是一种宇宙天象,又称为"日蚀",月球运动到太阳和地球中间,如果三者正好处在一条直线时,月球就会挡住太阳射向地球的光,月球身后的黑影正好落到地球上,这时就会发生日食现象。日食,在民间有个说法,叫"天狗食日"。"日食"在古代人们的心目中,是一种神秘而恐惧的天象,人们因为对自然天象的无知,而会相信巫师和迷信,因而几千年来,全世界的民俗中均有着各种传说,均认为"日食"的出现,即意味着凶吉来临,将会有奇迹发生。一如敏锐地发现了《诗经·小雅》中的一首有关日食的诗:"十月之交,朔月辛卯。"诗中的"朔月"即是中国历史上对日食现象的较早描述,经科学家考证,这次日食现象是指公元前776年9月6日。一如的《日食》一诗,语言叙述方式近似于一种散文式的圣经体,读起来既让人有一种庄严肃穆之感,又有一种意味深长的诗外之意,有着寓言的光泽与先知意味:"还剩下最后一丝光线了。"因而,我们会发现《日食》不仅是一首"隐喻之诗",更是一首"历史之诗",此诗虽短,却有着史诗的气质。甚至我个人认为一如应该多写像《日食》这样的习经诗,在"诗"与"史"的隐秘交汇中,努力呈现和营造"以诗证史,以史证诗"(陈寅恪语)的境界。在我看来,一如的《日食》一诗,让我们重温中国古代诗歌中最早的隐喻事件,即《诗经》对日食事件的记录,并且引出另一个重要的诗学概念——"隐喻的起源",或者说,"日食"是人类语言的一个重要的隐喻源头,而《诗经》则是汉语诗歌最为重要、最为隐秘的隐喻源头。而一如"经注"式的精神隐喻行为,在我看来,他已经有意识地在《诗经》的诗句中寻觅他所需要的原初性诗意,而被诗人发现而欣喜的诗句,无形中也就成为诗人获悉密码的隐喻性"词根"与"警句",比如"朔月""檪木""胡不归""深则厉,浅则揭""百岁之后,归于其室""天降罪罟,蟊贼内讧""维鹊有巢,维鸠居之""相鼠有皮,人而无仪""今者不乐,逝者其亡""君子以朋友讲习"等,这些被诗人发现的词根与警句,被诗人重新激活,赋予汉语原初的古典意象以现代性和活的隐喻辞源,包括"虚构与激活物"之间的重叠与联系。正如沃尔夫冈·伊瑟尔所言:"文学的虚构成分就是在以一种不同的方式推动想象,因为它远离了来自主体、强制的思想意识或是社会-历史的实用要求,而所有这些都将想象引导到了十分具体的方向上去。"⑬一如的经注行为,正好生动展现了"虚构"与"想象"之间的相互作用。一如的习经行为已历经十五年,近几年又从《诗经》转向《易经》,这种独特的写作行为,是诗学的现代性创新,也是一如为当代汉语诗歌所作的努力与贡献;但是,目前他的"习经"与"宗经"的诗学实践意义尚未引起足够重视。

"隐喻"与"叙事",正是诗人一如"习经系列"的两个重要修辞特征,从《诗经》到《易经》,"隐喻叙事"始终贯穿其中。一如"习经"的日常书写,从语言哲学层面而言,正是寻找隐喻之"源初遗忘",寻找"死隐喻"(莫嘉琳语)寻找"向死而生的隐喻"以及"隐喻性终结后的叙事"⑭。当代语言学学者莫嘉琳在其学术著作《向死而生的隐喻:隐喻性终结后的叙事》一书的序言中写道:"隐喻之所以重要,不仅在于它具有鲜活的隐喻性,更在于它们(笔者注:'它们'指'死隐喻')死后转化为概念和日常语言,丰富、扩展了人类赖以思维的概念体系和人类赖以言说的语言系统。隐喻死亡之日是概念出生之时,隐喻消逝的地方就是人类认识世界的新起点。而语言就是死隐喻栖居的巨大坟场,一切语言均由消亡了的隐喻构成,后者的尸骸为其提供了生发的土壤。在这个意义上,隐喻的死亡无疑是一次向死而生、死后方生的生命超越之旅。"⑮而一如的习经隐喻叙事,正好与莫嘉琳提出的"向死而生的隐喻叙事"理念十分吻合。一如在近作《方法》(2018)一诗中同样表达了这种诗学理念的思考:"跳河去寻死/逝者如斯夫//跳井去寻死/坐井观天。"

四、诗史思:诗教传统与古典的现代性

一如的习经系列,诗人注经与解读的方向已从《诗经》转移至《易经》。《易经》即《周易》,《易经》不同于《诗经》。如果说《诗经》是汉语诗意与修辞的源头,那么我们也可以说《易经》是中国儒家思想的源头,被后学赞誉为"群经之首""大道之源"和"三玄之冠"。它像《诗经》一样,在中国几千年的思想文化史上,乃至世界思想史上,同样产生极其深远的影响。从一如的"习经诗"来看,已经具足形式感的,甚至他有意识地把古今修辞进行贯通,灵活运用,他的习经诗基本上由两大部分组成——"引注经句 + 虚构与想象",它们之间有着互文关系,"经"与"道"的渗透,"古典性"与"现代性"的互补融合。"经",亦谓之为"道之常、法之度、治之本"⑯,而"道"在诗人的笔下,则衍变为虚构与现实之"道"、存在与时间之"道"、诗意与信仰之"道"。当然一如的习经诗的形式感,也和众多当代汉语诗人一样,也在经历着语言形式上的历险与探索,既是日常性书写与思考,也可视为传统诗教的精神还乡。因而,我认为一如的习经的诗歌行为,早已饱含诗人的博学与自信,以及敢于推陈出新的勇气,一如试图通过自己的努力,打开现代汉语诗学一个未知的领域。美国著名汉学家宇文所安(Stephen Owen,1946—)在论及诗歌的"形式"所言:"形式不是诗歌的全部;但没有形式,就没有诗歌。在诗歌的所有方面中,形式是最难考察的。我们在自己的母语诗歌中学会了对形式美的强烈直觉,但我们发现对它的解说乏味。形式的直觉如何从一代传至下一代,乃至跨越大洋和不同语言,仍是个秘密。当形式属于远离我们自己的一首诗歌,当解释

甚至不能推测某些直觉的先行经验,传达则变得双重困难。"⑰一如在历经十年诗学思考之后,终于找到了他的诗歌形式。一如的习经的诗意行为已经呈现出一种来自汉语源头的精神自足感,甚至诗人已在自觉地承袭与衍生新的诗教传统,而且他的诗歌创作又迈入一个新的境界,洞察古今的人文视野愈加开阔。面对如此纷繁复杂、风起云涌的二十一世纪,一如习经论道,宠辱不惊,可谓"国家不幸诗家幸"。《论道之悦》一诗反映出诗人淡定从容、处乱不惊的超然心境,当然诗人依然不会遗失"温柔敦厚"与"忧国忧民"的诗教传统:

君子以朋友讲习。
——引自《易经·兑卦》

当你们谈论人生
月光就流动
眼睛映着湖水里的月亮

当你们谈论江山社稷
风就推动碧波
像两方湖水
映照着同一个月亮

当你们谈论战争
就有螃蟹列队横行
有龟来呈现吉凶

当你们谈论诱惑
则有外国的美人鱼
奇妙地出现在水泽旁
妖媚的脸蛋
性感的尾巴在勾引落水的目光

当你们在谈论道德
和悦的心灵就吹着微风
人民的困难迎风而解
他们忘记了辛劳也忘记了死亡

两方湖水的一个月亮
在湖里在天上圆了起来
——《论道之悦》(2015)

事实上,在古代很多大诗人和大学者都是"习经"的高手,尤其是宋代,比如苏东坡、朱熹、黄庭坚等,以及明代的王船山。黄庭坚有诗云:"吾欲忘言观道妙,六经俱是不完书。""手抄万卷未阁笔,心醉六经还荷锄。"明代大思想家王阳明更有名诗传世:"六经责我开生面,七尺从天乞活埋。"当代学者柯小刚教授在其主编的《诗经、诗教与中西古典诗学》一书中谈及"诗学"与"诗教":"对《诗经》的研读是要带着特定的时代问题意识的。汉代诗学注重仁礼关系法度维护,宋代诗学注重天理体认和心性修养,清代诗学意在由宋返汉,却只得其形、难得其神""汉代注重诗本事,教人治国,所以根据当时的社会政治需要,非常注重内宫秩序,总是希望可以通过反复地教育爱国者来改善政治状况""汉宋两个时代的诗学解读不同,但无论是汉代的刺谏还是宋代的贬斥,都是以温婉的方式呈现诗教之'温柔敦厚',教人为戒。任何时代任何政体都不可能是完美无瑕的,正是因为其存在缺陷,更需要思想家通过各种方式做教育。汉宋诗学的差异只是表象,深层一致性却在诗教。而现代诗学则全然摒弃了诗教",因而柯小刚说:"现代诗学虽然总是喜欢援引宋人,批判汉人,但其实距离汉宋都很远。"⑱《闭关自守》一诗,名为"闭关自守",实为"关门学习",自我解嘲,以及对时政的讥讽与忧虑,同时也体现了诗人目睹朝野诸事的淡然心境,"有朋自远方来,不亦乐乎":"雷已种在地下/还不发芽/先把心收回来/藏在身上/在冬至之日闭门不出/要闭目/看见自己的内心/像平静的湖面/倒映着万物/大雪已经封地/叫农人不要再下地忙活了/都在家休息/商客也不要出门了/这也不是挣钱的时机/要反省自己/改过自新/走出去要知道回来/朋友叩门来/他带来了你所需要的。"诗人豁达仁慈的心境与洞察深刻的批判意识,在一些习经诗中有所流露,比如《相鼠》《鹤鸣》《鹿鸣》《爬墙》等,这不禁让我想起出生于齐鲁之地的周游列国的大思想家孔子和孟子,他们正是诗人的伟大乡贤。孔子出生于春秋时期的鲁国陬邑,即今山东曲阜。孟子是鲁国贵族的后裔,但出生于战国时期的邹国,即今天的山东邹城。山东滨州市博兴是诗人一如的出生地,博兴距齐国古都临淄40公里,距曲阜200公里,博兴与邹城相距则有326公里,而今天的曲阜、邹城、博兴均隶属于山东,乃齐鲁之地,山东因此独一无二之人文地位而史称"孔孟之乡"。一如出生于孔孟之乡,长期生长于儒家文化且繁盛千年的齐鲁大地,这种基因般的文化繁衍,耳濡目染,言传身教,必然会成就他的新儒家诗学立场,与古为徒,古为今用,洋为中用;向古人致敬,向伟大的乡贤致敬。我想,这或许是一如诗学立场出现重大转折的一个重要原因。

值得一提的是,一如如果能够把近代国学大师陈寅恪提出的"以诗证史""以史证诗"的学理,与荀子、扬雄、刘勰等人的"宗经"思想,以及古典美学(古诗)、西方美学(西方诗歌)进一步融合生发,创设独异的诗文架构,从而抒写出辨识度更加鲜明的重要诗章,竭力呈现诗人梦想抵达的"古典的现代性"。因而,诗人的行为必将让他的读者愈加充溢敬意。同时,一如的新儒家诗学探索必将成为他个人对当代诗学的贡献,从而作为当代重要代表诗人的地位已然确立。一如沉潜而低调的诗学探索精神与习经修持行为,以及未来诗学方向,让我作为他的朋友,充满期待与敬意;同时,我认为,这就是诗人的理想所在,一种赤诚的源于诗人内心的自我缔造、自我完善的诗歌理想。

注释:

① 王长征:《习经笔记》,人民文学出版社2012年版,第5页。
② 王长征:《习经笔记》,人民文学出版社2012年版,第221页。
③ 刘勰著,王志彬译注:《文心雕龙》,中华书局2012年版,第57页。
④ 刘勰著,王志彬译注:《文心雕龙》,中华书局2012年版,第22页。
⑤ 程俊英译注:《诗经译注》,上海古籍出版社2016年版,前言。
⑥ 李学勤主编:《十三经注疏·毛诗正义》(上),北京大学出版社1999年版,第3页。
⑦ 傅斯年:《诗经讲义稿》,民主与建设出版社2015年版,第3页。
⑧ 刘小枫:《重启古典诗学》,华夏出版社2013年版,第8页。
⑨ 陈晓明:《"历史终结"之后:九十年代文学虚构的危机》,文学评论1999年第5期。
⑩ 陈晓明:《"历史终结"之后:九十年代文学虚构的危机》,文学评论1999年第5期。
⑪ 贺晓武:《沃尔夫冈·伊瑟尔的虚构诗学研究》,浙江大学出版社2014年版,第25页。
⑫ 理查德·维克利著,谢亚洲、杨永强译:《论源初遗忘——海德格尔、施特劳斯与哲学的前提》,华夏出版社2016年版,第55页。
⑬ 沃尔夫冈·伊瑟尔著,陈定家、汪正龙等译:《虚构与想象》,吉林人民出版社2011年版,第252页。
⑭ 参见莫嘉琳:《向死而生的隐喻:隐喻性终结后的叙事》,清华大学出版社2016年版。
⑮ 莫嘉琳:《向死而生的隐喻:隐喻性终结后的叙事》,清华大学出版社2016年版,第Ⅶ页。
⑯ 柯小刚:《诗经、诗教与中西古典诗学》,同济大学出版社2016年版,第199页。
⑰ 宇文所安著,陈小亮译:《中国传统诗歌与诗学:世界的征象》,中国社会科学出版社2013年版,第64页。
⑱ 柯小刚:《诗经、诗教与中西古典诗学》,同济大学出版社2016年版,第146~147页。

[作者单位:湖北省黄石市艺术创作研究所]

中国新文学:出乎其外观之
——程金城先生访谈录

□ 程金城 邱田

邱田:程老师好!学界关于新文学史的研究行之有年,相关成果早已汗牛充栋,但寻找新的视角似乎也并非易事,您出乎现当代学科内外,这种内与外的跨界是否有助于建立独到的研究思路?

程金城:王国维在《人间词话》中说:"诗人对宇宙人生,须入乎其内,又须出乎其外。入乎其内,故能写之。出乎其外,故能观之。入乎其内,故有生气。出乎其外,故有高致。"他虽说的是诗人对宇宙人生的体察,却具有普遍的启示意义,特别是"出乎其外,故能观之"的理念,提供了一种由主体到他者的反观视角。与此相近的还有苏轼的"横看成岭侧成峰,远近高低各不同。不识庐山真面目,只缘身在此山中",道出了观察事物时"身在此山中"认识"真面目"的困难。从这两个启示回到新文学史的研究,不是说在新文学史领域内就都不识庐山真面目或者"入而不出",而是说我们如果具备一种出而观之的意识和眼光,或可看到一些新东西,看得更为透彻和准确一些。

承蒙《新文学评论》抬爱,让我找个弟子做一个对话,在"新文学史家访谈录"里推出,我答应了。答应不是默认我是新文学史家,而是曾经涉猎过新文学,后来又转向其他专业方向,即使从局外人的角度看也觉得有些感想可以交流。我们曾经有过访谈,感觉你的提问常常会给我新的启发,这次不妨再来一次,希望能谈点不同内容。访谈的好处是可以放松,虽似肤浅却也直接,能谈点真切的感受。

既然是"出乎其外观之",就有点旁观者的视角,思考的问题不会很专门和精细,而是一些常识性的、直觉的、感性的甚至看似肤浅的问题。比如,与古代相比,中国现代以来造就了什么样的文学历史?从世界文学的背景看,中国新文学有什么重要而独特的贡献?怎么认识中国新文学在世界文学史上的地位?外来影响与中国新文学发展的关系及其历史后效如何?在中国现代化的过程中,新文学现代化之路是怎样的?新文学在表现现代以来中国社会历史和人的全面发展方面有什么特殊意义?从人类文明史的角度看,现代以来的中国新文学有什么特殊贡献?……这样的提问,似乎显得简单和笼统,但在我看来,正是这些常识性的、看似简单笼统的东西是我们研究新文学史的出发点和前提,是能直接进入核心问题的着眼点,而我们在具体研究中有时会忘了这些前提。我也知道,文学史的研究与作家作品研究有别,但是不管具体研究对象是什么,有了这种意识有利于发现问题并抓住要害。有的学术研究确实钻研很深、很细、很理性却忽略了直觉感性的整体把握,论证过程使用多种理论和方法但结论未必做到逻辑与历史的统一,甚至不能回答一些最基本的问题,我觉得这些情况可能与对研究的出发点和大前提的关注不够有关。"新文学"的历史已过百年,对它的研究也几乎有同样长的时间,上述问题不是没有研究,不是没有人回答,然而,我仍然感觉在这些基本方面的研究还不充分,不容易形成共识,特别是文学史的评价和判断很不确定,有时还要倚重外国学者的观点,原因可能在于我们没有把这些问题说得很清楚、很透彻。思考这些现象的原因,会引出另外的问题:中国新文学史研究遇到了什么新问题?我们现在怎样谈中国新文学史？当然，文学史研究也会与时俱进，文学史的重写是一种自然现象，每个学人的具体研究对象都不同，不能大家都去研究这些问题，我只是感觉我们还没有很好地回答这些最基本的问题，或者说，在具体问题的研究上还不太注意将上述视域作为参照系，因此，新文学史研究还有很多事情要做。我们能不能在这些方面做些深入思考？

当然，上述内容都不是小问题，也许不适合在访谈中谈论，但我觉得有意义，借此机会提出来，可以见仁见智。我想从几个具体方面切入，涉及上述部分问题：（1）内外视域转换中的中国文学现代化之路。（2）中国新文学中的人类性要素与文学"为人生"的哲学升华。（3）外来文学影响在创作领域与文艺理论领域的不同历史后效。（4）我们今天怎么谈新文学。（5）回到文学现场与拉开历史距离。（6）文学的历史动向与处境。

一、内外视域转换中的中国文学现代化之路

邱 田：谈新文学史离不开溯源与比较，这就涉及现当代文学与古代文学的关系，也关乎中国文学在世界中的位置，甚至可以说是有关人类文化史、文明史的大哉问。既然您谈到历史，那我想请您谈谈：当下的文学与新文学传统之间是一种怎样的联系？您觉得是连接还是断裂？或者说这种传统是精神的传承还是历史的包袱？当然，这些问题太大也太复杂了，需要上升到哲学层面的思考，不知您对此怎么看？

程金城："五四"前后中国人向外看世界文学，审视中国文学与世界的差距，在反思中设计中国新文学的蓝图；如今我们从世界看中国文学，总结中国新文学的成就和经验教训，确立中国新文学在世界文学中的地位。这种看与被看、由向外到向内的视角转换和视域变化中蕴含了中国文学整体历史变迁的意义。

中国新文学从诞生到今天的发展演变过程，是建构自己文学大厦的过程，中国文学大厦当然要建在中国的大地上，主要受中国国情、时代特点、文学传统等因素的共同作用；但同时也可以发现，这个建构过程一直存在着"边看边建"的现象，有着建设者看文学的视域与视角的问题。一边是试图与旧文学大厦拉开距离以显示其新，一边在寻求最新、最好的蓝图作为参照系。新文学的诞生，在很大程度上是从中国人了解外国文学开始的，也就是由内向外看世界文学，然后反观中国传统文学，做出判断后再设计自己的新文学蓝图。也就是说，新文学的建构过程一直伴随着视域的拓展和变化。从那时起到现在一百多年，看文学的视域和视角发生了转换，就是由从内向外看，到从外向内看，再重新从内向外看；由从中国看世界文学，到世界看中国文学，再到从中国重新看世界文学，确定自己的位置。这种看与被看的视域和视角转换，是以中国新文学从酝酿、起步，到发生历史性巨变和在世界文学史中的位置的变化为基础的。这个过程，包含了一些意义重大的文学史问题，比如中国新文学自主性和主体性问题，中国新文学的现代化道路的问题，中国新文学与传统文学的关系问题，等等。

邱 田：您讲得很有意思，不知道在这种看与被看的转换中，又存在哪些变与不变呢？整个发展历程是怎样的？

程金城：在新文学发轫期，现代文学先驱对中国文学的未来有过自己的构想，或者说文学理想。大家熟知的如梁启超有过中国未来社会的设想，也有过对未来文学的期许。陈独秀、胡适也都有过反对旧文学、提倡新文学的主张。鲁迅"别求新声于异邦"，是以世界文学为参照的。沈雁冰在20世纪20年代的一系列文学理论中，有过新浪漫主义文学主张，对中国未来的文学理想是既不重走旧文学的老路（他认为中国古代文学在根本上走错了路子），也不走西方已经走过的道路，他希望的是能将反映现实与表现理想相结合的文学，是能反映人生、指导人生的文学，要创造一种新的文学。还有一些学贯中西的文化学者，他们对中国新文学的建设也有设想，比如学衡派、甲寅派等以前曾被称为封建复古派的，比如以前被称为自由主义，现在被称为人文主义的，他们有对新文学和文化的思考。类似现象还有蔡元培以美育代宗教的设想等。当初的这些先驱者的社会背景、人生处境、生活经历以及与外国文学的联系都有很大差别，提出的未来文学蓝图也有很大差别，甚至在大方向上也很不相同，以至于互相对

立。但是，他们都一度将西方文学作为世界文学的先进榜样，作为参照系。他们的目的是要缩短中国文学与世界文学的距离，而这种距离是客观存在的，正如中国社会在后来逐渐衰落一样，文学上在一百多年前与西方相比确实有距离。回头来看，当年他们想创造的是既不同于中国古代又不同于西方传统的"第三样"的文学。这种由内向外看的经历，在后来还有两次，一次是20世纪30年代之后主要是40年代和50年代向苏联文学看，一次是20世纪70年代后改革开放向西方文学看。这三次由内向外看的结果，对中国现当代文学都产生了重大影响，其利弊得失大家都比较了解。这几次向外看，都经过了先是敞开胸怀拥抱、几乎不设防的接受，之后吸收、借鉴或者模仿，最后反思、总结经验教训。由内向外在后来不知不觉发生了变化，变成从外向内看，一是外国人（世界）看中国文学，二是中国人自己从世界视域看中国文学。也就是说，世界不能无视中国文学的存在，中国也有自信用世界眼光看自己的文学。当然，现在还会向外看，以后还会向外看，从中看出自己的差距。然而，再看时的心情与一百多年前已经极不相同了，现在中国文学家似乎可以不再看外国文学脸色行事了。所以说，由外向内的视域变化意味深长。

邱田：这让我想到了洪子诚老师的《当代文学中的世界文学》，当代文学与世界文学的复杂关系值得研究者深入探究。您觉得中国现当代文学的发展历程与世界文学的发展是否同步？彼此间的关系是怎样的？在吸收外来养分的同时又有哪些枝叶是自我生长出来的？

程金城：从晚清的诗界革命、小说界革命、新文体，到"五四"时期文学革命全面反传统，经过现代，进入当代，到新时期、新世纪，从较长的历史时段来看，当初先驱者对中国新文学的设想，受时代特点的制约和选择，经历极其曲折，冲突极为激烈，到了21世纪才显出其发展的曲线和鲜明轨迹。百年前，中国文人从外国文学认识到新诗可以这样写（胡适、郭沫若、宗白华、李金发、卞之琳等），小说可以这样写，随笔可以这样写，戏剧可以这样写（春柳社与西方话剧），到新时期现代主义对中国作家的刺激，再到新世纪之后，这一路走过，中国新文学的重要收获就是增强了自信心，写自己想写的，想怎么写就怎么写。把文学的发展过程放在中国历史发展过程中看，从古典文学走向现代文学，或者说中国文学的现代化之路，与中国社会历史的现代化之路的方向是一致的，也大体是同步的。中国新文学用自己的方式完成了从古代向现代的转型，初步实现了中国文学的现代性。中国新文学有自己的格局和路径，有自己的文学内容、表现形式和价值取向，但是在总体上与20世纪以来世界文学基本上也是同步发展的，或者说由落后到逐步接近再到大体同步发展，这是我对中国新文学发展到当下的基本估价，也是一己之见。这种估价和判断基于以下现象。

20世纪以来世界文学的重要现象都在中国出现过，中国并没有脱离世界文学的发展趋势，但是，中国在严峻的历史条件下依然曲折地走出了独立自主的新文学历史发展的道路。它是伟大传统文学的革新和复兴，也是对人类文学艺术的新贡献。20世纪以来，世界文学思潮中的重要现象，大都在中国有所表现，只是中国有自己的选择和不同的实践。如果套用以往的概念，文学上的各种"主义"都在中国文艺舞台上走过，或者是理论主张，或者是创作实践，如写实主义、现实主义、浪漫主义、自然主义、批判现实主义、社会主义现实主义、新写实主义、魔幻现实主义、人文主义、自由主义、现代主义（新浪漫主义）、表现主义、象征主义、启蒙主义、存在主义、唯美主义、后现代主义等，还有文学批评中的形式主义、女性主义、东方主义、后殖民主义等，西方有的在中国多多少少都有。这在一定程度上表明中国新文学没有脱离20世纪以来世界文学的发展大势。当然，这些文学主义和主张在中国的实践不平衡，常常表现出"不彻底"或"不正宗"的现象，比如"伪现代派"的称谓就是"世界"标准下对中国一种文学现象的"不达标"的评价。而从更开阔包容的视域来看，这种现象或许是中国新文学的一种必然现象，中国的国情和历史特点决定了它的文学不可能与其他外国文学一样，某些主义的创作不可能达到它的发展程度，中国有自己的表现内容。中国文学有一个制约机制，这个机制就是中国人对文学的需求的机制，中国社会历史发展对文学的选择和淘汰的机制。前者是读者的欣赏需求的机制,是文学接受的反馈机制;后者是文学作为社会大系统的子系统或者社会结构中的一个层面、一种要素,受其大系统制约的机制。中国新文学走出了从借鉴西方文学样式,反传统,到艰难地选择,借用外国文学模式,到最终走出自己的路径的过程,所谓螺旋式进步。

邱　田:哦,这种"不彻底"的实践算是一种中国特色的文学之路么?您认为当代文学的现代化主要体现在哪些方面?

程金城:现代以来,在吸收外来营养后又走出具有中国特色的文学之路,在艰难曲折甚至反复中不断进步,也初步完成了文学的现代化。最显著的变化,首先是文学创作方式的整体变化,完成了语言和艺术形式的转换,更重要的是文学观念、价值追求、思维方式和创作过程系统性的变化。最突出的例子就是中国文学格局由重表现和抒情的传统,向重再现和叙事的变化。中国文学在20世纪形成了以现实主义文学为主导、叙事文学极大发展的文学史格局,是对以抒情为主的中国传统文学格局的补充和重构。从重表现、写意、抒情向重叙事文学格局的变化的趋势在元杂剧和明清小说中已有端倪,但是现代以来受外国文学影响,变化更具划时代意义。虽然很长的时期并没有做到兼收并蓄,对外来文学思想和文学史模式作出了单一的选择,至新时期才有历史性的反拨,但其在中国几千年文学历史长河中依然有十分重大的历史转型的意义。中国现当代文学从提倡写实主义到各种现实主义都有过尝试,有过对典型的强调、对现实真实的强调、对人物与时代关系一致性的强调,有过将现实主义创作方法政治化的倾向等。但是,新时期以来的文学,在多样性发展中,文学的叙事在发生变化,不同的作家在进行各种尝试,其中的一个重要变化就是叙事意象化现象,也就是发生了从典型向意象的流变。我在与博士生的合作文章中曾经探讨过这一现象。纵观新时期叙事文学创作,意象化是较为重要的一个流变趋势。其中小说创作中意象的集中出现和写意倾向的增强,是作家们有意识的追求,体现其各自的创作理念,也展现出叙事文学创作方面新的征兆与不可忽视的潜力。将上述现象置于中国文学百年来的大变局中,则可看出从西方借鉴的典型范畴和观念影响下的中国现当代叙事文学,在新时期发生的意象的流变所具有文学思潮史的意义。在这一现象中,就包含了中国新文学吸收西方现代主义文学观念的因素,新文学在强化现实主义文学精神的基础上对中国古典抒情写意文学精神的继承。既有现代性意识,又有中国文化意蕴和当代精神的文学内容;既有西方现代主义、后现代主义的某些创作观念技巧,又有中国抒情写意传统文学意识的变异。

二、中国新文学中的人类性要素与"为人生"的哲学升华

邱　田:前面我们已经聊到了中国当代文学与世界文学的关系,那不妨继续追问中国当代文学在世界文学中的位置和贡献。在这方面海外研究者和汉学家似乎有不同理解?比如夏志清对中国现代文学的评价,当然那也是受限于当时的视野与眼界,带着后见之明,您觉得应当如何评价?民族性、普遍性和共通性的关系又是怎样的?

程金城:中国新文学给世界文学奉献了巨量的作品,也提供了独特的文学内容和文学精神。中国新文学一百多年来的文学创作内容是对世界文学的重要贡献。特别是它提供的巨大的文学体量和内容,艺术的探索,可能超过中国历史上任何一百年,也可能超过世界文学史上任何国家的一百年,这是世界文学中少见的现象,特别是新时期以来中国文学创作,连同网络文学创作,几乎是无法统计的。虽然巨大的数量中鱼龙混杂,数量多不一定质量好,但是,从整体上来说,它们对中国社会和时代的反映,对中国人的精神世界的表现等,为世界文学提供的丰富内容是无可替代的,对此,包括中国在内的世界文学批评界很难做出系统准确的判断,也许要留待以后再评价。这里最重要的是,中国新文学的内容和精神有没有人类的共同性,是否体现了共同价值和共通情感,在现代世界文学中有什么独特贡献。这些问题是不容易说清楚的。我以为这涉及一个重要的命题,这个问题说清了,有利于确立中国新文学在世界文学史中的地位,这个命题就是中国文学精神中的人类普遍性的问题。从世界看中国文学,以前有一个误解或者是曲解,就是把中国新文学的

主流解释成主要是政治性、阶级性、民族性而缺乏世界性、人类性的文学。这种解释既有外国研究者、汉学家的问题，也有我们对自己的文学解释的问题。这两方面的情况各有不同，但有一点是相似的或者相同的，就是相当长的时期内对中国新文学中所谓主流作品中的人类性要素的遮蔽。人类性在这里可以理解为人类的普遍性，人类的共同价值在文学中的体现。关于这个问题，我曾在一篇合作文章中谈过，今天我从中国文学对世界文学的贡献的角度再重申我的看法。

在很长一个时期，我们偏重强调中国新文学的阶级性、政治性和民族性，而不承认共同价值，隔绝了中国新文学与人类文学共通性的联系。与此相关，一说到文学的人性，就被认为是抽象人性论，这种观念影响下，回避文学的人类性，使得对中国新文学中人类性因素被遮蔽。它在客观上使得中国现当代文学的阐释被曲解，在现当代世界文学中的价值意义和定位成为先入为主的偏见，特别是一些汉学家离开中国现代文学的历史语境，对一些作家作品的评价放大了他们认识的局限性。

邱　田：您这么说我有点理解了，可以以具体的作家作品举例说明一下吗？

程金城：我以前的文章中曾经谈过，在质疑中国现代文学，特别是当代文学的宏大叙事的时候，存在着不加分析地将中国现当代文学要素限于社会政治、意识形态层面，掩盖了其人类性精神要素的情形。由于不能从人类的视野看待中国新文学的意义，极大地限制了研究者的思维空间和研究层面的拓展，也制约着文学史研究格局的突破。研究者的关注点被引向对立面的比照和差异性的寻觅，忌讳共同性、相通点的探究。其中最大的问题是缺少结合作品细读对新文学人类性价值的重新发现。对中国现代主流文学的解释被政治化和意识形态化，那些与时代密切联系的作家作品中所包含的精神创造，并没有进入人性或人类性的层面解读。相反，有些研究形成一个不约而同又心照不宣的观念，认为只有那些游离于中国现代历史中心的边缘作家才表现了人性，或者表现了超政治性、阶级性的人类性，如周作人、沈从文、张爱玲、梁实秋等。与此同时，夸大一些作家的边缘化色彩，尔后得出一种似乎合乎逻辑的结论，认为正因为一些作家远离了时代中心，或者一定程度上处于时代边缘，所以他们的作品才有更多的世界性和人类性，如对老舍、萧红、曹禺等的评价。当然，这些作家的创作和文学观念中确实有比较明确的表现人性的意识。这就提出一个问题：那些自觉参与或卷入中国现代社会变革过程中的另外的、历来被作为现代文学主要成就的作家作品，如鲁迅、郭沫若、茅盾、巴金、丁玲、艾青、赵树理等的创作，以及左翼文学创作，是否也具备人类性因素，是否具有世界性、普遍性？现当代文学中那些直接或间接地反映了中国现当代历史发展、民族奋斗历程和精神追求的文学，是否具有人类性？中国现当代文学的精神意蕴在20世纪世界文学乃至整个人类文学史中是否具有普遍价值和意义？我们强调民族性是否客观上将其与人类性对立起来了？在我看来，中国现当代文学对中国人在现代反抗外来侵略争取民族解放的过程的艺术表现，文学中的政治、阶级斗争内容，这是特殊现象，但其中又包含人类争自由的普遍意义，是文学人类性在中国的具体体现。那些被阐释为有鲜明的阶级性、民族性的中国现当代文学，其所表现的现当代中国人的不屈不挠的奋斗精神、宁死不屈的自由精神、为了民族利益牺牲个体的献身精神等，与人类普遍的积极精神和人性追求是相通的，也具备人类性。因为在这过程中，反映着中国人精神中的许多本质特点，这些特点与人类共同的美好追求具有相通性。

邱　田：您可否具体解释一下文学范畴内人类性的内涵和意义？

程金城：20世纪中国文学人类性的主要内涵，初步可以概括为以下几个方面。其一，人类性是20世纪中国文学家曾经意识到的一个创作层面。在五四新文学运动中，人类性并不是一个被排斥的文学因素，而是一个与"人的发现"相联系的、与新文学观念相关联的理念。譬如，在"五四"时期及以后对中国现代文学的理论建设起过重要作用的沈雁冰，就曾经多次提到文学的人类性问题。沈雁冰早期提倡新文学时，曾经把人类性作为文学的一个重要因素反复强调。他把文学要表现为全人类的感情作为新文学的一种责任、一种与旧文学不同的要素来强调，同时比较辩证地讲了文学的人类性与民族性的关系，认为人类性是必然的，民族性在特定情境下是不得不然的。茅盾后来的变化因素当然是复杂的，也是有代表性的，但这至少说明，人类性是中国新文学发轫期一个被意识到的要素。其二，中国现当代文学所反映的中国人在现代历史进程中的主动精神、进取精神、抗争和自由精神等，就蕴含人类性要素。中国现当代文学在整体上真实地表现了中华民族为自己的翻身解放而不屈不挠的战斗过程，它展示人类的正义力量和反抗精神，是人的本质力量对象化的过程。这既显示了中华民族的觉醒，又展示了人类的普遍精神。中国现当代历史的波澜壮阔及其人性情感起伏变化本身，历史演变过程中人的情感的变化，就极其具有世界性意义，也具有人类性。其三，即使左翼及其精神影响下的文学，其实也并不一味地排斥人类性，一些作品同样具备人类性因素。比较典型的如柔石等作家、"七月""希望"作家群。它使我们看到，中国新文学对革命、战争的表现，在现代原本就具有人性意识和人类性眼光。其四，中国现代文学对中国传统文明的历史性整体反省和自我批判，是一个伟大民族的精神涅槃，一种人类文明"死而后生"的复兴之典范，是人类精神发展史和文学发展史上的新景观。以鲁迅为代表的新文学一个贯穿的主题就是反省传统文明，重铸民族精神，它所具有的意义需要以人类的眼光才能看得清楚，它超越了民族和阶级局限而达到现代人类的精神高度。其五，新时期以来，特别是20世纪80年代中期以后的中国文学，在超越了政治批判、文化寻根、先锋实验等之后，一些有实力的作家逐渐具有了更充分的人类意识和对文学人类性意蕴的追求，如王蒙、王小波、陈忠实、韩少功、刘震云、余华、残雪、铁凝、莫言、张炜、阿来等，这方面的作家作品很多，不一一列举了，包括茅盾文学奖、鲁迅文学奖等获奖作品，包括一些地域性文学创作，可以说已经是一种比较普遍的意识了。作家人类性意识的强化，在创作上的体现千姿百态，如前面提到的作品意象化趋势中对人性的探索，对作为人的类属的个体生命过程的表现，叙事中的超越现实事象的描写，表现手法中的虚构和想象等。我认为，这是20世纪后20多年以来中国文学最具有意义的变化之一，一方面是作家的人类意识有很大的增强；另一方面理论上的变化也使得将人类性价值作为重要的维度进行发掘和评价，世界文学对中国文学的认可度也就有很大提高。

邱　田：您这里谈到的人类性让我想到"为人生"的文学，提升到普遍意义上的文学不就是人学么？那么，从"文学为人生"到"文学是人学"是什么关系，在后来有什么重要变化呢？

程金城：新文学开辟的"文学为人生"和后来强调的"文学是人学"一脉相承，但每个时期的具体内容不同，并在后来有所深化。"五四"新文学中表现"为人生"最深刻的是鲁迅的《呐喊》《彷徨》，其中《阿Q正传》，以"格式的特别"开了另一脉的源头，这就是将个人的人生经历的表现深入对其精神状态和心理结构的分析，进而上升到对国民"集体"精神状态的哲学思考，触及集体无意识心理。在这个问题上，学界有过争议，就是从学理上对有无"集体""国民魂灵"的质疑。我认为是有的，就是在特定时空中会存在某种普遍的社会心理，所谓集体无意识。《阿Q正传》人所共知，这个篇幅不算长的小说顶得上多少部鸿篇巨制，它的特点是以现实中人的生命过程阐释了"沉默国民的魂灵"，表现了现代意识却没有生硬地用现代主义手法。阿Q性格特点有些怪诞和夸张，但他还是中国未庄现实生活中的人而没有变形成为一条虫，这种不离开现实人的生活而揭示哲理思考的艺术表达，从现实出发而使文学具有超越性的叙事技巧，就是中国文学的现代性的体现，或者是中国新文学的现代主义。新文学的这一文脉，在新时期一部分作家那里得到了深化和升华，比如，刘震云的《一句顶一万句》，还有饱受争议的余华的《兄弟》等。将对人生的表现深化到对人的生命过程的艺术阐释，又将这种阐释升华到哲学的层次，并由对个体精神状态的表现深化到对"国民魂灵"的揭示，其具有的普遍意义就是人类性要素。阿Q形象，特别是他性格中那种面临困境选择"奇妙的逃路"的精神状态，获得中国以外的人们的认同，外国也有阿Q，就是文学人类性的一种体现，也是"为人生"主题的升华。中国式的现代性文学，就是蕴含哲学性又不取代哲学和不被哲学取代，也就是始终不离开文学轴心。追求文学深层的哲学性与追求文学的史诗性，是中国现代以来文学中的两种重要现象，这与追求文学反映现实影响现实的入世思想，与追求文学的表现情感和解脱之道的倾向有关系，还与传统的儒道释哲学思想结构及影响有关系。作家不仅要有知识，更要有智慧，杰出的作者应是一个智者，能从哲学的层面思考人与世界的关系，不断超越自我。新时期的杰出作家大都程度不同地有这种自觉意识。

三、外来影响在文学创作与文艺理论领域的不同历史后效

邱 田：我们谈论的新文学好像一直集中在创作方面，在文学批评或文艺理论领域，中国研究者的本土性或者说原创性似乎就没那么强了，对于海外研究者的影响更是微乎其微，现在的中国学者也在有意识地创建属于自己的理论话语体系。您后来转向文艺理论研究，对文学创作与批评都很熟悉，不知对此怎么看？

程金城：是的，前面我们用很大篇幅说中国新文学与传统文学、与外国文学的关系，这里我想说说外国文学对中国文学影响的历史后效问题。我认为，这在创作领域与文学理论领域的历史后效是不一样的，在文学创作领域与文学理论建设中的作用是有区别的，其利弊得失也是有区别的。

中国文学一度将走向世界文学作为自己的目标，这个"世界"曾经被认为是西方世界，西方文学对中国文学的重要影响不能否认，从创作到理论，影响极大。中国新文学与外来影响的关系，在某些阶段，我们会看到它的负面影响，这种影响也可能因为时代等原因被放大；而从长的历史阶段来看，外来影响总体上有利于文学更长远的发展，利大于弊。文学创作因为题材的关系、社会和时代的关系，其表现对象或者说题材影响创作面貌，文学离不开人及其社会，所以创作出来的还是中国的样貌和精神。与创作相比，理论因为它的抽象性、普遍性，它可超越时间和空间，常常以放之四海而皆准的姿态出现，所以文学理论的外来烙印反倒深刻，中国的精神内核好像更少，原创的理论也很少。这个问题值得思索。

邱 田：您觉得造成这种差异性的原因是什么呢？

程金城：我没有创作经历，按常理推测，在创作领域，因为受文学表现对象的制约，虽然外国文学的创作理念和方法会产生影响，但是文学的表现内容还是本国的、本土的。受题材和表现对象制约的创作过程，自然会形成一种机制、一种纠偏的能力，即使有外国观念，文学面貌大致还是本国的或者本地域的。这是世界普遍现象。中国作家都有自己的精神故乡与生活体验库、形象库、意象库故事源等，写的是中国人、中国故事、中国精神，这构成文学的重要元素，影响创作面貌。而在理论建设中，情况就不一样。因为理论是具有普遍性的原理，追求真理和普遍意义，文学理论的构成，从概念、术语、范畴到观点、理论体系，包括思维方式、理论建构的范式等，都具有普遍性和抽象性，即使在本土化的过程中，与文学创作的情况也是不一样的，产生的效果也不一样。如果普遍接受了西方的体系，西方化了，就很难体现自己的原创性。正因为如此，一种理论模式成为普遍的范式之后，它的整体面貌就很少有一个国家自己的特色。因此，我们在回首中国新文学历史的时候，理论现象要比创作现象更复杂，更难体现中国话语体系。从"五四"开始，古代文论的一套概念术语曾经被西方文论话语和概念取代，直到后来感到了中国文艺理论在世界上的"失语"，提出中国古代文论的现代转化，讨论了多少年，似乎还没真正转过来。这或许也是中国文学理论、美学缺乏原创性的原因之一。另有一个原因，是从概念出发而不是从文学实践出发的研究路数，也是造成中国文学理论复杂性的原因，现代文学早期的研究与现在的研究有很大的不同。比如，最早的中国新文学大系，特别是各集的导言，其所以至今具有权威性，甚至不可超越，就是他们从作品实际出发，又能知人论世。这种评论既有中国传统文学评点式批评的经验，又有外来文学观念和时代眼光，其评价和结论是以"真"为根本的，后来的情况就不一样了，现在的研究情况更不一样。

四、我们今天怎么谈新文学

邱 田：现在一方面文学作品的出版愈来愈多，另一方面新文学或者说纯文学的影响力日益下降，学界有人提出"新小说革命""新大众文艺"，还有近年来兴起的"素人写作"，您如何看待当下的文学现场？您觉

得会形成新的文学思潮吗？目前新文学面临的困境和问题是什么？

程金城：文学作品出版越来越多和纯文学影响力日益下降的问题，实际上涉及文学史研究如何做到科学、评价如何客观的问题。我理解的"新文学"，是现代以来与古代文学相对而言的文学史，而当代文学，特别是新时期以来的文学面貌与20世纪前80年（现代文学、当代十七年文学和"文革"文学）很不相同，其中一个现象是文学作品越来越多。对读者来说，出现供大于求的问题，很多作品无人问津；对于研究者来说，作品不断涌现，读都读不过来，深入研究就更难做到；对于作家来说，要不断推出新作，显示自己的存在和进步，以免被淘汰和在文坛消失，加上所谓"素人写作"的无法计数的作品，带来巨量的文学作品和复杂的文学现象。新的创作现象对文学批评与文学史研究提出了新难题，批评家和文学史家对文学活动及其成果整体把握要困难得多。由此产生的难题，一是对优秀作品的发现变得困难，作品的经典化变得困难；二是对一百多年来文学的评价尺度的统一的把握变得困难。这种现象在80年代不存在，主要在90年代以后，产生的原因是多方面的。

这是从来没有的文学现象。对于文学史研究来说，面对如此巨量的文学作品和复杂的文学现象，研究如何做到科学和客观公正？90年代以后的创作，包括网络文学，全面阅读变得几乎不可能，基本掌握都很困难。传统的批评机制面对已经深刻变化的创作实践，阅读成了大问题，科学评价就没有基础，常被诟病的批评家不看作品就发言有多种原因。在只有部分作品被关注而大部分作品被淹没的文学史能做到科学评价吗？这里潜在的问题是：关注度高的作品是否就是这个阶段最好的作品？对知名作家的作品与不知名作家的作品的评价标准是否统一？巨量的作品与有限的阅读，使得发现优秀作品有很大局限性。发现需要细读，新的文本细读少，在成千上万的作品中发现好作品变得困难了。这在世界文学中也是这样，能否被诺贝尔文学奖评审专家发现，能否提名有时可能也带有偶然性。当然，中国文学机构和研究者的努力也是显而易见的，成就也是巨大的，比如茅盾文学奖、鲁迅文学奖、骏马奖等奖项，比如各种排名榜，比如各种各样的作品讨论会，比如媒体推荐等，都是有效的遴选机制和推介途径。然而，这个过程只能解决一部分问题，有多少遗珠很难说。这跟现代文学和十七年文学被精耕细作的研究很不一样。那时因为作品少，比较容易鉴别，因为作品少而知名度高，比较容易形成共识，所以感觉文学的影响力很大。

"新小说革命"，还有近年来兴起的"素人写作"其实也是一种对当下文学场域的回应。比如"新小说革命"的概念提出主要是对小说故事化倾向进行思考，以区分小说与故事的区别，如果我没理解错的话，这个概念的提出是在对文学创作实践症候把脉的基础上开出的药方，旨在提高小说的创作水平，对未来小说的发展方向有新的期许，其积极意义不言而喻。这种从实践出发针对问题提出新的概念的努力值得赞许。"素人写作"是指非专业作家、没有经过系统文学训练的普通人进行的文学创作活动，且不说这个术语的来由，就其所指的创作现状来说，是确实存在的事实。在新时期以来，特别是网络文学兴起、多媒体兴盛的情势下，这确实是一种非常重要的文学现象，把它看成一种广义的文学思潮也未尝不可。"素人写作"对传统文学创作方式和接受途径的冲击是很大的，这种现象包含的文学实践和理论问题也很多，已有的研究也不少，值得充分注意。就文学史的研究来说，将这种现象放在一百多年来的新文学史中，有很多值得思考的问题，其中与前面我提到的作品数量剧增、阅读有限、文学评价如何客观科学的问题相关。

现在的问题是，阅读并做出判断是个体的工作，至今是不能智能化处理的，大量的文学作品没有阅读，被发现就带有更多的偶然性。批评家的权重在加大，责任也更大，要求更高了，产生不公正的概率也就更多了。越早的作品越是被反复发现，越是后来的作品越有可能被埋没。比如关于沈从文、汪曾祺等人的作品被反复研究反复咀嚼，当然与他们作品的特色有关系，与他们的表达语言风格有关系；但是，新时期以来这么多年这么多作品中也有很多同样优秀的作品，却不一定能达到这样的重视程度，是否有被埋没的也未可知。

邱　田：您的评论很犀利也很客观，这也是目前当代文学关注和探讨的问题嘛。不过批评家的权威也许很快就被瓦解了,进入人工智能时代,也许以后都由机器来阅读和评定了?这样会不会就能做到全面而公平了?

程金城:是的,说到这里,我也想到以后的文学史研究会不会依赖人工智能"阅读"来提供"阅读体验"和数据?前两年是ChatGPT,今年是Deepseek,大数据算力下的文学研究会是什么样子?如果人工智能阅读,为研究者提供资料数据,也许能做出比较客观的评价。但是,问题在于:如果连阅读都被机器人代劳了,这种阅读有何意义?这种研究和判断又有何意义?进而,文学创作还有什么意义?这已经不是文学研究自身的问题了。

与此相关的还有一些现象,我觉得不太正常,大家也许有同感,提出来看是不是这样。比如,新作品读不过来,许多作品无人问津,不是没有专门的人读,而是专门读的人不去读,或者很少读新作品。中国现当代文学教师和研究者那么多,现当代文学博士点、硕士点那么多,攻读现当代文学方向的博士生、硕士生那么多,人不少吧。然而,有多少人去读新作品,有多少新发现?为什么不去读,因为一是读不过来,二是读了"没有用"。对于专业人员来说,评价其成绩的大小要看成果,看发表的论著多少,而现在发表研究文学作品的刊物不多,其他一些综合性刊物和重点大学学报很少或者拒绝发表文学评论文章。还有,现在现当代文学的学位论文也不待见作家论,更不要说作品论了。一方面,新的创作如火如荼,另一方面许多专业研究者为找不到新的研究对象而烦恼;一方面许多研究新作品的文学评论文章难以发表,另一方面专业期刊为找不到好稿源而犯难;一方面提倡大力培养年轻研究队伍,另一方面又不真正给他们发展空间和提供路径。大家都说"我太难了",为什么难,因为涉及的方面很多,许多因素交织在一起,不仅仅是文学领域的问题。你所说的纯文学影响力下降的问题由来已久,愈演愈烈,这是整个社会的问题,甚至是世界性的时代问题。"新文科""大文科"的提倡和建设,也许是试图从制度上解开难题的努力。对于现当代文学研究者个体来说,不管形势怎么变化,不管人工智能提供怎样的方法手段,从文学实际出发而不是从概念出发,"自由之思想,独立之精神",走自己的路也许能走出困境。世界在剧烈变化,不确定因素加剧,让我们拭目以待,多些思考。

五、回到文学现场与拉开历史距离

邱田:您之前谈到了创作与批评,文学与理论,那么回到文学史,研究与欣赏之间的差异性应该怎样界定?毕竟重写文学史离不开历史语境,而历史又受到现场的影响与制约,可以说一代人有一代人的审美。

程金城:文学史研究与文学欣赏有关系也有区别,这是老生常谈,但有时在实践中会不经间离开常识。相对而言,前者是回到文学现场进行历史研究和价值判断,中国文学批评本来就有知人论世的传统;后者是拉开时空距离的审美阅读,是可以专注作品的文本欣赏,也是一种"离境"的判断。这种常识常常会在实践中变成问题,产生分歧和争议,这种分歧随着研究者所处的时代及其语境的变化而不断变化,常常会给人以文学史评价前后矛盾或标准模糊的印象,这就需要重提常识问题。

文学史不仅要勾勒文学发展轨迹,绘制文学版图,更要做出价值判断,而其难度也在这里。文学史当然要研究作家作品,要解读文本,但是它的主要任务是要有史识,有符合文学实际的评判,解释这些文学作品和文学现象是怎么产生的,他们的出现有什么文学史价值。作品随着时间的推移,离开了那个时代,读者的阅读兴趣和评价体现的是阅读者所处时代的精神现象和审美趣味,而文学史是要揭示出文学作品在产生时代的价值意义。有些文学现象是一般读者不知道也无须知道的,而文学史家必须知道,也必须说清楚。中国新文学一百多年来的历程中,它的主要意义是什么?价值在哪里?在新文学学科建构之后的一个时期,从20世纪50年代到70年代末,对这些问题的阐释是清楚的,但是多是单一角度的阐释,也是有局限性的。改革开放以后,文学观念变化了,多元了,揭示出的价值多维了。然而评判的标准似乎含糊了。比如关于鲁郭茅巴老曹的地位问题,尤其是郭茅的地位和评价问题,产生了很大的落差。相应的,后来对京派等流派的褒奖,有恢复其应有的文学史地位的积极意义，但具体到对他们评价时，问题就变得复杂起来，比如强调京派的特点，说他们表现人性和坚持文学独立性，这看起来他们的文学主张和创作更符合文学特性。这一派从文学思潮的角度讲，以前文学史称为自由主义，后来又称为人文主义，特别强调其对人性的表现。然而，如果回到现代文学的具体历史环境，回到20世纪30年代，回到现实中的"人"的具体情况，回到人与文学价值关系，什么样的文学或文学流派更有人性？是京派的文学理论中的"人"和创作对人的表现更有人性更具有价值和意义呢？还是左翼的文学主张中对"人"的关注和创作更有人性更有价值呢？这就有文学史对具体现象的评价标准的问题，有时评价标准是不一致的，随着语境的变化，同一个现象却会有不同的研究结论。出现这种变化的原因之一，我以为就与回到文学现场与离开文学历史语境的角度有关，与文学史研究与文学作品欣赏的区别有关。其核心是这个时代什么样的文学是真正反映时代精神的，是真正具有人性的。当国家民族处于生死存亡的关头，国将不国、生命涂炭的时候，文学站在时代发展的前列和被压迫人民一边，就是有人性的文学，有思想的文学。这种文学与那种脱离时代的"永恒"文学相比是"别一世界"的文学。对这种现象的评价，一般读者可以知道也可以不知道，可以不清楚而专注文学作品，但对文学史来说，应该讲清楚，或者必须讲清楚，这是文学史应该有的责任。这就是说，文学的价值评价应该有具体的时空维度。文学价值是由人与文学的关系构成的，这种关系，有两种不同情况，一种是作品一问世，作品与当时的社会及其读者建立的价值关系，作者为什么创作，读者为什么阅读和有什么体验，反映的是当时的时代精神、氛围和审美取向；另一种是随着时代变化，后来的读者阅读作品，离开那个时代，建立了读者与作品之间新的关系，会有新的阅读感受和评价，也就是一般说的时间的淘汰。文学史家的任务首先是要把前一种价值关系说清楚。其复杂性就在于不同的文学史家对同一时代的文学现象的评价所持的标准不同，怎么解决，就是要回到文学现场。什么是文学现场，就是文学产生的时代，这个时代人与世界的关系，人与文学的关系。比如，中国现代的左翼文学，这种文学现象的意义是它坚持了一种精神，文学面对的是时代中心问题，文学与人民构成现实价值关系，这种文学是体现了历史前进方向的文学，它可能粗糙，但它的精神是先进的，而不是重复以往的旧模式，或者在时代巨变面前继续瞒和骗。文学史家在这一点上不能含糊。一些文学史有这种特点，所以大家认可。多年来对新文学史料的系统搜集整理也是回到文学现场的一种途径。

中国新文学研究的几代前辈，奠定了这个学科的基础，提供了新文学研究的范式，建构起新文学历史架构和价值评价系统，后来者基本在这样的文学史研究的语境中接着说。与前辈相比，我们现在所处的历史位置和研究视域，以及供我们观察评价的理论知识方法都更加有利；但是，我们却似乎没有了他们的底气，瞻前顾后，怕说错了。为什么会有这种顾虑呢，因为我们自己面临着太多的信息来源夹带着纷繁的评价标准，也就是过多的考虑因素常常使我们不知所措，或者不知从何谈起较为接近新文学史。因此，现在我们怎样谈中国新文学史，就成为一个问题，怎么说好像都不尽如人意。要谈，就只能是极其个人化的看法，仅供参考而已，多一些看法使读者能有多种参照。

邱田：您讲得极是，多元化也不能把一切标准都解构了，有标准也不是将评价定于一尊，总之，共识变得愈来愈难以取得。

程金城：文学是很难用统一标准进行评判的，从读者对作品的阅读欣赏的角度说，对同一作家作品和文学现象做出不同的评价是不奇怪的，作品因读者而异。但是，如果是文学史的专业研究，对同一作家作品和文学现象做出差别很大的评价，甚至完全不同的评价，就要问这是为什么了。既然是专业研究，即使是属于人文学科的文学研究，它也是应该具有科学性的、学理性的。从整体上来说，中国新文学，或者现代以来的文学，依然坚持了基本的价值评价体系，但不同的观点依然存在。从新文学诞生以来，因时代背景不同而对同一文学现象做出不同的评价和定位的现象累次发生。文学史撰写是不断发展变化的，再过几十年、几百年，以后的文学史对这一段的评价会不会有变化，我想是会有的，但是会不会完全是另一种面貌和评价呢，这是很难说的。这不是以人的意志为转移的,我们这个时代的文学史家应该尽到自己的责任,因为在文学史的长河中,我们离新文学很近,应该尽量回到文学现场和历史语境,研究文学产生的动因及其具有的价值,在价值评价体系中应该有具体的时间和具体的空间的意识和维度。回到文学现场与拉开历史距离的关系涉及评价标准。在文学史研究与一般读者欣赏作品的关系中,应注重文学史研究的价值标准中应具有的历史感和时空意识,做出符合文学史实际的结论,具有相对客观的评价,经得住实践的检验。有些文学主张和创作现象,在离开具体的时空之后,作为纯粹的欣赏,会发现它文学性的不足,但是它可能具有某种与未来文学发展方向相一致的因素,在文学史上应该肯定。这是老生常谈的问题,只是我觉得应该形成文学史家的一种明确的共识,为未来留下这个时代基本的文学史样貌和研究范式。有没有可以提供一个作为历史文本的中国新文学史? 这一段历史,现在比较新鲜,但终究会远去,一代人有一代人的使命,要尽可能做出自己问心无愧的研究判断。

六、文学的历史动向与处境

邱 田:如果说文学史是面向过去,文学现场是立足当下,那么最后我想和您聊聊文学的未来维度。您在神话领域的研究其实很符合当下的潮流呢,不知道程老师关注到《黑神话》和《哪吒2》的爆火没有? 数字媒介与人工智能的发展是否意味着文学将迎来巨变呢?

程金城:神话复活借新媒体大放异彩,魔幻性与超现实引导接受群体的欣赏趣味,AI对文学创作和研究构成空前冲击,这是最近我对文艺领域的一点感受,未来文学的动向确实成为现实问题。

20世纪40年代闻一多曾在世界文学的历史动向中对中国现代文学的走势有过评论,他指出,外来文学对中国文学有两度重大影响,第一度是两千多年前西方文学,主要是印度文学的影响,改变了中国文学的创作内容和影响了中国文学的艺术走向。印度佛教带来的影响是在小说戏剧方面。第二度的影响,是20世纪西方文学的影响,基督教带来的欧洲影响又是小说戏剧(小说戏剧是欧洲文学的主干,至少是特色)。这是中国文学第二次的历史性变化,"新的种子从外面来到,给你一个再生的机会"。回头来看,这一百多年,文学史格局变化,文学品格变化,现代诗歌、现代小说、现代散文、散文诗、报告文学、话剧等新的文学样式,改变了几千年的文学面貌,也改变了文学与人的价值关系。这一百多年的中国文学,作品体量庞大,内容极其丰富,文学样式和创作方法空前多样化。可以说现在到了又一个文学历史发生巨变的时期。神话的复活,表现在神话题材的再创造,神话思维方式的当代转化与新媒体的结合,使得文学艺术中充溢着浓浓的魔幻性。《哪吒2》爆发性的票房收入及影响力是一个典型案例,它的现实与浪漫交织,玄幻与魔性混融,它的老少咸宜,观众的迷狂与思考,它的"走向世界",以及对它的各种阐释,都是以往很少见的现象。这种神话的复活解构和重构,以我有限的了解和浮光掠影的自我感受,鲁迅的《故事新编》开了文学创作的先河,在《让子弹飞》中培养和改变了部分观众的欣赏习惯,电影《阿凡达》作了经典示范,而《哪吒2》以更大的想象张力掀起超现实的浪潮。这是不是全球化、智能化时代文学艺术的走向,或者是在引导人们走向所谓"元宇宙",也未可知。那么,人出了电影院要不要回到现实,人怎么面对现实? 文学艺术怎么面对现实和现实中的人? 文学艺术在引导人向哪里走? 这些是给文艺界的思考题。

邱 田:最后我还想问一个现在热议的话题,您觉得AI创作会取代人的创作么?

程金城:文学与世界、与读者、与其他人文和艺术领域的关系在变化中。Deepseek的出现,使我们不得不直面人工智能对文学创作冲击的现实,它具有的能力是人们始料不及的,作诗、写小说、编剧本等都像模像样,大有取代文学创作的势头。但是,AI到目前为止,还是人来操控的,人的提问、指令、引导还能体现作者的创作意识、价值取向和思维方式,也就是说,它可以改变文学的创作过程,却不能取代人的艺术思考,从这个意义上说,人的文学创作不会被AI所取代。

问题的复杂性或者说严重性也许还在以后,就是AI的发展向度和速度,AI与人类形成怎样的关系。最近大家都在热议人工智能,其中有的观点认为人工智能构建的技术系统打破了以往人机区别的认知框架,这可能会改变我们对人工智能的理解。真正使我们震惊和不可预测的,一是 AI 会从经验中学习,学习人类所有的知识并能进行有逻辑的抽象归纳,它可以形成抽象概念,可以在微观层面运作。人工智能拥有的信息比我们多得多,而且它能够比我们更快地访问和处理这些信息。它还能发现数据中的逻辑结构和模式,而我们却看不到这些模式。人工智能可以让我们进入人类无法发现和进入的空间,它不再是封闭的确定性系统,具有某种开放性和主动行为。这大大超过了人类的学习能力,这是它的优势,人在这方面有自愧不如的感觉。二是 AI 在"利用"人类,人类的所有文明和文化成果,语言表达等,都变成为 AI 的资料库和知识系统,都被 AI 利用。有的观点认为人工智能的意义类似人类对文字的发明,而文字的出现、内在词汇的诞生以及抽象或理论思维的兴起之间具有关联性。以前认为人在利用科学技术和人工智能,而现在人感觉到自己被人工智能利用,这或许是人类第一次"被利用",造成 AI 超过人类的感觉,伤了人类的自尊,人类产生了对 AI 复杂的感情。然而,细想一下,人依然是主体,人类仍然可以利用 AI,关键是掌握 AI 的人要利用它来干什么。人工智能正在与我们构成一种关系,包括人与文学的关系。我认同一个观点,人类与科技共生,人与 AI 的不同智能之间可以互补。有了极为发达的人工智能,我们仍然需要有自己的经验和自己的见解,仍然需要通过思考来自我定位,使人类生活得更好。科学技术越发达人越需要精神滋养,文学作为一种情感表达,其文本作为再创作资源具有巨大的需求,特别是蕴含丰富内涵的文本矿藏更是紧缺,文学因此并不悲观。

在历史大变局时代,文学不但要革新表现方式和手段,也要提供与时俱进和恰到好处、积极健康的价值观,共建人类美好的精神家园。科技越是发展,越需要超越性思考,越需要通过文学肯定人类本身的意义。

也许,首先应该思考的是人类与 AI 的关系。人工智能加速度推进人类的历史进程,同时也可能在刺激人类的欲望毫无顾忌地膨胀。科技引领世界,世界的目标在哪里? AI 助力人类,人类要走向何方? 什么是人类历史的正确方向,这不是 AI 要回答的问题,而是人类要思考的问题。人工智能是双刃剑,它将助推人类到哪里去? 这是当下人们普遍的焦虑,当此之际,文学能否做出自己的思考和情感表达? 这或许是文学家要好好思考的问题。与之相关,要进一步思考未来文学创作对于人的意义问题。如果人工智能使创作变得十分容易,至少是部分取代了人的创作过程,人不再思考,不再推理,不再想象,不再有未知之谜,不再有情感波澜,一切都被人工智能"代劳",那么,这种文学创作还有什么意义? 当下 AI 给大家带来好奇,这种好奇或者会随着 AI 的发展持续下去,或者终有一天会感到无聊和厌倦,甚至会感到人被"异化"。AI 的发展无法预测,但人类不能放弃人性,文学也不能放弃文学性。AI 的出现可能是文学转型的历史机遇,它不能取代人的思维,然而它却可能改变人的思维方式和路径,文学创作不会被 AI 取代,但 AI 可能促使文学作为职业的时代结束。而在我看来,只要具有原创性且有人性的创作就是文学存在的意义和价值所在,这样的文学创作就不会被 AI 取代。

[作者单位:程金城,兰州大学文学院;邱田,电子科技大学外国语学院]

错位与复位
——评刘醒龙的长篇小说《听漏》

□ 王仁宝

刘醒龙小说创作题材几经变化，叙事手法也不断调整，但设谜与解谜的叙事策略几乎贯穿了其整个小说创作生涯。从《大别山之谜》《威风凛凛》《一棵树的爱情史》到《蟠虺》《黄冈密卷》《听漏》，刘醒龙在小说中越来越熟练地操练着"破案"秘诀，其小说文本的张力也逐渐强化。王尧曾对刘醒龙小说作出过如下评价："小说文本的张力在于那种不动声色的叙事语调和不谐、尴尬的场面呈现之间轻微的错位。随着叙事的逐渐展开，'常识'视野之外的事情最终被自然化、合理化。"①应当说，王尧的评价基本触及刘醒龙小说叙事的秘诀之一，也即错位与复位，但他并没有沿此角度展开详细论述。孙绍振在对中国小说的研究实践中提炼出"错位"概念，"小说的情感系统是一个（多方位的）动态系统，一个方位的'错位'，引起了另一个方位的'错位'，这个层次的调节又引起了另一个关键的'错位'。在表层上好容易达到了平衡，在深层结构上又因拉开了距离而失衡，在深度上达到统一了，可在表层又因心口误差（错位），使情感系统远离了平衡态。这种远离平衡态的/复合的/多维的立体的情感系统的每一个方位、每一个层次的错位，都要引起全部系统的一切方位的反馈和调节"②。《听漏》的叙事正是在一系列的错位中推进，最终在复位中结束。在设谜叙事中，"作品以马跃之为中心人物展开了一系列的人事误会和矛盾冲突，如主要人物曾本之与马跃之、郑雄与马跃之、梅玉帛和陆少林与马跃之之间都存在着各种明里暗里的误会与冲突"③。在解谜叙事中，这些误会与冲突都得以消解。因此，冲突与冲突的消解、错位叙事与复位叙事构成了整部作品的叙事结构。

一、时空错位："重返八十年代"

小说叙事之始，简要叙及当下会况之后，花了大量篇幅回叙20世纪80年代初期巧立楚学院办公室门牌的趣闻。乍看之下，这段关于办公室门牌的叙事意义不大，类似插科打诨之闲笔。但实际上，这一闲笔的运用不仅奠定了小说"重返八十年代"的历史化基调，也为叙事时间与故事时间的频繁切换埋下了伏笔。

小说第壹节末尾，郝文章模仿曾本之与马跃之通话，时间穿越回40年前，地点也在北京、武汉、京山湫坝镇之间切换。在这一时空错位叙事中，老马被变为小马，尘封已久的往事浮出脑际，"马跃之心里轻轻抖动了一下"④。在接下来的叙事中，现实描述与历史记忆随意切换，马跃之的情感系统逐渐失衡，文本之戏（剧）性也逐步展开。小说第贰节在叙及有关白露节气的隐秘习惯之时，有意识地将时间"往前数二十年""往前多数一倍，四十年前"，以达到"重返八十年代"的目的。也正是在时间错位至80年代的思维中，不远处传来关于"小玉老师"的一声轻唤，让"马跃之心里一动"。小说第叁节从一个名叫"相忘湖茶吧"的地方开始叙事，但所叙之事皆是马跃之记忆深处难以忘却的一些往事，而"一九八○年年底"周老先生被撞而亡之事成为唯一被标注了具体时间的故事。在"重返八十年代"的叙事思维中，关于"小玉老师"的呼唤声再次引起了马跃之的关注，并使得心情刚好一点的马跃之又烦恼起来。小说第玖节更是两次提及"一九八一年的九月"这一具体时间，与这一时间相关的事件更是深刻搅动了马跃之的心绪,"他自己是永远也忘记不了,一九八一年的九月,三峡大坝坝址所在的中堡岛上,面对雄险的西陵峡,自己三分悲哀、七分悲痛的决定。人生无戏言,从此远离青铜……远去的那些人和事全都历历在目,当初自己做出的那个决定,依旧吊在嗓子眼上,只要稍微多想一想就觉得令人窒息"。小说第拾肆节,重回湫坝镇的马跃之,再次回忆起"一九八〇年"跟随周老先生等人组队到湫坝镇一带进行田野考古之事,并心绪纷飞,触及他心底最深层的情感隐痛。"多年后,马跃之再次踏黑行走在湫坝镇的小街上,一种既甜蜜又痛苦、以为很温柔又倍觉凄楚的滋味,在心中隐隐翻动。"也正是重返至此地,记忆深处的小玉老师才正式浮出地表,有关小玉老师的故事得以被较为完整地叙述出来。至此,时空错位引发的情感律动使得小说叙事出现临界点,情感张力拉至满格。小说叙事由之前的设谜转为解谜,错位渐至复位。即便是在复位叙事中,小说叙事也并非一路长虹,而是仍如考古般扑朔迷离。时空错位叙事在有关秋老太太的故事叙事中得以更为集中地呈现。游走在假痴呆和真阿尔茨海默病之间的秋老太太,时空忽闪,在清醒与糊涂之间随意切换。"秋老太太貌似随意而说的'疯话'却能直抵事实,秋老太太言之凿凿所讲的'事实'却被其他人的证词证伪。"⑤秋大队连续用好几个"反了"语词对秋老太太的故事叙事进行了解构。及至物证、文证、言证多重证据的出炉,九鼎七簋之谜及曾厅长、梅玉帛、陆少林等人的身世之谜得以澄清。在解谜叙事中,"一九八几年""一九八一年"等与"八十年代"相关的表述还多次出现。

21世纪以来,"八十年代"作为激情、浪漫、理想主义的代名词,成为一代人争相怀念的黄金时代。《新京报》自2004年起,开设了"追寻80年代"的专栏。2004年,广西人民出版社出版《我们的八十年代》一书。2006年,查建英主编的《八十年代:访谈录》将这股文化怀旧风潮推向顶点。学术研究方面,"自2005年程光炜为博士生开设'重返八十年代'的讨论课以及程光炜、李杨在《当代作家评论》主持'重返八十年代'专栏以来,'重返八十年代'学术研究逐渐成为一种有意识的、系统性的学术思潮"⑥。1980年代走上文坛的刘醒龙也沾染了"八十年代"的印记。无独有偶,"八十年代"的代名词之一"激情"也成为《听漏》创作谈中的关键词。刘醒龙在创作谈中直言:"激情贮存在我们的骨子里,唯有真实可感地承担和行动,激情的能量才有可能爆发。"⑦我们有理由认为,《听漏》的创作既是刘醒龙对"重返八十年代"社会风潮的有力回应,也是对充满激情、浪漫之青春年华的深情回眸。"八十年代"在小说中绝不仅仅是一个具体的时间概念,它意味着一种重情重义的社会、文化情态。小说在现实与历史的频繁切换叙事中,以考古的方式"重返八十年代",在回忆中拼凑出故事的本来面目和事情的来龙去脉,并以此袒露马跃之逐渐变动的心理轨迹,推动情节的开展。在现实与历史的对比叙事中,凸显了20世纪80年代的浪漫与纯真,一定程度上实现了对当今知识分子人文精神匮乏状态的批判。时空错位叙事蕴含的情感张力也得到了有力彰显,与时空错位叙事相互交织的是情感错位叙事。

二、情感错位:"三镇全是负心人"

小说叙事之末,以与《呼兰河传》相关的爱情逸事来终结叙事。马跃之因《呼兰河传》之选段《火烧云》与小玉老师结缘,又因《呼兰河传》之白莲花灯之传说与柳琴结缘。看似又一闲笔,但此中关涉的情感错位叙事,为我们提供了观照作品的一个切口。

什克洛夫斯基在《故事和小说的构成》中说,"美满的互相倾慕的爱情并不形成故事","故事需要的是不顺利的爱情。例如当A爱上B,B觉得她并不爱A;而B爱上A时,A却觉得不爱B了"⑧。孙绍振在此基础上指出:"文学是人的情感表层和人的智性的深层学问,小说中人与人的关系,就是让人的表层瓦解、深层暴露,使人与人的感情发生错位的过程。"⑨对于《听漏》情感错位叙事的分析,我们不妨先从与《呼兰河传》相关的这一闲笔叙事出发。《呼兰河传》的作者萧红,一生追求自由与爱情,在她短暂的一生中共与五个男人产生过情感纠葛,分别是表哥陆振舜、未婚夫汪恩甲,以及萧军、端木蕻良、骆宾基。在一次次被追求与被抛弃的错位爱情中,萧红一方面成为爱情的受害者,另一方面又因在错位爱情中的失德行为饱受世人指摘。如其在遗言中所说："半生尽遭白眼冷遇……身先死，不甘，不甘。"

喜欢萧红小说《呼兰河传》的小玉老师，在错位情感经历上与萧红有着类同之处。但相比萧红在爱情与婚姻中的被动角色，小玉老师在爱情追求上显得更为主动。与秋风有着婚约的小玉老师，爱上了马跃之，并怀上了马跃之的骨肉，主动取消与秋风的婚约。痴情的秋风整日借酒浇愁，终致染病去世。而小玉老师也因愧疚，生下龙凤胎之后，在秋风的衣冠冢前碰碑而亡。马跃之则因为胆怯，选择将这段畸恋埋在心底。一段错位爱情造成了三位当事人甚至更多人的悲剧。某种意义上来说，马跃之所写的赋文《冰心三百字》，既是其对自我灵魂的自剖，也是其对万乙等人的警示，更是其对小玉老师的忏悔。

> 前世相欠，今生痴情。今生相见，来世痴心。命浅命薄，这错那错。一生有幸，何必三生。花草满山，荒凉满岭。半根断肠，半句天问。
> ……
> 一朝落尽江城雪，三镇全是负心人。两江尚可同帆去，四岸空对水流云。问这山望见那山高，明知那山无柴可烧。今朝有酒，醉卧昨夜。明日黄昏，零落今晨。为何？奈何！霞魄虹魂，雪影冰心！

赋文中反复出现暗示时空错位的语词，譬如"前世""今生""来世""今朝""昨夜""明日""今晨"等。而赋文中反复出现的"痴情""痴心"之深情告白，也抵消不了事实上的"负心"之举。因此，赋文也构成了对情感错位的绝佳表达。小说"围绕小玉老师的叙事，表面是在写'情'，写马跃之与小玉老师之间的爱情，写万乙和王蔗之间的激情，写马跃之与梅玉帛之间的亲情，等等；实际是在痛诉'不情'与'负心'，写马跃之对小玉老师的负心，小玉老师对秋风的负心，写万乙对沙璐的负心，写王蔗对卢小材的负心，写六大人对秋老太太的负心，写秋队长对河南女人的负心，等等"⑩。小说虽然写了很多的婚外情，但作者并未任由"错位"的爱情完全脱轨，一一止步于对婚姻的坚守。万乙和王蔗都坚守婚约，在同一天与婚约对象举办了婚礼，小玉老师碰碑而亡时特意穿上了洁白的婚纱……

对于爱情错位的叙事，小说显示出鲜明的镜像叙事风格。如果说文本之内的小玉老师与文本之外的萧红在爱情经历上互为镜像，同一文本之内小玉老师与马跃之的爱情又与王蔗与万乙的爱情互为镜像。马跃之多次因王蔗而产生错觉，将王蔗当成小玉老师，并"恍惚间觉得万乙就是年轻时的自己"。有研究者认为："作者之所以要安排万乙与王蔗的关系是情人关系而不是婚姻关系，就是为了陪衬马跃之与小玉老师的情人关系而非婚姻关系。"⑪此番解读几可作为对作品镜像叙事的说明。某种程度上，曾小安与郝文章的情爱叙事与马跃之和柳琴的情爱叙事也互为镜像。马跃之和郝文章在夫妻之事上的力不从心都在刻骨铭心之地得以痊愈，以至于曾小安怀疑秋家垄隐藏着马跃之刻骨铭心的情事。对于爱情错位的镜像叙事，其实又涉及代际轮回、人性循环的话题，隐含着对时空错位的表达，这使得小说叙事具有了层次感和丰富性。

类似逾矩、错位，对爱情、婚姻伦理构成挑战的爱情书写，在刘醒龙的小说中并不少见。如《天行者》中孙四海、王小兰以及王小兰丈夫之间的情感纠葛；《一棵树的爱情史》中屈祥、"我"的父亲与桃叶之间的恩怨情仇；《圣天门口》中阿彩与雪茄、杭九枫之间的错位关系，杭九枫与阿彩、丝丝之间的错位关系；《蟠虺》中曾小安与郑雄、郝文章之间的畸形婚恋关系；等等。刘醒龙小说中情感的错位叙事往往呈现出"复合式结构，既有人物与人物之间横向的情感错位，更有同一个人物在不同时空所呈现出来的纵向的情感错位。由于矛盾对峙，由于情感错位，小说的戏剧性和紧张性都得到有效彰显，从而极大地增强了小说的可读性和价值思考"⑫。

对于这种脱离常轨的错位爱情，刘醒龙虽致力于让其复位至正轨，但对错位爱情中所表现出来的至情至性也抱持肯定态度，甚或为爱情出轨之举进行辩护。《听漏》中引述的曾本之背诵的一段古文："古来烈丈夫、奇男子，往往流连歌楼妓馆中，而矩步规行者，反以庸庸败检。其故何哉？盖有至情，而后有至性；情既不至，则其性已亡。"其实也一定程度上昭示了作者略显浪漫的爱情观。小玉老师对秋风的负心，也因对小玉老师碰碑而亡的书写而淡化，甚至让人心生同情。秋老太太对于秋风死因的别样揭露更是消解了小玉老师的"负心"之责。对于杨华华的出轨，杨华华的妹妹将责任归咎于杨华华的丈夫，认为是半人半兽的姐夫将姐姐逼成了这种样子，而小说前文对杨华华丈夫钱副部长的极尽贬抑似乎也在为这一说法埋下伏笔。相比功利化、形式化的婚姻之名，刘醒龙更倾向于渲染超越世俗、凸显真情的错爱之实。刘醒龙对于爱情、婚姻的矛盾态度，既是其营构小说趣味性的叙事策略，也体现了其对古典爱情、传统人格的认同取向。有研究者指出："他心目中的标准人性是以优秀传统道德为核心的传统人性。他不遗余力地造势渲染古典爱情，而对带有极大欲望特征的'现代'爱情则持谨慎的排斥态度，其目的就是为了突出注重精神道德范畴的传统人性而排斥对功利和欲望过分迷恋的现代人性。"[13]王蔗之言"你们那一代人的爱情能扛起青铜重器，我们这代人的爱情只能背个爱马仕包"或可视为例证。

小说除了普遍的爱情错位叙事之外，在有关亲情的叙事上也多次错位。秋大队与曾听长父子关系的相认、马跃之与陆少林、梅玉帛父子（女）关系的相认，都历经波折，最终父子相认、皆大欢喜。小说在寻父与认子的身份确认过程中，贯彻了鲜明的"错位"与"复位"思维。这种由情感错位叙事延伸而来的身份错位，最终都指向了对自我的反思、寻找与重建。曾本之说："我们这些人，只关注学问，连自己是什么样子，都快忘记了。"马跃之说："世上最大的骗子是自己骗自己，只要是真情实感，就不存在骗子。"总之，在一系列情感"错位"与"复位"叙事中，小说中大多数人实现了对自我的重建。

三、历史错位："天子不灭天灭"

从第叁节开始，小说多次叙及马跃之对《楚湫时地记》一书的修补，但相关叙事都极为简略，人多只是对修补行为的简述或对书名的提及。看似闲笔，但揭露历史之谜的"天子不灭天灭"一说正出自此书，为厘清历史错位之谜起到了关键性的作用。

历史错位或曰年代错位，是指"与时代相悖的事件、观念、意指，使意义以一种逃脱了任何同时代性、任何时代与'它自身'之同一的方式流传开来。年代错位是一个词、一个事件，或者一个已离开'它的'时代的指意序列，它通过这种方式被赋予定义完全源始的道岔（points of orientation；les aiguillages）的能力，并完成由一条时间线到另一条时间线的飞跃。正是由于这些道岔，这些跳跃和联系才具有了'造就'历史的力量"[14]。正如小说中所言："所谓历史，至少有三分之一与僭越有关。"小说恰恰是在僭越或错位的裂缝之中寻找历史存在的本源与真相。

小说关于历史错位的叙事主要聚焦于九鼎七簋之谜，围绕着九鼎七簋之谜展开了多重错位叙事。其一是关于曾侯乙大墓出土的九鼎八簋与秋家垄出土的九鼎七簋嫡庶之分的叙事。其二是关于"为什么史书上只有随国没有曾国，而青铜器上只有曾国没有随国？"的叙事。其三是关于"用竹筒墓倒埋倒葬"这一传说的叙事。其四是关于青铜方壶的叙事。其五是关于《湫坝镇文史资料》（第一辑）的叙事。其六是关于盗墓者"军师""军卿"的叙事。以上有关历史错位的僭越之谜贯穿全书，直至小说最后一节在《楚湫时地记》上找到"天子不灭天灭，礼器似享非享""荣华二十载，倒扣三千年"的文证，在秋风竹筒墓中找到印有"天子不灭天灭"字样的陶范这一物证，才最终揭开了历史错位之谜。曾氏篡随属僭越之举，但治理得法，周天子对其有褒有贬，该给的九鼎七簋等礼器按礼制给予，允许其生前按常规使用，但死后必须倒扣放置以示警诫。如同俸禄一样的八号簋上则须有铭文"天子不灭天灭"，这是曾侯不愿意做又不得不做的事，最后只能拖到一命呜呼，将做好的陶范一起下葬。对历史错位的叙事及其对错位历史的解释构成了小说的重要叙事线索之一。

"天子不灭天灭"这一解密历史错位之谜证据的延迟出炉，又与情感错位有着密切关系。《楚湫时地记》本归秋风所有，而卷入错位爱情漩涡（既指小玉老师与马跃之、秋风之间的错位爱情，也指六大人与秋老太太、秋风母亲之间的错位爱情）中的秋风，激愤之下带着用于制作第八号簋的陶范离开人世，并将所谓的"盗墓"秘籍《楚湫时地记》赠送给了盗墓者九爷，致使揭露历史错位之谜的证据被掩埋,延迟了错位历史的复位。

作为一个有着强烈历史意识的作家,刘醒龙的长篇小说中有着大量的历史书写,《圣天门口》可视作其关于历史书写的代表作,复旦大学关于《圣天门口》的座谈会纪要直接以《追求历史的还原或建构——〈圣天门口〉座谈会纪要》为题。刘醒龙对于历史的书写,与革命历史小说的本质化历史建构叙述和新历史小说的民间化历史解构叙述都有所不同。他是在贯通历史与未来的大历史时段中,以一种动态化、整体性的视野来看待任何一段小历史,并力图在历史叙事中破解历史之中的不解之谜,提取社会历史发展的本质规律。换言之,即是在解构"我"的历史之中通达对"我们"历史的建构。这种宏阔历史视野和理性叙事姿态延续至《听漏》的创作,使其能在破解三千年前的历史之谜中,揭示出类似"天道"的哲理:"天子不灭天灭","人在做,天在看,人不明白的事,天早就明明白白地安排妥当了",从而触及中华文明的根本——对"礼"与"义"的坚守。类似的历史观,陈忠实在关于《白鹿原》的创作谈中表达得较为透彻,"当我第一次系统审视近一个世纪以来这块土地上发生的一系列重大事件时,又促进了起初的那种思索进一步深化而且渐入理性境界,甚至连'反右'、'文革'都不觉得是某一个人的偶然判断的失误或是失误的举措了。所有悲剧的发生都不是偶然的,都是这个民族从衰败走向复兴复壮过程中的必然,这是一个生活演变的过程,也是历史演进的过程"⑮。刘醒龙虽然借曾本之和马跃之之意以及周老先生和郝嘉的遭遇表达了对僭越的否定态度,但他对于历史中的错位与僭越之举也能辩证看待,"没有僭越的历史是平庸的,发生僭越的历史是罪恶的。僭越是让历史变得精彩的捷径,也是让历史变得惊心动魄的歧途。僭越是让历史人物活出精彩的捷径,也是让历史中人活出狼心狗肺的歧途"。从中也基本可以窥看到作者略显混杂(错位)而又充满理性的历史观。

小说关于时空错位、情感错位、历史错位的叙事并非相互区隔,而是处于同一叙事系统中。或以显隐、表里之态相互交织,或因巧合、误会而相互影响。除了以上几种错位叙事之外,小说在语言叙述上也呈现出鲜明的错位倾向。小说中具有正/反"二元补衬"特征的诗化语言随处可见,如"香水浓缩一万倍后就会变得臭不可闻。臭气淡化一万倍后也有可能清香扑鼻"等等。此外,小说在人名的使用上也煞费苦心,通过音或形的错位,制造出幽默多义的效果。"知知者之之,不知者之之",巧妙融合曾本之和马跃之的名字,不仅在语言表达上呈现出错位的效果,还制造出情感错位的假象。对于纪委系统办案能力超强的老蒉和老华,则利用谐音为其冠名"老奸""巨猾",制造出轻松幽默的效果。卢小材和陆少林的名字则因字形相近引发了卢小材的一番错位之论,"小材的'小'比少林的'少'少了一撇,小材的'材'比少林的'林'少了一捺。……一撇一捺加在一起既是人字,又是入字。是人字时则是少了人气的人,是入字时则是少了收入的人。少林局长比我有水平,他说,一撇一捺还可以是两个字,一个是八字,八面玲珑的八,八面威风的八,王八蛋的八。一个是义字,形容安定太平就叫宁义,反过来言之不从、不能治事就叫不义"。曾听长和陆少林的名字则因谐音也曾引发一番错位之论,秋大队转述六妹的话,"那些刚生下来就被丢弃的孩子,如果生在别处,将来一定会成大气候。可惜生错了地方,弄得命运倒挂,明明是个厅长,只能当个听长。明明是个翰林,只能成为少林"。类似的语言错位表达,不仅增强了小说的趣味性,也呈现出语言的多义性。正常的语言表达有时候也会因为巧合等因素导致理解的错位,譬如秋老太太看到马跃之后,嘴里连说几声:"你?是你!马——"恰好这时陆少林出现在门口。大家都以为秋老太太是在对侄儿(陆少林)说"是你吗"。因为理解的错位错失了纠正情感错位的机会,导致了情感错位的延续。而以上这些语言的错位表达在小说中也多被当作闲笔或戏谑之笔,难以引起读者的重视。

《听漏》中闲笔叙事比比皆是,但闲笔不闲,所发挥的叙事功能却不小。或是铺垫伏案、延宕故事情节,或是调节叙述节奏、平衡审美情调。闲笔之慢与正笔之急也构成了某种错位,形成"优游不迫""沉着痛快"⑯的叙述风格。对于小说中大量的闲笔叙事,我倾向于将其当作细节描写。小说中多次提及对细节的重视,沙璐在与万乙分析"大隐隐朝市"这一行为时,一连三次用了"细节"一词,"说个小细节""那我再说两个细节""索性再让你见识第三个细节"。对细节的重视,虽然与小说的考古题材相关,但更是作者创作观的一种体现。刘醒龙多次谈及小说细节描写的重要性,在回答《中华读书报》记者关于"如何看待细节之于小说的重要性"这一问题时,刘醒龙再次明确表示:"小说艺术就是细节的艺术,没有细节如同人没有五官。好的小说,哪怕将其撕成碎片,只要细节在,作品就会长久地活下去。"⑰《听漏》正是由一个一个细节编织成线,进而编织成网,最终成为一部类同于细节流的作品。阅读《听漏》,要从闲笔出发、从细节读起,只有这样才能听出历史之漏、现实之漏、人性之漏。

注释:

① 王尧:《在"历史"与"现实"之间——刘醒龙小说阅读札记》,《扬子江文学评论》2021年第4期。

② 孙绍振:《审美价值结构与情感逻辑》,华中师范大学出版社2000年版,第66页。

③ 李遇春:《"小说考古"与"考古小说"——刘醒龙长篇新作〈听漏〉阅读札记》,《扬子江文学评论》2024年第4期。

④ 本文所引小说原文均出自刘醒龙:《听漏》,长江文艺出版社2024年版,下文不再另外标注。

⑤ 王仁宝:《刘醒龙长篇新作〈听漏〉的哲思现实主义风格论析》,《长江文艺评论》2024年第4期。

⑥ 王仁宝:《"重读路遥"与"重返八十年代"学术思潮》,《湖北大学学报(哲学社会科学版)》2023年第3期。

⑦ 刘醒龙:《感受青铜的激情(创作谈)》,《人民日报·海外版》2024年7月4日。

⑧ 维·什克洛夫斯基:《故事和小说的构成》,乔·艾略特等著,张玲等译:《小说的艺术》,社会科学文献出版社1999年版,第86页。

⑨ 孙绍振、孙彦君:《文学文本解读学》,北京大学出版社2015年版,第299页。

⑩ 王仁宝:《刘醒龙长篇新作〈听漏〉的哲思现实主义风格论析》,《长江文艺评论》2024年第4期。

⑪ 蒋述卓:《优游不迫,沉着痛快——长篇小说〈听漏〉的叙述艺术分析》,《写作》2024年第6期。

⑫ 晓苏:《论当代小说的错位结构》,《当代文坛》2015年第3期。

⑬ 程世洲:《血脉在乡村一侧——刘醒龙论》,湖北人民出版社2000年版,第35页。

⑭ Jacques Rancière, "The Concept of Anachronism and the Historian's Truth", in Print, Vol. 3, Iss. 1, Art. 3, (2015).转引自王曦:《"年代错位"与多重时间性:朗西埃论历史叙事的"诗学程序"》,《文艺研究》2020年第5期。

⑮ 陈忠实:《关于〈白鹿原〉的答问》,《小说评论》1993年第3期。

⑯ 蒋述卓:《优游不迫,沉着痛快——长篇小说〈听漏〉的叙述艺术分析》,《写作》2024年第6期。

⑰ 舒晋瑜:《刘醒龙:没有了文学的初心,创新的能力也会失去》,《中华读书报》2024年8月14日。

[作者单位:华中师范大学文学院]

真假易辨,听说难解
——论《听漏》的"听说"本领

□ 黄乐为 李 勇

一、听说的逻辑架构

与十年前出版发行的《蟠虺》一样,刘醒龙的最新长篇力作《听漏》也是一部考古小说,其人物、情节、环境显然是对前者的延展。特别的是,《听漏》的叙述重心转向另一位考古专家马跃之。此外,《听漏》的叙事语言也有着另一番景象,即"听""说"成为描述人物对话的高频关键词。由书名《听漏》,便可判断"听"之于文本的地位。

表面来看,"听漏"只是对城市听漏工日常职责的凝练表达,即以金属棒为导体判断漏水位置,与考古似乎毫无关联。实际上,城市听漏工与考古学家的行为本质却惊人地一致,都在找寻、发现和辨认破绽,这也是"听漏"的第二层含义。正因如此,一封写有"马上告之"的甲骨文信件,才会有将二者勾连的神奇力量,使问题逐渐明朗,直至有解。

小说中吴秋水有言:"我只是听说,可能很不准确。"①这里的"听说"一词,是听人所说的意思。"听"的本义指耳朵听见口中所言,而"说"的基本义为用言语来表情达意。前者偏于接收信息,后者侧重传递信息。因此,"听说"之所以会"很不准确",或许并非说者传达错误信息所致。听者若没能准确理解说者所言,同样会制造误会。但无听不成说、无说不成听,听和说必须同时出现并起作用。可见,只有当说者会心、听者会意之时,一句话才有"顶一万句"的效果。根据阿图尔·考夫曼"宽容的结果必须是承认"②的观点,听说交融也就像鼎和簋的配对,只有彼此印证,才能接近真理。

可以说,听说交融,有着与小说中听漏工的金属棒类似的神奇效用,不仅能辨明人心真伪,还可连通历史和现实。如马跃之和曾听长的对话,就推动着心性在听说对话中相互挑战、甄别,帮助小说实现了由甲骨文信件走向九鼎七簋真相的情节搭建。由是,针对岳雯"《听漏》着眼于文物,文物埋藏于地下,不开口说话;作为小说主体的考古知识分子,也缺少具体的行动,如何在这两个'没有行动'的难度上展开叙述,《听漏》的解决办法,一是制造悬念,二是提供了神秘的意象,给小说赋魅"③的观点,笔者意欲补充:小说之所以能破解双方"没有行动"这一难题,除了制造悬念和提供神秘意象,作家高超的听说本领也很关键。

小说中,除了以马跃之、曾听长为代表的听者和说者,身为考古对象的文物、古书、遗址,也能作为听、说动作的发出者,同样富于考古答今的意志和使命。正如有关听和说的语汇褒贬不一,小说人物和考古对象的听和说也鱼龙混杂。就像盗墓贼"鬼话当人话说,人话当鬼话讲",而听者"既当不得真,也不能不当真"的对话关系,真假与虚实含混于听说之间,轮番上演。

相较于谛听、中听、侃侃而谈、能说会道这类褒义词,窃听、充耳不闻、讥讽、诓骗和空口无凭偏向贬义。此外,还有听见、诉说等中性词。小说中的听说行为,也具有鲜明的褒贬倾向。如参观大楚青铜馆的一行人,分别对郑雄的解说报以"主动倾听""不想听也听了"和"除了相机快门的咔嚓声,加上反复提醒要点一下美颜键的莺声燕语,任何其他声音都不会听"三种姿态。笔者认为,它们可与褒义词"谛听"、中性词"旁听"和贬义词"充耳不闻"一一对应;再如马跃之意识流中对"传说"和"传奇"的辩证思考,即传说都是有来由的,传奇只是"将事情的本来面目进行乔装打扮"后的产物。显然,前者对应褒义词"言之有故",后者对应贬义词"空口无凭"。

不难看出,听说行为同词语本身一样,在和谐的表征背后,是复杂的人性与情感。而这一叙事景观的出现绝非偶然,必然隐含某种特殊指向。因此,读者若要破解小说听说交融的密码实为不易。反之,作家刘醒龙于其众说纷纭的创作实践中,若非凭借高超的听说技巧,也是无法厘清真幻、设计迷局的。众所周知,刘醒龙十分讲求情节首尾圆和,除了《凤凰琴》围绕矛盾展开推理叙事,《蟠虺》中环环相扣的悬念也是鲜明例证。依照这一创作习惯,不妨设想一下:若对小说的听说典型进行归纳和分析,也许能推理、演绎出一对以听说为线索的真假命题,进而爬梳听说与真相的内在逻辑,为破译小说听说密码助力。

如前所述,听说对立统一。而就像马跃之对传说和传奇的辩证思考,听说内部还能继续分解。从对说的反应来看,听有信以为真和不以为意两种结果,即真听和假听;相应地,对说而言,也有说真话和说假话两类情况,即真说和假说。由此,笔者将小说的听说行为归纳为以下四种典型。

第一种典型是由真说和假听形成的听说典型。青铜学界泰斗周老先生曾嘱咐马跃之等人:"完整的九鼎八簋虽然成了两周时期的文化符号,不完整的九鼎七簋才是两周时期政治文化的集大成者。"这一肺腑之言,属于真说的范畴,可马跃之他们却不以为然,只将其当作戏言,甚至把周老先生的意外逝世归咎于"一语成谶的反噬作用",即"一般人说的话,如果太灵验,会给自己招来灾祸",顺势将九鼎七簋与不祥之物联系到了一起。实际上,九鼎七簋并非不祥之物,确如老先生所言,是历史真相的代表,是天意的化身。人们对九鼎七簋的曲解,彻底颠覆了老先生的初衷,也背离了事实真相。因此,"一语成谶的反噬作用"一语双关,除了直接指向周老先生的死亡,还象征着清白被恶意地揣测与抹黑。而使真相湮灭的罪魁祸首,就是马跃之等人轻言的态度。

第二种典型是由假听与假说构成的听说典型。杨华华背着丈夫偷情不慎怀孕,为暗中打胎,她假借肾结石与柳琴互换身份。出院那天,她的丈夫问她要不要人来接,她并未否认。当读者以为二人的对话将达成一致时,刘醒龙却笔锋陡转,表示"说到最后,对方决定不来京山",这种变故是如何产生的呢?原来,在对话中,无论是杨华华还是其丈夫,都是逢场作戏,说者无意、听者无心。可见,当假说遇上假听,罪恶的事实得以掩盖。

此种听说逻辑,也反映在郑雄与青铜重器的听说行为上。当郑雄在九鼎七簋面前信口捏造莫须有的传奇时,九鼎七簋"像是被说服,不由自主地晃了一下",似乎相信了郑雄的假话。然而,"实际上,这是映在防护玻璃上的影子在动,是听到此话的人在点头示意"一句,在给九鼎七簋正名的同时,也以动衬静,突出了真理不畏挑战、遗世独立的风范。刘醒龙曾在创作谈《感受青铜的激情》中说:"一个人如果用自个时代的眼光去看石器时代,用咀嚼山珍海味的牙齿去品鉴原始社会的茹毛饮血,一定是当今地球上最没出息的笨蛋。"④郑雄以当代眼光扭曲历史并以假说挑衅真相的自欺欺人,正是刘醒龙的讽刺所在。

由此,笔者可顺势提出听说行为的第三种典型,即假说与真听的"同流合污"。当郑雄肆无忌惮编造九鼎七簋身世时,随行观众的"主动聆听",与文物"众人皆醉我独醒"的姿态大相径庭,给了假说可乘之机。在这场听与说的合谋中,郑雄信口雌黄,观众偏听偏信。因此,在这条听说线路上,真相销声匿迹。可见,真听和假说结合,也将成为扼杀真相的凶手。"如此黑白颠倒、人妖错位、正邪混淆的过程,甚至不需要人去讲,那些与众不同的故事就会自动生成,像暗河一样在人们心中涌动",为小说营造了荒唐、恐怖的气氛。

第四种典型是真说和真听的交融。曾听长用甲骨文写信,目的是与秋大队父子相认;马跃之对"马上告之"产生好奇,却歪打正着与一双儿女相认,破解了九鼎七簋的秘密。考古学家马跃之和听漏工曾听长本是风马牛不相及,其命运却有共通的部分,这正是听说的相互暗示与触动所致。一开始,曾听长在信封上只写下短短一句"马上告之",仿若戏言,却引起了马跃之的重视和警惕。相比于董文贝后来"看也不看就让鲁丰发了传真",他则"一笔一画将释读文字写出来"。这一回真说与真听的合流,虽是一场美丽的误会,却也推动着马跃之找寻亲情的下落和事业的前途。后来,曾听长异样的目光,也与马跃之疑窦丛生的内心形成过对话。这场对话的结果是:"果然还是白露节气,让苦苦探索多年的秘密偶尔露峥嵘。"由此,二人开启了一场关乎真相的无声较量。

由此观之,《听漏》中确乎存在一个以听说为线索,以真相为目标,以真假作为判断条件和结论的命题。如前所述,小说中的听说行为具体表现为四种典型,其中的规律可归纳为:一真一假为假,其余皆为真。就像邪恶永远无法战胜正义,在听和说的博弈中,假相也永远无法打败真相,漏洞和破绽出现的速度也远远不及被发现、弥合的速度。我想,这便是书名"听漏"的又一重隐含观点,也是刘醒龙时常提及的"看历史不顺眼,与今人过不去"的深刻奥义吧。

二、听说的源流演变

"看历史不顺眼,与今人过不去"归根结底,只是一个"人"字。对人来说,并不是所有话都是真话,也并非每句话都能说得出口。我们常常责怪别人口无遮拦、口不择言,马跃之就曾指责郑雄:"军中无戏言啊!有人说历史是一本糊涂账,那是因为自己是个糊涂蛋,却硬要将历史说成是蛋糊涂。"因此,人们说话往往都带有选择性,也会由是扭曲或掩盖了某一真相:听漏工"从来不还口"[5]的职业道德如此;楚学界"不许说的不要说"的严格规定如此;"在嗓子眼附近折腾多时的这两句话,将马跃之憋得满脸通红,最终还是没有突破口舌防线,继续留置在自己心里"中欲说还休的状态也是如此。

但事实表明,只有人们在不假思索中脱口而出的真心话,或埋藏于心的秘密,才称得上真话。那些经过心性过滤、筛选的言语,往往是真假参半的。可见,心性是一切听说行为的出发点。马跃之曾说过:"考古考的不是古,是在考验人心。"表明了考古不仅能发现和辨别历史真伪,还能挑战、甄别和过滤人心善恶,蕴藏着考古答今的魅力,是小说听说交融的最高境界。可见,心性不仅是听说的源流,亦是听说无法回避的结果。

在《听漏》中,考古学家马跃之拥有最为复杂的心性。从说话不带"青铜"二字,到愿意开口说"青铜";从为保名节不愿承认私生子,到不顾一切坦然面对既定事实,表示"就是将全世界的最著名的头衔都给我,也比不上做父亲的重要性",马跃之经历了一个艰难的蜕变过程。对此,梁鸿鹰表示:"每个人对自身都没有把握,我们对自己永远认识不清楚,我们是不可靠的,不是非黑即白的简单概括的品类,小说里面的人都是非常复杂的,没有谁可以一句话说清。"[6]

在多年来的蜕变之路上,马跃之不停地与自己作斗争。每年白露节气,他都有去大楚青铜馆的习惯,而这一举动显然违背了他的原则。对此,刘醒龙直接以"这种不惜错过任何事情的怪癖行为,属于个人秘密"点破了马跃之的斗争行为,即一边对外宣称自己再也不碰青铜,一边又无法对内心充耳不闻。此时,刘醒龙不再与读者捉迷藏,而是以设问的形式,直接道明了马跃之心性转变的矛盾和动机:

曾本之说的那句话与马跃之说的那句话,其中的差别在哪里?

曾本之在表达意志,马跃之在描绘真相。两句话的差别,便是两个人的差别。

凭借安静的东湖,度过这一年一度既习惯又不太习惯的日子,马跃之随之而来想要弄清楚的问题就是曾本之为何突然退休。

设问中的"差别",即"表达意志"和"描绘真相"的区别,也是曾本之和马跃之二人听说关系的矛盾,前者注重听说结合,后者则单纯指向说这一动作。对此,刘醒龙曾用俗语"看破不说破,说破没法过"强化马跃之的这一个性。而二人间的这一差别,不仅是马跃之和曾本之的个性差别,还隐含着一层广为流传的嫡庶关系。为消解人们的议论,曾本之在任院长时,马跃之干脆就由说破变得不说,斩断了与青铜的一切联系,绝口不提"青铜"二字,转向单纯的听,以此遮蔽锋芒。而曾本之的突然退休,逼着马跃之再也无法逃避舆论,因为

"这话里的一个个字,灵动起来,只有在清晨时分,一个个露珠从天而降的声音可以相比"。在这里,刘醒龙以口、耳、眼三处感官的交互,向我们说明:伴随听说行为的演变,马跃之的心性也发生了转变。

起初,马跃之仍旧遵循原则,遇事只听不说。比如当他听到秋坝镇这个地名时,心里只是"轻轻抖动了一下";再如当他遇见与小玉老师同名同身份的女人时,也只是"心里一动,差点要年轻的女老师加自己的微信"。实际上,这些来自心底的触动,都在为马跃之开口说话作铺垫。因此,梅玉帛一声"了不得",才会拥有使马跃之"记忆中的残片激活了",犹豫过后"还是开口问梅玉帛,被他们带走的陆少林是哪儿的人"的力量。这是马跃之多年来,第一次在小范围内对青铜做出公开回应,也是他时隔多年,探求青铜真相的第一步。

待马跃之多次打破原则,愈加认同自己后,他终于放下戒备,对青铜重器从暗中偷窥变为正面直视和言说,并表示"是烂泥黄土,还是青铜重器,用不得半个虚词"。根据阿伦特将"共同感"概念公共化的观点,马跃之只有重新与青铜重器展开对话,才能更好地检验自己的判断。然而有过积极暗示的青铜残片,很快成为马跃之获得荣誉的现实障碍。一道互斥的选择摆在他面前:若与子女相认,就会丢弃院士头衔;若想获得院士头衔,就必须像与青铜重器决裂那样,亲手断送与子女的情缘。

此时,马跃之头脑中"考古不靠讲故事,只认实实在在的器物"的想法,再次与青铜残片的真相不谋而合,促使他选择了亲情。马跃之的这一选择,也完全符合阿伦特关于"精神的扩展"的思考,即"不管一个人天赋能力的范围和程度有多么小,只要他漠视他自己的判断的主观个人条件(而许多其他人就受制于这些条件),并且从一般的观点(只有当他把自己放在其他人的位置上,才能形成的观点)来思考,那么就能表明一个人的扩展思维"⑦。显然,马跃之在与曾听长的听说对话中接纳了他人的观点,也说服了自己。可见,在马跃之心性转变过程中,真听与真说一直发挥着正向作用。

同样地,更多作为旁观者的曾听长,其心性也存在波澜。最初,他严格遵守听漏工的行规,为了更好地履行"听"的职责,每天最多说十句话,冷峻、孤傲,甚似梅花。对此,施战军曾评价道:"听漏者不是场面上的主人公,但这个极少出场又绝技在身的人物,探听与表达有着巨大反差,甚而构成了作品结构的张力。"⑧除了听和说的反差,二者的互补也是构成作品张力的重要条件。一次,在马跃之的鼓励下,曾听长终于破戒,多说了半句话。虽然诱使这半句话"破口而出"的是马跃之的"自说自话",可这半真半假的"自说自话"却打开了曾听长的心门,是弥合听和说反差的契机。可见,听和说没有绝对的界限,人们对真假的判别也具有主观能动性。

结合笔者对听说真假与人性善恶关系的探讨,就像哈贝马斯所说的,"于是,就出现了一种策略性的互动,在这种互动过程中,参与者在概念上使客观世界变得五彩缤纷,以至于其中不仅有目的理性行为者,而且也有善于表达的表现对手"⑨,小说的反派角色郑雄,就是在这场博弈中的"善于表达的表现对手"。他集政治和权力于一身,若没有一副好嘴皮,没有"眼观六路、耳听八方"的机敏,也不可能拥有今日之成就。正如前文所述,他的"听说"要么来路不正,要么心怀鬼胎,无法消化以各种形式出现的真听和真说。因此,他就算带头成立了九鼎七簋课题组,也有抢在马跃之前面考察秋家垄的本事,还有在调查报告中署名首位的野心,却从未探听到真相的任何蛛丝马迹。

相比之下,马跃之和曾听长虽身份迥异,却共同保有"独守空室,不闻世风,眼界只有一物,唯有用身心与之交合"的高风亮节。这份信念,使他们的听说轨迹得以重叠,人性弱点得以完善,一切昭然若揭。由此可知,在"听说"逻辑中占据首发位置的听和说,面对作为缘起的心性,也不得不退让三分,成为连通心性和真相的导体和媒介。

而除了人物与真理"身心交合",作家与人物之间亦然。对此,刘醒龙说道:"一定是笔下的文字与自己感知的肉体灵魂产生美妙交融——唯有这种你中有我、我中有你的交融,才可以称之为激情。"⑩不难发现,刘醒龙在勾勒人物的演变轨迹时,也在真诚地与笔下人物对话,将自己串联进了听说逻辑中。由是观之,激情不仅是刘醒龙《听漏》的创作源头,是他练就高超听说本领的关键,和心性一样,它也是听说交融的前提条件。然而,真假易辨,听说难解,除了探明听说在小说中的逻辑和演变模式,其价值取向也是读者破译听说密码的重要线索。

三、听说的价值取向

刘醒龙创作《听漏》时,常以人物语言、议论等形式,在情节中穿插许多富含哲理的思考,体现了他的艺术视野和思想深度。马跃之一句"人生在世,是张牙舞爪虚张声势,还是掘地寻泉润物无声,此中辩证关系,值得后人深思",就包孕着对听说的分辨与取舍。此外,哈贝马斯也有"交往行为概念中所出现的另外一个语言媒介前提,它所反映的是行为者自身与世界的关联。在这样一个概念构成水平上,合理性难题就进入了行为者自己的视野当中……我们必须澄清,在何种意义上,语言沟通可以被当作一种行为的协调机制"⑪的观点,说明了以语言为媒介的交往行为的理性与和谐,即听说是理性、和谐的。加之曾听长的听和说反差和互补,不难发现:准确理解听和说的差异,审慎度量听和说的界限,是刘醒龙笔下的听说义理。这条听说义理有如青铜器的蟠螭纹饰一般匍匐于《听漏》的文本之上,在装点情节、丰满人物的同时,亦彰显着小说的价值和旺盛生命力。

具体而言,义理之义,体现为作家对听说矛盾的拆解,及其对听说逻辑的架构;而义理之理,则表现在审美层面,更能体现《听漏》的价值取向。白烨评价《听漏》:"在小说里写考古,弥补了小说里考古的不足,让社会热点在小说里有了应有的表现。"贺绍俊也表示:"《听漏》既有飘逸的一面,也有厚重的一面;既有深沉的历史感,也有敏锐的现实感。"⑫显然,现实感是《听漏》的风格特质。此外,李遇春在《听漏》的阅读札记中通过辨析、比较"小说考古"和"考古小说"的概念,表明考古小说的"虚构和想象必须站在历史和文物的真实性的基础上,不能逾越历史真实的底线",并指出:"小说中讲述的历史文物和(汉楚青铜重器)的发掘与考证故事必须有历史真实性和科学性作支撑,但小说中讲述的故事情节和塑造的人物形象则完全是虚构和想象的,当然这种虚构和想象必须来源于社会生活,由此才能达成'考古小说'中历史真实与艺术真实的统一。"⑬刘小新曾针对当下的美学困境,提出:"美学复振的契机或许在于从海德格尔处重新回返到康德和马克思,重新寻回美学的社会学、伦理学和实践意义。"⑭他还肯定了阿伦特"判断力"概念在美学复振中的重要性。可见,《听漏》是刘醒龙将美学介入现实的创作实践。而对话和判断,则是刘醒龙在《听漏》中重构当代美学的法宝,积极参与着中国当代长篇小说叙事新形态的构建。

首先是人性的对话与判断。小说中听说动作的发出者,既有真善美的一面,也有假恶丑的一面,合力刻绘了一幅人性众生相,富于深刻的社会性和现实性。在对话和判断的吹拉弹唱中,小说演绎着人性的提纯和净化,如董文贝弃暗投明的选择,亦鞭笞着人性的扭曲和异化,如郑雄和熊达世的为虎作伥;此外,小说赞颂着人性的重返、演变,如马跃之由"说二不一"到"寸土必争"再到"舍己为人"的变化,亦呈现着人性的纠扯与调和,如曾本之和马跃之的相互揣度和考验。有意味的是,刘醒龙依然以听说的形式,公布了二人心性竞逐的结果,即同时抵达终点与和解。正如李遇春认为作家塑造人物文化心理结构的艺术关键在于"透视人物的文化人格心理结构中的矛盾和冲突,尤其是要致力于发现人物心理结构中不断交替出现的平衡与颠覆的嬗变过程,而写作的妙处往往就在于寻找人物心理结构中的平衡点和颠覆处"⑮,《听漏》同样显示着刘醒龙对于人物文化心理结构的运筹帷幄。

其次是作家与人物的对话和判断。即便是大名鼎鼎的考古专家马跃之,也会有听说失衡的时候。再如听漏工曾听长,由于恪守一天只说十句话的戒律,不仅走了弯路,还给自己惹了不少麻烦。李勇曾在讨论《蟠螭》的知识分子形象时表示:"倘若从'激励'的角度去看他的知识分子形象塑造,小说的意义和价值可能才更突出了。"⑯实际上,激励同样是刘醒龙在《听漏》中对待人物的态度。然而《听漏》中不只有作家的激励,对话和判断还使人物内生自我激励,得以说服自己。在双重激励推动下,迷途中的马跃之和曾听长,拥有了重返正道、实现自我的勇气。

最后是作家与读者的对话与判断。《听漏》中"相忘湖茶吧"的店名很特别，与更名前的"相忘江湖"相比，确实没有了凄清肃杀之感，反而更能烘托闲适的饮茶气氛。笔者认为，就像《蟠虺》中"翠柳街"和"青天路"的争议以及"先月亭""老鼠尾"的设置，一向细致入微的刘醒龙，也绝不会随便设计出"相忘湖茶吧"的店名。刘醒龙既然没有在作品中言明，也许其中蕴藏着留待读者阐释的奥秘。

《红楼梦》第一回中太虚幻境的对联写道："假作真时真亦假，无为有处有还无"，表明真假、有无相互转化的思想，和上文马跃之口中的哲理一样，其辩证意味不言而喻。此外，《听漏》开篇马跃之"香气浓缩一万倍后就会变得臭不可闻。臭气淡化一万倍后也有可能清香扑鼻"的想法，由香气和臭气之间的相对性和变化性，也指向相同的结论。实际上，任何事物都遵循着这一原理，它启示我们要透过现象看本质。比如，在听说中，我们用耳朵听到的、用嘴巴说出的，可能都是经过扭曲、打扮后的假话，唯有判断力才能帮助我们看清事物本质，甄别真话，舍弃假话，逐步走向真相。

品茗也就像喝酒，人们在酒精麻痹下能暂时丢却烦恼，但无法抹除记忆，记忆在茶客愈发寡淡的味觉体验中，也会变得越来越清晰。由是，"相忘湖"表面看来代表着"遗忘"，却能够勾起马跃之无限的回忆和联想，象征着记忆的复现和情感的延续。因此，我们不能就字面意思去定义"相忘湖"。正如苏轼《江城子·乙卯正月二十日夜记梦》中写道："十年生死两茫茫，不思量，自难忘。千里孤坟，无处话凄凉。"与妻子再也无法相见且"无处话凄凉"的身体现实，无法隔断苏轼记念亡妻的心理现实，"相忘湖"也弥散着难以忘怀的特殊情感。就算是明确指向遗忘的"忘记"一词，同样包含"忘"和"记"两个完全相反的动作。可见，相忘与记念、香气与臭气、无声与有声，都是事物的一体两面，相互依存、互为因果。由是，面对差异与界限，"演说家"刘醒龙已做出了判断。身为"听众"的读者，又该如何理解并回应呢？笔者将以叛逆和共情两种姿态，总结读者可能存在的两种回应。

先来谈谈读者是如何叛逆的。根据刘醒龙作出的判断，读者可将作家对知识分子的激励态度与辩证哲学相结合，营设观照人物的全新视角。以马跃之为例，从情节发展的整体脉络上看，由于作家的激励，他实现了事业的突破、家庭的整全和自我价值的创造。但只要仔细谛听，读者不难发现，刘醒龙好意的激励，可能会在无意间对人物产生反作用。比如马跃之时常为嫡庶纷争所困，却只因曾听长的一句话，扭转了对私生子的态度。笔者以为，这一激励虽皆大欢喜，却也未免唐突。反观曾本之主动替罪的做法，马跃之几十年的沉寂更显无情。因此，对读者而言，作家激励下马跃之的这一改变，并不具有现实说服力，反而还可能被打上虚伪的标签。

再来看看读者是如何共情的。小说文末的情节很有意思，幽默的表达背后，是作家对社会现实的讨论与反思。刘醒龙凭借《呼兰河传》原文，抓住并呈现了小学课文《火烧云》少了三个字的漏点和破绽，将其转化为马跃之的人生阅历。曾几何时，人民教育出版社因教材插图严重偏离大众审美取向，身陷"毒教材"风波。对此，《北京商报》记者陶凤表示："教材属于公共产品，承载育人功能，教材上出现的插图不只关系审美培育，更关乎价值养成。"[⑫]"毒教材"残害着青少年的心灵，其漏洞之下是万丈深渊；而《火烧云》恰恰相反，它的破绽是为了规避不利于青少年的内容。与"善意的谎言"一样，《火烧云》编织着一个"有益的漏洞"。

正是这个"有益的漏洞"，使马跃之几十年来逃避、隐匿、沉寂的隐衷，终于圆融、消解。因为，他的逃避，其实也是对真相、对家人的另一种保护。随着马跃之说完最后一句话，读者也"回心转意"，对马跃之的态度转为理解和同情。而让读者在叛逆后共情，是刘醒龙听说本领的又一重魅力。

结语

综上所述，在《听漏》光怪陆离的考古世界中，真假、虚实轮番上演，刘醒龙凭借高妙、圆熟的听说本领，为我们营构了一场异彩纷呈的解谜之旅。作家的用心创造和人物的动情诠释，联袂呈现了听说的拆解和交融，合力构筑了一条以听说为线索，以真相、心性、激情为要素的听说逻辑。读者的参与，则使听说价值的被挖掘成为可能，听说理性和谐的哲学魅力以及作家重构美学的艺术追求都得到了彰显和深化。

从心性、激情,到听说与真相,再到读者阅读,各个节点组成了一个流动的闭环。其中,作家与读者之间也存在双向的反馈。程光炜曾呼吁作家加强与读者的交流,他说"拒绝与读者交流的作家也是愚蠢的作家,因为他们创作的作品缺乏读者监督,也就是缺乏文学批评的修正"⑱。刘醒龙《听漏》的创作实践表明,他非常乐意,甚至渴望与读者对话,也坦然接受读者判断下的质疑和纠正。因此,就像被称作"青铜重器系列之二"的《听漏》对《蟠虺》的继承和创新,我们依然可以期待,刘醒龙将会以更高深的本领,衍生和奉献更多优秀的考古小说,为中国当代长篇小说持续注入新的能量,为当代美学复振提供更多的思路和视角。

注释:

① 本文所引小说原文均出自刘醒龙:《听漏》,长江文艺出版社2024年版,下文不再另外标注。
② 阿图尔·考夫曼著,刘幸义等译:《法律哲学》,五南书局2000年版,第328页。
③ 参见岳雯2024年7月5日在"刘醒龙长篇新作《听漏》研讨会"上的发言。
④ 刘醒龙:《感受青铜的激情》,《人民日报》2024年7月4日。
⑤ 姜忠奇:《夜深了,是谁在守护万家灯火——听夜间工作者讲述他们的故事》,《决策参考(上)》2020年第4期。
⑥ 参见梁鸿鹰2024年7月5日在"刘醒龙长篇新作《听漏》研讨会"上的发言。
⑦ 汉娜·阿伦特著,姜志辉译:《精神生活·意志》,江苏教育出版社2006年版,第270页。
⑧ 参见施战军2024年7月5日在"刘醒龙长篇新作《听漏》研讨会"上的发言。
⑨ 尤尔根·哈贝马斯著,曹卫东译:《交往行为理论:行为合理化与社会合理化》,上海人民出版社2004年版,第94页。
⑩ 何晶:《青铜与文学,激情是它们在历史中安身立命的根本》,《文学报》2024年7月18日。
⑪ 尤尔根·哈贝马斯著,曹卫东译:《交往行为理论:行为合理化与社会合理化》,上海人民出版社2004年版,第94~95页。
⑫ 参见白烨、贺绍俊2024年7月5日在"刘醒龙长篇新作《听漏》研讨会"上的发言。
⑬ 李遇春:《"小说考古"与"考古小说"——刘醒龙长篇新作〈听漏〉阅读札记》,《扬子江文学评论》2024年第4期。
⑭ 刘小新:《文学内外》,福建人民出版社2022年版,第51~52页。
⑮ 李遇春:《重塑传统与刘醒龙长篇小说创作新趋向——从〈蟠虺〉到〈黄冈秘卷〉》,《中国现代文学研究丛刊》2019年第8期。
⑯ 李勇:《如何批判,怎样激励——对刘醒龙〈蟠虺〉的一点看法》,《新文学评论》2015年第4期。
⑰ 陶凤:《整改"毒教材"要追责到底》,《北京商报》2022年5月30日。
⑱ 程光炜:《作家与读者》,《小说评论》2015年第4期。

[作者单位:黄乐为,郑州大学文学院;李勇,郑州大学文学院]

《听漏》：跨界掩映下的寻找叙事与知识分子本相

□ 汤天勇

作家刘醒龙于2024年出版长篇小说《听漏》，封面标注为"青铜重器系列之二"。这无疑表明该作与10年前广受赞誉的《蟠虺》有着一定承续关联。《蟠虺》系作者写作转型之作，是由乡土写作向城市写作、乡村知识分子写作向城市知识分子写作转变。对于刘醒龙有着阅读惯性的研究者而言，青铜器题材、悬疑写作方法、探秘结构全然迥别于先前，尤其是融入通俗文学的写作手法被视为一种跨界之作。《听漏》沿袭旧路，呈现给读者的依然是熟悉的写作路数。如今新闻界、娱乐界甚至学界，跨界俨然成为一种时尚或者说前沿，甚至行为本身也就意味着创新或创造。《听漏》是否也要是以跨界的创新制造陌生化呢？该书的封面写道："揭开重器的千古之谜""叩问情义的百年交集""探讨文化的历史伦理"①。三个动词"揭开""叩问"与"探讨"，直接明示了一种寻找的意图。寻找是一种叙事肌理，是一种叙事类型，是故事演进的基本逻辑与内驱动力，更是叙事宏旨所能到达的通道。那么，刘醒龙意欲凭借《听漏》寻找什么，以至于甘愿背负转向通俗化的误读（其实，从文学现代性的角度而言，通俗化也并不意味着浅陋与空洞）？

一

刘醒龙擅长讲故事，也醉心于讲故事。以"擅长"言之，刘醒龙对于故事讲述可谓炉火纯青，足可以炫于技；以"醉心"言之，刘醒龙讲故事不止于技，甚或超越精心营造到随心所欲。就拿同为青铜器题材的《蟠虺》来说，叙事核心物象为曾侯乙尊盘，小说围绕其真假辨别、仿制与反仿制展开，寻找的故事不仅不是主体，也具有强烈的被动性；《听漏》的叙事核心物象变为九鼎七簋，文本故事铺展呈现明暗双重故事演进路向，且在主体故事演进横轴上缠绕着众多指向归一的枝蔓情节。多变的叙事线索或策略，其对于读者既是阅读梦魇，也是阅读挑战。作家有意而为之地设悬与设陷，读者期待一览无余、畅通无阻地进入文本自然受挫；从阅读效果而言，读者通过强烈的参与度进行解悬揭谜，或许能够搭建"一座同时通向正义图景和实践这幅图景的桥梁"②。

故事明线是专家马跃之率领团队（楚学院研究员万乙、博物馆解说员王蔗）探究"九鼎七簋何以少一簋"之谜。《听漏》的主人公为马跃之，这条故事明线也是小说的主线。迥异于考古小说和悬疑小说的是，《听漏》虽则涉及两周青铜重器九鼎七簋与其他青铜器，但并非纯粹意义上的融考古学知识于虚构叙事的考古小说；虽则小说故事有悬疑探秘元素，也非重在紧张的悬念与严密的推理的悬疑小说。换句话说，无论是考古小说还是悬疑小说，其进入主线叙事的速度可谓迅疾，因为它们的"最主要的功能就是消遣性，它让读者愉快、精神愉悦、忘记现实。它的目的在于娱乐"③。《听漏》叙述节奏延宕与叙事速度徐缓，既保持了自身纯文学的叙事自主，也为创作旨意生发奠定厚实的合理性基础。因此，读者会发现马跃之团队探秘之行的促成并非通过急就章式的文件宣告或者会议布置，反而是作家铆足劲地写公共汽车，写湖鸥，写汉口地下管道挖掘……刘醒龙之所以这么写，应是为寻找叙事蓄势储能。

故事进程主要耽搁在马跃之身上。"刚刚率队完成秋家垄两周贵族墓地抢救性发掘,取得重大考古成就,学术地位如日中天的曾本之,突然表达坚决退休的意愿"④,曾本之宣告退休,声誉与学术地位与其相媲美的马跃之,应是顺理成章地成为九鼎七簋课题组负责人。但叙述者仍然在荡开笔墨。马跃之在楚学院几十年以研究丝绸等杂器为主,"继周老先生和曾先生之后,马先生马跃之的学术地位无人能及,偏偏马跃之不知怎么弄的,多年不碰青铜重器,甚至在任何场合里说话,都不带青铜二字,活生生让'老省长'钻了空子,将郑雄推上正厅级青铜重器学会会长的宝座"。在楚学院同事看来,马跃之之所以淡泊名利不触碰青铜重器,缘于他不愿意与年长10岁、研究青铜器曾本之一较长短、形成互伤性竞争。如何推动马跃之前往湫坝镇,于读者自然是为了尽早知晓九鼎七簋之谜;于作者既要考虑故事演进合乎情理,又要解开马跃之"出征"之心结。解开心结,也就意味着打开了主线推进的通道。

表面上看,马跃之愿意率队前往系郑雄争取项目的所致,实则是其"不得不往"。一是曾本之退休,楚学院未有人能够在青铜研究上与马跃之相提并论,青铜重器发掘与辨识与个人声名密切相关,吴秋水、郑雄等人虽有意领衔但怵于实力不济;二是马跃之虽不重名利但重名节,曾本之退休不仅让他感觉到孤单,"被视为无物",甚至感觉到青铜器研究之嫡出与杂器研究之庶出的地位落差;三是马跃之知晓小玉老师的坟墓就在秋家垄,曾本之无论率队进行两周贵族墓地抢救性发掘,还是白露时节绕到小玉老师扫墓,都要知会马跃之墓地情况,虽然其中缘由被作者暂时隐匿,但对于马跃之而言,曾本之言行无疑是一种暗示或说是催促;四是马跃之为纪委、水务局辨别青铜器,已经破开了"不碰青铜重器"之自我拘囿,为其领队赴湫坝镇从心理和事实上打下提前量。作家如此浓墨重彩地蓄势,对于写作而言无疑是巨大的考验与冒险:一方面,主线推进之前大篇幅地"杂树生花"很容易陷入故事主线不够明确的泥沼;另一方面,蓄势是为了更好地推动主线流动,服务于寻找结构的抻开。因为故事寻找的逻辑来看,涉及"寻找主体、寻找动机、寻找目标、寻找过程、寻找结局"⑤多个方面,且其中又以寻找过程最为读者热衷,因为"情节线索的复杂多变、叙事链条的多重组合"能够带来小说强大叙事增殖与叙事张力。

如果说文本只有马跃之这一条故事脉络,那就太小觑刘醒龙的写作格局与叙事布局。因为在这条主线之外还掩藏着另外一条与其纠葛缠绕的主线和多维副线。

另外一条隐藏的主线为听漏工曾听长寻父。听漏在文本中,是一种工种、一种职业,也是一种行为、一种生活,还是一种文化隐喻与神秘赋魅。这条叙事主线不似马跃之率队"揭开重器千古之谜"那样堂而皇之,是悄然进行,以至于给读者谜团重重的神秘感和似是而非的错觉。刘醒龙的高明之处在于,两条叙事主线矢量性明显,还时常增加情节标量,不仅叙事张弛有度,也因为手法更多以补叙和插叙为主,故事呈现出若隐若现、明暗交融状态。之所以明暗交融,是说这两条主线既不能似中国古典小说"花开两朵,单表一枝"的割裂性叙述,也不好同时平行叙述,这样会迟滞本已徐缓的叙述节奏与速度。作者故事线索处理颇具匠心,马跃之这条故事线虽然处于腾挪闪撮的闲笔叙事之中,但叙事推进依然朗朗;曾听长寻亲却暗隐在马跃之这条明线之里,以片段点缀的方式潜隐或突现,非得到故事完结缀接片段方才明白作者叙事之经营苦心。也就是说,读完整部小说之后,读者会恍然大悟曾听长潜伏与显露之轨迹。

曾听长首次露面是送给楚学院一份甲骨文书就的示警信。明暗两条线的主人公经由作家的上帝之手进行了一次颇为诡异的交集。之所以说诡异,是在于读者、小说中人物皆为作家的叙事圈套无所适从又无可奈何:为何不直接示警有关部门,反而选择寄信给楚学院?为何用甲骨文书写?为何如此清晰知晓漏水详情?马跃之等不得而知,读者也不得而知,全知全能的叙述者貌似与读者、楚学院让人与梅玉帛等心息相通得一头雾水:"很显然,对方是存心这么做,同时也有把握不会出现差错,如果机关算尽的目的是什么?"刘醒龙于此依然意犹未尽,继续卖关子:一是利用马跃之与看门许师傅的对话,将在楚学院门口来回走动之人与楚学院套牢关系,其是否即为送信之人,或是与楚学院某人有着亲缘关系；二是相忘湖茶吧、十四路公交车上"狠狠地盯过"马跃之的人不得而知；三是送信之人与"盯"马跃之之人是否同一个人？第二个问题马跃之赴水务局讲座，在会议室后墙下见着曾听长照片眼神，为读者揭秘其为曾经"狠狠地盯过"自己的人。到此，另外两个问题悬而未决，同时也产生了第三个疑问：曾听长为何要"狠狠地盯"马跃之呢？马跃之从水务局鉴宝，到汉口水管改造现场发掘，到京山湫坝镇秋家垄探究九鼎七簋真相，这条探秘之路延伸，曾听长寻亲之路渐趋清晰。正是因为作家错综其事的叙事，文本故事应然演进理路与曾听长寻找进程逻辑并不一致，甚至被作家有意错置，将通常以为的曾听长"回—寻—认"故事路线有意造成波澜起伏与回荡往复。

明与暗的故事主线的交错纷繁已经足够读者领略到作家叙事之能事，似乎《听漏》寻找叙事远不如此，在主线上辅助者众多寻找副线，形成复线性寻找叙述模型：曾本之寻找小玉老师送走的两个孩子，寻找遵从本心的马跃之；梅玉帛一再推却自己婚事，寻找生身父亲；曾小安与郝文章寻找秋风之墓；柳琴寻找《湫坝镇文史资料》（第一辑）；曾听长寻找城市地下管道漏水；陆少林寻找古董藏品……副线与主线缠绕，副线与副线串联，作者叙述的畅快也带来读者阅读的欲罢不能，一方面说明年近七旬的刘醒龙笔力老到和依然旺盛的创造力；另一方面也形成了独具一格的繁复美学，或许正如卡尔维诺所说，"现代小说是一种百科全书，一种求知方法，尤其是世界上各种事体、人物和事务之间的一种关系网"⑥。

二

从寻找的结局来看，无疑是圆满的。"楚学院一帮人""用考古发掘中最为妥当的整体取出的方法"从竹筒墓里挖掘出"一只用于制作青铜簋的完完整整的陶范"。"念完陶范上的文字（天子不灭天灭），马跃之仰望天空发出一声长啸。"马跃之课题组完成了历史使命，剖开了历史之谜。对于听漏工曾听长而言，也如愿找到生身父亲秋大队长，梅玉帛与陆少林也认亲归宗。曾本之用其良苦用心也如愿以偿地将马跃之拉回"正途"。曾小安、郝文章以养蜂为遮掩终寻得秋风的竹筒墓所在。柳琴也在寻找《湫坝镇文史资料》（第一辑）的过程中释惑和释怀。也就是说，从叙事结构上来看，寻找有始有终，已经实现了逻辑闭环。但是，寻找不是目的，寻找是为了发现。

考古发现，随枣走廊发现的两周时期青铜礼器，只要以"曾"开头的铭文，结束语皆为"子孙永宝"。马跃之为此与曾本之讨论多次，"觉得铭刻在青铜重器上的'曾侯'似乎底气不足，……青铜重器上的寥寥数语，是'曾侯'最想说的话。在'曾侯'最放不下的心愿背后，是不是还受着某种不方便说出来的东西制约，使得'曾侯'如此提心吊胆，不得不用这种祝福来保佑字的子孙呢"。曾本之认同马跃之观点，认为考古不能仅凭猜测，需要实证。青铜方壶是被六大人送给私生子秋风，后被秋风带入竹筒墓。曾听长听漏发现后经沙海之手卖给水务局副局长陆少林。因为纪委的介入，马跃之帮忙鉴定为国宝。青铜方壶壶盖的凹面铭刻两行新旧搭配的八个字："曾仲秋吉，子孙永宝"。依据马跃之推测，青铜方壶出土后曾在一个名为秋吉的拥有者手里，其凿掉了已有之"游父"，重刻上自己名字"秋吉"，意为曾仲赐宝秋吉，子孙永保荣华富贵。因此，青铜方壶的出现，应该说从实物上印证马跃之先前的猜论，也是为解开青铜重器千古之谜迈出重要一步。及至青铜簋的陶范出现，谜底方才彻底揭开。

九鼎七簋解谜过程似乎水到渠成，这非郑雄等单凭机心与行政命令所能完成。从前面所论的寻找逻辑来讲，作家的上帝之手着力营造的明暗主线推进、副线交缠只有并线归一之时，寻找意味着结束。因此，"陶范"得以发现，前置条件依然成熟：曾听长不再是探宝解谜之羁绊，马跃之也能心无挂碍，梅玉帛、陆少林、曾小安、郝文章、秋大队等全力相助，《楚湫时地记》也修补完成。《楚湫时地记》明确记载，"湫坝地下，多有青铜重器，每每用颠倒姿势出露，此乃天子敕命缘故。因为曾氏篡随，虽然李代桃僵，方国治理相当得法。周天子敕令仍有褒有贬，其言曰：天子不灭天灭，礼器似享非享"。《楚湫时地记》的记载为读者解惑在两个方面：一是为何《史记》作为史书有随无曾，而出土的两周青铜重器有周无随；二是曾侯其德行与礼制不相匹配。刊刻于明朝万历年间的《楚湫时地记》非史书方志，其说辞仍需实物佐证。及至铭刻"天子不灭天灭"的陶范被发掘,秋家垄两周贵族墓九鼎七簋缘何少一簋之谜方才彻底揭开:曾侯用不堪手段窃得随国,得享九鼎尊贵。周天子敕令七簋之外的八簋须有铭文"天子不灭天灭",这位曾侯不愿而又不得抗命,拖延到死后将做好的陶范陪葬。鼎在周朝作为礼器存在,是表明身份等级的青铜重器,用鼎关涉到政治制度与礼仪文明。"周衰,礼废乐坏,大小相逾。管仲之家,兼备三归。循法守正者见侮于世,奢溢僭差者谓之显荣。"(《史记·礼书》)此处之"礼"应为利义,用今天的话就是道德规范。列鼎列簋制度是为礼义制度服务的。曾侯篡随为曾,德行有亏;周天子敕令曾侯享用九鼎八簋,但需在第八只簋上铭刻"天子不灭天灭",是以礼仪制度维护礼义制度。这就是马跃之发朋友圈说,"不完整的九鼎七簋才是两周时期的政治文化的集大成者"。历史考古告诉我们,随州曾侯墓发掘九鼎八簋,京山宋家坝曾侯墓发掘出九鼎七簋。刘醒龙立足历史真实与虚构之间,视真实是虚构的图纸,用小说家言铺开真实,还真实以真实⑦。

事实上,刘醒龙用诗性的笔触进行创造性叙事和匠心营造考古与听漏神秘性场域,绝不是以此为目的,否则就会陷入悬疑小说的娱乐性与考古小说的知识性藩篱,他的叙述和造境依然直击当下的现实。换言之,《听漏》所建构的考古之旅与听漏之事,是作为故事载体存在,是其观察与审视社会现实、世道人心的支架。因为考古也好,听漏也罢,对于非专业人员确实因为隔阂会氤氲着神秘色彩,但如果有心深入与走进,神秘的面纱也会随风飘散。考古的对象是历史,听漏的对象是滴漏,前者是时间之久远,后者是空间之深层,但两者共同之处是面对深处的隐而不显以及可以借此实现远彼近此的关联。那么,作家应是运用考与听的叙事路径,既有鞭挞现实社会顽疾之意,也有传达自己心中块垒之意。

《蟠虺》中,马跃之用甲骨文书信促使曾本之探究曾侯乙尊盘真假之谜并抗争赝品仿造;《听漏》中,作者进行了角色转换,曾本之退居幕后以"总导演"的角色推动马跃之走上前台,揭秘青铜重器九鼎七簋之谜,推动他正视心事、拂去铜锈。"内事不决问柳琴,外事不决问曾本之。"马跃之的惯性被打破,多年因为学问与人品形塑的楚学双雄的情感定势坍塌,马跃之成为曲高和寡的孤独个体。"形单影只"的马跃之不得不挺入青铜器工作,不得不只身面对楚学院同事与周遭的光怪陆离。马跃之起先是以高风亮节示人的。"一般单位都是一山容不下二虎,楚学院的马先生为了让楚学院跳出这种人事陷阱,主动放弃社会影响力较大的青铜重器研究,转而专攻杂项,为了显示自己的决心,从此不再在语言文字中提及青铜二字。"几十年从不染指青铜器确乎让自己赢得了如此赞誉,但这种自我信守更多是一种意志的呈现,马跃之内心深处深掩着对青铜重器的渴望。如此说,并不是说马跃之是言行不一的伪君子,青铜重器散射的诱惑力非一般所能抵挡,"青铜重器只与君子相伴"。

九鼎八簋是嫡,九鼎七簋是庶,虽则同为青铜重器,前者的王者风范是后者难以望其项背。"凡是嫡出的,出正门,上正厅,走正路,凡事都会清清白白,有点花边也早被清理得干干净净。相比之下,庶出的大都一塌糊涂,一场贪欢,几场苟合,本以为只是开过花,到头来却结成一只果,弄得个生生死死,哭哭啼啼,从生到养,没有哪一样不是遮遮掩掩,越遮越掩,故事越多。"郑雄在博物馆谈及鼎簋嫡庶,惹得"姜部"失态。在楚学院的人眼中,即便马跃之系杂器研究权威,鉴别玉器丝绸足可以一锤定音,但依然没有研究青铜器曾本之的地位尊显。嫡庶涉及的等级与秩序,对于马跃之无形中形成一种压力。庶与嫡如何转化,刘醒龙之聪明在于又引入了一个词——"僭越"。作家对僭越着墨最多的有两处。一处是马跃之鉴别陆少林藏品中的假青铜鼎时,引入了当初楚学三杰对此的看法:曾本之认为做假的青铜鼎会被视作僭越之伪器;郝嘉借此引申为有抱负之人应有一定的僭越之心;马跃之将僭越等同于做贼。第二处董文贝谈及万乙牙齿时候提及僭越,叙述者于此一段议论:

所谓历史,至少有三分之一与僭越有关。

没有僭越的历史是平庸的,发生僭越的历史是罪恶的。

僭越是让历史变得精彩的捷径,也是让历史

变得惊心动魄的歧途。

僭越是让历史人物活出精彩的捷径,也还是让历史人物活出狼心狗肺的歧途。

这段话无论是叙述者跳入的发声,还是马跃之的悟得,起码相对于先前楚学三杰之论辩中和得多,僭越是一种越界或逾矩,无论历史上的帝王将相还是时下具体个体,僭越都是源于某种欲望驱动。小说淡化僭越之激越与痛感的尖锐,对于作家而言,不再执意尖锐地直击现实,还之于平和与迂回;之于马跃之,庶出之僭越也非必须与必然,曾本之退休之于马跃之,先前所谓的庶出之嫌与僭越之虑不复存在,存在的是心事敞开与回归本性的顾虑。马跃之坐公交车无论是对女生谎称喧闹中寻找灵感还是对男生说找到对抗之激烈,观湖鸥与人之远近,其实皆是舒缓心理郁结之策略。

刘醒龙善于构造情节与营造细节,看似无所谓的撩开之笔,其中蕴含着他的某种写作用意,比如吃老冰棍,比如万乙与王蔗的情感等。马跃之发现陆少林用老冰棍包裹上品古玉,以其为人准则匿名举报与实名网曝都不能,知情瞒报也不行。他既不愿被污言秽语置于万劫不复,丑化打小报告之人,更不会违背自己端正之本心。马跃之灵光乍现的处理方式,实则是一种全乎名节的两全之策,只可惜梅玉帛并未明白其中意思。万乙与王蔗各自已有即将结婚的对象,却在课题组漱坝镇期间如胶似漆。从作家的角度来看,似乎也放弃了棱角分明、是非分明的强制性介入,温和化的故事书写似乎也折射出某种写作姿态的转变。具体到马跃之身上,马跃之对于冰棍藏古玉也并未一直耿耿于怀,对于王蔗与万乙的暧昧虽有阻隔之举也能平淡对待,这种变化是由着本心的行为,是自我的打开,是洗刷掉裹在内心深处蒙尘后展露的至情至性。

事实上,刘醒龙用繁复诗意的笔触,精心营构历史起开与自我打开的故事,其叙述本心不仅是将读者带进历史,而是有着强烈的现实指向。或者说这种叙述方式就是一种以史观今、推己及物的观察与审视现实世界与世道人心的视点。因此,前文说的寻找叙事,只是一种故事呈现形式和推进燃料。寻找是为了从历史与现实中爬梳,每个寻找指向的都是真相,真相是历史罅隙的遗漏,也是现实光晕里的黑洞。

三

刘醒龙自始至终都不是愿意小说世俗化、娱乐化的作家,他是要在小说中灌注他的文学信仰,小说要对现实有所批判,有所改造,发掘、吸纳、内化中华民族优秀传统文化,形成滋补现实与人性缺陷的有益养料。既要把脉问诊,也要开出疗治良方,这在《听漏》中得到鲜明的体现。因此,寻找的叙事,结果是发现,对于作家刘醒龙而言,"小说的使命之一便是为思想与技术都不能解决的困顿引领一条情怀之路"⑧。因此,发现不是终极目的,最终指向应该是烛照。

《蟠虺》的开篇语为"识时务者为俊杰,不识时务者为圣贤"。"俊杰"与"圣贤"应为"识"时势与"不识"时势成为非此即彼的对立面。《听漏》的开篇语同样采用格言形式,"香水浓缩一万倍后就会变得臭不可闻。臭气淡化一万倍后也有可能清香扑鼻"。香与臭没有决然对立,借助一定条件可以实现相互转化。从句式来看,《蟠虺》开篇语中间用的是逗号,前后各为半句,合整为一体;《听漏》则是各为完整句子,单独成立。这两段开篇语分别由各自主人公所说,前者应是曾本之与弟子郑雄的品行立场宣言;后者是马跃之基于曾本之突然宣告退休后感觉"被视为无物"的自解与自证。当然,这里并不是说曾本之与马跃之境界、品行孰高孰低,而是说,这两句话既是开篇又是主人公"颇费气力"的表达,应该是开启小说的核心密码。事实上,也确实如此,《蟠虺》意在鼎立时下失礼、失序、失范、失德的众声喧哗中的精神脊梁⑨。《听漏》作为作家"青铜重器系列之二",自会延续第一部的写作伦理与价值追寻。

马跃之在陶范挖出后发朋友圈的另外一句话是:"九鼎七簋课题组,要探究的不是第八只簋,是天下文人的灵魂。"发现"天子不灭天灭"的周朝礼制,这是对秩序、对道德的尊崇。为何这种制度或者说精神文化的发现大于物质器皿的发现呢?根本原因在于作者借助考古发现,镜像现实知识分子德行情操,也即"考古考古,考的是古,答的是今"。或者进一步,考的九鼎七簋的浩然正气,"答"的是今世知识分子德行品格。对郑雄,看门师傅和扫地阿姨都嗤之以鼻,遑论对他知根知底的马跃之,自是不屑一顾。郑雄对马跃之起初也非那么尊敬,作为晚辈称呼马跃之为老马或者马老师,从来都吝啬马先生称呼之。马跃之作为与曾本之并肩而立的楚学院二号权威专家,自可见郑雄何等狂妄自大与目中无人。就这样一个人,在曾本之退休后,一系列反常让马跃之不明就里:在一众重要人物面前破天荒称他为"马先生",还称赞他不碰青铜重器为高风亮节;在马跃之去玩郭家庙考古工作站下高速路口主动迎接;在九鼎七簋课题组成立大会上广而言之树立马跃之楚学院学术大纛旗帜;多次督促王蕉、万乙要对马跃之足够尊重……这是郑雄幡然醒悟、迷途知返么?显然不是,郭家庙考古他非领队,最后考古报告他署名第一;马跃之参评院士本来确定无疑时,他却向纪委写诬告信;马跃之等为青铜重器考辨不辞辛劳之时,他却四处跑官、窃取他人成果。如果说,在《蟠虺》中,郑雄还有点知识者的羞耻与廉耻的话,到《听漏》中,在稳坐正厅级青铜学会会长宝座的情况下,依然权欲熏心,依然不择手段强取豪夺他人学术成果,全然不顾文人礼义廉耻,将文人之灵魂斯文扫地。其无耻到连先前唯他马首是瞻的楚学院代书记董文贝不得不以鼻屎唾之。

马跃之对于郑雄借助学术投机政治不可谓不熟悉,先前之所以没有明显提防,一是源于个性不如曾本之那般具有"超强的掌控力",多是以超强的自控来隐忍或者忽视;二是研究方向不同,尚感觉不到郑雄的威胁,双方基本上能够相安无事;三是彼时马跃之并未涉及视为"嫡出"的青铜重器研究,暂且尚未成为郑雄构陷的目标。没有提防并不代表默许与认可,他对郑雄系列反常行为并未有所感动与喜悦。郑雄虽然成功实现了僭越,攫取了课题组科考成果,文人的灵魂也因此丧失殆尽。臭气淡化一万倍也会香味扑鼻,那么,臭气浓缩一倍也就更加臭不可闻。刘醒龙虽然在《听漏》没有《蟠虺》言辞激越,温和与舒缓的基调并不代表他面对现实的人与事无动于衷。马克斯·韦伯认为:"我们的时代,是一个理性化、理智化,尤其是将世界之迷魅加以祛除的时代。"⑩剥去郑雄等知识分子身上"迷魅"的面纱,将其外显的丑陋放大,隐匿的肮脏剔剥,以此

来"看清楚所谓世道人心,梳理出文化伦理"⑪。

如何还知识分子世界一片清朗?刘醒龙以寻找为叙事推动,找寻的就是自己开出的拯救与唤醒的药剂,考古发现的文人灵魂。感时忧怀是中国古代文人传统,怀疑批判是西方知识分子立场,刘醒龙沿着鲁迅开创的文学之路,反思知识分子民族性格,在批评的基础上予以重建。刘醒龙,在《圣天门口》寄希望于主人公"天高地阔的胸怀"的感化与濡染,在《蟠虺》中希望以君子恒常的道德伦理来抗争,在《黄冈秘卷》中拾掇鄂东乡人"贤良方正"来熏陶,到《听漏》中,作者找寻到中国传统文化中文人风骨,希冀以此烛照现实,借器弘道。

《蟠虺》中曾本之超越名利之惑终归君子本色,《听漏》中作家显然不会旧计重演,激活马跃之内心深藏对青铜重器的渴望,而是借此通达马跃之心事茧房。通达的过程,即为拂拭铜锈的过程。其面对青铜残片的淡定,鉴定青铜方壶的自然,放弃青铜增纹鉴定报告署名,皆不见马跃之名利熏心。那么,曾本之费尽心机导演的目的为何?查滴漏是听漏,考古是听漏,纪委是听漏,马跃之重新接触青铜器既是听历史之漏,更是听自我之漏。正如曾本之所言:"我们这些人,只关注学问,连自己是什么样子,都快忘记了。"找寻"至情至性"自我,也是完成了自我的成长与救赎。

唐朝诗人王昌龄《芙蓉楼送辛渐》有诗云:"洛阳亲友如相问,一片冰心在玉壶。""冰心"既是诗人自我高洁、高傲、介直的形象写照,也饱含对亲友深情浓浓。马跃之在一切尘埃落定后,朋友圈赋文一篇《冰心三百字》:

白露品露,立秋惊秋。春分难分,清明未明。
前世相ත,今生痴情。今生想见,来生痴心。
命浅命拨,这错那错。一生有幸,何必三生。
花草满山,荒凉满岭。半根断肠,半句天问。
君不见君,心且留心。有重重惊,无悠悠恨。
得幸我对我的不弃,既无赌债,也无沉疴,噩梦较少,活得小可,日出不怕坑坑绊绊,灯下没有龌龌龊龊。此心非铁,无须国色天香;居心莫欺,哪怕鬼怪妖魔。移山作海,移不走相思痛。插柳

为荷,结不出相思果。凭秋风寻消息,闻落叶知嫉恶。月圆忆花之蕊,月缺念花之朵。若闻芳菲,愿赴碧落。

尘满面,霜满鬓。风又阵阵,雁又阵阵。一朝落尽江城雪,三镇尽是负心人。两江尚可同帆去,四岸空对水流云。问这山望见那山高,明知那山无柴可烧。今朝有酒,醉卧昨夜。明日黄昏,零落今晨。为何?奈何!霞魄虹魂,雪影冰心!

赋文系主人公马跃之的半生画像,更是自我心疴澄清的申明与宣言。自"白露"始,自"青铜始",在考古过程坚定文人灵魂本色,敞开自我本心,皆归因于"雪影冰心"。此时的马跃之,已全然呈现至情至性本色,已入通透超脱之境。

"白露"是作家精心创造的一个小说意象,虽然源自作者个人喜好,却创造性地嵌入文本,行使小说结构性功能。《听漏》除了清晰地标注"1966年""1976年""1980年"等为数不多的几个确定时间节点,对于故事时间多是模糊处理。之所以如此,大概是便于故事的自由伸展、断裂和技术性渗入,也更能凸显"白露"这一时间意象包蕴着丰厚的文本信息。"白露"第一次出现于文本,是在博物馆旁地铁漏水问题解决后,"白露节气这天,在博物馆内设的大楚青铜馆,马跃之意外遇见在他心里已升级为'比庶出还庶出'的郑雄"。这是小说继马跃之收到甲骨文书信后的又一故事发端点,既开启知识分子优劣之变,又开启马跃之个体自省历程。白露节气是马跃之一个心结,已然成为一遇到刺激点就会震颤的症状,"一年一度的白露节气就要到了,马跃之心里起了波澜"。从心理学讲,这种行为不是偶然的,它蕴含着某种动机、意义和目的,属于一种可以陈述的心理情境,作为一种小小的先兆为我们展示一种更重要的心理过程[12]。

白露节气一直隐藏于马跃之内心几十年,始终如鲠在喉,即便心中有所祈愿,既无法消弭,也不好坦陈,多少年来多借助于乘坐公共汽车和博物馆观物来化解郁结。其实,让马跃之放下心理包袱却非容易的事情,外界的推动和个体的渐悟不可或缺。曾本之在《听漏》中已经成了"圣贤"般存在,以幕后操盘手的身份推动着马跃之剥掉心中之铜锈,正视当年考古在湫坝与小玉老师的陈年情事。曾听长寻父从怀疑曾本之到马跃之,梅玉帛对亲情的渴望与热盼,也逼迫他不得不正视。王蔗与万乙洒脱自如的情感处理,柳琴坦然接受已然事实,这也让马跃之重新审视青春情感。曾本之"策略"退隐的倒逼,曾听长有目的性地"强攻",梅玉帛对亲情的炽热,迫使马跃之不得不重新审视自我、审视内心。心结也就在探秘历程中逐渐软化与解开,马跃之也因此实现了自我的修复与烛照。

从湫坝镇流传出来的起初与学术无关的"知之者之之,不知者之之"最终得到正解,前往湫坝镇的寻宝探秘,也是马跃之完善文人灵魂的救赎叙事,这两个方面指向了马跃之作为小说主人公的"价值之域"和"伦理之域"。曾本之"一个好男人能做到至情至性才是真好"的呼唤,马跃之用"就是将全世界的最著名的头衔都给我,也比不上做父亲的重要性"做了回应。一呼一应,几十年心事彻底放下,是对名利的抛却,是对郑雄、鲁丰之流的鄙夷,是对真我的呼唤,深层上讲,是对文人精神信仰的应答,是对个体价值的体认,是对生存意义的审视。当然,这也臻至作家写作之愿,"用历史的义、现实的情,重新构成具有21世纪形态的情义"[13]。

《蟠虺》中知识分子自我成长为圣贤,以此映射魑魅魍魉的所谓俊杰;《听漏》以中华优秀传统文化之精髓和人之本性与现实形成烛照。同为知识分子叙事,都在展示知识分子生存状态、心灵剧变和信仰精神,也都有社会现实的揭露与鞭挞,但从《蟠虺》到《听漏》,完成了从"该天谴的一定会遭天谴,该天赐的一定会天赐"走向"他人无助天助"的"天意"。要言之,《听漏》这样一部厚重、大气之作,再度表明了刘醒龙超越的艺术功力,也见证了他"董狐之笔"的直书与济世之知识分子本相。

注释:

① 刘醒龙:《听漏》,长江文艺出版社2024年版,封面。

② 玛莎·努斯鲍姆著,丁晓东译:《诗性正义:文学想象与公共生活》,北京大学出版社2010年版,第26页。

③ 朱全定、汤哲声:《文艺争鸣》2014年第8期。

④ 本文所引小说原文均出自刘醒龙:《听漏》,长江文艺出

版社2024年版,下文不再另外标注。
⑤张伯存:《论"寻找小说"》,《当代作家评论》2019年第5期。
⑥卡尔维诺著,杨德友译:《未来千年文学备忘录》,辽宁教育出版社1997年版,第74页。
⑦詹姆斯·伍德著,黄运帆译:《破格:论文学与信仰》,北京联合出版公司2024年版,封底。
⑧周新民、刘醒龙:《〈蟠虺〉:文学的气节与风骨——刘醒龙访谈录》,《南方文坛》2014年第6期。
⑨汤天勇:《诗性正义:〈蟠虺〉的关键词解读》,《当代作家评论》2015年第4期。
⑩马克斯·韦伯著,阎克文译:《学术与政治》,上海人民出版社2021年版,第190页。
⑪蒋肖斌:《刘醒龙:发现历史和现实的破绽》,《中国青年报》2024年8月9日。
⑫西格蒙德·弗洛伊德著,洪天富译:《精神分析引论》,译林出版社2018年版,第215页。
⑬蒋肖斌:《刘醒龙:发现历史和现实的破绽》,《中国青年报》2024年8月9日。

[作者单位:黄冈师范学院文学院]

知识世界、烟火人间与历史现场
——论刘醒龙《听漏》中的现实书写新变

□ 吕 兴

刘醒龙的作品一直有着鲜明的现实主义特质,其往往聚焦于现实难题,着眼于人间百态。在《听漏》中,他延续了一贯的主题,仍旧把现实人间作为书写的主体,但是在描摹现实的过程中却呈现出了新的叙事特点与诗学特质。首先,作者有意识地对现实进行了复调性的书写,《听漏》中虽然有着十分清晰的叙事主线,但是作者并不曾局限于现实一隅,作品中既有对知识世界的描写,也有对社会现实、人情百态的观察,还有对历史现场的还原,各个场域既相互独立又纠葛缠绕,在呈现出复杂多维的现实情境的同时,亦展示了作者未曾明说的道德取向与精神立场;其次,作者使历史与现实形成了互文关系,以史实与"古物"勾连古今,既为当下现实寻找历史的来处,又以时代精神重塑历史传奇,从而为当代图景赋予了一份历史感;最后,作者则把传奇性融入现实书写,让离奇情节、超验经验、民间传奇、奇人异事融到日常景观,为平常的市井生活增添了一些悬疑与奇幻之趣;现实主义文学精神对于中国当代文学创作影响至深,随着时代的发展,现实主义文学呈现出了新的诗学特质,刘醒龙作为一位深耕于现实主义创作领域的大家,立足当下,在拓宽现实书写题材的同时,亦丰富了当代现实主义小说的美学内蕴。

一、从知识世界到烟火人间:
现实场域的复调性书写

作为一位描写现实图景的高手,刘醒龙在叙事过程中显然对现实逻辑进行观照,选择按照时间顺序、围绕主要人物对故事进行展开。但是叙事主线突出并不意味着作品只围绕一个中心进行,作者有意识地对所书写的现实进行了一种空间化的处理,即在同一时间线上多个场域进行书写,围绕故事主要情节展开了对多幅现实图景的描摹。把诸多重要的现实议题融入场域,基于不同的维度展开了关于道德、知识、情感等多方面的讨论。烟火人间、知识世界和历史现实是其中最为重要的三个场域。这三个场域看似独立又相互交叠,以至于场域之间形成了一种独特的张力,构成了小说的特殊魅力。场域的交叠一方面为读者呈现出了一个更加立体多元的现实世界,另一方面则是以更隐蔽、精妙的方式传递了作者的叙事意图。

首先,刘醒龙通过对多个现实场域的构建,意图反映出含混复杂且变动不居的现实[①]。作品中既有对千百年前的历史现场的还原,也涉及当代学术界的现状,更有对饮食男女、幽暗人心的探索。而这些不同的现实图景既交互交叠又相对独立,构成了特殊的"现实一种"。

以《听漏》中知识世界与世俗人生的复杂关系为例,前者是一个独立于现实之外,具有理想主义色彩的"圣地";而后者是一个深受世俗欲望困扰,充满市井烟火气息的"俗世"。刘醒龙用了相似的方法去构建这两个不同的场域,以典型人物形象的塑造来充分展现这两个场域的面貌。刘醒龙笔下的知识世界是现实世界组成部分,却又游离于物质世界之外。在这个场域中,作者着重描绘了当代知识分子对于知识的执着和热忱,以及他们探索、解决学术难题的过程,因此这一部分既包含了对于实际学术问题的探讨,也包含了对当代学人心理与精神的描摹。马跃之是其中的代表性人物,他的一系列想法和做法体现了这一场域的运行规则。对于知识的热爱与对真理的追寻既是构建知识世界的法则,亦是马跃之的人格底色。马跃之虽因种种原因"在任何公开言论中也绝对不提'青铜'二字"②，远离了关于青铜重器的研究，但是却无法掩盖对这一专业的热爱。当他被纪委邀请，终于有机会避开众人耳目，近距离观察陆少林所收藏的青铜器时，他的"全身上下显出了一种罕有的自由自在"，甚至给他"带来了一种灵魂出窍、随心所欲、天马行空的气质"。虽然这些器物"在考古价值与学术向度上没有多少可取之处"，却仍然让马跃之被"内心深处升腾起来的那种深情所笼罩，两只模糊的眼睛似乎还有一些湿润"。这种对于知识真诚的热爱不仅赋予了马跃之鲜明的个性，也成为知识世界的一种边界，只有真正领悟到了知识与学术妙处的人才能够跻身于此，所以郑雄、吴秋水之流虽然身处楚学院，亦从事学术工作，但是却并不被视为知识世界的一员。而对知识与真理的绝对尊重则是知识世界之中的不二法则，亦是马跃之所践行的准则。在面对"九鼎七簋"这个难题的时候，他重回挖掘现场，试图勘破历史迷雾，找到真相，在他看来"考古研究，最有效的方式是拿起铁锹和锄头，找准一块地方，挖出一个底朝天，是烂泥黄土，还是青铜重器，用不得半个虚词，事情就这么定了"。当然这种对知识与专业的坚守，并不独体现在马跃之一人身上，楚学院的学者们"双手捧起青铜器物"的"经典操作姿势"，"哪怕小到一枚蚁鼻钱，也断断不可用一只手去应付"，其背后都是对于知识、历史的尊重。可以说，《听漏》中的知识世界是一个纯净的乐园，它是由具有专业知识、职业操守、学术热情、高尚品格的现代知识分子所构成的，尊重且拥有知识的人自然而然成为这个场域之中的"无冕之王"。因此，刘醒龙笔下的知识世界并不完全是对当代学术界的还原，而是灌注了其自身精神追求的"世外桃源"。尽管这个知识世界如此诱人，若《听漏》只突出这一层面，那么这部作品很容易变成召唤失落的人文精神的挽歌，而马跃之的形象亦会显得单薄，落入俗套。但是作品中关于市井生活、欲望男女的书写却解除了这种风险。烟火人间所奉行的是与知识世界完全不同的逻辑，嫉妒、忏悔、欢愉等复杂而幽微的情感构成了世界运行的基础，被欲望所裹挟的人们上演了一出出缠绵悱恻、高潮迭起的现实大戏。不管是郑雄为了沽名钓誉、扬名立万而出演的一幕幕丑剧，还是万乙、王蔗等一帮青春男女在激情懵懂、情欲难抑状况下

所搬演的一场场"苦情戏"，都展现了人的复杂、冲动与脆弱。在这个场域之中，马跃之也从知识的神坛之上滚落，成为饮食男女中的一员。他不复知识场域中的清醒与独立，在欲海中沉沦。面对清纯动人的小玉老师，他不顾对方已有未婚夫而选择与对方展开了不伦之恋，甚至在面对小玉老师的死讯，以及其产下龙凤胎的消息时，也未曾正面回应，一味选择了回避，让自己多年的好友与老师曾本之代自己受过。深陷于世俗旋涡之中的马跃之，不再是知识场域之中的"完人"，而成了一个对爱人和孩子抱愧的"罪人"。既可以把马跃之称为"真君子"，又能指责其为"负心汉"，这种完全相反的评价正是刘醒龙笔下的知识世界和烟火人间既互相独立，又纠葛缠绕的结果。两个世界有着完全不同的运行逻辑，源于作者想要呈现的不同的现实侧面，知识世界是基于理性与智慧，烟火人间则是源于欲望与情感，所以作为中心人物，穿梭于两个场域之中的马跃之身上才会具有如此突出的矛盾性。这种矛盾性却又在其身上得到了统一，为他行为上的疑点提供了可供参考的答案。为何在学术上敢想敢拼的马跃之，面对小玉老师和一双儿女却选择了回避？也许正是因为对学术的痴迷，忽略了对自身的探索，换而言之，对知识与学术的爱占据了马跃之大部分的精神，使其无暇他顾。正如曾本之所说："我们这些人，只关注学问，连自己是什么样子，都快忘记了。"而马跃之为何能够对学术抱有如此纯粹的热情，保持初心？从他在世俗世界之中淡漠独立的表现也能够窥得答案。马跃之身上的矛盾统一，也恰好折射出了这两个世界关系的复杂性，它们绝非二元对立之态，而是互相影响。对知识的尊崇渗入世道人心，马跃之的行政职务虽然不如郑雄高，但是却受到了人们更普遍的尊重；而对人伦亲情的体悟也影响到了知识世界的运行，马跃之正是因为在感情上受到了重创才决定最终远离青铜研究。正源于此，《听漏》中的现实书写呈现出了丰富的层次，虽涉及宏大的主题，但是不以主流遮蔽个体，力图还原现实生活本身的复杂性与暧昧性。

其次，作者则是借助对场域的构建更加隐晦地表达出了自身的道德立场，以及对一种理想文化人格的探讨。

《听漏》中不乏对道德伦理、人伦品格、生存哲学等

方面的哲理性思考,从这些思考中可窥见作者的精神取向与道德立场,他所推崇的显然是耿介正直、刚正不阿的人文品格,所欣赏的是端方雅正、"不识时务"的真君子。但是这真的是刘醒龙关于道德与善恶的全部思考吗?显然不是。作品中充斥着大量在道德品格上处于灰色地带的人物,甚至作为中心人物马跃之也并不完全符合作者所提出的道德标准,显然刘醒龙对道德品质、人性人情有着更深刻的思考。也许借助对《听漏》中不同场域的观察,可以更深刻地了解作者所秉持的创作立场与道德标准。

作者所构建的三重场域实际隐含着三种不尽相同的价值观,知识世界所秉持的显然是一种崇尚知识、追逐真理的精神准则,而烟火人间则是以人性欲望、至情至性为行为准绳,而历史场域的精神基础则是进退有度、不可僭越的传统文化观念。可以发现,作者所奉行的并不是单一的道德标准,实际上是这三种不同的评判标准共同构建了其价值立场,所以在《听漏》中才会出现那么多具有鲜明个性的人物。以万乙为例,作为马跃之的助手,他并没有老一辈学人对于学术的执着与热情,却有着对世俗世界的兴趣与热情,郭家庙考古的过程中,他并没有如老师马跃之一般全情投入以期解决学术上的难题,而是与同去的女解说员王蔗一道谈情说爱。其在情感上也并不忠贞,虽然有着相爱的女友,却仍旧与另外一个女性发生了关系,这完全可以看作对情感的背叛,另一种形式的僭越。若是从知识世界与历史现场来考量,万乙可完全可以看作一个"真小人",但是在作品中,作者却借马跃之的口称赞万乙:"太可爱的青春,走遍天下无敌手。"对万乙的欣赏,并不是作者抛弃道德立场,对"恶人"的姑息,而是从至情至性的角度出发,看到了身处俗世的万乙所具有的人性上的闪光点。他未曾被知识、历史熏染成未老先衰的"学究式"人物,而是抓住了青春荣光,全心享受爱情所带来的欢愉。尽管刘醒龙一再在《听漏》中强调对人文品格的探索,但是他绝不以极高的道德标准进行规训,而是挖掘尽可能多的道德位面,努力还原复杂现实情境中可能遇到的伦理难题。尽管初读之时会产生作者已然放弃道德批判的立场的错觉,实际上却有着作者隐含的道德取向。知识世界显然是刘醒龙着墨最多的场域,与其相关的价值观念最为作者所激赏。所以

马跃之尽管在世俗层面上犯下了大错,但是其品格仍旧被肯定,并最终迎来了儿女双全、家庭美满的结局。总体而言,刘醒龙虽然有着明确的道德立场,但是所秉持的道德观念却并不狭隘,他始终在避免把自己的道德观念强加给读者,而是愿意留给读者更多思考的空间。不回避人物生平中的阴暗面,不避讳对"灰色"人物的书写,这未尝不是刘醒龙人文关怀的体现,正如他自己所说:"我主张善,主张宽容。……我现在看不清人与人之间的恶,总觉得大多数人是善意的,我看到的是他们善意的一面。"③

总而言之,《听漏》中多个现实场域的构建拓展了现实书写的广度,呈现出了更加复杂纠葛的现实面貌,同时,基于复杂的现实对道德伦理、人情人性进行了更为深刻的探索。但是,作者显然并不满足于对现实现象的追索,而希望从根本上剖析现实生成的原因,因此不断回溯历史,期望从历史史实之中挖掘蛛丝马迹,也为小说《听漏》中的现实赋予了一种史实感和历史性。

二、在历史与现实之间:
当代文本中历史感的生成

《听漏》不仅追求现实书写的广度,而且同样挖掘现实真相的深度。虽然文本中的事件主要发生在当代,但是其视野却不局限于此,而是回溯传统,寻找历史与文化的根脉。以至于《听漏》被赋予了一种史实感,对当代社会的摹写获得了一重历史视野。而更值得深究的是历史如何与当下进行互动。若不顾历史情境,强行穿凿附会,不仅会导致史实真实性的消解,更会削弱小说作品的现实批判性。刘醒龙一方面把历史史实作为现代奇观的注解,让当下现实进入历史语境,市井百态因之有了历史的根基,读者能够勘破表象,对人物的性格、处境有更深刻的了解;而另一方面,则是以"历史之物"联通古今,借助"物"的命运展现出时光流逝、世事变迁,并尝试接续博物传统,完成在小说修辞上的进一步创新。

首先,《听漏》中所出现的历史掌故、野史佚事与叙事情节的推进、人物形象的塑造息息相关,作者既借历史典故为读者了解人物性格、现实环境提供了更多的线索,又以野史逸闻对书中人物的命运进行了一种隐喻式的书写。

《听漏》以考古为题材，所以其中所涉及的历史文本多是历史典故、野史传奇，大部分都具有史实依据。以作品第二章郑雄与他所讲的两段历史掌故为例。在庄重肃穆的博物馆中，郑雄却向一帮自己的"老同学"讲了南宋名臣胡铨迷恋歌姬，以及汉朝中郎将苏武与胡女生下一子的野史。彼时，由于叙事还未曾展开，关于郑雄性格和命运还未得到充分的阐述，但是这两则历史文本的出现却足以使读者窥见其品德上的缺陷。胡铨、苏武都是历史名臣，在中华文明历史上都有特殊的精神意义和文化价值，但是郑雄却不欲述说他们的功绩，而是把他们的隐私轶事作为谈资和笑料。一来足见他对历史正统的轻视，历史与学术于他而言更像是哗众取宠、沽名钓誉的工具；二来则透露出其内心的猥琐、阴暗，不肯从历史名人身上去挖掘人性的闪光点，而是关注人性卑琐的一面。曾本之、马跃之对这两则历史典故的态度更是与其形成了鲜明的对比。曾本之勒令郑雄在公众场合不可再提，而马跃之则是生出了嘲讽之心。这亦说明三人在性格、品德上的差异，预示了郑雄被知识世界放逐的命运了。如果说通过胡铨与苏武的历史故事，展现了郑雄人格上的劣根性，那么马跃之把苏东坡作为听漏工行业的祖师爷，既体现了其身上所具有的包容、仁爱的特质，又展现了听漏工曾听长特殊的心境与处境。听漏工成为一种行业的历史不长，入行的人数也不多。与苏东坡本没有直接关系，但是马跃之却通过苏东坡在海南岛挖井救民的历史典故，为听漏行业找到了历史的来处。缘何要费尽心机把听漏行业与苏东坡结合起来？一方面，这是源于塑造人物形象的需要，以苏东坡的境遇来比拟听漏工曾听长的心境。苏东坡虽然与曾听长生于不同时代，相隔近千年，但是二者境遇却有相似之处，前者多次遭遇贬谪，命运坎坷，频频遭遇误解，但是却不改为民之心，以自身的聪明才智为民众谋求福利；后者则因为行业的特殊性，形单影只，饱尝孤苦，却不曾移心动性，恪守规则，凭自身天赋解决百姓的难题。因此，作者有意借苏东坡的故事来对听漏工曾听长的行为动机、心路历程进行了揭示。曾听长作为《听漏》中的重要角色，虽然在多处推动了叙事的进行，但是由于身世的复杂性与工作的特殊性，始终难以发出自己的声音；而苏东坡的历史掌故则为读者解其复杂心性提供了新的线索与路径。另一方面，作者则是在历史文本与现实文本的勾连之中，展现出对个体的人文关怀。曾听长小时便被遗弃，长大后进入听漏工行业自是与外界隔绝，不知其血脉来处，所以常有孤独之感，处处对人防备警戒。而为他寻得一份文化之根，虽不足以抚平其内心的创伤，却足以慰其飘零之感。在《听漏》中，作者有意使历史文本承担叙事功能，达到叙事效果，客观上拓展了现实书写的深度。

其次，作者以物为媒勾连古今，一方面以"古物"观今朝，在物的变迁中写尽人事浮沉、世道变迁，道尽关于历史与当下的思考；另一方面通过对"物"的书写，尝试接续博物叙事传统，使小说在修辞与风格上有所创新。

《听漏》作为"青铜重器三部曲"中的第二部，包含着以青铜器为中心，探讨现代社会的意图。作者通过写物去呈现时代风貌的变化与社会风气的变迁，展现人类命运的荒诞、无常。以九鼎七簋这一小说中最重要的物象而言，围绕其发生的故事、传说无不折射出时代的变化，亦呈现出作者对于时代的观察和思考。1966年九鼎七簋在秋家垄出土，在出现之初它并没有得到重视，被放于库房之中，十年之后才重见天日，得到展览。而随着九鼎八簋的出土，九鼎七簋再次被弃之不顾，甚至被视为不祥之物，"提议开展九鼎七簋课题研究，最后都不了了之"。直至马跃之重回青铜器研究领域，成立了九鼎七簋课题组，关于其身上的谜题才最终得以揭开。九鼎七簋命运的沉浮实际上体现了现代学术制度的建立过程，更昭示了时代风气与精神的变化。九鼎七簋早期被忽视，乃至被污名化，无疑反映出了时代的局限性，在现代学术体制尚不健全之时，经济与文化仍处于无序发展的过程中，象征着秩序与礼仪的文化瑰宝也因之蒙尘，其价值无法得到正视。而到了中期，九鼎七簋虽反复被提及，但是谜团终难被破解。这中间既有命运作祟，怀揣线索的秋风早早去世，重要物证难见天日，也有人事的纷扰，马跃之为情所困不碰青铜器，郑雄等人虽愿热却无真才实学。直至最后，天时地利人和之时答案才最终浮出水面，九鼎七簋之谜的破解既是源于政通人和、国泰民安、学风清正，亦是因为人心清明、笙磬同音、前嫌冰释。在这一过程中，九鼎七簋的意义也发生了扩展和变化，在西周时期它本是曾侯窃国的证据,既代表无上的权力,又暗喻礼教的不可偏废。在现代文化语境中它有了更为丰富的含义,其作为学术上的难题,象征着现代知识分子探索真理、崇尚知识的风骨,正如马跃之所说:"九鼎七簋课题,要探究的不是第八只簋,是天下文人的魂灵";又与马跃之、小玉老师的情感纠葛难脱关系,亦可以看作人伦亲情美满的征兆。而那个镶嵌有绿松石的青铜壶则与失序的爱情、亲情关系联系了起来,秋风作为"六大人"的私生子,从父亲手上获得了这件宝物,没想到物品却阴差阳错到了仇人之子陆少林手中,不仅保其平安,更为解决九鼎七簋难题留下了线索。可以说,刘醒龙借助"古物"对"今世""今人"进行了更深刻的剖析,而"今人"亦可以凭借"古物"随意的穿梭于历史与现实之间。《听漏》中的主要事件发生于 20 世纪 60 年代到 21 世纪这个时间段,所述不过六十余年间的悲欢离合,但是青铜重器却跨越千年,其进入文本,带来了叙事时间与空间的进一步扩张,赋予了作品以厚重的历史感。

除此之外,《听漏》中关于物的书写更带来了修辞与美学上的创新。一直以来现代小说就遵守着因果不爽,首尾俱全的情节规范[④],不接受游离于叙事情节之外的闲笔,而中国古典小说本出于稗官野史,是贩夫走卒道听途说的街谈巷语,因此内容离奇和结构松散便成了中国传统小说的基本形态[⑤]。刘醒龙在《听漏》中虽然保持了整体结构和叙事上的完整,却时常借物叙事来打破现代小说情节与逻辑上的窠臼,有意向传统小说的样态靠拢,呈现出一种松散、自由的笔记体样式。以马跃之受纪委之托,鉴别陆长林藏品真伪这一情节为例。马跃之在青铜器研究上经验丰富,一眼就可断定屋中藏品价值,进而判定陆长林是否有罪,如此便可迅速推进叙事情节。但是作者却在此反复盘桓,细细描写屋内青铜藏品的细节,并由此发散开去。尽管作者已经言明面对藏品鼎耳,"只要是楚学院的人,都会像马跃之那样,一眼看过了,绝对不会再看第二眼",实际上却仔细地描绘这只鼎耳的细节,指出其"笔直的,如此造型百分之百不是从楚鼎上掉落下来的",又看到"鼎耳上面的白色附着物",认为"曾经有过一次苟且的交易,让埋藏在北方碱性土壤中青铜碎片,来到不知何故被抛弃的南方酸性土壤中,其携带的碱性尘埃与酸性泥土发生中和后,形成肉眼可见的粉末"。更是由此联想到真正的楚鼎鼎耳的风采"那种最不起眼的弧度,在鼎身中部做成一段束腰,再配上一对稍稍有些弧形宛若向外飘飞的鼎耳,构建出楚鼎独特气韵的弧线"。这段关于鼎耳的描写在叙事上的意义是非常有限的,作者所要呈现的分明是青铜器本身的魅力,若是以现代小说的标准来衡量,这甚至可以视作一段"败笔",但若是从中国古代文学传统出发,这便可视作博物叙事,具有独特的美学和文化价值。博物叙事是指以奇为上、以广为求、以通为的,据此而展开有关奇异物象与物事的知识性与艺术性叙写,在古代小说史上一直贯穿始终,古代小说普遍皆有博物叙事的属性[⑥]。但是随着现代小说创作理论的引入与流行,逻辑、因果成为小说创作的重要准则,博物叙事从中国现当代小说之中逐渐消弭。近些年来,有越来越多中国作家体会到了情节、逻辑对于小说创作的桎梏,博物叙事更多地出现在了当代作品之中。而在《听漏》中,刘醒龙也在有意识地接续这一文学传统,一方面把物象叙事与情节构建相结合,使物承担一定的叙事功能,展现作者的创作意图;另一方面却又使物象叙事独立于主要情节之外,以物之奇凸显文之奇,获取在文体上更大的空间。

总体而言,《听漏》虽聚焦于当代,却未局限于当下,它以历史文本和古典之物为媒介,联通古今,不仅为现代情境赋予了历史根脉,更在叙事文体与美学上有所创新,从而对当下现实有了更为深刻的反映。作者以多维的场域再现复杂的社会现实,联通古今从历史维度探究当代世情,皆是拓宽了现实书写的广度与深度。但是一部成功的小说作品不得不考虑到其趣味性,如何吸引读者把这个故事读下去,亦是小说家应该关注的问题。

三、故布疑阵与巧设幻语:
现实主义作品中传奇性的构建

而把传奇性融入现实书写,增添作品的趣味性与可读性则是刘醒龙所采用的叙事策略,尽管《听漏》中涉及许多宏大的议题,如学术机构的官僚化、廉政反腐、传统人文精神的传承,其中更有大量的史料,与其他相关知识,但是并不会过于沉闷。一个极为重要的原因,便是作者在描摹现实的过程中着意凸显了其传奇性。何为传奇性?鲁迅曾指出传奇文体的特殊性时曾指出:"神仙人鬼怪物,都可随便驱使;文笔是精细的、曲折的,以至于被崇尚简古者所诟病;所叙之事,也大抵具有首尾和波澜,不止一点断片的谈柄;而且作者往往故意显示着这事迹的虚构,以见他想象的才能了。"⑦显然情节跌宕起伏,幻想性突出是传奇叙事的主要特质。有学者则认为:"传奇性,就是指故事情节与人间现实有直接的联系,大致具有生活本身的形式,故事发展合乎生活的内在逻辑。同时,又通过偶然、巧合、夸张、超人间的情节来引起故事的发展。在富有传奇性的传说中,真实情景和奇情异事达到了辩证的、有机的统一,它既给人以真实可信的感觉,又使人感到惊心动魄,不同凡响。"⑧如何在一部反映现实、针砭时弊的现实主义作品中突出其传奇性?这亦是一个难题。而刘醒龙一方面通过设置悬念,布下疑云的方式,突出作品的悬疑性,让故事情节愈发跌宕起伏;另一方面则是把民间传说、都市传奇融入叙事,呈现出现实生活奇幻与诡异的一面。

传奇具有"无奇不传,无传不奇"的以情节为中心的结构模式⑨,故事性与戏剧性是构成传奇性的重要因素,然而在现实主义小说中,若情节过于离奇、巧合太多,则又会在一定程度上削弱作品的现实主义特质。而在《听漏》中,作者设下了种种谜题,谜题的破解既是叙事的动力,又能够带来悬念,引起读者的阅读兴趣。

《听漏》中的谜题呈嵌套之势,九鼎七簋便是全书最大的未解之谜,其他的谜团亦随之展开。在小说开篇,一封神秘的信件揭开了揭秘的序幕。这封信以甲骨文写成,报告了楚学院附近地铁站漏水这一紧急的消息。送信缘由、信件形式、送信人都显得极为神秘,而门卫许师傅带来的似是而非的信息更是让人坠入迷雾。随之而来的是更多的谜题,马跃之白露时节独自逛博物馆的怪异举动、曾本之的离休、深夜两点居民楼的神秘访客、消失的秋水之墓、小玉老师失踪的双胞胎……还有最为重要的九鼎七簋中的第八只簋的去向。层层嵌套的谜题以及大量互相矛盾的线索,都使真相不断被延宕,悬念得以保持。以小玉老师的爱情之谜为例,小玉老师到底是与考古队中的哪个年轻人相恋,双胞胎的父亲到底是谁?小玉老师口中的"知知者之之,不知者之之"把曾本之、马跃之二人都卷入了这场恋情疑云。而两人的态度亦让人难以捉摸,曾本之为小玉老师操持后事,在公开场合缅怀她,从不遮掩对其爱慕;马跃之则从未提及过小玉老师,但是突然中断青铜器研究,以及白露时节的凭吊似乎又暗示着另有隐情。众人的猜测、想象更是让这段恋情变得扑朔迷离。秋老太太信誓旦旦的赌咒,梅玉帛对马跃之的态度,陆少林手上的文身,以及杨柳与曾小安的猜想都让事情变得愈发的复杂。及至最后谜题揭晓,再回顾种种与之相关的细节,便得以看到更多的线索,以及其中包含了截然不同的叙事走向,在知道谜底之后进行重读亦颇具趣味。而九鼎七簋之谜的揭开则更具戏剧性,由于九鼎八簋才符合礼仪规制,所以人人都先入为主,或认为缺失的一簋被盗墓者所偷窃,或猜测因研究者的疏失此簋还深埋于地下,但是未曾想到此簋本就不存在。曾侯不愿在青铜器上镌刻对自己家族的诅咒,而是选择以一只陶簋陪葬,而人们的惯性思维导致了陶簋被忽视,最终被秋风带入了坟墓,若干年之后才得以揭晓。从九鼎七簋谜题的提出与揭晓,其中既有着对命运无常的感慨,亦带有一定的荒诞性。

内容离奇诡谲的野史传说、民间传闻、都市奇谭则使作品的传奇性愈发突出。这些文本看似缺乏现实根据与科学依据,与现实经验不符,实际上却是在现实土壤上衍生而出;看似荒诞、诡异,实际上是对现实景观进行了夸张化的呈现,在给读者留下深刻印象的同时,直击现实问题的本质。

如围绕青铜器相关的一系列传说,在这些传说中,青铜器并不是"死物",而是具有灵性,若是不尊重青铜重器,以不洁的肉体玷污了青铜器,将会给人带来灾祸。楚学院中一位年长的同事因上厕所后没有洗手便触摸了青铜重器,则遭遇了手指骨折的灾祸。马跃之则是在触摸女生的胸脯之后,又去搬动九鼎七簋,"被一杯茶水烫破皮"。青铜器甚至还有感应人生死的能力,周老先生作为青铜器研究界的泰斗,他在很早的时候就认识到了九鼎七簋在历史上的重要地位,不过是面对相熟小辈们的一句戏言,"害怕自己死得太突然,来不及告诉他们"却最终成真。在九鼎七簋的问题尚未解决的时候,他竟在买鸡蛋的途中惨遭车祸,未能寿终正寝。青铜器还有感应世事、鉴别忠奸的魔力,具有君子之风的曾本之在七十大寿时，竟有五鼎四簋现世，而当郑雄和姜部接近青铜器时，刚刚还好生生的陶范似乎晃了一下，然后，在众人的眼皮底下，无缘无故地变成了一堆粉末。这些奇谈怪闻看似荒诞无稽，实际上反映出了青铜器作为大国重器在中国文明史上的重要地位，以及其在中华儿女中的特殊性。当然，作者更是借这些奇闻传说对学界的诸种怪相进行了批判，讽刺了心思不正、品性不端之人。而民间传说、乡野奇谈亦为小说作品带来了浪漫凄美的美学情调，使枯燥无味的现实也具有了浪漫主义色彩。以竹筒墓的传说为例，这是两周时期一种独特而残酷的丧葬方式，这种墓穴是一种竖式墓穴，恶人在下葬的时候，需要将"遗体倒过来，剥光全身衣物，头朝下，脚朝上，直直地塞进竹筒墓中，再掩上黄土"，这样的丧葬方式本就不寻常。与其相关的传说更显诡谲怪异，传说葬入此墓的人需要三千年后才能重新投胎，"重新做一场儿女情长事"。灵魂转世、投胎为人本就极其诡异神秘，本就是先民对生死的猜疑与想象，而竹筒墓这一怪异的丧葬形式，则加剧了其神秘之感。这古老的传说本可以作为一则惩恶扬善的寓言来听，没想到却与一段现代爱情悲剧相关。情场失意的青年秋风竟为自己造了这样的一座墓，他并不是十恶不赦的罪人，却是一个不折不扣的情种。面对爱人的背叛，他不惜借诡谲的传说完成对自己和爱人的诅咒，只身进入竹筒墓中，只为不再与爱人相遇，不用品尝爱恨离愁。因此，小玉老师的赴死，并不能算是殉情，而应该看作极度愧疚之后的忏悔，在感受到秋风的决绝与滔天恨意之后，这个善良的女子是无法在世间独活的。马跃之、小玉老师、秋风三人的爱情纠葛本容易流于俗套，变成一个带有恶俗趣味的三角恋，但是竹筒墓的传说却赋予了这个故事以悲壮感和诡异性。总之，《听漏》中频频出现的野史传说并没有消解作品本身所具有的客观性与现实感，而是为现实书写增添了更多的趣味性。

总的来说，《听漏》这部作品呈现出了刘醒龙在现实书写上的变化，亦展现了他在创作上的野心。他不再满足于写出紧跟社会热点的"问题小说"，而是通过构建现实场域，以期还原一个复杂多变的现实世界；他亦不再局限于对现象的书写与整理，而是勾连古今，尝试为当下百态寻到一个历史的来处，为现代国人寻一处历史根脉；他亦不肯停止在写作上的创新，尝试把传奇性融入现实书写。刘醒龙新世纪以来一系列作品，如《圣天门口》《黄冈密卷》《蟠虺》等，都展现了他在反映与书写现实上的探索与创新，不变的也许就是他对小说艺术的热爱、对观照现实世界的热情。

[本文系湖北省教育厅哲学社会科学研究项目"新时代湖北新乡村小说叙事研究"（项目编号：23Q038），湖北省作家协会2024年湖北新时代文学研究支持计划一般项目"新时代湖北乡土小说叙事新变研究"，武汉轻工大学校立科研项目"新时代文学语境中湖北新乡土叙事研究"（项目编号：2023Y61）的阶段性成果。]

注释：

① 叶立文：《道德辩难、意图痕迹与"当代性"问题——重读〈分享艰难〉》，《小说评论》2022年第4期。
② 本文所引小说原文均出自刘醒龙：《听漏》，长江文艺出版社2024年版，下文不再另外标注。
③ 曾军等：《分享"现实"的艰难——刘醒龙访谈录》，《长江文艺》1998年第6期。
④ 张大春：《小说稗类》，广西师范大学出版社2010年版，第56页。
⑤ 叶立文：《博物叙写与话体革新》，《大家》2022年第1期。
⑥ 谭帆等：《中国古代小说文体史（上）》，上海古籍出版社2022年版，第86页。
⑦ 鲁迅：《且介亭杂文二集·六朝小说和唐代传奇文有怎样的区别》，《鲁迅全集》第6卷，九州出版社2019年版，第189页。
⑧ 屈育德：《传奇性与民间传说》，《北京大学学报（社会哲学版）》1982年第1期。
⑨ 张文东：《传奇叙事与中国当代小说》，东北师范大学2013年博士毕业论文。

[作者单位：武汉轻工大学人文与传媒学院]

《听漏》叙事策略的"轻"与"重"

□ 罗子祎　吴李杰

古希腊神话中的美杜莎是一个头上盘踞着毒蛇的女妖,谁要是与她目光相接,就会变成石头。英雄柏修斯在冒险途中,为了避免变成石头的命运,借来了女神的盾牌。他通过盾牌反射的画面确定了美杜莎的藏身之处,一举斩下其头颅。卡尔维诺以此借喻文学创作中的一种叙事策略:对于犹如石头一般沉重的现实与题材的处理,可以避开正面直书、以重写重,以"轻逸"抵达"厚重"。刘醒龙在长篇小说《听漏》中,运用以"轻逸"抵达"厚重"的叙事策略,在主题意蕴、叙事语言、人物形象等方面呈现出独特的审美特征。

一、主题意蕴的轻与重:借历史喻现实

小说《听漏》以20世纪60年代湖北秋家垄出土的青铜重器九鼎七簋为线索,描绘了考古学家马跃之等一众人物的命运纠葛,最终第八只簋的谜团水落石出,历史真相大白于天下。小说将历史事件与现实社会紧密结合,借历史隐喻现实,不仅深度挖掘了历史文物的厚重底蕴与文化内涵,还描写了众多人物互相缠绕的命运,以及他们在当代社会中对传统文化、名利、权力的不同态度,折射了现实社会中的种种问题以及作者的深沉思考。刘醒龙正是采用这一轻巧形式承载厚重内容的叙事策略,在文中随意勾画一条条迂回曲折的山间溪流,在某个地势陡转的瞬间,万流汇聚浩浩汤汤,此时,人们才得以目睹这精心设计的路线和浩瀚的终点。

《听漏》以青铜重器作为主角,以破解九鼎七簋的谜题为主线,实际上是要"发现现实和历史的破绽"。"九鼎七簋课题,要探究的不是第八只簋,是天下文人的魂灵。"①小说中的青铜重器犹如柏修斯手中可以反射画面的盾牌:作者借器物及其承载的历史,书写盾牌映照的丰富复杂的现实世界,并由此建构历史与现实的互文关系。光影朦胧里,被映照的世界渐渐显出它巍峨的真容。作者借助特定的器物与行为,在历史的陈迹和巧妙的寓言中披露幽微的人性,小说主题由"轻逸"抵达"厚重"的呈现策略尽数体现。

鼎、簋和方壶等青铜重器是小说叙事使用的主要器物,它们不仅有着厚重的历史承载,还成为现实复杂人心的外化和文化传承的象征。"天底下的博物馆,从国家级到县市级,其要表达的意义只有一个:不变的青铜器,不变的芸芸众生。"②《听漏》中的这句话表明作者把器物当作观照、评判芸芸众生的手段和法度。器物见证了众生善恶,陈列在大楚青铜馆的九鼎八簋和九鼎七簋,照见了楚学院等人的名利之欲和情爱之欲。"在历史面前,青铜列鼎配列簋,最能体现王者之气。"③历史上成规制的青铜鼎簋以其庄严的面貌象征着正统的天道王权,不成规制的青铜鼎簋则表现了僭越正统王权的野心。现实中楚学院众人将青铜馆里完整的九鼎八簋视为正统、嫡出、吉祥的器物,认为与九鼎八簋合影吉利,和九鼎七簋合影便是不祥。郑雄陪姜部等人参观时还引出青铜器的嫡庶问题。郑雄在青铜器考古研究上的能力远比不上马跃之,却凭钻营手段成为青铜学会会长,这是他的名利之欲。在马跃之身上,九鼎七簋的谜题掩映着他被压抑的情爱之欲。从小说开篇马跃之闭口不提"青铜"二字的神秘原则和每逢白露节气便前往青铜馆的习惯,到后文中被一分为二的刻有篆体"马"字的青铜残片,他和小玉老师的爱情故事以及下落不明的儿女身份逐渐呈示在读者面前。

在隐喻人性之外,青铜重器作为文化传承的象征身份也回答了作者苦苦探寻的问题:当代中国知识分

子如何构建文化理想人格。马跃之被梅玉帛请去为青铜方壶除锈,而后,方壶开启,犹如潘多拉的魔盒被打开,多年前发生错位的隐秘爱情、坎坷身世逐一大白于天下。有违伦理的错误给众人带来心灵的刑罚和痛苦。与此同时,这些错误也在一一归位。梅玉帛、陆少林和曾听长找到了自己的出生之地和亲生父母,在自我身世的找寻中获得亲人的回归与灵魂的安定。马跃之坦坦荡荡认下一双儿女,放弃评选资深专家的资格,毫不迟疑地将亲情放在名利之先。当代中国知识分子要在物欲横流的复杂社会重构理想人格,就要去历史中叩问身世,在传统文化中找到知识分子的根脉,在功利主义时代以正直情操重塑人文精神和社会道德。

《听漏》中的某些特定动作同样具备隐喻现实的功能,作者集中笔墨书写的是"僭越"和"听漏"。"僭越"一词在小说里多次出现,历史上的僭越行为主要指曾国篡随。曾侯以不正当手段取代随国,周天子禁止曾侯使用代表正统身份的九鼎八簋随葬,而是制作了九鼎七簋,第八只簋仅仅是陶范,并且有"天子不灭天灭"的谶言,用以审判这类僭越行为的罪恶。小说结尾郑雄和"姜部"踏进楚学院之际,代表九鼎七簋缺失的第一号簋的陶范瞬间化为粉末。郑雄等人在楚学院争权夺利、汲汲营营的行为正是罪恶的"僭越",陶范化灰这一情节是作者刘醒龙对当代功利主义的批判,对社会公序良俗、正直品行的呼唤。"僭越"除了贬义之外,还另有他意。刘醒龙在《听漏》中写道:"所谓历史,至少有三分之一与僭越有关","没有僭越的历史是平庸的,发生僭越的历史是罪恶的","僭越是让历史人物活出精彩的捷径,也是让历史中人活出狼心狗肺的歧途"④。这些话语,让"僭越"更像是推动事情发生变化的人类主观能动性。整个历史就在人的主观能动性推动下,往前一步,不断发展。但是人在主动破坏固有伦理常规之时,如果没有高尚的情操与正直的品行去驾驭行为,那么,这种行为也会产生不良后果。战国诸侯对周天子的僭越造成了争霸战争、社会动荡,同时也推动了新的郡县制的诞生,历史往前迈出一步。与之对应,盗墓贼抢先发现秋家垄墓葬并盗走文物,一方面,促使楚学院开始进行对此地的考古研究;另一方面,盗墓贼毫不在意出土文物的文化价值,导致历史现场被损毁,文化传承被破坏。马跃之和小玉、万乙和王蔗等人凭情感去僭越伦理的行为,一方面闪耀着人类不可抗拒的、秩序外相爱的情欲之火,另一方面也躲避不了违背秩序的痛苦。饱含僭越行为的现实世界如此真实而复杂,所以,小说没有简单判定僭越行为的对错,而是借此思考如何协调统一公理秩序与人心,以追求集体向大同的前进和个人向自由的飞跃。

作者以"听漏"为小说命名,并且设置听漏工曾听长这一角色来作为串联其他人物命运的纽扣和解开九鼎七簋谜题的钥匙。从听漏工曾听长和楚学院人的交集中,可以发现"听漏"与现实考古事业之间存在着的互文关系。刘醒龙解释了这个特殊职业工作人员形象的来源:"听车载电台说的,在上海市自来水公司有十几位听漏工,每到夜深人静之际,就会……聆听地底下自来水管可能出现的漏水声。"⑤听漏工是一个极其罕见的职业,自深夜到凌晨,他们沉默地穿梭在寂静的城市之中,使用一根简单的铁棒,站立许久,聆听地底下水管的损漏之处。虽然曾听长要遵守每天不能说出超过十句话以及只听水务问题的行业原则,但是在发现楚学院附近施工的地铁站有漏水现象的时候,以及得知马跃之即将面临危险之时,他还是选择向相关人员发出了警示,及时挽回了危机局面。此外,曾听长还通过"听漏"的本领找到藏有青铜残片的地下粮洞,不仅探明了自己的身世,使得马跃之和梅玉帛、陆少林相认,也将马跃之、小玉老师、秋风、秋队长、秋老太太等人纠缠在一起的过去铺展在众人眼前,使真相得以大白于天下。一如曾听长的听漏工作,考古人员也是在社会大众目光之外进行发掘、构建历史的事业。听漏工是聆听地下的声音,发现并修补水管之漏,考古也是考察地下的世界、听见历史的回声,发现历史的疏漏并以此为教训来修补当下人心、人格的不足。楚学院揭开九鼎七簋谜题的过程,既是考古事业的进展,更是从历史上的僭越行为中,得到处理今人在道德和情感上越轨行为的启示。"从南到北,大大小小的博物馆现存青铜器物一百四十多万件。假如发现一件器物算说一句话,从两周时期到现在,差不多每天只说十句话。所以说嘛,考古这行也就是历史的听漏工。"⑥作者直白地点明考古和"听漏"的关系,通过"听漏"具体可观的行为,将考古事业为文化社会作出的贡献以一种具象的方式呈现出来。

《听漏》借历史喻现实，小说主题的呈现方式并非沉重的、直接的灌输，而是以一种巧妙、隐晦的方式逐步展现。小说没有一味强调文化如何传承、器物的古今意义、君子的高尚品行等宏大艰涩的主题，而是将主题融合进丰满曲折的悬疑故事里，给读者留下更多的思考与回味的空间。

二、叙事语言的轻与重：以诙谐融沉重

刘醒龙将《听漏》打造为一部弥漫青铜重器气质的长篇巨著，在书中叩问历史真相，凸显知识分子人格。但是他没有为了配合深刻复杂的主旨，特意使用风格沉重的语言，恰恰相反，《听漏》中随处可见幽默诙谐的语言。正如米兰昆德拉提出的："将问题最严重的一面跟形式最轻薄的一面结合，这向来是我的雄心。"⑦昆德拉主张用幽默的方式来观照人生，在小说中以幽默的语言承载沉重的主旨，将严肃的人生命题辅之以幽默的格调，在这种矛盾的张力中，实现超越于现世的目标。刘醒龙在小说创作中，也巧妙地使用幽默的技巧，采用诙谐的语言将当代社会如何重构知识分子人格等严肃问题展现出来，以读者容易接受的方式潜移默化地感染人心，最终引起读者和作者的共鸣。这些诙谐的叙事语言，主要有以下四种效果。

第一，调和气氛节奏。幽默缓和了小说中的严肃氛围，调节了紧张的节奏。《听漏》围绕主人公马跃之探寻九鼎七簋为何缺失一簋的历史谜题进行叙事，具有一定的悬疑色彩，情节充满矛盾冲突和巧合，环环相扣，紧张刺激。但是，在拨开迷雾的过程中，作者总能在人物与事件环环相扣的紧张探秘关头通过幽默来冲淡严肃，从而把控叙事节奏。小说将近尾声之时，听漏工曾听长临时变卦，不愿带领众人前往藏有解开九鼎七簋谜题钥匙的目的地。在这紧要关头听漏工被旁人刺激给已逝的秋老太太打电话，却意外地收到了一条令人啼笑皆非的短信回复："我是秋老太太，正在前往天堂的路上，沿途信号不太好。如果你想寻找《湫坝镇文史资料》（第一辑），等到了目的地，我再回复你！"⑧人物之间隐隐将起冲突的气氛陡然一松，令读者会心一笑，体现了张弛有度的小说艺术手法。

第二，推动叙事进程。作者极擅长描写一些看似是闲笔的幽默事件，通过这些不起眼的事物暗示主线叙事的重要发展。患有阿尔茨海默病的秋老太太误以为在医院互换身份的柳琴与杨华华别有阴谋，引发了一系列惹人发笑的误会，最终将楚学院众人解谜的目光引向秋家垄往事和重要线索《湫坝镇文史资料》（第一辑）。大家相聚时，陆少林妻子开玩笑说梅玉帛和陆少林长相相似，作者寥寥几笔带过的玩笑，为后文梅玉帛和陆少林失散多年的亲人相认做了伏线千里的铺垫。这些似乎无意的幽默，都将叙事进程隐秘而巧妙地推进一步。

第三，塑造灵动人物。《听漏》以楚学院德高望重的学者马跃之为中心，以寻找九鼎七簋的第八只簋谜题为线索，描写了马跃之身边一干形形色色的人物：活泼机灵的王蔗、严肃聪慧的梅玉帛、善良贤惠的柳琴、严肃古板的曾听长、至情至性的曾本之、追名逐利的郑雄、重情重义的小玉老师、倔强固执的秋老太太……在描绘这些人物时，幽默总是其不可缺少的一环。如楚学院的专家，每位德高望重的专家都有一句幽默的名言流传于楚学院。周老先生、曾本之、马跃之都各有一句名言，比如周老先生的"就像湖鸥与湖藕的关系"⑨。这些名言不仅成为楚学院专家个人影响力的间接标志，还形成了楚学院独具特色的流行语系。这些幽默的语言体现了楚学院的知识分子们不合流俗、操行清高的高贵品质，塑造了鲜活真实的人物。

第四，讽刺不伦"僭越"。昆德拉的幽默观还主张在小说实践中采用错位手法，也就是通过幽默的方式将社会现实中荒诞可笑的现象表现出来，以此达到讽刺的效果。郑雄可谓是作者着意塑造的一个反衬理想知识分子形象的反面人物，他汲汲营营、追名逐利，将道德良心统统让位于权力和地位。对"庶出"二字反应激烈的"姜部"也是与郑雄类似之人。小说结尾在郑雄和姜部踏进楚学院之时，那只刻有"天子不灭天灭"的陶范突然化为齑粉。作者一字不写对此二人的评价，只是描写陶范化灰的事实，在荒诞中印证了历史公道对道德沦落的"僭越"之人的审判，从而讽刺批判了功利主义时代人文精神和社会道德的堕落。

这些叙事语言使小说的氛围节奏相对轻快灵活，而不是处于紧张严肃的状态，使得读者在阅读过程中有一定的舒缓空间。同时，用活泼的语言叙述历史文物和官场争斗等沉重内容，增加了小说通俗性和趣味

性,使得读者能够相对轻松地理解和接受小说内容。

三、人物形象的轻与重:寓良善于矛盾

作为作家刘醒龙青铜重器系列第二部,《听漏》塑造了当代知识分子、基层官员、地方性文化官员、民间文物收藏者、盗墓贼、听漏工等一系列当代人物形象。刘醒龙并不满足于在美好与丑恶之间选择单一的人物形象,而是使用了圆形人物的创作方法,塑造了性格丰满、复杂的人物群像。在访谈录里,他写道:"记录这个世界的种种罪恶不是文学的使命,文学的使命是罪恶发生时,人所展现的良心、良知、大善和大爱。"⑩他在小说中描绘了大批复杂矛盾的人物形象,在复杂矛盾的情感生活和官场斗争中呈现人格崇高善良的一面,体现了对人性的洞察与反思。

《听漏》的主角是马跃之。马跃之是楚学院第二号人物,是一位德高望重的考古学者。但他不是一个扁平单一的人物,作者在他的学术研究、身份、性格和过往上都设置了种种复杂矛盾,在崇高与卑琐的较量中显出人格向上的姿态,也即作者有意借多层次的、厚重的马跃之形象,进行当代中国知识分子文化理想人格的塑造。

马跃之的人物矛盾主要体现在青铜学术、职场争斗、道德伦理和人情世故上。

在青铜学术上,作者浓墨重彩地书写了马跃之的一大矛盾特点:绝口不提"青铜"二字。作为楚学界和青铜重器学界的资深人士,马跃之在自己的口头语言和书面文字中从不使用"青铜"二字,而是将青铜说成两周重器。在马跃之的内心里,不碰青铜重器已经成为一种生命法则,但他又是深深热爱青铜重器研究的。为什么马跃之从不说"青铜"二字?作者将这个谜题抛给读者,吸引读者阅读,提高了读者的阅读兴趣,扩大了读者的期待视野,同时也展现了马跃之对小玉老师及私生子的深深愧疚与追忆之情,进一步塑造了马跃之的复杂形象。

在职场争斗中,马跃之的人物形象充满了矛盾。小说开篇就书写了马跃之的矛盾处境。在开完会同事对曾本之退休一事纷纷议论时,"香水浓缩一万倍后就会变得臭不可闻,臭气淡化一万倍后也有可能清香扑鼻"⑪这句话在马跃之嗓子眼附近折腾半天,仍然没有被马跃之说出来,等到了自己的办公室,他才用甲骨文潇洒写下。这一情节展现了马跃之在职场的矛盾心境:马跃之想在同事之间为曾本之退休一事发言,维护曾本之这一好友与上级的清誉,却最终没有开口,而是回到办公室,在自己的内心世界维护了曾本之的形象。小说颇多地方表现了马跃之在职场争斗中的矛盾心态:马跃之想在楚学院职场中保持高洁的品格和高远的理想,却又不得不与之相违背。郑雄是正厅级青铜重器学会会长,作风浮夸,追名逐利,缺乏专业学术知识,楚学院的人大都厌恶他。马跃之也厌恶郑雄的作风,但是面对讽刺挖苦郑雄的剪报,马跃之将剪报撕下,扔进马桶,维护了郑雄的面子。

在道德伦理上,马跃之也充满矛盾。他一边多年来刻意回避小玉老师的相关事情,一边为与小玉老师的旧情触动心怀,有着与亲人相认的冲动。作品中,马跃之十分在意白露节气,即马跃之旧情人小玉老师自杀而亡之时,这一直是马跃之的心结。原文中马跃之感叹道:"多么恼人的白露节气啊!"⑫在马跃之重新遇见陌生的同名小玉老师时,马跃之心里一动,想加上这年轻女老师的微信。但是他多年来对小玉老师的遭遇不管不问,也没有试图去查清自己亲生孩子的下落。一方面,他有着追求爱情和亲情的人之欲望;另一方面,他又是不负责任的男友和父亲。

在人情世故上,马跃之极力想做一名善良的君子:坐六十四路公交车时,他教导幼年的王蔗写作业;他安慰同车的怀孕女子,吩咐相关人员照顾她的受伤男友……但是面对陆少林藏在老冰棒中的赃物玉佛,他内心犹豫不决,苦思冥想,认为匿名举报是蛇鼠行径,又担心自己实行正义之举后别人的污言秽语,最终只能以多次提及老冰棒的方式暗示梅玉帛,最终与暗藏私心的纪委梅玉帛一起瞒下陆少林的受贿事实。面对万乙和王蔗的婚外情,他时而选择分开他俩,时而选择促成他俩,目睹了他们的婚外情后,还各自参与、祝福了他们的婚礼,这也是他性格矛盾的真实表现。

马跃之人物形象的矛盾原因是复杂的,他既有孤高的人格,有着解开九鼎七簋的第八只簋之谜的文人理想,又妥协于现实,将小玉老师当作内心的隐痛,三十多年来刻意回避。他的冲突是灵与肉的冲突,体现了当代的知识分子对于世俗人情的遵循与超越。马跃

之的复杂人格塑造,折射了作者刘醒龙对于知识分子阶层的深刻理解和对人性的洞悉,具有相当程度上的现实意义。

在马跃之外,作者也浓墨重彩地描绘了楚学院的内部矛盾。《听漏》开篇,作者以相当长的篇幅描绘了楚学院内的人事变动和称呼的关系,点出了郑雄和马跃之学术地位与行政地位的矛盾冲突。楚学院内部有许多争名夺利的人:鲁丰通过关系调换单位至楚学院,有机会就凑到马跃之身边,想谋得子虚乌有的综合研究所所长之职;郑雄在马跃之参加资深专家评选时,向纪委举报马跃之的多个作风问题,以夺得资深专家评选名号;吴秋水在评选资深专家时,与马跃之进行赤裸裸的利益交换,这一次吴秋水投马跃之,下一次马跃之支持吴秋水。以及,面对盗墓贼领先一步发掘了秋家垄两周贵族墓地,楚学院感到名誉扫地,而不是站在专家视角关注损毁的历史现场与遗失的文物珍宝。

另外,楚学院又不乏待在考古现场一线、坚持工作的专家,也不乏伏案研读、修复历史文物的学者。乃至于野心勃勃的郑雄,也心系文物,观察能力超群。郑雄在接待"姜部"一行人时,隔着防护玻璃,看见九鼎七簋第七号簋掉落的一丁点铜锈,立刻命令博物馆讲解员请马跃之出手检查。楚学院的工作人员,对历史文物尤其是青铜重器,都有着敬畏之心,绝不会单手拿文物,必然是双手接送。这些描写刻画出一个真实复杂的学术结构。

《听漏》成功塑造了一系列立体丰满的人物形象。面对名利、地位等诱惑时,面对文物的谜团、艰苦的任务时,不同的人物表现出不同的人性特点。诸如马跃之、曾本之,在激流中坚持自我,坚守道德底线,超越了自身的矛盾而成为崇高的君子;而如郑雄、鲁丰,则深陷欲望的漩涡中无法自拔、蝇营狗苟,最终成为小人,以衬托崇高。通过这些对比,充分展现了复杂的人性善恶,这种对人性的深度挖掘使得小说具有相当深厚的思想深度和精神内涵。

四、"轻"与"重"的溯源

除了在呈现形式、叙事语言、人物形象上,《听漏》以"轻"写"重",在其他维度上,《听漏》也设置了层出不穷的"轻"与"重"。明线与暗线,实写与虚写,曾本之与马跃之,历史与考古,过去与未来,真情与辜负……这些"轻"与"重"形成了一个张力满满的矛盾场,最终《听漏》超过了轻重的矛盾与对立,以马跃之深情与孩子们相识、以探寻出九鼎七簋的历史谜题为结局,以大爱与智慧书写了历史谜团的真相,抵达了现实生活的结局。

《听漏》之所以以"轻"写"重",追根溯源,有以下几个方面的影响。

第一,作者刘醒龙个人经历与创作理念的影响。刘醒龙在文学创作道路上不断尝试创新,从早期作品到《听漏》,一直在突破自我,敢于挑战。这种对于新领域的探索欲望,使他在创作中不断寻找新的表达方式与叙事方法。这种创作理念反映在《听漏》中,就形成了其独特的叙事艺术。《听漏》延续《蟠虺》探寻厚重大气的内在精神品格的追求,又产生了崭新的表达方式与思想内容。如小说中对于水务局听漏工这一工作职业的引入,是一种颇有新意的创新尝试,让读者以一种新颖的角度去理解厚重历史与传统文化。其次,刘醒龙的作品长期关注现实题材,书写现实生活,在《听漏》中,考古和文物是故事的纽扣与线索,更重要的是作者对当代社会人性与道德秩序的深刻思考。这种对现实的关注,也是由"轻"写"重"的现实意义所在。

第二,文化背景与地域特色的熏陶。刘醒龙长期生活在湖北,深受楚文化的熏陶。《听漏》通过作者在湖北的生活经验和阅历,创造了武汉、楚学院、田野考古现场秋家垄这三处地理文化空间。这样的地理文化空间场域,依托着真实的场景,可谓厚重的美学创造。黄鹂路、东湖路、中山路、楚学院办公楼、博物馆,还有马跃之数十年喜欢乘坐的64路双层公交车,都是湖北真实的地理场景。"东湖这里,水飘上了天,天飘落入水,常说的水天一色,也不过如此。"[13]作者不仅描写了地理场景,还生动地描绘了武汉城市市民日常生活的世俗人情:东湖广场上翩翩飞翔的白色湖鸥,维修的地铁站和水务局输水管道,地下通道里的流浪画家,人山人海的博物馆,还有荆楚地界的著名青铜器九鼎八簋、曾侯乙编钟等,还有公交车上诈骗外地乘客的武汉三镇"文骗",长江大桥上轻生被及时救下的女子……这些都构成了作者独特的地理文化空间,给小说增添了独特美感。湖北的地域文化、风土人情以及历史遗迹等元素，都成为小说创作的素材，使小说具有了浓郁的地方色彩。这种地域特色的呈现，既为小说带来了生动的场景描写和丰富的文化内涵，也使读者能够更深入地了解湖北地区的文化和历史，形成了小说"重"的文化底蕴。

第三，历史与现实碰撞的创新探索。《听漏》以青铜器九鼎七簋为线索，探讨了历史变迁中的人心与伦理。青铜器作为中国传统文化的重要载体，承载着厚重的历史和文化内涵。刘醒龙通过对青铜器的研究和描写，揭示了历史的奥秘和人类的命运，历史的沉淀为小说提供了丰富的素材和深刻的主题，这成为小说"重"特征来源之一。小说不仅关注历史，还对现实社会进行了观照和反思。在当代社会，文物保护、文化传承以及知识分子的责任等问题都是热门议题。《听漏》通过对考古学家的生活与命运的描写，反映了这些现实问题，引发了读者的共鸣。现实的观照使小说具有了时代感和现实意义，也为"轻"的文学特征提供了现实基础，使小说在叙事上更加贴近读者的生活。

第四，是文学审美和表达的需要。为了使小说更具吸引力和可读性，刘醒龙在叙事节奏上进行了精心的把握。他通过设置悬念、制造冲突等手法，使小说的情节跌宕起伏，吸引读者的注意力。同时，他也会在紧张的情节中穿插一些轻松的描写，如人物的日常对话、生活场景等，以缓解读者的紧张情绪，使叙事节奏张弛有度。这种叙事节奏的把握，既体现了小说"重"的情节张力，又有"轻"的叙事风格。尤其是句式方面，刘醒龙时常通过大段骈文，创造赏心悦目的阅读审美感受。看过小玉老师墓地后，马跃之在情动之下写下了赋文《冰心三百字》，其语言优美动人，韵律精彩纷呈，既倾吐了马跃之对小玉老师的深情，歌咏马跃之冰心般的君子品格，更使得小说情感畅达，读之令人感动不已。

结语

卡尔维诺在《美国讲稿》的开篇中就提出文学轻与重的问题，卡尔维诺认为，沉重的外部世界会具有惰性和不透明性，外部世界激荡着的复杂景象往往难以被直接书写出来，在厚重深沉的意蕴面前，一切的表达方式都显得苍白无力。为了阻止美杜莎将残酷的目光投向世界各个角落，并恢复那些已经石头化的人、事、物的生命力，卡尔维诺选择"有时尽力减轻人物的分量，有时尽力减轻天体的分量，有时尽力减轻城市的分量，首先是尽力减轻小说结构与语言的分量"[14]。《听漏》的世界也是如此被构筑，叙事者仿佛站在支点一端，用"轻逸"去撬动"厚重"，用历史隐喻现实，在诙谐中融入沉重，将丰富赋予人物。正因为减轻了目光所及事物的分量，并以轻盈的语调诉说小说主题意蕴、叙事语言和人物形象的重量，青铜重器九鼎七簋的千古之谜才得以解开，对人性和社会的一声叩问才得以在天地间产生磅礴声响，具有直指人心的文学力量。绵延不绝的中华历史文化，就如此在《听漏》中传承，生生不息。

注释：

① 刘醒龙：《听漏》，长江文艺出版社2024年版，第503页。
② 刘醒龙：《听漏》，长江文艺出版社2024年版，第26页。
③ 刘醒龙：《听漏》，长江文艺出版社2024年版，第25页。
④ 刘醒龙：《听漏》，长江文艺出版社2024年版，第183页。
⑤ 刘醒龙：《感受青铜的激情（创作谈）》，《人民日报·海外版》2024年7月4日。
⑥ 刘醒龙：《听漏》，长江文艺出版社2024年版，第161页。
⑦ 米兰·昆德拉著，董强译：《小说的艺术》，上海译文出版社2011年版，第119页。
⑧ 刘醒龙：《听漏》，长江文艺出版社2024年版，第453页。
⑨ 刘醒龙：《听漏》，长江文艺出版社2024年版，第50页。
⑩ 周新民、刘醒龙：《〈蟠虺〉：文学的气节与风骨——刘醒龙访谈录》，《南方文坛》2014年第6期。
⑪ 刘醒龙：《听漏》，长江文艺出版社2024年版，第1页。
⑫ 刘醒龙：《听漏》，长江文艺出版社2024年版，第57页。
⑬ 刘醒龙：《听漏》，长江文艺出版社2024年版，第49页。
⑭ 伊塔洛·卡尔维诺著，萧天佑译：《美国讲稿》，译林出版社2012年版，第2页。

[作者单位：罗子祎，中南财经政法大学新闻与文化传播学院；吴李杰，中南财经政法大学新闻与文化传播学院]

空间叙事理论视域下的《呼兰河传》

□ 李美熹

空间叙事理论为视点切入,是发现经典文学作品新价值的重要手段。《呼兰河传》发表之初,因其叙事结构松散,时间线索断裂被认为更像是散文。茅盾也曾评价《呼兰河传》为不那么像小说和"是风俗画也是凄婉的歌谣"[①],这与《呼兰河传》中空间叙事手段的广泛应用有重要关联。这些说法一定程度上是小说叙事中线性时间神话引起的思维定式,当文本中时间因素被打乱重置,吞噬压缩时,便被认为失去小说特征。许多以空间因素为主要逻辑链建构的小说,以《追忆似水年华》为例,正是在作者以回忆的方式重建历史现场,在建立多层次空间中真正找回逝去的时间。简而言之,《呼兰河传》中的空间叙事被深入发掘,其独特意义也被重新认识。

《呼兰河传》中的空间叙事的展开,在叙事结构、描写篇幅中重视空间因素的同时,也利用镜头转移、视角切换、反讽暗示等具体手段,因此从空间叙事理论切入分析《呼兰河传》论据丰富且角度众多。从全书章节布局上看,《呼兰河传》前两章概述呼兰小城的自然风光和风土人情,第四章开始叙事范围开始向"我家"聚焦,到最后几章小说的描绘重点从泛泛的人转移到具体的人。以此写作顺序概括可见《呼兰河传》中的"空间叙事"在三个层面展开:城镇空间的封闭与凝滞,家宅空间的虚空与慰藉,生存空间的狭小与压抑。这三个层面共同建构出独特的时空体——故乡呼兰河,便是萧红文学创作中的独特表达。

一、《呼兰河传》中的城镇空间

正如《劳特里奇叙事理论百科全书》记述:"传统意义上的叙事空间包括空间边界,空间内的物体,空间所提供的生活场景以及时间的维度四方面的内容。"[②]因此地志空间的建立是不可或缺的。《呼兰河传》中的地志空间表现为城镇空间,城镇空间是封闭与凝滞。封闭体现在文本中呼兰小镇的封闭结构,这里空间区划的单调与规整,相对外界的落后与隔绝。凝滞主要体现在单调的社会活动空间,日复一日的循环式的社会活动,淡化时间的前进性,构建空间上的画面感。

萧红将小说命名为《呼兰河传》,顾名思义是要为呼兰河城这个边陲小城作传,小说的基础叙事空间确定为呼兰河城,文中开篇便对呼兰河城整体地志空间格局进行叙写。关于呼兰河城外部环境的表述十分简洁,是"远望出去一片白"[③]以及"河的南岸尽是柳条丛,北岸是呼兰河城"[④],这突出了其与世隔绝的封闭状态,设置一个割裂于外界时间洪流的独立空间。呼兰河城内部环境的表述相对详细,全城的精华是东西走向和南北走向的两条街交叉而成的十字街,后文萧红补充还有两个辅助性质的东二道街和西二道街,只是这两条街更为简陋。萧红一笔带过东西二道街的情况:"这两条街上没有什么好记载的,有几座庙,有几家烧饼铺,有几家粮栈。"[⑤]由此可见呼兰河的城镇布局非常简单,寥寥几笔刻画出呼兰小城空间规划的单调与规整。呼兰河城作为涉及边防的军事重镇,也就决定了城镇空间上的不繁荣和内外交流的阻断性。

这里生活的人们认为火磨是"一碰就会把人用火烧死,不然为什么叫火磨呢"[⑥]。这里生活的人们也不愿意去牙医那里就诊,因为那里门口的广告牌子上的牙齿"有点莫名其妙,怪害怕的"[⑦]。现代文明下的司空见惯的广告与常识却成了呼兰河民众眼中的洪水猛兽,足以展现乡土中国的旧儿女的闭塞、迂腐,以及面对新生事物的恐惧。摩西·查尔曼在《故事与话语》中认为,电影的故事空间是确定的,文字叙事的故事空间则是抽象的,是需要读者参与构建的⑧。对这一段关于呼兰河民众内心想法的叙述,不采用以民众之口讲述的内视角进行记述,而是成人视角叙述者的外视角进行转述,表面上并没有进行价值评判,语言的平静与表达事实的荒谬构成反差,更加自然地展现呼兰河的落后封闭。人们愿意干的事情是围观一个大泥坑,大泥坑因为季节变化而变大变小,"大家对它都起着无限的关切"⑨。关注这个大泥坑今天淹死一只鸭子,明天差点淹死了一个孩子,隔天又陷入一匹驾车的马。民众的吸引力都被聚焦到一个无聊的大泥坑,大泥坑是叙事者碎片化回忆呼兰河小镇中的一个重点意象,文中关于大泥坑的书写也占据不少篇幅。以大泥坑意象为起点的空间编织,在民众对大泥坑极高的讨论度和关注度中,展露出民众对大泥坑厌弃又利用,猎奇又敬畏的态度。这些都是民众在极其封闭落后环境中在无聊生发恶趣味,人们对外界不感兴趣,发烂发臭的大泥坑是才是能进入民众审美区间的趣事,更表现出呼兰河民众见识短浅和生活贫瘠,进一步证明呼兰河空间上的封闭。

呼兰河的城镇空间是凝滞的。呼兰河民众的生活是"一天一天的,也就糊里糊涂的过去了,也就随着春夏秋冬,脱下单衣去,穿起棉衣来的过去了"。呼兰河民众活着就只是为了"活着",只是遵循自然界的规则,以一种生物的本能生存着,生得普通,死得平淡,没有太多喜怒哀乐,好像陷入历史循环论之中,时间要素在呼兰河不再是线性向前,而是变成了周而复始的循环结构。这里不会有新的社会活动、新的生活方式产生,更不会有新的技术、新的思想产生,这里生活的方方面面只是一潭死水。生老病死循环中,死是尤其重要的事情,落在在呼兰河民众身上则是随大流地去坟上观望几回,他们的悲哀是非常有限的,一切只是按照规矩办事,按照习俗走流程。如果问呼兰河民众活着的意义,他们并不会思考,他们只是下意识地认为人活着的意义就是穿衣吃饭。当民众活着只是为了穿衣吃饭时,呼兰河这片土地上便只有生死交替而没有更新和演进。叙述者在记叙呼兰河的凝滞性时,没有刻画复杂的人物或描写细致的情节,而是创造出一片模糊又统一的群像,人们在生活沉重的苦难中无法自觉。将作为结构因素的时间在无限循环中淡化,展示出呼兰河的民众陷入群体无意识,伴随着落后固化的价值观,对生命的流逝感到麻木,对时间的前进丧失感知。

二、《呼兰河传》中的家宅空间

《呼兰河传》中的家宅空间展现出深刻的虚空但又给"我"慰藉。家宅空间的叙事以儿童视角切入,呈现出一种"在当下"但又是"局外人"的立场。一方面,"我"觉得大房子内在虚空,是由于房子看起来高大威严但是实际上早已破损,房子里的大部分人和事并没有给"我"家的温暖;另一方面,由于后花园这一重要空间意象的存在,与慈爱的祖父互相映衬,构筑了"我"的精神港湾,同时也指出这个精神港湾仍是乌托邦,后花园在文本最后的荒芜,暗示精神港湾的不可获得。

法国哲学家加斯东·巴什拉于1957年发表的《空间的诗学》是分析空间隐喻意义的重要理论书籍,其开篇即引用"世界在我的门外律动"⑩。用房门将外界的风霜隔绝在外,来说明家宅空间的隐秘性与安全性,家宅空间在普遍意义上是温馨可靠的,在以回忆为线索的叙事中,家宅空间并非完全还原的真实空间,而是作者再造的意识空间,但《呼兰河传》中在儿童视角聚焦下建构的家宅空间是冷漠而不可靠的。

这个大房子看似威武且收纳了众多租户,儿童视角的我却指出:"但我看它内容空虚。"⑪院子里的风景在童年的"我"看来是朽木头、乱柴火、旧砖头、沙泥土共同组成的混乱堆积物。进入大门的格局是"左三间破房子,右三间破房子以及一个大门洞"⑫。表面上永远不坏的房子实际上积年累月后早已衰败,家宅空间在物理存在上已然是虚无的。同时隐含作者构造出家宅空间的虚无感与"我"在家宅空间中的人事体验也有关联。家宅空间中父亲对"我"态度冷淡,母亲对"我"恶言恶语,祖母则曾用针刺过"我"的指头⑬。儿童视角作为在场的非全知视角,特别记述在家里父亲打有二伯的情景,过程中并未提到父亲打人的原因,却单独说明"父亲三十多岁,有二伯快六十岁了"⑭的年龄背景,以及刻画"有二伯被打后躺了很久直到一个花脖和一个绿头顶鸭子来啄食洒在旁边的血"这一场面。加布里尔·佐伦在《走向空间叙事理论》中提到：文本的视点会影响叙事中的空间的重构，超越文本虚构空间的"彼在"与囿于文本虚构空间的"此在"会形成不同的关注焦点[15]。父亲的恃强凌弱是纯真的儿童的特别关注点，鸭子是儿童视角下特殊意象的择取，天真与残忍之间的冲突中构建出的戏剧性场景，进一步解构家宅空间固有印象——本应温馨的家宅空间处处透露人情冷漠，揭示家宅空间的虚无。

后花园是文中家宅空间之内的独特存在，是叙事者的精神慰藉。后花园是光明之地，后花园的太阳格外地大而亮，亮到蚯蚓和蝙蝠都不敢出来，后花园是能够击退一切扭曲与阴暗的空间。后花园是自由之地，倭瓜随意爬架，黄瓜藤开花结果与否都无人干涉，在自由包容的环境中万物都生机勃勃。后花园是庇护之地，祖母骂祖父的时候，"我"就会拉着祖父去后园去，逃离外界的责骂与恶意。后花园不仅是美好的自然环境，还是温暖的情感环境。文中记述"而祖父多半是在后园里，于是我也在后园里"[16]。在后花园"我"可以大声问祖父为什么樱桃树不结樱桃，祖父则会调侃"我"的馋嘴。"我"也可以淘气地把花插到祖父的草帽上，祖父也会被逗笑。可见祖父是一个内心敞亮的人，允许"我"的自由散漫，包容"我"的顽劣任性。祖父正像后花园一样，对孩子友好，与孩子逗乐。在情感寄托层面，祖父就是后花园，后花园就是祖父。《空间叙事学》中认为："让读者把某一个人物的性格特征与一种'特定的空间意象'结合起来，从而对之产生一种具象的、实体般的、风雨不蚀的记忆。而这，也构成了叙事作品塑造人物性格、刻画人物形象的又一种方法——空间表征法。"[17]祖父的形象也在一系列轻松愉快的后花园往事中变得更加真实可感，无忧无虑的后花园这一空间意象与慈爱的祖父这一人物形象紧密结合，同时在两者的互相映衬中形成港湾式的场所，后花园成为叙事者家宅空间中的唯一慰藉。文本最后打破幻梦，临了点明：后花园的主人已经不见了，在老主人离世和小主人逃荒之后，后花园早已荒凉。后花园可能曾经存在，但当下已然消失。后花园便是乌托邦，在表层上是叙事者无限怀念的儿时乐园，在深层上是叙述者与寂寞无情的真实世界形成对抗的虚拟空间。呼兰河小镇中后花园的消亡，也昭示着现实世界中乌托邦的不可获得。

三、《呼兰河传》中的生存空间

W.J.T.米切尔借鉴诺思罗普·弗莱对文本层次的划分方法，最早对文学中的空间形式进行区分，将文学空间划分为字面层、描述层、文本内的事件序列和故事后的形而上空间这四个层面，同时他提出："故事背后形而上的空间，可以把它理解为生成的意义系统。"[18]《呼兰河传》中在建构基础的地志空间和"我家""后花园"这些具体空间之外，也在行文中揭开小镇背后形而上的空间——抽象的生存空间，其中生存空间的建构多采用夸张和反讽的手段。《呼兰河传》中的生存空间是狭小与压抑。狭小主要体现在鬼神生存空间的放大，呼兰河的精神盛举都与鬼神有关，人只是跟着凑热闹。压抑主要体现在人们对自我生命意识的蒙昧、对他人生命价值的漠视，从而进一步导致呼兰河众人的病态狂欢——在他人的生命消逝中看戏。

在叙述完卑琐平凡的实际生活之余，作者同时叙述呼兰河的精神盛举。作者论述："这些盛举，都是为鬼而做的并非为人而做的。"[19]逛庙会是去拜神，跳大神是有鬼，唱大戏是致谢龙王爷，放河灯为的是帮鬼魂托生。萧红在讲述这些呼兰河的精神盛举时分别成章，可以割裂成一幅幅鲜明的画面。借助主题——并置叙事的空间叙事模式，在呼兰河的限制空间下，进行场景的空间位移，多个敬神敬鬼的故事并置，唱戏、放灯等故事没有因果上的关联和时间上的承递，打破线性时间对真相的遮蔽，共同说明"人"本身地位的卑下和人生存空间的狭小。在跳大神的过程中，大神一旦发怒，民众就诚惶诚恐地献上鸡和布匹，实际上呼兰河的民众生活极其贫困，吃上一顿豆腐都是奢侈，是父子相传的梦想。对于学生给龙王庙的龙王头上戴帽子的行为，民众认为："你想龙王爷并不是白人呵！你若惹了他，他可能够饶了你？那不像对付一个拉车的、卖菜的，随便的踢他们一脚就让他们去。"[20]人们对鬼神敬重畏惧，不敢对并不存在的龙王心存不敬，却敢对一个个活生生的人拳脚相加，对于和自己一样的普通民众嘲讽蔑视。面对受苦受难却无力改变的现世生活,人们期待死后的安宁与享乐。扎彩铺把人死后的要用的房子、花草、仆人都做得栩栩如生,这一切让呼兰河的民众看了觉得活着不如死了好,呼兰河这里的艺术高峰竟然体现在给死人准备的纸扎品上。

行文至此,不断叠加的小事件的意义单位被逐步感知,读者便在作者的有意安排下了解一个真相,便是呼兰河的民众在鬼神面前的卑微懦弱以及自身生存空间的狭小。民众对神鬼的过度崇拜,也是落后农耕文明下民众在靠天吃饭的生存现状中被驯化的结果,阴晴或旱涝是人力无法干涉的,医药水平的落后导致民众接受"生死有命"的人生观,人面对环境的无力感是导致民众仰视神灵却蔑视自己的必然原因。呼兰河民众吃粗菜粗饭,穿破烂衣服,面对神鬼还要将自身放得十分卑微。叙事者在此处总结:"他们这种生活,似乎也很苦的。"[21]呼兰河狭小的生存空间,既是民众咎由自取的可恨之处,又是民众情有可原的可怜之处。

呼兰河的生存空间是压抑的,民众对自己和他人的生命都不在意。叙述者写到漏粉的人时,雨天房子随时有坍塌的危险,他们翻个身接着睡。后文提到他们下雨天灭灯怕雷劈,过河扔铜板求神别淹死自己,将其表面的无惧生死和内心的贪生怕死的情景并置,而基于漏粉匠前后行为的相异性和对比性,展现出穷人生活的艰辛与生命状态的浑浑噩噩,在反讽中揭示他们一开始的大胆行为只是面对艰难生存环境的无力。呼兰河的弱者的生命更是常常被践踏,造纸房里把一个私生子活活饿死,但"因为他是一个初生的孩子,算不了什么"[22]。这里在叙述者的克制陈述中,把沉重的悲剧说得轻巧,轻描淡写地表达出老弱病残的命是没价值的,是借用调侃和故作轻松的口吻讲述沉痛的事情,通过反语将生活中无法承受之重转换为无法承受之轻。大儿媳因为儿子踏死了一只鸡仔便暴打他好几天,活人竟然不如鸡,展现出对人的物化和对生命价值的蒙昧。穷人"生来命贱",过着艰难生活也是理所应当,普通民众彼此之间嘲讽更是人之常情。在呼兰河的不同地理空间下共时性的事件构成线性时间因素外的新关联,为读者搭建起一个统一印象——呼兰河的民众不管是对自己或是对亲人,抑或是对无关的人的生存问题都十分淡漠,同时发生的多层次事件的总和便是共同说明生存空间的压抑。

在压抑的生存空间之中,这里的民众也从麻木走向了病态,在呼兰河封闭落后的小空间中建构出新的权力体系和压迫形式——打压异己,恃强凌弱。贫穷落魄的冯歪嘴子通过自由婚恋有了媳妇和孩子。冯歪嘴子的小孩子出生在严寒恶劣的环境中,人们便一遍遍去看小孩子有没有冻死,"我"家的老厨子也往来报告:"那草棚子才冷呢!五凤楼似的,那小孩一声不响了,大概是冻死了,快去看热闹吧!"[23]冯歪嘴子和王大姑娘是呼兰河民众眼中的无媒苟合,是应当被淹没的个体生命意识,这足够使他们成为生活在封闭凝滞空间中人们的难得的乐子以及看热闹的对象,尽管这份热闹以残忍方式建立在他人的痛苦之上。呼兰河民众已然进入癫狂状态,精神变态而不自知。多个发生在呼兰河的凄惨事件,以一幅幅画面的形式展开,当在跳大神中惨死的小团圆媳妇、在流言中死去的王大姑娘、被期待死亡的新生儿、被期待上吊的冯歪嘴子的事件同时铺排,这些惨案直指一个主题——呼兰河生存空间的压抑。民众不会觉悟,认识到将乐趣建立在他人血泪之上的残忍与扭曲。他们也不会惊醒,意识到自己有一天也会变成一个热闹的恐怖和悲哀,呼兰河的民众整个群体已然陷入死循环的梦魇,每个人都无法得救,行文至此架构出已然固化的"看与被看"的空间,将呼兰河中生存空间的压抑体现得更加惊心和彻骨。

安达吉斯·托尼的《夸大的反讽、空间形式与乔伊斯的〈尤利西斯〉》一文是在多年后对于弗兰克·约瑟夫的"空间叙事理论"的补充和发展。该文提出:叙事中的空间形式不单单可以是一个完成式和完全意义上的封闭系统,还可以是运用反讽塑造无穷无限制的关系系统[24]。萧红在《呼兰河传》中构建成功呼兰河这一封闭空间之后,通过反讽叙事对佛口蛇心的婆婆、搬弄是非的厨子、自欺欺人的看客这一系列形象的创设,对人与人之间那些假仁假义的关心、钩心斗角的亲情,欲盖弥彰的压迫的揭穿,在此刻将以呼兰河为典型的空间形态提纯,构成一种普遍意义上的生存状态。呼兰小镇艰难困顿的环境产生了麻木呆滞的人群,本该因此抑郁失落的人群却在实际上生出亢奋、扭曲的感受神经,在人为制造或虚幻构想的闹剧和悲剧中感到快活和激动,芸芸众生的精神荒漠连成了衰颓的精神荒原将会扼杀一切新生和希望。呼兰河并不是个例,而是放之乡土旧中国内各地皆准的生存状态,同时这也是改造落后国民性的病源所在和当务之急,是萧红窥探到悲剧之源后对落后国民性的认识和愤怒,以及对改造国民劣根性的期盼与担忧。

结语

1938年萧红在与聂绀弩的关于小说写作定式的谈话中说出自己的写作观点:"我不相信这一套,有各式各样的作者,有各式各样的小说。"㉕这体现了萧红对当时文学大潮的叛逆,以及对写作定式约束自己的不满。萧红侧重个人经验的书写,萧红在尾声中说明《呼兰河传》并不是要写一个优美的故事,而是写一份忘却不了的回忆㉖。《空间叙事学》中认为:由于记忆具有空间性特点,作家在创作过程中通过记忆选取和排列时间后完成的叙事文本也会具有空间性㉗。回忆需要呈现在一定空间之上,《呼兰河传》中便搭建了这样一个封闭凝滞的城镇空间,故事固定在这个空间讲述。萧红与家族的关系一直处于紧张的对抗状态,最初离开呼兰河也是为了摆脱家族的强硬安排,因此萧红回忆中的家宅空间不再是温情脉脉,而是揭穿真相后被解构的虚无。作为漂泊在外的知识分子,萧红最终把精神返乡落脚在家宅空间的一隅——后花园。后花园最后的荒芜也说明家宅空间中的慰藉已然消亡,萧红无法回归她想要的那个故乡。相比于现代作家写作中"离去归来再离去"的归乡模式,萧红在主客观交叠的回忆中,将一个让她爱恨交织且无法遗忘的呼兰河故乡,重塑为封闭压抑的特殊空间,也间接否定知识分子想通过返乡来安置灵魂的可行性。同时,萧红坚守文学应该"向着人类的愚昧"㉘,认为"可厌的人群,固然接近不得"㉙。可见她心中对于庸众的厌恶,因此她在文学创作中具有针对性,也就是要揭露这些愚蠢。萧红对呼兰河的情感态度,也是她对传统乡土中国的情感态度。她认识到对愚昧国民性的批判仍旧任重道远,在狭小与压抑的生存空间中,人们精神的荒芜与扭曲值得反思。这一问题悬而未决,萧红直到《呼兰河传》结尾也未找到答案。相对于同时代的左翼作家,萧红注重个人经验下的人性剖析与国民性批判,将写自我、写平民、写人性都纳入"空间叙事",这既是她对于创作的要求,又是她在写作中成功实践。其以"空间叙事"的方法展开故事从而在同时代文学创作的体式中有所突破,超越时间叙事模式对现代文学的文体演进有独特贡献。

注释:

① 萧红:《呼兰河传》,陕西师范大学出版社2011年版,第9页。

② HERMAN, DAVID. *Routledge Encyclopedia of Narrative Theory*, London and New York: Routledge, 2005. pp. 551-556.

③ 萧红:《呼兰河传》,陕西师范大学出版社2011年版,第3页。

④ 萧红:《呼兰河传》,陕西师范大学出版社2011年版,第45页。

⑤ 萧红:《呼兰河传》,陕西师范大学出版社2011年版,第5页。

⑥ 萧红:《呼兰河传》,陕西师范大学出版社2011年版,第5页。

⑦ 萧红:《呼兰河传》,陕西师范大学出版社2011年版,第3页。

⑧ Seymour Chatman. *Story and Discourse: Narrative Structure in Fiction and Film*. Ithaca: Cornell University Press, 1978, pp. 96-106.

⑨ 萧红:《呼兰河传》,陕西师范大学出版社2011年版,第9页。

⑩ 加斯东·巴什拉著,张逸婧译:《空间的诗学》,上海译文出版社2009年版,第1页。

⑪ 萧红:《呼兰河传》,陕西师范大学出版社2011年版,第100页。

⑫ 萧红:《呼兰河传》,陕西师范大学出版社2011年版,第121页。

⑬ 萧红:《呼兰河传》,陕西师范大学出版社2011年版,第81页。

⑭ 萧红:《呼兰河传》,陕西师范大学出版社2011年版,第

⑮龙迪勇:《空间叙事学》,生活·读书·新知三联书店2015年版,第13页。

⑯萧红:《呼兰河传》,陕西师范大学出版社2011年版,第71页。

⑰龙迪勇:《空间叙事学》,生活·读书·新知三联书店2015年版,第261页。

⑱W. J. T. Mitchell. *Spatial Form in Literature: Toward A General Theory*, Critical Inquiry, 6(Spring, 1980).

⑲萧红:《呼兰河传》,陕西师范大学出版社2011年版,第64页。

⑳萧红:《呼兰河传》,陕西师范大学出版社2011年版,第11页。

㉑萧红:《呼兰河传》,陕西师范大学出版社2011年版,第23页。

㉒萧红:《呼兰河传》,陕西师范大学出版社2011年版,第18页。

㉓萧红:《呼兰河传》,陕西师范大学出版社2011年版,第212页。

㉔约瑟夫·弗兰克著,秦林芳译:《现代小说中的空间形式》,人民文学出版社1991年版,第171页。

㉕龙迪勇:《空间叙事学》,生活·读书·新知三联书店2015年版,第36页。

㉖萧红:《呼兰河传》,陕西师范大学出版社2011年版,第230页。

㉗龙迪勇:《空间叙事学》,生活·读书·新知三联书店2015年版,第5页。

㉘吴玲:《萧红传:爱过恨过,不枉一生》,华中科技大学出版社2019年版,第173页。

㉙萧红:《呼兰河传》,陕西师范大学出版社2011年版,第29页。

[作者单位:山东大学人文社会科学青岛研究院]

王安忆名物写作与重建文学性

□ 汪志敏

在王安忆近年的长篇小说创作中,"名物"是一个既显眼又容易被遮蔽的关键词①。周保欣曾以王安忆的《天香》《考工记》为例探讨过作家写物与当代小说观念重塑之间的关系,提醒我们思考如何将其与古典传统资源加以打通的问题②,他是近期较为自觉地关注"物"的批评实践者。而名物易被遮蔽则与我们通常将物视作故事背景的文学研究惯例相关,但本质上更与人性论思维以及人学研究模式相关。实际上,王安忆近年来的名物写作可在多个层面上回应当下的重建"文学性"议题。

当下关于重建文学性的讨论有以下几个面向。第一种是泛化意义上的文化的文学性,如刘大先认为"'文学性'的特质未必限于语言和文字的表述,而可以进入视觉、听觉、全媒体等形式表达"③,这种讨论比较少。第二种是对文学与非文学,亦即文学和文学文体"文学性"边界的重新探讨。如王尧强调"重新理解文体构成"与重建文学性之间的关系④;何平认为"精英文学共同体的市场份额在衰退,技术造成了文学平权,人人都是写作者,文学泛化,文学审美下沉带来审美的降格"是今天文学的现实⑤。第三种是关于文学作品本身文学性问题的讨论,如翟文铖认为"文学性的资源不应一味西化,而应吸收本土的民间传统和文人传统"⑥。第四种是针对当下历史化文学研究范式而言提出的重建文学性,"基于我们自身学术现状的反思和提问"⑦是当下讨论与新世纪初期文学性论争⑧的最大不同。吴晓东谈道:"审美性和文学性维度或许可以多多少少打破以现代性理念为支撑的一元化历史图景,提供我们认知20世纪本土文化实践中的异质性和差异性。"⑨李遇春回顾了改革开放以来中国当代文学研究中文学性研究范式与历史化研究范式的此起彼伏,认为当下应该在"'历史化'的基础上重建'文学性'",期待一种"具有中国特色的文体开放式的'杂文学性'或'大文学性'阅读体系"⑩。在当下重建"文学性"议题上,王安忆的名物写作可在小说观念、语言、文体、思想、文学批评与文学研究等诸多方面提供个案思考。

一、陌生物事、物论与格物精神

2011年伊始,《收获》开始连载王安忆追踪晚明时期上海前史的《天香》。从上海几处园子破土动工的嘉靖三十八年讲起,到《董其昌行书昼锦堂记屏》绣字出品的康熙六年,小说以物事为结构漫述了上海申家百年的兴盛衰颓与"天香园绣"的莲开遍地。小说所涉皆与物事相关,申家天香园尤甚:桃林、"一夜莲花"、羊套车、"香云海"、自制浆糊、设市买卖、楠木楼、婚迎嫁娶、"三月雪"、"蟠桃会"庆宴、小绸璇玑图、柯海墨、"天香桃酿"、"天香园绣"、疯和尚花畦、莲庵石佛、冬兰、水葵、蚕事、字画、九尾龟、"亨菽"豆腐店、"金不换"棺木、养鸡场……不一而足。

小说中"物论"随处可见。世间绣物从何而来?小绸认为是天工造物。实物是仿真吗?张南阳认为一切皆为造假,但造假"必循物理之真",讲求"形化物理"⑪。万物因何而存?徐光启认为"世上万物都以有用而生,无用而灭,无有一件无用之造物"⑫,"凡有用之物皆美,不是华美,而是质美"⑬。阿潜也认为:"一用生一用,近用生远用;近用于生计日常,远用于陶冶教化,至远则用于道。世上凡有一物降生,必有用心,人工造化,无一物是靡费。"⑭而针线"与天地相通,采自然灵秀精神"的希昭悟出天香园绣不仅是艺,还藏有三代人的心,物各有途,物性即为物德,物德有大有小,"一件物,倘若物表、物性、物本皆全而美,且又互为照应生发,便是上乘,缺一则不成大器"⑮。

《天香》之后的长篇小说是《匿名》(《收获》2015年第5期),这是一部精神气质上比较另类的小说。2005年王安忆在《〈遍地枭雄〉后记》中谈到她设想过"一名老实的职员,忽被前来索讨债务的债主劫持,当做人质,带他离开从未走出过的城市,踏入另一个世界。这只是一个故事的壳,壳里面盛什么,心中却是茫然的"⑯。尽管《匿名》故事本身可以往前追溯到王安忆2003年的短篇小说《姊妹行》和2005年的长篇小说《遍地枭雄》,但这显然只是故事的表面或者说谜面。在更深层次上,《匿名》讲述的是一个被抽离了时空概念,认知连同记忆一起模糊、掉落直至消失的人,退化到原始/混沌状态重新感知万物、知识与文明,然后又慢慢进化、回复的故事,这才是故事的谜底或者说核。这个"被突如其来的遭际推入蒙塞,不得不再经历一遍启智的过程"⑰的人,在多重文明叠加的空间里总是被"一个坚硬的障碍物阻塞思想的通道"⑱,痛苦地经历着名和实的断裂以及语音和文字的分离。追问人类文明发展过程中具象与抽象,物本、语音与文字之间的关系是《匿名》的"物论"抒发点。

《匿名》之后的长篇是2018年发表于《花城》第5期的《考工记》和2020年发表于《收获》第5期的《一把刀,千个字》。《考工记》讲述的是一座清建的沪上老宅与陈书玉在半个多世纪里的相依相靠以及"西厢四小开"在风雨政变时代里历经的种种人生波折。1944年陈书玉历尽周折从重庆回到上海南市老宅,见老宅防火墙感受到"肃静的静美"是他用心感受老宅的开始;新政府成立,新气象之下老宅显得"颓然""不合时宜"且"晦暗",陈书玉也变得"忌惮"宅子,但"弟弟"主张"顺其自然";直到1958年前后宣布瓶盖工厂选址于老宅,陈书玉和老宅的身份才具有合法性,他开始再次好好打量老宅,也不再像以前那样"害怕"和"嫌恶"它了;"文革"狂热时期,陈书玉经历抄家,但判决不是很严重那类,他于是又安然躲过;革命结束,老宅持续漏风漏雨呈现颓势,陈书玉呈交整顿房屋并上缴国家

的提案,还以一己之力修撰老宅资料,一会为修葺工程做准备,一会又为明晰产权奔走,但一直未能如愿。更重要的是,计划无限延期,未能等到修复开始,老宅的知己大虞先一步故去;直到两千年,老宅门口竖起"煮书亭"石碑,但修葺工程却仍旧遥遥无期。

该小说之"物论"是有关木活的。明式木活与清式木活有什么不同呢?明式"粗气""清雅",清式"细巧""富丽";明式"简约""质朴",应和现代主义潮流,清式"奢靡",与欧派的洛可可风殊途同归⑲。大虞甚至以物论人,认为世上人之性情归根结底只有厚和薄两种,而不在好和坏,他以木头作比:"凡天下物,都自有所用,不可妄自评议轻重,但只以禀赋论,比如,松木和红木就是不同,前者随天候节气转移,后者则是千年不化。"⑳

《一把刀,千个字》同样关注人与物之亲密关系。主人公陈诚因受革命狂热时期母亲之事牵连从小由上海嬢嬢抚养,成长过程中,他先后追随承接红白事宴席的舅公和淮扬大师傅胡松源外系后人单先生学习厨技。长大后回到出生地哈市,面对父亲和姐姐无休止的关于母亲的争吵,他以酒作为遏制争端的有效方式,厨事也成为他苦闷时期的乐趣,给了他"安宁"和"满足感"。后来在铁路医院食堂、呼玛林场以及纽约法拉盛,他也都以厨技谋生。厨事是其谋生之道,但更是他面对家庭之变进行精神寻母的具象救赎之道。换句话说,小说中的姐姐与阿诚正好代表着两种不同的成长路径:前者是"忽略事物的具体性,陷入抽象"㉑的成长路径;后者是在具象物事世界中成长的路径,物事使其躲过了堕入虚空的危险。

"物论"仍是小说的重点呈现内容。湘、皖、粤、鲁、川、扬、苏锡常,哪一系为上?阿诚认为无论哪派哪系,"凡做到顶级,就无大差别"㉒;淮扬菜为什么会成为一大菜系?答曰在于地理位置:大运河凿通使其成为南北通道和物资集散中转中心;对于淮扬菜重点"软兜(鳝鱼)"的上海做法有何意见?沪人以糖醋小排的做法做软兜有违淮扬菜的道统和食材的本性,油、酱、糖在他看来属烹饪下策;美国为什么"没有软兜"?因为"食材离不开水土,水土离不开节令"㉓,讲求"天地人贯通";为什么北方炖菜胜过炒菜,炒也是爆炒,他也学

会大葱焅锅？因为"生长季节漫长的食材生性厚，藏得深，发力慢，就要借辅料拔出来"㉔。

无论是天香园绣、清建老宅、淮扬菜，还是《长恨歌》（1995）中的旧上海物事和《匿名》追问物本与语音、文字之关系，王安忆所涉皆是与读者拉开距离的、陌生的、流溢魅力的名物。不可否认，这是王安忆基于读者阅读所选择的一种小说写作策略。而她引"名物"入小说的方式则是将其与小说中人之"生计"紧密关联。她特别关注小说中人之生计问题："小说中的'生计'问题，就是人何以为衣食？讲到底，我靠什么生活？……生计的问题，就决定了小说的精神的内容"㉕，"如果你不能把你的生计问题合理地向我解释清楚，你的所有的精神的追求，无论是落后的也好，现代的也好，都不能说服我，我无法相信你告诉我的"㉖。在她自己的小说实践中，各样繁复衣饰是"不甘心"的"王琦瑶们"的日常生计，"天香园绣"是养活申家人的活计，各样动植物及各个文明时期遗留的工具是"吴宝宝"在林窟绝境里的生计；《考工记》中的大虞是木工，"一技在身，任凭改朝换代，都有饭吃"㉗；《一把刀，千个字》中的陈诚是淮扬菜系正宗传人，私人订制的宴席收入是其在纽约法拉盛的主要收入。

进一步与此相关的是，这些小说中的主人公普遍存在浓厚的深入探究事物原理的格物精神。从这个角度梳理王安忆个人创作史，最早的《黄河故道人》（1986）是精神和技艺的双重格物，虽然两方面都显幼稚；《阁楼》（1986）是写实性的技艺格物；《神圣祭坛》（1989）、《弟兄们》（1989）、《叔叔的故事》（1990）、《乌托邦诗篇》（1991）、《纪实与虚构》（1993）以及《启蒙时代》（2005）是纯粹的精神格物；而《长恨歌》《天香》《匿名》《考工记》以及《一把刀，千个字》是技艺/物质兼顾精神的双重格物，这种格物精神在小说中通过人物"物论"抒发和小说思想主题予以呈现。可以发现，"名物"在王安忆近年来的小说中不仅仅是作为描摹世俗世情和搭建小说物理空间的写实工具，也不仅仅是调节小说叙事节奏、作为叙事动力、叙事铺垫以及进行意义表征的施事工具，还透露出一种哲学意味和精神意味。

在王安忆近五十年的小说创作中，从最开始的"泥沙俱下"到确立反映心灵世界的写实观，从以物作为写实方法到以物作为思想方法，从"物因素"到"物结构"，"物"在王安忆小说中逐渐成为一个极具主体性的独立审美对象，写物成为贯穿王安忆近年来小说创作的重要语法。

二、人之文学的另一路径

接下来需要考察的问题是，王安忆名物书写的写作资源问题。叶立文曾指出格非与张大春的文学批评有将关注点从"人的文学"转向隐秘"另类知识"，追寻"足以颠覆小说现代性霸权的'原小说'传统"的特征。他对"另类知识"的定义是与作品思想、情节以及叙事都无关的一种离题书写，如"天文地理、医卜星象、博物自然等边缘性的知识话语"㉘。事实上，除去若干"有用"的名物书写，王安忆小说中还有一类"几近""无用"的名物性知识话语。"几近"一词表明其实很难以一个准确标准来判断这类书写的"有用"与"无用"，两者之间的界限并不明晰，它们之间更多是一种紧密或松散的远近差别。

《天香》中希昭的嫁奁以硬木为料，是出自漆匠世家的杨师傅亲手髹饰的，其中十六箱分为四种：单色朱漆、彩绘描金、雕漆以及填漆描金。填漆描金是"黑色为底，以细铁丝或刻或刷，如同作画中的勾法与皴法，然后戗上金银粉，所调配方来自宫中秘藏，不可示人。完工之后，黑漆底上呈现纹饰：风起，云涌，水漫，雾罩，连在一起，竟是一整幅长卷，像似《淮南子·天文训》——'天之偏气，怒者为风；天地之气，和者为雨'"㉙。八具柜橱的漆技全是传自倭国的嵌螺钿漆，厚薄螺钿各四具，"那后螺钿为玉白，嵌于绿漆上；薄螺钿深青闪蓝光，嵌于紫漆。图式一律花和鸟，花中以牡丹为魁，鸟中则首推凤凰"㉚。与此类似的名物叙写案例文本中还有很多，它们几乎都与小说的主要情节和叙事十分松散地关联着，本质上属于一种"知识参兑"现象。

《天香》的"知识参兑"并非个案。《考工记》中有关老宅的建体建法、用料细节、主题纹饰等知识性介绍均属于此：老宅是二层巍峨的砖木建体，采用了中国的"斗拱"式建法，这种建法将古希腊建筑历史一网打尽；

门头砖雕是西洋技法所谓的深浮雕;天井里青砖铺设,地坪则是赭红和松绿的花砖,不定就是苏州那种工艺复杂的金砖;屋脊上一列琉璃脊兽,瓦当、钉帽和滴水都是釉陶;老宅门头的砖雕以八仙过海故事为主题,门扉上的雕饰、门板上的图案以及窗枢镂刻的四款花色也都是八仙题材;门板上的图案是暗八仙,即八仙之法器,窗枢镂刻的四款花色,冬梅、秋菊、夏荷和春天的芍药;回廊是红绿粉彩的仿宫制的歇山顶,也是八仙的戏文;天井四角的窨井盖则是四幅铜雕,花卉人物故事非八仙而近西洋。再有《一把刀,千个字》中陈诚做的有回甘性质的无名面点,是由盐城如东一带春荒时的救命吃食演化而来,主要食材小麦"不能生,不能熟,恰是返青的一刻,摘下来,搓成粒;石臼里捣出浆,且不能烂,需保持原形;倾在手里揉,揉,揉成团;压在扁盘里,拍打、切块、上蒸笼"㉛,也是一种松散的知识呈现。

此种"知识参兑"现象客观上使小说向中国古代笔记小说靠拢,使小说呈现出一种散点透视的效果和闲言碎语的气质。极端来说,它们其实是游离于小说时间和空间之外的一种书写,这种非情节性的松散书写在客观上造成了小说文体上的散文化倾向和语言上的铺陈倾向,在不同程度上使小说产生阅读上的阻拒性。从这个角度说,小说中的"知识参兑"和"离题书写"必须进行尺度把控。当小说中"知识参兑"成为作家的"炫技"之法,当小说的散文化倾向过重,读者的注意力必将会被分散,阅读思路也将被打断。

关于王安忆的名物书写,一直以来都不乏对立的批评意见存在。如李静认为王安忆小说中对世俗生活的精描细摹压倒和掩盖了小说的精神探索,呈现出一种"固化的社会生物学视角"㉜;再如有学者认为王安忆小说中大量无用物事挤占了小说空间,"'物事'压倒'人事'","想象与虚构难以施展","名物写作不应流于表象的写真、知识的考古,而要借助物拓展人物塑造的空间"㉝。这些对立批评意见的虽然各有不同,但所持的皆是人学标准与现代小说的知识逻辑。

意识到该思路的本质特征之后可以提出的问题是,为什么不可以转换视角从中国古典小说传统角度理解王安忆小说中这种"几近""无用"的名物书写?《长恨歌》中,开头第一章是被诟病最多的片段。王安忆曾经以雨果和托尔斯泰的作品来为例来谈论和解释《长恨歌》的开头,《心灵世界》《小说讲稿》两部讲稿中也有对雨果和托尔斯泰作品大量的详细分析㉞。不可否认,王安忆小说中繁复的物事书写或许有西方雨果《巴黎圣母院》和托尔斯泰之传统。但同样不可否认的是王安忆写作中无意识受到中国古典小说传统影响并将其内化到自己的现代小说创作中的可能性。

王安忆的创作谈、随笔以及小说讲稿中有不少她关于现代小说理论的探讨。她将"思想"命名为小说之核㉟的观念,对情节复述的热衷现象,以及较少评论中国古典文学的事实㊱,其实都表明她对现代性小说理念的认同,而较少关注中国古典资源与现代小说创作存在的联系。事实上,她也曾直接表明过这种看法,"五四新文学运动划一道分水岭,中国现代文学在此启动,小说写作几乎可说与传统叙事彻底解除关系,从头开端"㊲,她认为今天所说的小说传统是"五四"以后的小说,而非十分微弱的古典小说传统㊳,她认为中国古典小说的传统是非常微弱的。

回到王安忆小说本身,总体来说,王安忆小说中有关名物的"知识参兑"是服从人事和大的小说情节的,这与王安忆所持有的现代小说观相对应。王安忆在《小说的异质性》中以美国作家卡森·麦卡勒斯的小说《婚礼的成员》为例来谈论小说时间"超自然负荷"的情形。她说:"是什么让我们对这闲话怀了兴趣,一径地读下去?大约是一种暗示,暗示前头一定会发生什么。这种暗示像潜流在水底深处涌动,无聊的沉闷的午后时间逐渐在呈现意义。"㊴所以她认为散漫只是这个故事的表面,故事内里其实有一条线索和紧张度,小说是"从极小的事端起头,滚雪球般越推越大,是在'王顾左右而言他'的闲聊中,终于完成任务"㊵。王安忆的《长恨歌》《天香》《匿名》《考工记》以及《一把刀,千个字》中的名物书写虽不乏离题与松散的特征,但是却一直被统摄在人学和强调小说有序而不乱的现代小说传统中。王安忆的物事书写仍然回归于人之书写之上,是人之文学的另一写作路径。

三、名物写作与重建文学性

人之文学的视角转换其实与当下的重建文学性议

题密切相关,王安忆的名物写作可为此提供诸多思考。首先,在文学性进入视觉及全媒体表达的背景中,文学中的物书写在今天还有何意义?换句话说,文学作品中的物书写在视觉上比不过图像的丰富呈现,在知识角度亦比不过各种检索工具,文学的物书写还剩下什么?王安忆认为,"一般小说碰到电影,基本上命运不会太好",因为"电影实在太具体了"[41],而小说虽然"表现空间和动作是效果不好的"[42],但是优点是"可以表达事情的丰富性和复杂性"[43]。以《长恨歌》的小说文本与电影呈现为例,2005年上映的由关锦鹏导演的香港同名电影虽在王琦瑶竞选上海小姐的白纱婚服和爱丽丝公寓两件物事上有片刻停留,但主要仍以王琦瑶一生的传奇经历为突出点。而小说文本中白色婚纱出场时的场景却给人以无限遐想,语言虽不如图像直观,但正是语言的间接性留给我们足够的审美想象空间。王琦瑶穿上白纱婚服选美时的娇、羞、怨、悲、喜、委屈、无助的复杂心理是摄像机所无法触及的,语言所表达的物能够呈现摄像机所不能及的关于人事的丰富性与隐秘性。与以李子柒、山白、鲁磊、彭南科、彭传明以及朱铁熊为代表的天工开物类题材短视频相比,王安忆的名物写作也显然不满足于写出天香园绣、柯海墨、索面、上海老宅以及淮扬菜的表象,还拥有将其与各色人的人生故事相关联的理想。由此,王安忆的名物书写在思想层面就不止步于对古朴技艺的精致宁静面向进行乌托邦想象和回望,还严肃地深入人性与历史的悲哀面向。从这个角度说,尽管读者倾重直观的视听符号是当下文化的残酷现实,但文学中的名物书写仍然能葆有较大的想象空间和美感特征,亦即文学性。

其次,王安忆名物写作中所体现的"知识参兑"在当下文学创作中是一个普遍现象,这些知识性元素在一定程度上突破着文学与非文学的边界。纯粹的"知识参兑"与"物论"有所不同,后者多被作家吸纳到小说情节的内部,经由主要人物之口说出,通常被传统意义上的"文学性"收编。而前者不少游离在小说时间和空间之外,更接近为作家的一种知识炫技,被视为一种异质的"非文学"。另一与此相关的问题是:在各类学科分工愈加明确的今天,文学不再像古代承载过多的知识传播压力,知识性的名物书写还有何意义?一方面,正是基于学科细化专业化以及信息化的背景,作家才能更容易且在更大范围内接触更加专业的各类知识,使文学书写中大量的知识融合成为可能;另一方面,将不同门类的知识糅合进写作也是作家力求突破自我狭隘经验的限制的重要途径,体现出作家自身和作家引导读者多识"鸟兽草木之名"的博物精神。曾攀认为,近年来小说"对'物'的重审和发抒"体现出一种文学"向外转"的特质,但这种向外转并非"简单的内/外二元式的单一与偏倚",而是"内置于文学本身,让文学增加新的逻辑,启发新的图景"[44]。

《天香》的整个写作其实都伴随着详细的物质考证和知识考证,但即便如此,在细节之处难免还有疏忽。赵昌平在给王安忆的信中指出《天香》在有些地方存在"史地名物制度上的疏失""四季杂糅或月令不符"以及语言上的毛病。尤其关于"申宅",他指出申家官居五品厅堂应该是五间六架,此外,门墙、居处、宅第大框架、经济背景以及楠木楼也都有疑点[45]。当下写作中普遍出现的"知识参兑"现象也给文学批评增添了难度。文学中各类复杂的跨学科知识借鉴不断突破着传统意义上文学与非文学的边界,其间所涉及的冷门知识和繁复叙事确实需要研究者有深厚的历史学科背景和跨学科背景,需要花费研究者极致的耐心和勇气。需要看到,作家的知识考古并不只是独属于作家的事情而与批评家与文学研究无关。

最后,在当下重提文学性研究的背景下,重视文学中的物书写有何意义?当下重提"文学性"研究,并非简单向八九十年代的文学性研究范式的回归,而是在"'历史化'的基础上重建'文学性'"[46],需要的是文学研究与文化研究、历史研究"联手与结合",最终落脚在"艺术表达的深度"上[47]。批评家和研究者们通常只在小说内部研究/纯文学意义层面理解作家的名物书写是当下物书写文学研究的现状和不足。因此,名物写作研究如何与历史化研究有效结合是需要解决的关键问题。

在《长恨歌》和近年来的几部长篇小说创作中,王安忆以物作为小说的结构方式和思想方式,物在小说中不再只是写实意义或隐喻意义上的客体而是具有主体地位。在当下消费主义文化和娱乐文化空间里,受以物标显自我消费水平和审美层次的心理及从众心理的驱使，影视作品中相对松散离题的物事反而成为读者观众打卡消费和关注的热点，如受到追捧的《请回答1988》中的拉面锅，《甄嬛传》中的阿胶桂圆羹，电视剧《梦华录》中的蜜栈雕花、水晶凉果，电视剧《漫长的季节》中的锅包肉，电视剧《繁花》中的宝总泡饭、干炒牛河和排骨年糕等。缘此，王安忆近年来以陌生物事作为小说结构的写作策略选择也可以被放置在这样一种文化语境中来进行理解。

从另一角度看，晚明墨品绣品、清式上海老宅、淮扬菜，王安忆关注的物事无一不是带有历史感和审美距离感的本土陌生之物，它们在不经意间也参与着21世纪中国文化主体的建构。贺桂梅认为：

> 进入21世纪以来，中国社会文化心理一个最为显著的变化，是人们越来越能坦然地回归、认同甚至是乡愁式地迷恋中国文化传统。印象深刻的一些现象，包括《百家讲坛》2001年在央视开播，通俗版古代典籍的流传，对修族谱、建宗祠的重视，穿汉服、学养生的热潮，以及非物质文化遗产申报、地方旅游经济建设等。21世纪的第一个十年中这还是一种比较自发的状态。大概从2012年前后，国家与政府开始更有意识地引导，将传统文化重新纳入当代中国的重构。[38]

在王安忆小说"物论"的抒发中，天工造物，物皆有用，物各有途/物德有大小，天地人贯通的观念应和着以传统文化重构中国主体的提倡。与写于1985年的《小鲍庄》（《中国作家》1985年第2期）中对以"仁义"为中心的儒家文化质疑的"文化自觉"不同，王安忆近年的小说创作更加关注传统文化中"精致""和谐"的那一部分。2019年，李子柒视频在YouTube平台上爆火，李子柒也被视为传播中国文化，讲好中国故事的代表。在"李子柒现象"意义上，我们可将王安忆近些年长篇小说中的名物书写理解为她对重视中国文化传统以构建中国文化主体、增强中国文化国际影响力和用文学之方式实现"中国式现代化"的某种回应。在《一把刀，千个字》关于中国玉石的讨论中，胡老师认为"温润而坚硬"羊脂玉为最上品，与西方钻石的"光芒四射"不同，玉的刚柔相济正合乎着中国精神的最高境界——中庸，它同时也是士大夫情志的象征；他还通过中国菜式多发源于饥荒和西方的高热量芝士的实例得出西方是食肉族而中国是草族的结论[49]。王安忆实际借由人物之口表达着她关于中西文化差异的思考。因此，在当下重提文学性研究的背景下，我们需要看到文学创作中名物和读者接受背后的意识形态性，而不应仅仅在文学内部研究层面理解文学中的名物书写。

结语

对于任何一门学科的研究者而言，不断反思研究的思维模式都应当是必需且必要的。因为任何一种思维模式都会随时间的发展不断遭遇新情况与新问题，这时它不仅可能无法妥帖地解决这些新问题，还有可能成为研究的思维阻碍。于文学研究而言，我们也需要"以既有的文学经典、批评结论、成规、制度以及研究它们的'方法'为对象，对那些看似'不成问题'的问题做一些讨论，借此提出自己的看法"[50]。中国现当代文学研究领域中，人性论思维主导下的"人学"研究无疑是其中最具权力性的研究范式之一。过去我们更多强调的是20世纪中国文学对"人学"的塑造，"人的文学""文学是人学"的观念对整个20世纪中国文学的影响，对文学研究的影响却没有得到充分的认识与反思。文学固然是人学，但政治学、历史学、哲学、生物学、医学何尝不是人学？应该看到，"人的文学""文学是人学""文学的主体性"等众多"人学"话语的提出有其历史语境。"人"与"物"都应该是文学的描写对象，也应是文学研究的对象。从写物这一话题出发，可以看到同时代文学中关于物的不同种类书写。迟子建的《额尔古纳河右岸》刻画了鄂温克族令人动容的生存图景，鄂温克族的对于生态万物的敬畏之心与共生理念使物极富审美意味和独立性，整部小说散发出神秘的气息和灵动的味道；贾平凹《山本》写物的目的既不在于写实或搭建小说物理空间，也不在于其叙事和意义表征功能，他力求写出的是一部秦岭的植物记与动物记，一切皆物的庄子"齐物论"思想统摄整部小说，这是这部小说所体现的"物论"和哲学意味；在以一十四洲《小蘑菇》为代表的网络文学后人类书写那里,人与自然的二元对立被人与动植物、真菌等的生理杂糅打破,物之主体以及非人类中心主义的内涵被完全凸显。王安忆常以服饰、手工制品以及建筑等无生命物质为书写对象,在写实主义的原则下虽不能赋予其以真正的生命,但进一步强化物之"施事性""意识形态性"以及"主体性",在写作中自觉融会中国古典文学写物经验以及后人类物书写经验可以是其名物写作今后的发展方向。

注释:

① 在王安忆近年的长篇小说《天香》(2011)、《匿名》(2016)、《考工记》(2018)和《一把刀,千个字》(2020)中,"名物"都占据结构性地位。她的这种写作其实可向前追溯到《长恨歌》(1995)的上海物事书写。

② 周保欣:《"名物学"与中国当代小说诗学建构——从王安忆〈天香〉〈考工记〉谈起》,《文学评论》2021年第1期。

③ 刘小波:《当代文学研究的"文学性"问题面面观——2022年中国文艺理论前沿峰会综述》,《当代文坛》2023年第1期。

④ 王尧:《跨界、跨文体与文学性重建》,《文艺争鸣》2021年第10期。

⑤ 刘小波:《当代文学研究的"文学性"问题面面观——2022年中国文艺理论前沿峰会综述》,《当代文坛》2023年第1期。

⑥ 刘小波:《当代文学研究的"文学性"问题面面观——2022年中国文艺理论前沿峰会综述》,《当代文坛》2023年第1期。

⑦ 李怡:《在历史中发现"文学性"》,《学术月刊》2023年第5期。

⑧ 如余虹:《文学终结与文学性蔓延》,《文艺研究》2002年第6期;陶东风:《日常生活的审美化与文化研究的兴起——兼论文艺学的学科反思》,《浙江社会科学》2002年第1期。

⑨ 吴晓东、罗雅琳:《通向一种具有开放性的"文学性"——吴晓东教授访谈录》,《当代文坛》2021年第3期。

⑩ 李遇春:《是继续"历史化",还是重建"文学性"》,《当代文坛》2023年第3期。

⑪ 王安忆:《天香》,人民文学出版社2011年版,第220页。

⑫ 王安忆:《天香》,人民文学出版社2011年版,第221页。

⑬ 王安忆:《天香》,人民文学出版社2011年版,第222页。

⑭ 王安忆:《天香》,人民文学出版社2011年版,第239页。

⑮ 王安忆:《天香》,人民文学出版社2011年版,第396页。

⑯ 王安忆:《〈遍地枭雄〉后记》,《当代作家评论》2005年第5期。

⑰ 王安忆:《匿名》,人民文学出版社2015年版,第76页。

⑱ 王安忆:《匿名》,人民文学出版社2015年版,第205页。

⑲ 王安忆:《考工记》,花城出版社2018年版,第37页。

⑳ 王安忆:《考工记》,花城出版社2018年版,第94页。

㉑ 王安忆:《一把刀,千个字》,《收获》2020年第5期。

㉒ 王安忆:《一把刀,千个字》,《收获》2020年第5期。

㉓ 王安忆:《一把刀,千个字》,《收获》2020年第5期。

㉔ 王安忆:《一把刀,千个字》,《收获》2020年第5期。

㉕ 王安忆:《一把刀,千个字》,《收获》2020年第5期。

㉖ 王安忆:《一把刀,千个字》,《收获》2020年第5期。

㉗ 王安忆:《考工记》,花城出版社2018年版,第123页。

㉘ 叶立文:《另类知识、离题书写与人文限度——论当代作家批评中的"原小说"传统》,《文学评论》2021年第4期。

㉙ 王安忆:《天香》,人民文学出版社2011年版,第163页。

㉚ 王安忆:《天香》,人民文学出版社2011年版,第163页。

㉛ 王安忆:《一把刀,千个字》,《收获》2020年第5期。

㉜ 李静:《不冒险的旅程》,《当代作家评论》2003年第1期。

㉝ 陈榕、陈培浩:《极致"写实"与内相"失真"——论王安忆"主观写实主义"的探索与限度》,《艺术广角》2022年第4期。

㉞王安忆:《王安忆说》,湖南文艺出版社2003年版,第181页。

㉟王安忆:《小说课堂》,人民文学出版社2018年版,第306页。

㊱参见王安忆:《小说课堂》,人民文学出版社2018年版;《心灵世界——王安忆小说讲稿》,复旦大学出版社1997年版。占据这两部文学批评集很大篇幅的是王安忆对于各类文学经典的"情节复述",且其中所评仅《红楼梦》一部中国古典文学作品。

㊲王安忆:《小说与我》,广西师范大学出版社2017年版,第75页。

㊳周新民、王安忆:《好的故事本身就是好的形式——王安忆访谈录》,《小说评论》2003年第3期。

㊴王安忆:《小说课堂》,人民文学出版社2018年版,第140页。

㊵王安忆:《小说课堂》,人民文学出版社2018年版,第143页。

㊶王安忆、弗里德里克·詹明信:《人人有手机,城市还有故事吗?——关于写作、技术与历史经验的对话》,《书城》2013年第7期。

㊷王安忆:《小说课堂》,人民文学出版社2018年版,第280页。

㊸王安忆:《小说课堂》,人民文学出版社2018年版,第285页。

㊹曾攀:《物·知识·非虚构——当代中国文学的"向外转"》,《南方文坛》2019年第3期。

㊺王安忆:《赵昌平评批〈天香〉》,《世纪》2020年第5期。

㊻李遇春:《是继续"历史化",还是重建"文学性"》,《当代文坛》2023年第3期。

㊼李怡:《在历史中发现"文学性"》,《学术月刊》2023年第5期。

㊽贺桂梅、张晋业:《"我将文学研究视为认识中国的中介"——贺桂梅教授访谈录》,《当代文坛》2023年第4期。

㊾王安忆:《一把刀,千个字》,《收获》2020年第5期。

㊿程光炜:《文学史研究的"陌生化"》,《文艺争鸣》2008年第3期。

[作者单位:南京师范大学文学院]

徐小斌的女性主义别处

□ 宇 秀

刚刚揭晓的2024年诺贝尔文学奖新晋得主韩江的脱颖而出，必然引起人们对女性作家和女性主义文学的格外关注。近年来，韩国文坛涌现出一批杰出的女性作家，她们站在女性立场对人性的探索独特而深刻，在世界文坛已然是一股势不可挡的"韩流"。相比较而言，中国文坛的女性主义就比较孤独了，比如当代中国女性主义文学代表作家徐小斌，创作数十年，著作等身，却一直单打独斗。她喜欢在小说里给她的女主设置别处的世界，而她自己似乎也与现实喧嚣的文坛保持着距离而埋首于别处，对于她一直处于文坛的边缘、游离于主流的说法，她的回应是：作家要面向文学，背向文坛。

今年《当代》第四期上徐小斌的新作《芭提雅》，其故事的当下性、语言的爽利感全然不同于二十五年前《羽蛇》的优雅诗意的叙事风格，但作者把女主——一个天才型的影视编剧肖小冷，从现实的影视圈泥潭中拉到一个热带异域情调的芭提雅展开故事，依然是徐小斌一如既往地为主人公创设异度空间的魔法。在那样一个与日常生活不同的另类空间，奇异的发生便有了可能，比如美艳绝伦的泰国女孩的母亲被药物由美致丑，尽管这是个次要人物，却给整个故事蒙上了迷幻的巫气。小说描写的编剧女孩小冷，是个拒绝长大的女性，难得的是，作者并未止于对其出淤泥而不染、不甘同流合污的理想主义人格的赞美，而同时写出了"如果你拒绝成长，成长就会杀死你"的警醒，更可贵的是写出了女主"我还有不死的另一半"的精神坚守。

在《羽蛇》中，徐小斌把她小说叙事的幻想性、诗意和神秘化的特质倾情灌注到女主羽身上，企图以赋予她的神性跳出凡界，来对抗格格不入的现实世界。然而羽有的只是羽毛，而非翅膀，终究逃不脱美的毁灭性宿命。和羽相比，《芭提雅》的小冷，我以为是徐小斌女性主义写作旅程中的一个成长的角色。

徐小斌笔下的人物总是带着某种灵异，使得她叙述的故事有一种迷幻性。比如，《羽蛇》中女儿羽、母亲若木、外祖母玄溟，这三个人物的名字皆源自神话，一出场便自带一种模糊与消弭神界与凡界的迷幻性。而徐小斌笔下所有具有迷幻色彩的人物与故事，总能在现实里找到对接，却又不那么现实，如前文提到的《芭提雅》。这个小说的外壳是一个非常当下现实的影视圈的故事，但"拒绝成长"的内核却是抗拒现实的，与她以往的作品一样，也无法将其简单地归类于超现实主义或魔幻现实主义什么的。而且她的小说的写作风格也并不持之以恒，时常打破评论界和读者的预期，她轻易就抛开自己那些已大获成功的作品的文本风格，放弃在相对成熟的写作路径上驾轻就熟持续前行，就像一个喜欢翻行头的女子，每次出门呈现别样的面目，而这样的变换，风险系数是难免的。但有一点不变的是，从她的成名作《对一个精神病患者的调查》至今，她的七百多万字的作品，都专注于书写女性，孜孜不倦地深入女性的心理版图，探究她们在现实生活和文化语境里的困境，而这困境又往往不是衣食住行那样肉眼可见的物质层面的，而是在失去灵魂的世界里，人的灵魂的困境。

当然，徐小斌并没有能力将女性，包括她自己从此处的现实困境中解脱出来的，于是，她用文字构筑一个个别处。她创造的一个个别处，其实是她为成年人书写的寓言，那些在现实里遭遇不公对待，而不被看见、不被说出的人，徐小斌让她们在别处被看见、被说出，那些在现实里逆行的人，在她笔下的别处获得共情。说到徐小斌小说的寓言性，我就想起以奇特想象创造寓言小说的卡尔维诺。

今年春节前夕，徐小斌发给我一个小视频，是为"好书探"推介她这年里读过的一本好书：《生活在树上：卡尔维诺传记》，她称卡尔维诺是自己始终热爱的一位作家。想起两年前，她为我主持的公众号"Meet域外典藏"做"经典荐读"，当时她在卡尔维诺和罗伯·格里耶之间犹豫踌躇，最后推荐了后者的一个中篇《吉娜》。也许是卡尔维诺太丰富了，反而难以选择。莫言曾说："有一段时间我似乎是理解了，后来一想什么也没理解，因为他的头脑实在太复杂了。"看到小斌在"好书探"视频里娓娓道来她热爱的卡尔维诺，我不由会心地笑了。

一个作家喜欢的另一个作家，一定与其本人有某种气息相投。相信徐小斌不管推介谁，都会是选择那种超越传统、独辟蹊径的另类，并在文字里构筑一个非现实的奇幻的别处。以她本人十六岁就去黑龙江生产建设兵团的经历，一定有许多值得痛说的苦难，但她并未去写《今夜有暴风雪》那样的知青文学，而是跳脱开自我，与亲历现实拉开距离，进入人物神秘的精神之域。然而，她在她创造的神异空间里，从未离开对现实中女性命运和人性深层隐秘的探索。每每走进她的小说世界，我都有点眩晕迷离似真似幻的感觉，每次放下她的小说，我都得使劲晃晃脑袋，让自己定定神。难怪她在中国文坛有"文妖""巫女""落入凡间的精灵"之称。

有件事，很是不可思议。

80年代末，在上海街头一个拐角看到一张《弧光》的电影海报，我一直记得那海报上还有一行字："对一个精神病患者的调查。"许多年后，温哥华一间咖啡馆的徐小斌读者见面会上，隔着一张小小的咖啡桌，近距离地看着她，听她讲述自己的创作和在黑龙江令人难以置信的知青生活，脑海里竟莫名其妙地浮现出那张电影海报，但"弧光"两个字模糊了，而"对一个精神病患者的调查"清晰地横在我眼前。事后上网搜那张海报，令我吃惊的是，那上面根本就没有"对一个精神病患者的调查"这行字！

这是徐小斌一部中篇小说的名字，由第五代领军人物张军钊搬上银幕，编剧是徐小斌本人，并获得1988年莫斯科电影节特别奖。不过老实讲，我当时看到那张电影海报时，真没注意谁是编剧。可奇怪的是，我的记忆里执着地把原著名字放在电影海报上。至今我都没想明白：是不是徐小斌小说的那种迷幻的巫气所致，还是我自己就有点她小说里的人物时常出现的魔怔？

这件事令我对徐小斌当初为何向我推荐罗伯·格里耶，以及罗伯·格里耶的小说有了某种顿悟。徐小斌说她自己，在最初接触到这位法国新小说代表作家的作品时，就被作家在小说里轻而易举就抹掉了过去现在未来、现实和梦幻、生与死的界限而震撼了。在2005年罗伯·格里耶第三次访华时，徐小斌有幸见到他，并与之对话，而那时徐小斌已经出版了她的长篇代表作《羽蛇》。对于本来就深陷于幻想世界的徐小斌，最初读到罗伯·格里耶小说，犹如是暗夜里的一道闪电，而见到其本尊并与之对话，令她更为自信和执着地与文坛的当下保持距离，醉心于构筑她自己的"迷幻花园"的实验：把最虚幻的形而上空间与最现实的生活结合起来。她的小说的寓言性，和卡尔维诺所不同的是，她会在寓言的内核外包裹一个现实层面的活色生香的故事外壳，在新作《杀死时间》和《芭提雅》两个中篇里，呈现得尤为突出，因而也增强了她的小说的可读性和可视性。但她绝不会止步于表层故事，所以她也不会放弃她的建构别处营造迷幻的魔法。

在她的许多小说里，都可以看到她的叙事穿越了时间与空间、虚构与现实、上帝与魔鬼、此岸与彼岸的界限，在出世与入世之间自由转换。如此，她就跳出了外部叙事的局限，而进入内部叙事的幽深诡异，并在内外进进出出，抵达广阔的富有张力的自由叙事的境界。仿佛是掌握了一面中国古代神话里的神镜，入镜就到达了彼岸；出镜就回到此岸。当我跟她要一篇她自己的作品作为公众号里"当代原创"的推文，她发来了《银盾》。在这个短篇里，作为故事情节发展的重要道具的银盾，就有点神镜的意味。但徐小斌绝非在进行传统意义上的神话传奇的叙事演绎，她只不过是借助神话的超现实性来更便利地揭示现实中的残酷，这种方式本身其实是在解构神话，从而创造出一个打破神界与俗界藩篱的、充满智性与诗情的异度空间。而在神界与俗界之间，蕴含着作家有关女性、欲望、焦虑、边缘等种种潜意识问题的探究。

《银盾》讲述了一个从小与父亲相依为命的乡村女孩儿蜂儿，在追寻母亲死亡真相过程中的离奇幻境，而她经验的幻境与现实不断纠缠、扑朔迷离而又互为印证。作家让那个躲在银盾背后的脸始终没有正面暴露，这个设计本身就蕴含着一种寓言，也是银盾所隐藏的谜底。这让我想起19世纪那些伟大的批判现实主义作家笔下诸多虚伪的却总是在台面上风光的可憎面孔，比如福楼拜《包法利夫人》中的艾玛的两个旧情人和那个虚伪又歹毒、最终却戴上了骑士勋章的药剂师等卑劣的人物。与批判现实主义经典大师犀利的正面刻画所不同的是，徐小斌试图创造一个复杂、多义、混沌、抹去虚幻与现实相接痕迹的空间，提供给读者在多方位空间里体验的多样性和可能性。比如，她让读者可以拼图出来那个藏在银盾后的可憎面目，但在小说勾画的现实空间里，背叛者终究未被揭露，仍冠冕堂皇地主持着戏班子，该上演什么照旧上演。在此，又一次呈现了贯穿在徐小斌小说世界里的女性主义的一种深刻的潜意识形态，正如戴锦华在《自我缠绕的迷幻花园——阅读徐小斌》一文中所指出，徐小斌的小说揭示了"女性对男性的复仇永远只能在想象中完成，而男性对女性的侵害、叛卖却要真实得多"。

最近徐小斌获得2023年人民文学奖的中篇小说《杀死时间》，似乎是对戴锦华上述论断的一个颠覆。徐小斌在这个小说里扮演了一个邮差"我"，貌似以男性为主角的故事，而围绕在他身边的配角皆为女性，她们原本处于被男权抛弃的劣势地位，而故事的结局，她们全都令人惊诧地反转成为独立、自由的女性，男权在她们那里轰然坍塌，作为读者的我们跟着小说男主"我"，一道面对着彻底打破预期的结局而瞠目结舌，不知所措。小说在直面现实世界的人情冷暖、书写出以邮差为代表的当下底层青年在生活的艰难中不失善良本性的同时，抛开了社会道德层面的约定俗成，非常狠辣地写出当代女性不再依赖男性的独立决绝，甚至包括生育的独立自主权和能力。与传统女性为了金钱而委身依赖男性迥异的是，这个小说里的海归女和IT女都是凭借自身的能力，撑起了自己头顶的一片天空。不过，徐小斌无意把她们塑造为世俗的"励志"形象，却不惜让她们背负现世社会道德人伦的非仁义，而完成她们自身独立的人格。女性主义人物的命运，在徐小斌的笔下仍有许多未知的空间。

从20世纪成名作《对一个精神病患者的调查》中刻画的"精神病"女孩儿景焕，到后来《海火》《羽蛇》《水晶婚》《双鱼星座》《迷幻花园》《敦煌遗梦》等作品中一系列女性形象，徐小斌似乎一直在努力着一件事，她与世俗现实保持距离，回到自己的内心世界，以其敏锐的感受力结合超拔的想象力、在广博的知识储备之上挥洒异禀的智性、融神性与诗性于一体，在小说世界里构筑起一个个诡谲神幻的别处，而这些别处，绝非只是追求奇异的别出心裁，而是蕴含了作家巨大的野心：她在解构父权专制下的母系社会的同时，企图建构新的女性社会主体价值。而这个企图在现实主义的书写中几乎无以抵达，她只能在别处追寻。徐小斌曾这样说："归根到底人只有两种活法，一种是屈从于外部的强力与诱惑，放弃自由出卖灵魂，换得世俗意义的幸福，而另一种是对抗，是绝不放弃，这样可能牺牲太大，但是这样的生命或爱情可以爆发出瞬间的辉煌，这样的生命注定短暂，但却真实，它的质地与密度无与伦比，这样的人可以说他真正活过了。"从这段话中，不难看出徐小斌是个内心具有浪漫主义精神气质的作家，她的别处就是实现其浪漫主义的所在，一种玄奥的形而上的空间。她在此处与别处的二元对立中，使其笔下的世界极具现实与梦想的张力。

想到卡尔维诺曾说："我始终渴望着别处。"卡神的别处，并非只是地理空间的另一地方，在《树上的男爵》里，作家让他的主人公在树上摆脱地面的困扰。而徐小斌的别处则是将此处现实里被困的、遭受种种不公的女性，到自己笔下的别处还她们公正。但需要指出的是，徐小斌并非把"还她们公正"局限于两性之间，或者说只是从男性、男权那里讨公正，她的女性世界不是二元对立的女权主义，她笔下的女性之间的争斗，一点也不比女性与男性之间的斗争更轻逸，比如《羽蛇》中的母女关系。在父权夫权社会中的女性，在某种条件和位置上，她们的角色就从女性变成了女性外貌的父权执行者。徐小斌的女性主义书写跳脱了女性与男性表层的社会争斗，而是返回女性自身，把女性置于她们面对的是整个人类社会、整个宇宙世界，也面对女性自身。比如《芭提雅》中的女主编剧肖小冷，与时不时挂名"总编剧""总制片"的大导演老婆夏月之间的博弈。夏月这个人物在小说里虽着墨不多，却是颇具深意的人设。虽然同为女性，小冷是纯粹的女性，拒绝被污染的女性，而夏月则是背靠男权的异化女性。作为女性，她其实已经失去了女性本质的内在力量，但却是现实中的强势女人。

从《羽蛇》到《芭提雅》等多部近作，徐小斌执着地书写着现实中被边缘化却坚守女性内在人格力量的她们。离开了翅膀的羽毛的命运，徐小斌已书写得淋漓尽致，而翅膀上是否新羽再生？在她的近作中，我看到了新生的羽毛。

内在性、地方性与超越性并置的先锋写作
——麦家长篇小说《人间信》研讨会综述

□ 晏杰雄　张秋瑾

2024年7月28日,由中国作家协会指导,中国作家协会新时代文学研究中心(中南大学)主办,中南大学人文学院承办的"麦家长篇小说《人间信》作品研讨会"在长沙举办。中国作家协会党组成员、副主席、书记处书记吴义勤,中国作家协会副主席、茅盾文学奖得主、《人间信》作者麦家,中国作家出版集团管委会副主任宋向伟出席会议,王光东、季进、张光芒、贺仲明、王春林、刘大先、刘艳、鲁太光、李松睿、杨辉、张丽军、郝敬波、张涛、陈培浩、颜水生、田振华、李浩、张楚、崔庆蕾、罗宗宇、卓今、龙永干、任美衡等国内知名作家、评论家、高校学者与期刊编审30余位参会,中南大学人文学院教授晏杰雄主持研讨会。麦家新作《人间信》(花城出版社2024年版)讲述了四代人半个世纪的爱恨往复,探讨了个人与家庭、历史和文化的复杂交织,表现了光明与黑暗纠缠的幽微人性。与会专家对《人间信》的题材内容、主题内涵、人物塑造和叙事特色等诸方面,以及麦家的整体创作情况进行了深入讨论。吴义勤首先致辞,指出这是麦家写作的新起点。小说摆脱谍战叙事,回归到日常生活的叙事层面,成功塑造了有典型特征的饱满形象,叙事结构圆熟,先锋特征明显。与会专家从麦家的创作谱系、写作阶段的划分、小说题材和风格的新变、主题的多元回归、沉思和反思的力量、在叙事上的探索等多个维度,对《人间信》做了文本细读和文学史观照。他们一致认为,这部小说是麦家的转型之作,不再沉浸于谍战叙事,而是自觉关注人性,回归到了家族叙事、日常叙事、个体经验叙事和家庭伦理叙事。无论在题材上还是叙事上,小说都是区别于麦家以往作品的现实主义力作,标志着他在自觉求变和不断尝试各种风格,写作已进入到新的无人区。

一、回归日常生活叙事与个体精神开掘

麦家的《人间信》以个体生命体验为核心,观照了整个家族在大历史和时代脉动中的起落沉浮。小说穿透人性表层直指其内在的幽深、纠结与复杂,能够引发对个体成长、家庭伦理、历史记忆和人格复杂性等问题的多重审视。与会专家从多个维度出发探讨了小说的题材内容,尤其关注了其对日常生活叙事的回归和对个体精神的开掘,并将其置于文学史进程中进行考察。

《人间信》挣脱了麦家以往创作中旧有题材的束缚,反思了普通人在复杂的家庭关系中如何获得心灵的平静。作品在自审与他审的互动过程中凸显了对家庭伦理问题的深刻思考。一部分专家从个体与原生家庭的关系出发,关注小说对不同寻常的亲情、情感复杂的家庭和伤痕累累的家族的书写,深入讨论了家庭伦理叙事的指征和意义,以及家族叙事的特异性。吴义勤指出,小说深刻呈现了原生家庭和童年经验对精神人格的影响,是先锋小说、新历史小说审父、弑父传统的拓展延续,还从审父过渡到审子,自审比父亲主题更有意义。南京大学文学院教授张光芒强调,家庭伦理是小说的叙述对象、动力、动因和目的,多重伦理关系的纠缠表明麦家对家庭伦理题材浸淫既久和体验之深。在处理复杂的家庭伦理关系上,小说的叙述能够抵达不同主体间性的不同层级。福建师范大学文学院教授陈培浩认为,《人间信》和《人生海海》有内在联系、连续性,以及变化。但《人间信》已无传奇性和英雄性,彻底回归日常性,写凡人出走和回归,从第一生命

走向第二生命。衡阳师范学院文学院教授任美衡认为,麦家自首部长篇小说起便致力于"解密",揭露特情工作的隐蔽面和家庭的权力机制。《人间信》中的个体角色差异、符号意义和仪式化的加权物构成了家庭权力机制的物质形态。

在讲述家族故事的同时,《人间信》着重呈现了个体在漫长的人生中如何克服内心的恐惧、迷茫、愧疚和困惑,与过去的自己、家庭成员和解,与时代和历史和解。大部分专家都将目光投向了小说对个体精神世界的深度开掘和细致描摹,着重剖析了主人公的心灵史,并在家族、时代和历史的多维审视中探讨了其与成长小说的关联性。吴义勤认为,小说深度开掘个体精神世界,展现普通人的情感和生命感悟,不依赖情节和戏剧性,以平缓细腻的叙述揭示历史与人性的幽深,把历史与命运、自我与人性的审视推进到新高度。上海大学文学院教授王光东认为,小说是与故乡、历史、时代、前辈的对话,也是作家与自己灵魂、情感的对话,写出了对时代、生活、人性、人心的理解。苏州大学文学院教授季进认为,小说似乎延续了《人生海海》的"故乡"主题,但两者已有显著差异。《人生海海》讲的是天下事,《人间信》讲的是"我"的心事,内心的冲突、成长与精神史,直面了自我的幽暗内心。暨南大学文学院教授贺仲明认为,这是一部在质疑中追寻的成长小说,能够唤起悲悯情怀,引发对人生、社会悲喜和善恶的深思,触及人性的深度。小说对自我的介入较深,还呈现了童年记忆、乡村生活,内蕴着复杂真切的感情,艺术感染力十足。陈培浩认为,出走与回归是麦家写作的重要语法,从《人生海海》到《人间信》都存在主要人物的出走与归乡。麦家写作与中国当代文学,也构成了出走与回归的关系。作为新时代的成长小说,《人间信》与《麦田里的守望者》存在关联,但也有不同。麦家的小说语法是否定之否定,是出走和归来,是第一生命到第二生命的跃进。《文艺理论与批评》主编鲁太光认为,这是一部"归来"的小说,是由"我"而"他",又由"他"而"我"的中国式成长小说;又是一部"半归来"的小说,不同于以往作品固守"旧我"或倒向"新我",而是在两者间纠结,有伤而无悔,不将责任归于历史,而是归于自我与时代及他人的关系。小说将个人成长与百年中国历史融合,在宽广视野中思考了个体与历史的关系。湖南大学中文学院教授罗宗宇认为,《人间信》是成长小说,反映了乡土民间舆论场在个体成长中的主导作用。它带动并制约了"我"对父亲的认知和自我认知,与官方政治权力的合谋导致"我"对父亲形象的建构走向决裂。《民族文学研究》副主编、中国社科院研究员刘大先强调,小说书写了个人家族史,延续了80年代末期以来先锋文学影响下的家族史小说传统,并与新历史小说保持若即若离的关系。作品聚焦于历史记忆的个人化建构,突破了传统家族史叙事,不机械建构时代、社会与个人的关系,而是表现历史记忆如何内化人的性格,赤裸真实,贴近生活,不拔高或萃取,直击心理。江苏师范大学文学院副教授田振华认为,小说融合了时代经验、生命体验、家族史与个人史,展现了时代伤痛下因性格差异和选择导致的亲情伦理异化及心理创伤的不可愈,揭示了人物性格的复杂性和隐蔽性,探讨了自我与内心和他者的和解之难。湖南第一师范学院教授龙永干认为,《人间信》书写了成长、家族矛盾和时代苦痛,探讨了生命的自我认同及其危机。

也有专家从文学地理学的视域出发,将《人间信》与其他作家作品进行对读和文本细读,解读了小说所凸显的地方特色和"南方"美学特质。《文学评论》编审、中国社科院大学教授刘艳将麦家的《人间信》与刘醒龙的《黄冈秘卷》作了对读,指出小说可看作是富春江流域生长和培育的知名作家围绕故乡书写、家族叙事与地方文化记忆所展开的写作尝试,展现出浓厚的江浙地域文化气息与精神品相,体现了南方(江浙一带的"南方")叙事美学与风格。

二、兼具哲思和救赎力量的治愈之书

《人间信》是麦家带有自传性质的长篇小说。小说通过细腻的笔触展现了不忌惮软弱、不耻于流泪的灵魂如何在命运枷锁中与内心幽灵进行搏斗,真挚地表现了人生的挣扎和困惑,揭示了心灵的脆弱和坚强。小说透显着对生命意义的哲学追问,能够使读者感受到生活的美好和苦涩、生命的力量和希望,与过往的缺憾和解,从而找到内心的平静。小说以朴素而又柔软的情感引发读者共鸣,也吸引了与会专家的关注,他们从不同的视野和角度出发,对小说的精神内涵和价值功效进行了多重阐释。

《人间信》对人生和世界、家庭和文化、苦难和人性进行了多重追问，作品闪烁着在困惑中追求确定性力量的人道主义光辉。一部分专家对小说中的哲学洞见进行了深度思考，并观照了自我的现实生活，反思了人类的命运和文明的未来。《小说评论》主编、陕西师范大学教授杨辉指出，小说洞见了生活的复杂性，展现了生活的可知和不可知、可解和不可解的混沌状态。作者揭示了面对复杂的外部世界不仅要保持沉默，还要认识到当下眼光的局限性。小说最终以博尔赫斯和马拉美的诗作结，承载了对世界的理解和对不可知世界中的救赎力量的思索。河北师范大学教授、作家李浩认为，生活在书中是一个显性的，不断被突出和构成压迫感的词，它引发了关于找寻新出路和新可能的思考。如略萨所言，文学中存在的良知和对问题的追问，以及给予的希望与憧憬使如今的文明少了残忍。《人间信》的真实和真诚，对生活及其可能性的塑造，以及提出的真问题和引发的思考，使其可以补充到这一序列。龙永干认为，小说探索了母系柔爱和缺乏自我认同的生命能否获得主体意志的根基，不同于"五四"时期，新时期以来向上超越苦难的书写，小说传达了日常生活的个体需要遵循苦难向下的原则。

《人间信》对于家庭关系中人物复杂性格的表现，尤其是对人内在精神世界的深度剖析，能给读者带来情感共振，引发意料之外的思考。一部分专家肯定了小说所带来的救赎和治愈力量，对小说的社会意义和精神价值进行了延伸性评价，并提倡读者在自我对照的阅读中反思亲子关系。刘大先认为，《人间信》是一本治愈之书。小说描绘了自我伤害和人际间的互相伤害，展现了人物间的疏离感与爱恨交织。与鲁迅"人与人之间悲欢并不相同，我只觉得他们吵闹"的观点不同，麦家表现了个体的渺小和命运感，传达了对人类宿命的无奈感受，透显悲悯情怀。作家通过自叙传小说治愈创伤记忆，正是文学功能所在。暨南大学文学院教授张丽军认为，小说表现了家族的传承和亲情，书写了家规家法对不可救药之人的约束，也揭示了叛逆之人也可以通过接受家法的惩罚回家和获得救赎。《文艺争鸣》编辑部主任、吉林大学文学院教授张涛认为，麦家把激进的例子注入紧张的父子关系。小说并非自我忏悔和历史追问，而是对一些污名化的事件进行了反思或重新命名，展现出人道主义光辉和力量。田振华指出，《人间信》是新时代的治愈之作，需要作为长辈的父母共同阅读，在比照自我中反思和改善父子关系。

小说的书名也受到较多与会专家的关注。麦家曾在采访中透露，书名中的"信"不仅代表着记忆和书写的存储方式，还象征着坚定的信仰和力量，具有阐释的多重可能性。与会专家从主人公的成长经历和麦家个人创作体验出发，对此作出了精彩解读。季进认为，小说塑造了一个堕落颓废的父亲，却命名为《人间信》，看似悖论，实则表达了对生活的理解：只有经历过磨难的生活，才是真正的人间"信"。张丽军认为，《人间信》中的"信"是坚信的力量，是个体走得再远，犯了再大的错，依然是家族的人，具有新的意义价值。江苏师范大学文学院教授郝敬波认为，与麦家以往聚焦于信息传递和惊心动魄的故事叙述不同，"信"代表的是生命密码，它不再向外传递，而是向内传递，其传递渠道和接收对象的不确定性增加了信息形成和传递的难度。这封信可能是麦家真实生命体验的反映，小说叙述的难度正是抵近心灵的有效方式，带来了独特的审美体验。陈培浩认为，小说中"信"的内涵至关重要。在新时代的相对主义和虚无主义中，如何重建"信"和肯定性是重要议题，主人公的学而有信使得"信"的内在更具张力和动人。贺仲明强调，《人间信》并不是确定的"信"，而是主人公对"信"的深入思考。张涛表示，"信"即记忆和书写，《人间信》就是人间的记忆，小说展现了强烈的历史关怀。

三、呈现主体间性复杂性的人物形象

在当代文学研究的宏观视野中，人物形象塑造始终是衡量作品深度与艺术成就的重要标尺。《人间信》塑造了一批具有主体间性、复杂性和非逻辑性的立体鲜活的人物。小说中的男性和女性人物都有较为典型的性格特征，且有一定的倒置性，能够表现特殊历史进程中、特殊地域文化中和特殊家族境遇中人的精神风貌，反映时代变幻和历史风云中的人性的真善美和假丑恶的多重交织。与会专家普遍认为，这部作品在人物塑造上进行了突破性的尝试，丰富了文学形象的多样性，也为理解中国文化的复杂性提供了新的视角。

小说对"潦坯"父亲形象的塑造，在中外文学史上富有一定的创新意味,能够引发文学传统与创新、个体命运与文化象征、性别角色与家庭关系之间的深刻对话。专家们立足文学史的坐标,特别指出该形象在现当代文学人物长廊中具有一定程度的独特性,还从精神分析学角度和文化、政治、心理等因素入手,揭示了其形成动因。吴义勤认为,小说塑造了有典型特征的饱满形象,创造了许多令读者既爱又恨的文学典型。作为时代、历史、文化、政治的象征物的父亲,不同于以往文学史中的形象,与作为反叛者的儿子构成了一种张力,能够引发对中国文化从古到今父子关系的思考。王光东认为,《人间信》写出了父亲、奶奶等人物形象的命运感,呈现了其命运轨迹,包含丰富复杂的社会生活、人性和生命内容,父亲等人物有鲜明且生动鲜活的性格特征。季进强调,小说塑造了一个特别的"潦坯"父亲的形象。文学史中的父亲形象多样,比如鲁迅对父道的思考,以及巴金、余华、谭恩美和石黑一雄等作品中的父亲角色。相比之下,《人间信》中的父亲游手好闲,吃喝玩乐,毫无责任心,带来种种麻烦和灾难,但读者却对其怀有复杂情感。小说人物立体丰满,故事耐人寻味。刘大先认为,小说的人物塑造富有新意,刻画了文学史上少见甚至没有的"潦坯"形象,丰富了当代文学人物图谱。田振华指出,小说中的"潦坯"父亲在成年、生子、入狱或出狱后,都并未改变,这一形象在文学史上较为罕见。天津市作协副主席、作家张楚认为,小说中的人物具有传奇性,尤其是父亲角色,其复杂荒诞和非逻辑性鲜明。龙永干认为,"潦坯"父亲的形象受精神心理学和文化因素的影响,专制、儒家文化和道教文化的异变导致主体性意志缺失,是"潦坯"人形成的关键原因,这与"五四"启蒙传统存在某种相关性。罗宗宇指出,"潦坯"父亲在现当代文学的父亲形象谱系中具有独特性。陈培浩提到,小说中拒绝成长的父亲是不完美的静态人物。

小说对主人公"我"的刻画也着墨颇多,麦家通过对其内在心灵世界的细腻描写,传达了一个既纠结又复杂、既软弱又坚强、既冷血又柔软的孤独灵魂的呐喊。这种带有强烈自审意味的主人公形象在当代文学史中比较少见,能够呈现出人物性格的矛盾性、反思性、复杂性和发展性。专家们根据自身的知识背景和具体的故事情节,对"我"的性格变异进行了细致梳理,并在中外文学作品的横向对比中给予了较多肯定性评价。张光芒指出,小说发现了"自我"主体间性的复杂性,不仅不同的主体间有矛盾冲突,同一个"自我"也有不同的主体性面向,并且在不同时间有不同的思想情感和"自我"。主人公是一个动态的、复杂的、多面向的、不断更新的"我"。季进认为,小说在乡村的空间与框架中,呈现了"我"的精神历程,特别是生命当中不可言说的羞耻感和自卑感。西方不少作品出于宗教目的表现个人隐秘的灵魂,但这种毫无保留的袒露与表现,是中国当代文学文本中少见的。陈培浩认为,小说塑造了具有成长性的人物,主人公在否定之否定中获得成长。最后他因学而有信回归了家庭,但并非对母亲信奉的东西完全认同。田振华认为,在变与不变的性格中,"我"最终没有和父亲和解,归根结底是彼此性格存在差异。但作品没有给出答案,这在现代文学史上并不多见。罗宗宇认为,麦家通过成长叙事对"我"的叛逆进行了独特处理。"我"不与父亲和解,而是不断确认"杀死"父亲和自我成长的合法性。湖南省社科院文学研究所所长卓今认为,小说颠覆传统,塑造了一个不可靠的父亲形象,并书写了另一个"我"的复活。"我"到"他",再回到"我",就如同人回头踩扁自己的影子。之前是他人期待的、未经反思的"我",通过背叛家庭获得财富和权力。但二姐对象的刺杀未遂成为蒋富春复活的起点,他开始活出自我,反思并激活了自己。

还有小说中的奶奶、母亲、小妹等众多女性性格独特且具有差异性,构成了丰富多彩的女性群像。与会专家从日常性、人格魅力和家庭功能等方面进行讨论,认为小说中的女性人物形象都坚强倔强、富有力量,是不可或缺的重要组成部分。刘大先认为,小说中的奶奶、母亲、小妹等独特的女性人物形象,出于日常,具有贴近性。陈培浩认为,小说中的母亲和奶奶是完美的相对静态的人物,她们生而有信,有确定性的力量。任美衡认为,小说中的女性形象不容忽视,没有她们父亲的形象难以呈现。她们是家庭黏合剂,但父与子是家庭主体,因而女性和男性角色是互为颠倒的镜像。

四、从传统中生长出来的先锋艺术追求

《人间信》展现了先锋叙事技巧在新时代的新发展

和新风貌。麦家将"五四"时期作家对自我内在心灵的剖析批判、20世纪80年代先锋作家对叙事技巧的探索精神,以及21世纪作家对现实生活的关注和人性挖掘巧妙融合在一起,创作出在叙述、结构和话语上都有明显先锋气质的作品。小说的形式作为内容不可分割的重要组成部分,与其一起承担起讲述故事的重要使命,在丰盈了小说精神内涵的同时,也增强了艺术感染力。与会专家通过与现当代文学史中同类型作家作品的对读,探索了小说中的先锋叙事,讨论了其独特的视角切换、语言风格、结构安排、听觉叙事和意象运用等形式技巧。

《人间信》突破了单一的叙述模式,使用了多重人称交叉变换的叙述模式,促成了视角的反复流动。而且,作者在行文过程中不断变换叙述的腔调、语调和语速,甚至是语言风格,在某些片段还有意识地进行限制性表达,制造了极具矛盾性和张力感的叙述效果。专家们结合具体文本内容对小说进行了细致分析,从叙述的人称、视角、腔调、语言和机制等多个方面展开了热烈讨论。罗宗宇认为,小说是先锋叙事和现实主义叙事的有机融合,先锋叙事体现为下部"我""你""他"叙事人称的交替。"你"的介入显示出对读者的高度重视,能将其带进叙事,缩短读者与作者的距离,引发读者的共鸣。季进指出,麦家《人生海海》是从"我"的观察者视角去讲述上校的传奇故事,而《人间信》中的"我"是主角,还获得了全知叙事视角,可以自由往来于不同的人物、场景和空间,小说故事得以充分延展。刘大先表示,与《白鹿原》《尘埃落定》等家族小说的全知视角不同,《人间信》使用限制视角进行家族叙事。小说上卷和下卷的叙述腔调存在差异,激进年代、民国时期和改革开放以后等不同阶段的叙述腔调有着从平静疏离、激进共情到悲悯体恤的变化。杨辉指出,作品叙述的调性和人称都发生了变化。小说上卷没有变,下卷大概二分之一处就变了,变到尾声之后,主人公从历史、家庭,以及追忆和面对的纷繁现实里逐渐抽身,达到了高远状态。李浩认为,麦家为《人间信》的真实感做了"笔墨"、语调和语速上的改变。张楚认为,上卷和下卷自然切换了语言风格和叙事人称,显示了小说家的叙述能力。小说的腔调有类似非虚构的强烈真实感,叙事和人物心理都很真实。王光东认为,《人间信》和麦家的谍战小说有很大差异,但简洁、明晰的语言风格没有变。鲁太光认为,语言的虚假和腐败必然带来生活的虚假和腐败。麦家不允许虚假的语言进入作品,小说的语言很有特色。郝敬波认为,小说通过细密的日常化叙事展开"我"与糟糕的父亲的关系,但这其实是正在被叙述的"不想说"的故事。这种叙述比较少见,其间的矛盾性和张力意味着作家在用挚切的生命体验给自己写信。

一部分专家则立足中国现当代文学史的书写脉络,着重探讨了小说对"五四"以来叙事模式的继承与突破,并从叙事结构、线索、风格等方面剖析了小说的文本样态。吴义勤认为,小说对应两个时代的气质:一个是"五四"时代郁达夫的文学气质;另一个是20世纪80年代先锋小说对文学的理解。《文艺研究》副主编李松睿认为,小说呈现出先验理念和生活混沌性的交锋,不过后者占据了上风。它与以往的家庭叙事不同,涉及历史和家庭事实,但没有给出明确、先验的理解,而是以生活自身的脉络去发展人物,与中国现代文学中几种历史书写的脉络形成了明显的对话关系。张丽军指出,《人间信》从日常书写转向家族书写,是对中国家族文学书写的新突破。一是对小说结构的创新,麦家与其他作家不同,以平衡的方式共同呈现三代人。二是对父子关系的新书写,麦家综合考虑了时代因素和人物性格的冲突。李浩认为,麦家采用一种近乎写实的方式,散化的(部分是碎片拼贴方式)、老之实之地交代一条线索,然后又转向另一条线索。他有意克制了习惯的设置方式和故事冲动,使用散文式的、家庭史的、个人史的方式写作,剪开了过于精巧的连贯性,也不在"有戏"的点上沉浸和停留,而是做得真实。小说如范例般阐释了海明威那句漂亮的短语——"我不允许任何不真实进入我的小说"。《中国当代文学研究》执行主编崔庆蕾指出,麦家与同时代的许多作家,在新时期以来的文学史中一直求新求变。"离乡"和"归来"的结构在当代文学中很常见,但过去的离乡动力更多是外部的召唤,比如革命的召唤或是对现代文明的追求,这个作品却提供了另外一个样本。原生家庭的反推力推动主人公到远方和世界中去,这是一种新颖景观,提示我们重审故乡、亲情和家庭概念,理解其内在的张力和复杂性。

还有专家梳理了麦家的创作谱系,尤其重视其在艺术上持之以恒的探索精神,对小说中片段化、碎片化的诗性叙事技巧、纪实性写作和声音诗学等较为新颖的先锋叙事技法进行了深入讨论。季进认为,《人间信》采用片段式叙事,还运用大量短句和括号进行补充说明,频繁使用逗号,创造出碎片化和细腻的效果。与《人生海海》等相比,《人间信》有意打破和消解故事,采用多声部、分节分段的叙事形式,形成了独特的慢节奏叙事。这种叙事方式可以让读者放慢阅读速度,深入小说所展现的幽暗内心世界,与内容相得益彰。任美衡指出,麦家的叙述有自己的钥匙,不应轻易将其定义为一个转型者,而应看作艺术的旅行者。麦家用不容置疑的决断和密集的笔触,不断解剖写作对象的潜在面向。这把钥匙看似静止,但又是辩证和持续的,是矛盾、悲剧与虚幻之有,是抽象、推理与破解等元素涅槃而生的、综合的、自我不断完善的想象力诗学。刘艳指出,小说显示出新的写作路径再出发的写作特征,纪实性的笔法带来隐喻与暗喻的阅读感受。纪实与虚构二者的比例及在小说中的逻辑关系,透显先锋性叙事追求。扬州大学文学院教授颜水生指出,作为新时代的代表性作家,麦家从《暗算》到《人间信》都用丰富复杂的听觉叙事发展了小说的声音诗学。从谍战到故乡题材,他自觉塑造了讲故事和听故事的角色,还创造了听觉发达的"故事中的人",如《暗算》中的"阿炳"、《人生海海》中的"上校"。张楚认为,小说叙事既不是传统的线性结构,也不是敷衍式的多角度叙事,而是一曲破碎的、舒缓的咏叹调,在反复吟唱中人物幽暗的内心世界忽然被照亮。这种片段式、碎片化的叙事使小说结构在固化和膨胀间转换,人物关系、情感和命运也由此被塑造和确立。卓今认为,麦家的叙事向内转,开掘出新颖广阔的叙事空间。文中红房子的意象代表权力和资本,具有很强的可阐释性。龙永干认为,小说上下卷的处理饱含人生变化和生命的对话性。也有专家对小说的艺术创作和出版细节提出建议。刘艳认为,作品与花城出版社的出版传统有内在一致性,但有些段落如果事先作一定的技术处理可能更宜。张丽军认为,小说语言表达的地方性和核心情节的魅力可以进一步加强。

最后,中国小说学会副会长、山西大学文学院教授王春林进行评议,指出与会专家从主题内涵、人物塑造、叙事革新和语言特色等多个角度对《人间信》和麦家的总体创作都做了精彩纷呈的表达,关涉新时代小说的整体创作,甚至延伸到整个中国当代文学。中南大学晏杰雄教授进行简短总结,认为从创作整体看,麦家堪称新时代文学创作的三个典范:新时代以人民为中心的创作典范、讲好中国故事的典范、好看小说与好小说相结合的典范。麦家本人也从个人经历出发,真诚地分享了自身的创作感受。他坦陈,自己的内心被童年困住,有私人的敏感、偏执,甚至有冥顽不化的愚昧,和社会交际圈、文学圈都很疏离。除了亲人之外,文学就是他的世界。他在创作中的变形比较大,《人间信》回到日常生活书写,是一部自我的心灵之书与治愈之书。这次创作也是一次难得契机,使他的内心得以放松和治愈。与会专家对自己的内心世界投以关注和尊重,以及对文学的付出精神,都使自己深受感动。此次研讨会在文学创作和文学批评的双重视野中,在不同知识体系和学术背景的多元审视中,从多个维度发掘了麦家小说创作的新动向和新特点,有助于我们更深入地理解其作品的精神内涵和美学品质,也为新时代文学研究关注重要作家作品提供了良好范式。

[本文系国家社科基金项目"新中国长篇小说文体发展史"(编号 20BZW171)的阶段性成果。]

[作者单位:中南大学人文学院、中国作协新时代文学研究中心(中南大学)]

当"种子精神"奔涌文学之渠
——关于郭海燕非虚构《归来仍是纯真少年》及其他

□ 张若楠 陈国和 郭海燕

2023年8月,郭海燕创作的生态文明建设题材主旋律作品、纪实文学《归来仍是纯真少年》,全文5万字,发表于《西藏文学》2023年第4期头条。文章用激情、朴实的语言勾勒"国家生态安全的守护者""时代楷模"钟扬不平凡的一生,深度挖掘、讴歌其在生态学科研、知识报国、教书育人等多方面的"种子精神"。习近平总书记指出:"生态环境是人类生存和发展的根基,生态环境变化直接影响文明兴衰演替。"在党和国家大力推进生态文明建设的当下,此作发表后,先后被文坛内外的中国作家网、湖北作家网、湖北黄冈中学官微公众号等新媒体全文转载,读者反映良好。

钟扬,出生、成长于湖北,是著名植物学家,曾任教于复旦大学和西藏大学。他献身科学、国家和人类,艰苦援藏16年,跋涉雪域高原50多万公里,采集了上千种植物的4000多万颗种子,填补了世界种质资源库没有青藏种子的空白,为国家和人类夯实丰富的基因宝藏,在生态学学科建设和科学研究上作出了重要贡献。以德修身、以德立学的钟扬,还将高等教育的种子撒在祖国最需要的地方,对西部少数民族地区尤其是西藏地区的人才培养贡献颇丰。他的一生展现了中国共产党党员的崇高精神和人格力量。2017年钟扬因车祸英年离世,之后他被中宣部追授"时代楷模",被中共中央授予"全国优秀共产党员"称号,并当选"感动中国年度人物",获评全国"最美奋斗者"称号,还光荣入选中国共产党成立100周年100位重要英雄模范名单。

郭海燕,是湖北作家,也是钟扬在湖北黄冈中学时的学妹。自2019年春起,怀揣天然使命感和责任感的郭海燕,倾情投入中篇非虚构《归来仍是纯真少年》的创作,前后历四年,2022年秋始定稿。

郭海燕早期以小说创作进入文坛,她的小说集《单双》(2019年,北岳文艺出版社)、《理想国》(2013年,江苏文艺出版社)曾引起广泛关注。近年来,郭海燕的创作涵盖了脱贫攻坚、乡村振兴、科技强国、生态文明、抗击新冠疫情等多个题材。她出版了纪实作品集《此情可待——我的非虚构现场》(2020年,武汉出版社),该著关注"三农"新变、见证"科技强国",并聚焦"能源"等议题。这些关注点都与当下主流话语体系中的高频词汇紧密相关,这些词汇频繁出现在中央政策、社会话题和媒体报道中。由此可见作者深度关切现实、"讲好中国故事"的立场与抱负。通过对社会生活中不同现象的关注,郭海燕展现了宽阔的选材视野;在立意上,她常采用以小见大的手法,通过描绘关涉社会重大战略的具体场景,挖掘时代意义。在她笔下,作为书写对象的人物言行彰显了中国人在时代发展进程中表现出的拼搏奋斗精神、诚实善良品格和心系家国的理想情怀。这些作品所涉及的事件,几乎都是近几年在中国社会中发生的大事件。因此,郭海燕的纪实文学创作,为构建社会意义、弘扬时代精神提供了极为有效的书写。

本文以郭海燕的纪实文学作品《归来仍是纯真少年》为主题,对作者进行深入访谈。

陈国和:郭海燕老师,您好!《归来仍是纯真少年》中的主人公钟扬是国家生态安全的守护者,为国家生态文明建设和绿色发展作出了杰出贡献。党的十八大以来,以习近平同志为核心的党中央把生态文明建设摆在全局工作的突出位置,这关系到中华民族永续发展的根本大计。中华民族向来尊重自然、热爱自然,中华文明孕育着丰富的生态文化。而种子资源事关国家生态安全,事关整个人类未来。

张若楠:钟扬坚信"一个基因可以拯救一个国家,一粒种子可以造福万千苍生"。他用奋斗诠释着一生不渝的追求,为共和国科学事业埋下珍贵的"种子",在生物多样性不断遭到破坏的当下,他努力为人类建一艘种子的"挪亚方舟"。对于您来说,把握这样的重大题材是否具有一定的挑战?纪实性文学作品与虚构性小说不同,它依靠采访和资料写作,需要深入展现写作对象的复杂与多元。在创作之初,您做了哪些准备工作呢?

郭海燕:我很高兴有机会与中南财经政法大学新闻与文化传播学院的陈国和教授,及陈教授的高徒、在读研究生张若楠同学一起,围绕拙作《归来仍是纯真少年》,进行一次坦诚对话。感谢陈教授,感谢若楠同学!

植物学家,复旦大学研究生院原院长、生命科学学院教授钟扬,是我在被誉为"全国普通中学一面旗帜"——湖北省黄冈中学时的学长,他的老师余楚东就是我的班主任。身为一名湖北籍作家,兼钟扬的学妹,我为在湖北出生、在湖北成长的优秀学长钟扬树碑立传,感觉顺理成章,就像做一份必答的试卷、一道必思的考题。创作这篇非虚构作品,并没有任何部门、单位或个人要求或邀请我去写,纯属我自发自觉的主动行为。因此,首先在心态上,我比较放松,因为没有外来的"逼稿"压力。但是,毕竟此作题材和主人公都非同寻常。习近平总书记指出:"生态文明是人类社会进步的重大成果。人类经历了原始文明、农业文明、工业文明,生态文明是工业文明发展到一定阶段的产物,是实现人与自然和谐发展的新要求。"当现代化与工业文明相伴而生,如何在生产力快速发展的同时避免巨大的生态环境代价,这是世界现代化史中的难题;而我们要实现的中国式现代化,是人与自然和谐共生的现代化。在大时代的呼唤下,应运而生的科学家钟扬被誉为"国家生态安全的守护者",他努力为国家和人类夯实基因宝藏,给未来留下种子。其极具前瞻性的科学报国务实行动,已汇入党和国家大力推进生态文明建设战略举措的时代大潮。他是先锋、是弄潮儿,也因此被竖立为新时代全党全国的重要英模人物。毫无疑问,创作以钟扬为主人公的纪实文学作品,对于我这样一个进军主旋律创作时间并不长的普通作家来说,的确是一件颇具挑战性的严肃事情。

我就是在这种挑战性压顶,明知山有虎,偏向虎山行,而又较放松的心态下,创作完成这部作品的。创作前,包括整个创作过程,我都在不停地从各种渠道,以各种方式搜集相关资料,包括购买纸质书籍,从网上下载权威资料,留心电视新闻、官微公众号的相关资讯等,将资料进行分类整理,如同匠人般精心储料、下料,在通往主人公"种子精神"、内心的蜿蜒山道上一步步前进;从技术层面上,在初步理解、靠近主人公精神内核的前提下,我从媒体新闻、相关文献包括主人公自述里搜寻、剥出我需要的线索,进行追踪,包括采访钟扬的同学、校友,接受钟扬家属的指点、指导等,多维度、有方向地从时代背景、主体事件到人物内心,从个体精神到社会价值、生命意义等,进行深层次、有节奏的非虚构分析。其间,我的恩师、原黄冈中学历史特级教师戴军提供了很多帮助。同时,我注意同步融入现实,比如采写过程中突然爆发新冠疫情,待一切较稳定后,我又回头去深挖、补充关于钟扬对新冠抗疫作出前瞻性特别贡献的资料,重新补充创作和提炼提升主题。

张若楠:在创作过程中,您觉得主要有哪些方面的难度?您是如何应对这些挑战的?

郭海燕:创作这部作品,我感觉难度最大的,是作为"时代楷模"的钟扬学长"种子精神"内涵太丰富了!他就像一轮小太阳,光芒万道,太耀眼了!那一道道的光,简直亮瞎了我的眼!……单凭拙作,区区一个中篇,我无法一下子穷尽!比如,钟扬充满爱国主义精神的个人成才之路;成为国家栋梁后他对我国教育现状的高瞻远瞩反思、展望;作为援藏干部,他对西藏地区生态学科人才梯队建设的巨大贡献;作为"国家生态安全的守护者",他对国家种质资源的切实保护与创新利用;作为一线科学家,他对抗击非典、抗击流感病毒(或其他病毒)传染病的科研科普等。从每一个维度看,那都是一座山啊！而纪实文学不是新闻，不是全景拍摄，它需要更深地挖掘、打量，将之打碎了重来，直至重塑。记得创作中，起步即犯愁。当时，我正在武汉江夏区参加武汉作家协会举办的笔会活动，那是在五月里美丽的竹馨庄园。青竹悠悠、碧水无声，繁花乱目，一步一景啊，到底选哪处观察点、何种角度，去进入、体悟我眼里的"时代楷模"心路？如何踏着采药人般文学小道，准确抵达我所观测到的"种子精神"顶峰？如何再现、塑造时代风云下"山登绝顶我为峰"的壮美风景？非虚构作品的文学性、文学价值，又如何在主旋律作品中"大道如砥，行者无疆"地体现和创新？……这些问题，曾让我无比烦恼、痛苦，可又乐此不疲。竹馨庄园里的草木鱼虫，见证了我脑海里日夜进行的这些缠斗。怎一个难字了得啊！都说楚人不服周，我唯有以楚风昂然的钟扬学长为榜样，不畏艰困、脚踏实地，有信念、有性格，与时俱进地一步步去攀登云峰。

陈国和：郭海燕老师，为了创作纪实文学作品《归来仍是纯真少年》，您甚至中断了您所热爱的小说创作，前后花了4年。在当前快节奏的发展趋势下，您暂停最爱，仍然花费如此长的时间写一部中篇非虚构，这是否与您作为作家以及钟扬的学妹，天然地具有一种使命感和责任感有关？

郭海燕：是的。钟扬出生、成长于湖北，曾长期工作在武汉，他是在武汉成功变身——由一名无线电专业的工科男转型为植物学家，从而走上"国家生态安全的守护者"之道路。新时代的文艺要有新担当，要为培根铸魂尽心尽力。面对优秀学长、"时代楷模"钟扬，身为一名作家，尤其是湖北籍、武汉作协的签约作家；身为湖北黄冈中学的毕业生和钟扬的学妹，写这部作品，我确实有一种使命感、责任感。毫无疑问，钟扬学长的"种子精神"，就是我们写作者应关注、学习、挖掘与弘扬的新时代的根和魂之一。我的个人体会是：当写作的使命感、责任感在心中油然而生，它们每增强一分，由此带来的创作真趣便多一分，同时也让我对写作及写作之外的未来，更多一分热爱和信心。

陈国和：在作品中，您在"讲好中国故事"的主流话语中展开叙事的同时，通过将宏大叙事和日常叙事统一起来的手法，挖掘和记录时代精神中蕴含的人性光芒。

张若楠：您写钟扬不仅描绘了他的事迹，更凸显了他独特的人格魅力。在您的书写中，我感受到一位心怀大爱的知识分子形象愈发丰满、立体，他用生命在祖国大地上，播种下希望和未来。时任中共中央政治局委员、上海市委书记的李强评"钟扬同志是新时代的重大先进典型"，该评语具有鲜明的时代特征，蕴含着丰富的时代内涵，高度契合了"不忘初心、牢记使命、永远奋斗"的时代号召，有力概括了一名优秀共产党员和优秀知识分子的时代风采，也生动诠释了海纳百川、追求卓越、开明睿智、大气谦和的上海城市精神的时代内涵。身为创作者，您费时4年五稿方成此作，洋洋洒洒五万字，您是怎么把握好"纪实"与"文学"的融汇力道的？如何确保"事实"与"修辞"之间的平衡？

郭海燕：在个人创作经验中，我感觉这两个问题切中纪实文学写作的要害。我认为"纪实"与"文学"不是一对反义词，它们不是对立的。比如，西汉司马迁的名著《史记》，既是中国历史上首部纪传体通史，也是一部优秀文学著作，它被鲁迅誉为"史家之绝唱，无韵之《离骚》"。司马迁在《史记》里注重语言和细节描写。请注意，《史记》里司马迁的语言很简练、精确，极富表现力。这是纪实文学创作的榜样。关于纪实文学创作，从一开始我就比较注意语言——可能这与我在小说写作中也很注重语言有关。事实上"创作"这个词，前面本就没有"小说"和"纪实文学"之类定语。在语言方面，我认为自己在"简练"上存在较大问题。"纪实"偏倚事实，"文学"注重修辞；怎么把握好"纪实"与"文学"的融汇力道呢？"何妨云影杂，榜样自天成。"学习两千多年前的史圣兼文学家司马迁，以真实为王，在语言和细节描写方面多下功夫；并在个人创作中，适时运用合理性心理分析、拓深人文背景等柔性手段，来形成解决此问题的个性化立体路径和方法。这是我的一点经验。至于如何确保"事实"与"修辞"之间的平衡，这个问题很关键。司马迁善于把笔下人物置于广阔的社会背景下加以表现，展示个人命运偶然性中所体现的历史必然性。这种对历史规律和人物命运进行综合思考，溯本求源、标本兼治的"中医式"思维及导向，通过我从小接受的教育包括黄冈中学教育、大学教育,包括相关个人阅读、独立思考等,无不潜移默化地影响着我的世界观、人生观、价值观。反映在个人写作上,尤其是我的纪实文学创作包括非虚构《归来仍是纯真少年》的创作上,如何运用修辞等文学手段来更好地达到把笔下人物置于广阔社会背景下加以表现,透过表象去发掘本质,便成了我确保"事实"与"修辞"之间平衡的法宝。思想决定行动。师友们点评我的纪实文学作品运用了将宏大叙事和日常叙事统一起来的手法,以挖掘和记录时代精神中蕴含的人性光芒,大概就与我使用的此法宝有关吧。

陈国和:非虚构写作是十多年来引起广泛关注和讨论的重要话题。从新时期到新时代,包括报告文学在内的非虚构文学,成为中国当代文学的重要组成部分。非虚构文学创作的繁盛,是当代文学发展的一种大势。

张若楠:郭海燕老师您早期是以小说创作为主,在今天湖北青年作家中,尤其纯文学创作领域,郭老师您的成绩已颇为突出。在新世纪初,您相继发表的《单双》《指尖庄蝶》等小说受到广泛关注,频频登上《中国作家》《上海文学》《大家》等重要刊物。2019年,您将自己十几二十年前写下的早期作品六篇小说结集成《单双》出版,首版面世仅仅五个多月就售罄,深受读者欢迎,您写的纯文学作品经得起时间的考验。由一个致力于小说创作的纯文学作家,开始涉足非虚构的写作,您开拓了不同的创作维度。请您谈谈您从小说创作跨足非虚构,是出于何时的决定,又是由于什么样的契机让您投入非虚构写作。

郭海燕:贵师徒二位在这里所讨论的非虚构,是包括报告文学在内的非虚构的文学;它区别于当下另一种观点:非虚构不是报告文学,它们是两种体裁。这里我们暂不讨论非虚构与报告文学的关系、异同;为行文方便,我站在二位观点的基础上,来回答问题。

我的非虚构写作,始于二十三年前。2001至2005年,我在总部位于鄂西南宜昌市的湖北清江水电开发有限责任公司(简称清江公司)工作,当时我在公司宣传部主办的文学经济内刊《清江文汇》做编辑。清江公司,是国务院批准的我国首家水电"流域、梯级、滚动、综合"开发试点单位,也是我国第一家按现代企业制度组建的流域性水电开发公司,主要从事清江干流梯级水电站的经营管理。我那时的工作包括采、编、写一条龙。从2001年始,我多次去公司辖下的隔河岩水电站、水布垭工程施工现场等一线采访,进行非虚构写作。换句话说,我的非虚构创作,源于二十多年前的工作需要。但二十多年后,我写的以钟扬为主人公的纪实文学《归来仍是纯真少年》,属自发自觉创作。站在写作的角度回看来路,我非常感谢多年前的清江公司和相关领导、同事如杨农恩、蒋谦、郭寒、谢武山等,给予我信任和支持,"迫使"我进行工作需要的非虚构写作——这是真刀真枪的实战。清江公司是国企,乃全国水电行业翘楚,名震四方,它对宣传工作的要求很高。高要求下的真刀真枪实战,无疑从一起步就为我打下、夯实关于非虚构创作要有立场和负责任、严谨认真的创作心态(事实上它也正向影响到我的小说创作),这点很重要——因为态度决定一切。假若没有当年源于工作需要的非虚构创作实践,就没有今天我可以有选择有兴味地、自发自觉地进行非虚构创作。

张若楠:近年来,您开拓了不同的创作领域。早期的小说主要聚焦于情感题材。直到2013年开始,您的系列中篇小说《理想国》《世纪末》《异物志》等正面聚焦于20世纪90年代的国企改革与下岗潮这现实题材创作,思考个体与集体(如国企)、与时代等关系。

陈国和:"国企改革三部曲"应该可以视为您文学创作上的一个新路标,您的站位更高,格局更为宏阔,现实感更加强烈。

张若楠:而在非虚构领域,您正致力于历史和现实题材创作,特别是红色文化题材创作。2020年初您出版纪实作品集《此情可待——我的非虚构现场》。由一个致力于小说创作的纯文学作家,开始涉足非虚构的写作,您开拓了不同的创作维度,写作视野也由此变得更广阔了。您怎么看待发生在自己身上的这些变化?

郭海燕:谢谢陈教授和若楠同学对我创作的长期关注!在世界艺术品类中,中国山水画独树一帜,它讲究以大观小、以小观大,画里整个世界浑然一体。中国人的这种美学观,来自中国哲学。中国哲学主张天人合一,强调事物的系统性、整体性、无限性。这些,无处不在地浸润着我们生活中的方方面面,包括寻常百姓生活。作为一名普通中国人、中国作家,它同样浸润、滋养着我,比如小时候我就喜欢盯着家里土墙上的雪地锦鸡挂历画发呆,离开老家后我特别喜欢乡下一畦畦的蓬勃菜地,它们让我联想到世界之精彩、生命之美好,人之为人的在地性、创造性和诸多可能……艺术无疆。今天作为创作主体的我,在世界文坛亦找到高阶榜样。比如法国女作家安妮·埃尔诺,她早期写小说,后来她离小说渐行渐远,写着写着她把自己当成一个样本,试图通过真实地写自己来写大家,写大家共同经历过的时代与社会,埃尔诺独树一帜的"非个人自传"写作由此诞生,她也因而获得2022年诺贝尔文学奖。埃尔诺说:"一些文学作品会让我抗拒——依我看,那些编造的书是没有血肉之躯的。我所主张的基本上就是我自己的文学观,即是说,我希望每个句子都承载着真实的东西,文字不再是文字,而是感觉、意象,它们一经书写/阅读,就蜕变为一种'坚硬的'而非'轻盈的'现实。"此话我深以为然。我认为,埃尔诺的"非个人自传"写作理念,同我们中国人以大观小、以小观大的艺术观,异曲同工。已成文学高峰的埃尔诺写作历程,让山脚下的我,清晰看见个体作家如何与历史、与时代互通互融、互相指认、互相塑造,最终胸怀天下地并肩同行。普通如我,在写作方面的体裁、题材等变化,正是我身不由己地往这条路上走的指征。站在路的起点,我确实感到视野更开阔了,远方风景如此诱人。

陈国和:纵观您的创作,您走出了一己之悲欢,而关怀社会民生,将写作视野拓展到更广阔的社会现实,关心底层、关注焦点问题、聚焦人性等,凸显了您作为作家和知识分子的使命感和担当精神,在当代文化语境中也显得非常可贵。

张若楠:具体表现在《归来仍是纯真少年》这部作品中,您保持了非虚构作品"事真、理真、情真"的创作原则,体现出高度的写作素养。

郭海燕:非常感谢陈教授和若楠同学的肯定、热情鼓励!我将你们的褒扬视作期待,更化为我写好下一部作品的动力!

陈国和:非虚构文学的文体特征在于历史事实与文学诗性的融合,理想的非虚构文学是史学与美学融合,是史与诗的共构相生。

张若楠:我注意到您的部分小说以题记开篇,非虚构《归来仍是纯真少年》也有题记,引用的是仓央嘉措的诗句:"神树香柏的枝头,年轻的杜鹃落下,/什么都不必多讲,请说一句动听的话。"此篇中这一手法的用意是什么?

郭海燕:我的部分作品里有题记,若非要以名词术语来解读,当然离不开传统表现手法里的三剑客:赋比兴。关于"赋比兴",叶立文教授在《"异"的解析——评郭海燕的小说"国企改革三部曲"》一文中有高论:"'赋'是直陈其事,'比'是'以彼状此',至于兴,则有'举起、提升、情趣的洋溢、高度理解而浮出的联想'之意。虽然这些传统文论的概念属于诗学范畴,但用于小说叙事似也妥帖","小说不该缺少'兴',否则匍匐在地的叙事,终将沦为历史学或社会学的调查报告"。叶教授的观点很实在、精辟,我很赞同。叶教授从理论上,先声夺人地概括、肯定了我在小说作品里借题记运用"赋比兴"手法,从而给整个小说文本带来有个性的文学效应之实践。这个点评让我很受鼓舞,很有启发!非虚构拙作《归来仍是纯真少年》以仓央嘉措的诗句作题记,借用叶立文教授的文字来解读,那主要是因为我不愿让这篇非虚构作品"匍匐在地地叙事,直至沦为历史学或社会学的调查报告"。另外,引用六世达赖喇嘛的诗句作开篇题记,也意味着西藏人民对钟扬的感恩、怀念,意味着雪域高原对"时代楷模""种子精神"的深情歌颂……除此,《归来仍是纯真少年》的主人公钟扬曾是文学青年,他有过当作家的梦想。即便后来钟扬成为一名科学家,他仍然不忘文学爱好。援藏16年,钟扬除了热爱青藏高原上的科研对象和生态学人才,他还热爱西藏地区的人文,比如仓央嘉措及其诗歌。他一直在收集关于仓央嘉措的资料。在向钟扬致敬的此作里,我引用仓央嘉措的诗歌作为题记,我想,钟扬学长该乐意吧。

陈国和:回顾钟扬53年的生命历程,他以对党和国家的忠诚、对事业的执着,把心血和汗水倾注在国家和人民最需要的地方,留下宝贵的"种子精神"。他的美好心灵,像藏波罗花般扎根大地,绽放出荡气回肠、震撼人心的精神力量。

张若楠:在《归来仍是纯真少年》的末尾,您表达了对钟扬学长的敬重之情。非虚构写作中,情感既具有个人性,又具有公共性。您的情感表达真实且感人,唤起读者的情感共鸣。在这样的写作过程中,您展现出了真诚的作家自我意识。实际上,这样的非虚构作品并不多见,而《归来仍是纯真少年》就葆有了这样一种真诚的姿态,娓娓道来钟扬的传奇一生。您这次的创作可谓是充满了现实关怀与作家情怀以及实践精神,也让我们读者深受感动。您可不可以和我们分享此作背后的故事?

郭海燕:我讲两个小故事。一个是关于张晓艳教授。在拙作《归来仍是纯真少年》前后4年的创作过程中,钟扬的妻子、同道,同济大学生命科学与技术学院博导张晓艳教授一直热情地给予我各种指点、帮助。钟扬于2017年9月车祸逝世,他的英模事迹、"种子精神"名震天下,诸多新闻报道、书籍、报刊等铺天盖地。作为创作主体,想收集、整理钟扬的文字资料,一定程度上不难,但同时也较难——因为各种信息太多了,连绵不断、如涛似海!如何高含金量、高效率地采撷所需?晓艳老师很细心,她动用科学方法,主动向我推荐了几本关于钟扬事迹的书。这些书里的部分细节,为我的创作提供了重要的资料比对、增删、线索续接转换等方面帮助。创作期间,我还多次请教、采访晓艳老师,每次她都热情、细致地予以回应和指点。此作最终能顺利完稿,我很感谢晓艳老师!

另一个是关于钟扬的黄冈中学同桌,著名诗人、小说家、南京理工大学副教授黄梵。拙作《归来仍是纯真少年》在《西藏文学》杂志发表后,2023年12月4日,它被钟扬学长、黄梵学长和我的共同母校——湖北省黄冈中学官微公众号全文转载。是日,钟扬逝世前一直交谊甚深的黄梵,第一个给我发来母校官微公众号转载此作消息。微信里,黄学长叹息:"想到钟扬总是很心痛,他想和我一起做很多事,可才开始就(大哭表情符号)""我代老同学感谢你用文字护持"……看完黄学长微信,我的心里微酸,又如长风来回拂动,升起别样的感触。当文学日夜兼程,那些闪光的精神已成路标啊!而"种子精神",是其中醒目的一块。现在回想,当初我创作《归来仍是纯真少年》时应该下更多的工夫,若此也许会写得更好一点。

[作者单位:张若楠,中南财经政法大学新闻与文化传播学院;陈国和,中南财经政法大学新闻与文化传播学院;郭海燕,《芳草》杂志社]

从《长江文艺》通讯员起步

——刘守华先生访谈录

□ 刘守华　唐媛媛

采访时间：2024年4月2日下午

采访地点：湖北省武汉市洪山区珞喻路152号华中师范大学北区 刘守华先生家

唐：刘守华老师，您好！非常感谢您在百忙之中接受我的采访。我是华中师范大学汉语言文学专业2014级的本科生唐媛媛。最近在查阅建国初期"文艺通讯员运动"的相关材料时，偶然发现您曾是《长江文艺》早期聘任的通讯员之一。原以为《长江文艺》及其开展的轰轰烈烈培养新人的文艺实践已沉入历史，看到您刊载于《长江文艺》70周年特刊上的回忆文章《从〈长江文艺〉通讯员起步》，想起在华师学习民间文学的日子，才发现原来历史就在我们身边。我们已然成为那段历史的一部分。

刘：我于1950年9月进入沔阳师范学校。在那里，我开始了学习写作和采录民间文学的活动。1951年5月22日，我以"刘毅"为笔名，在《湖北农民报》上发表头版头条文章《刘世才互助组灵活记功》。因为涉及"评工记分"这一中国农民在农村互助合作运动中的重要创造，这篇稿件在社会上受到很大好评。我被吸纳到《湖北文艺》，在地方宣传部门的支持下，开始与报纸发生联系。此期，我担任了《湖北日报》《湖北农民报》《长江日报》和《新青年报》的通讯员，学写新闻通讯。

唐：老师在文章中谈到您是1956年受聘为《长江文艺》通讯员的，当时的具体情况如何？

刘：1953年9月至1957年8月，我被沔阳师范学校选送到华中师范学院(今华中师范大学)攻读中文系本科。那时是按片区发展师范学院，中师主要培养小学教师，高师培养中学教师。我们这一代的许多学者，都是在1956年"向科学进军"的时代热潮中叩响科学殿堂的大门的。记得我曾和音乐系的邱刚强同学一起合作创作过歌曲《进军的号角早已吹响》，他作曲，我写词，发表在1956年3月的校报上。歌词里有这样的句子，"雄鹰靠健壮的翅膀飞翔，青年人有知识就有了力量。年轻的朋友，准备好行装，快骑上时代的骏马，进军的号角早已吹响。我们要拿下科学知识的壁垒，把祖国建设的美好富强"。这很能代表那时我们年轻人向科学进军的火热心情。

由于思想上的解放和学术上的用心钻研，我在1956年竟取得了意想不到的科研成绩。20世纪50年代，姚雪垠先生在武汉中南作协任专职作家。当时我们中文系的副主任王凤老师也是河南人，便邀他来华师讲学。我是学习部部长，负责与姚雪垠联络，安排他在华师的授课、生活。渐渐熟识后，我就在课间向他请教相关问题。有一个民间故事，是讽刺守财奴的。写一个地主很吝啬，快去世时将儿子们召到身边，商量如何处理他的尸体。大儿子说要隆重祭奠，他不同意，说太铺张浪费；二儿子说那就马虎简单一点处理，他也不同意；三儿子主张将他的尸体当猪肉卖掉，老头很赞赏，认为他的小儿子会打主意。死后，他的尸体便被当作猪肉卖给隔壁张家。民间故事中的这类讽刺作品，和经典文学作品中对守财奴的讽刺手法很相似。在与姚雪垠先生的交流商榷中，我完成了《谈民间讽刺故事》一文,发表在《长江文艺》1956年第6期。这是我进入民间文学的亮相之作。编辑在《编后记》中将这篇文章作为重要篇目点出,"在评论方面这期发表了刘守华的《谈民间讽刺故事》,提出了民间讽刺故事中的一些重要问题,值得我们重视和进一步研究"。

如此,我便与《长江文艺》编辑部逐渐建立起较为密切的关系。

唐:当时《长江文艺》有具体的通讯员制度或条例吗?

刘:有的。(说着,刘守华老师拿起印有"《长江文艺》通讯员条例"字样的中南文学艺术界联合会稿笺)

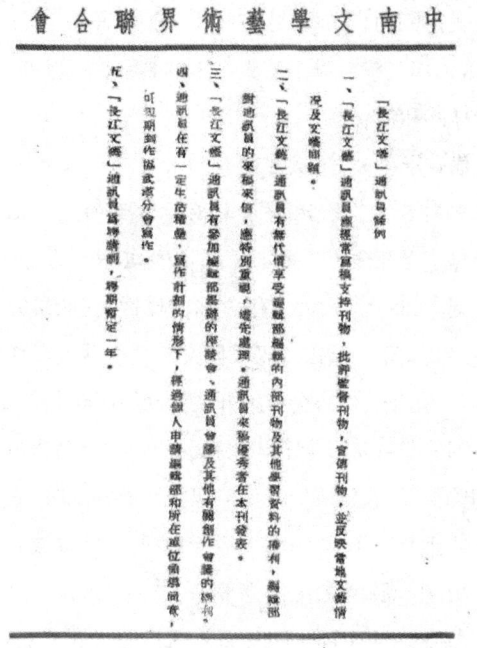

《长江文艺》通讯员条例

一、《长江文艺》通讯员应经常写稿支持刊物,批评监督刊物,宣传刊物,并反映当地文艺情况及文艺问题。

二、《长江文艺》通讯员具有无代价享受编辑部编辑的内部刊物及其他学习资料的权利,编辑部对通讯员的来稿来信,应特别重视,优先处理。通讯员来稿优秀者在本刊发表。

三、《长江文艺》通讯员有参加编辑部举办的座谈会、通讯员会议及其他有关创作会议的权利。

四、通讯员在有一定生活积累、写作计划的情形下,经过个人申请编辑部和所在单位领导同意,可短期到作协武汉分会写作。

五、《长江文艺》通讯员为聘请制,聘期暂定一年。

唐:那时《长江文艺》编辑部与通讯员的关系如何呢?

刘:尽管有通讯员条例,但那时通讯员和编辑的联系还是多以信件往来的方式进行。编辑根据通讯员寄来的稿件,指出实际写作过程中的长处和缺点,给出具体的批评建议。在这样的往返交流、修改中,通讯员的写作水平提高很快。

我在《长江文艺》上发表过十来篇文章。投寄给编辑部而未能发表,却获得中肯批评、深受教益的文稿大约是发表数的三倍。和《长江文艺》编辑部的交往,开辟了我学习文学和民间文艺的第二课堂。他们所写的回信,无论是录取稿还是退用稿,常常不亚于语文老师对同学作文的悉心评改。

唐:我看到您在文章中说,"在和编辑部的通信中,最终刊出的文稿大约只占三分之一;虽有意见交流,却仍旧未能写好或因其他限制而未能发表的则占到三分之二"。您认为《长江文艺》编辑部在刊发通讯员的作品时,会着重考量哪些因素呢?我们知道,"发"与"不发",是每位编辑在日常工作中都需面临的重要选择。不同出版社、不同编辑都会有不同的"发"与"不发"的理由。而在"发"与"不发"之间,正体现了一个编辑、一个出版部门的倾向和性质。

刘:我是高校学生,主要写文艺理论方向文章,可能和工农兵的文学创作不太一样。刘岱老师是当时《长江文艺》理论组的负责人,评论者主要和他联系,我大概也属于他负责的范畴。文艺理论文章要求有逻辑、有深度,有论者自己的观点。如我的《鲁迅论民间文艺》一稿,编辑来信说,"我们研究过了,感到其中你自己的见解不太多,有的意见谈的也不够深,作为一篇研究性的论文,觉得分量有些不够,因此我们不想在刊物上用"。又如《略谈新民歌的艺术构思》一稿,编辑来信称,"我们原来准备发,也作了些修改。后来,经我们再研究后,认为它还有些不足之处。主要是对诗的艺术构思的形式分析得不够深,有就诗论诗的缺点"。

此外,《长江文艺》编辑部坚持热心扶持新人新作和严守文艺创作规律平衡统一的工作作风,也令我们印象深刻。经过1954年李希凡、蓝翎"两个小人物"的事件,加之1956年全国"向科学进军"的热潮,青年人的意见、创作,受到刊物的普遍重视。文艺通讯员运动就是这种时代风尚中的一例,年轻人的作品,哪怕意见不成熟,也会受到编辑的热情鼓励。青年人的创作热情很高,各个编辑也很热诚、平等地帮助他们,特别是那些来自底层的青年学生。但《长江文艺》编辑部对新人的扶持、对新作的编选,又不是毫无原则的。如1961年以"大跃进"时期"集体创作"形式写就的《湖乡颂》,从下乡搜集素材到构思立意,这篇以沔阳战胜龙卷风灾害为题材的叙事长诗都受到《长江文艺》编辑部的大力支持,并拟在复刊号上发表。但当初稿交付编辑部,编辑在审阅后寄来了一封三千多字的长信。他在详细指出作品问题后提出,"请你们考虑一下,今后修改这部长诗,先从总结创作的基本规律入手,然后再进行艺术构思"。前面关于《略谈新民歌的艺术构思》一稿,编辑也有"艺术构思有它一般的规律,但不同的作者对不同的题材写出了不同的作品,其艺术构思各有不同的形成过程"的明确意见。

从这些文稿的处理意见中,我们可以感受到当年《长江文艺》编辑部既充分爱护群众参与文艺创作的积极性、不厌其烦地热心予以扶持,又充分尊重文艺创作规律、严肃认真审读每一份初稿的工作作风。

唐:在您投寄给《长江文艺》编辑部的所有通讯员稿件中,《清水河边的喜事》似乎是比较特殊的一篇。它以您在洪湖地区下乡参加土改等社会活动的生活经验为基础,编辑在肯定它"文字流畅,叙事生动"的同时,又中肯地指出了作品"偏重于对主人公旧时代生活的叙说","而对新生活、新思想的描写较为单薄"的缺陷。后由一位编辑加入改写,以两人合作署名的形式发表于《湖北文艺》。请问您如何看待编辑在编排作品过程中亲自持刀下笔、大幅改动通讯员作品的现象?

刘:四千余字的新故事《清水河边的喜事》发表于《湖北文艺》1953年第2期,署名"捷夫、恒西"。"捷夫"是我当时使用的另一笔名,寄寓着我对苏联革命作家《青年近卫军》作者法捷耶夫的崇敬;"恒西"是《湖北文艺》的编辑常恒。就今天的观点,编辑加入作品的创作、对作品进行再创作,好像是文艺通讯员的声音被更大的政治声音淹没了,难以自由传达。其实我们当时没有这个感觉。文艺为工农兵服务,政治统帅文艺,在我们看来是很自然的事情,也是我们文艺创作的基础,并不会因为编辑修改我们的作品就感到政治对文艺的压抑。文艺和政治之间的矛盾,在60年代中期到70年代才比较激化。

因而对于编辑对我们的作品修改,感到更多的是他们对青年作者的热心关切和细致入微的扶持。当时作家都是大明星,编辑却在舞台背后默默无闻,从不留名。我存留的四十多封信札,一律只署名"《长江文艺》编辑部",没有哪个编辑个人的名字,这背后有很强的责任感和信念感。

唐:《长江文艺》轰轰烈烈的文艺通讯员运动到50年代末期不了了之,相关资料对这方面的原因记载也很稀薄。老师作为历史当事人,知晓其中的隐情吗?

刘:1958年后,因工作方面的原因,我的研究重心转向民间文学。后来武汉民间文艺协会从武汉作家协会中分离出来,各协会单独开展活动,我与《长江文艺》编辑部的联系就减少了。此后《长江文艺》通讯员运动的相关情况,我也所知甚少。但在我看来,我们做局部的文艺研究工作,总结相关经验教训,需将其放置在大的历史背景脉络之中来考察。1959—1961年,"大跃进"之后的三年困难时期,文艺的作用大大衰弱;1961年,社会主义教育,强调阶级斗争,一直延续到70年代;最关键的还在新中国成立后到"大跃进"之前的这段时期,社会形态、性质的变化,国家应付困难的方式,以及与苏联关系破裂给我们带来的影响。把大的国史、党史了解清楚,将小材料放在合适的位置,进而揭示事物变化的原因、进程和性质。

唐:谢谢刘老师的指点!今天的交流让我受益匪浅,再次感谢刘老师。

[作者单位:刘守华,华中师范大学文学院;唐媛媛,中国人民大学文学院]

主持人语

□ 邱　婕

张慧兰是一位让读者"捉摸不透"的作家，她生长于楚地之中，但其创作却不断呈现出地域之外的宏阔度与普适性，持续彰显着文学自由生长的姿态与力量。张慧兰创作的这份文学活性既来自其在基层的躬耕，也源于其俯身于人性的悲悯，亦与其对时代的紧密相随息息相关。

作家创作的第一现场是解读作家作品的关键密钥，《写作是与自己灵魂对话的过程——张慧兰访谈录》全面且深入地还原了张慧兰创作的真实心境与原生土壤。这场对话不仅揭示了张慧兰创作的轨迹走向及其背后动因，而且展示了张慧兰的人物观、文化观、语言观、阅读观以及有关未来的创作规划等方方面面的真实心绪，为触摸且了解张慧兰的创作面貌铺就了坚实的全景式基石。

在张慧兰的创作中，乡土书写是不可忽视的重要图景。扎根乡土之中，以近乎虔诚的姿态记录乡土上的风景与风情，是张慧兰的文学创作出发的原点。鲁微、张林园的《论张慧兰小说中的乡村叙事》便辗转于乡土本位与新的时代进程之间探索张慧兰小说中的乡村形态，发掘其中的空间样貌与乡村人物，指出张慧兰笔下的乡土是极为多元含混的存在，且呈现出在苦痛中反思、在坚守中前行的不屈姿态。

无论是乡土之中，还是在乡土之外，张慧兰从不掩饰自己对于创作女性形象的热衷。吕兴的《女性形象的塑造与时代精神演变——论张慧兰小说中的女性书写》敏锐地察觉到了张慧兰擅长书写女性的特质，且进一步探索出作家创作女性形象背后的深刻意义：一方面通过"地之女"与"零余者"来折射乡村新女性形象的塑造与乡土伦理观念的嬗变；另一方面通过"疯女人"与"殉道者"来完成对都市女性传奇的书写与异化人性的摹写，进而达成通过女性形象透视整个时代的精神本质的书写目的。

凭借长篇的体量以及内容的独特，张慧兰的长篇小说《戏殇》一经问世便引发了热切关注。本栏目便有两篇文章将探索的目光聚焦于《戏殇》这一文本中。董琼的《人生如戏，戏如人生——评张慧兰长篇小说〈戏殇〉》将《戏殇》放置于中国文学史的长河之中，并对其做出了文史坐标的定位，提出张慧兰的长篇小说《戏殇》不仅丰富了中国文学中的人物类型，而且如实记录了文化体制改革下楚剧这一传统剧目的沉沦与阵痛，是作者为时代转型背景下传统文化的现代命运书写出的一曲动人赞歌。

孔德玉的《论张慧兰小说〈戏殇〉中的楚剧因素》从"楚剧"说开去，对文本中的"楚剧元素""戏中戏"等叙事结构进行探究，认为《戏殇》凭借立足传统文化、回应现实的现实主义精神，完整地展现出了一个地方楚剧团在文化体制改革背景下艰难转型的过程，并由此发出张慧兰在未来继续讲好新时代中国故事的愿景与期待。

张慧兰的文学世界是一个发乎楚地又延伸于外的精神空间。对生命体验的珍视、对历史现实的捕捉、对时代精神的聚焦，共同铸就了张慧兰书写的最终落脚点：既是地方的也是民族的，既是民族的也是世界的。凭借个体经验出入于乡土文化与都市空间之间、构筑出的"众声喧哗"的文学世界，是张慧兰时刻发现身边的变化、用真诚的文字直抵现实原相、为人民与时代交出的精神答卷，值得持续的探索与关注。

[作者单位：武汉轻工大学人文与传媒学院]

写作是与自己灵魂对话的过程
——张慧兰访谈录

□ 张慧兰　吕　兴

吕兴：张慧兰老师您好，我在阅读您的小说过程中发现早期您好像更加聚焦于对乡土的写作，比如说2012年的《麻木》、2016年的《回梦》等，但是近几年您更关注城市特别是都市女性的生存和命运，比如说2022年的《无回应之地》、2023年的《伊对儿》。从您自己的角度来说觉得有这样的创作转变吗？是什么促使您的创作发生了这种转变呢？

张慧兰：确实，你提出的问题我也曾深思过。早期，我的创作确实较多地关注乡土题材。例如，在2002年，我在《长江文艺》上发表了一篇名为《憨女》的小说，讲述了一位农村智障女性的故事。此外，2012年的《麻木》、2016年的《回梦》，以及《幺姑》和《稻草人》等作品，均以乡土和集镇生活为背景，叙述了发生在那里的故事。然而，近年来，我的写作更多地倾向于都市，尤其是都市女性的生活，这表明了一种创作上的转变。但我认为，这种转变并非我有意为之，而是自然而然发生的。我的所有小说都与我个人的经历和体验紧密相关，与我所处年龄段的关注重点相吻合。我所经历的、周围发生的、我所关注的以及思考的，都直接反映在我的作品中。因此，这种转变实际上是客观现实与我的主观感受相结合的结果。它并非刻意为之，不是说我曾经专注于农村题材，现在就一定要转向都市题材。而是随着我的经历、关注点以及思考的深入，我的创作自然而然地发生了变化。我最初的工作始于1988年，当时我在一个小镇上的小学担任教师，后来又在中学教书，在那里工作了19年，我接触到了许多乡村人物，因此我的作品中乡土题材较多。2008年，我被调到蔡甸区城关的区文化体育局（现称文化旅游局），在机关工作。在这里，我接触的人群、所处的环境以及我所见所感都与之前有所不同，与都市女性的接触也更为频繁，这可能在不知不觉中促成了我创作上的这种转变。

吕兴：您的作品始终保持着对现实世界广泛的兴趣，尽管有些涉及一些颇具传奇性的事件，但是有着较为浓郁的现实主义色彩，像您谈自闭症儿童的《星星别怕》、讲述农村女性生活的《月光册》等，不仅有着丰富的日常生活细节，还有着对现实生活的冷静思考和批判。可以通过具体作品来谈谈现实生活是如何影响您的创作的吗？

张慧兰：现实生活对我来说是一个引导的作用。写作更多其实是和我的真实经历和现实生活息息相关的。以小说《月光册》为例，除了里面的那本"月光册"是我虚构的以外，里面对于月光和夏夜的这种描写都是真实的，因为我从小就生活在农村，我们家屋后就是一口大水塘，在小时候的夏天，我们村里的人就搬着竹床到这个塘边去乘凉，在乘凉的时候我躺在竹床上，母亲就会拍着我哄我睡觉，我就会看着天上的月亮，不同的时候有不同的月亮，所以我才会想到姆妈在孤独的时候，一个人看月亮的时候，她会不会也把月亮作为自己的心情的写照。她画一个圆月就表明我今天心情很开心很好，画一个残缺的月亮就表明我今天心情不好，或者说她很抑郁或者很苦恼，正因为有了小时候那样的生活体验，由于见过这样的画面，母亲陪着我睡觉看月亮，甚至母亲在塘边洗衣，然后我在竹床上看月亮，有这样一些生活画面在，才有虚构月光册的这样一个基础，所以说基本上还是源于生活，但是又把它体验和升华了一下。

吕兴：您的作品《月光册》描写了一个凄婉、动人的故事，但是小说中却有着悬疑和侦探因素。您为什么会想到把悬疑的情节与死亡、殉情这样严肃的主题联系起来的？

张慧兰：此尝试无疑是一种创新，我所有的小说中，唯独这一篇采用了这种独特的写作手法。之所以选择这种手法，是因为创作过程异常艰难所致。我母亲不幸投水自尽，这一悲剧始终萦绕心头，我渴望将之诉诸笔端，以表达我深沉的悲痛。我曾两度尝试撰写，初稿题为《姆妈别走》，继而改为《我的姆妈》，两篇均为中篇小说，但均未能令我满意，最终选择放弃。每当写作至万余字时，我便感到无法继续，内心深处的悲痛成为难以逾越的障碍。我自认为是一个孝顺的女儿，甚至在事发前一晚，我还与母亲通了电话，约定次日带她去镇上医院打针。然而，次日清晨，我却接到了噩耗。我不明白为何会发生这样的事情，尽管子女们并非不孝，但我始终无法理解。在写作过程中，我确实难以继续。

因此，我开始思索探寻真相的可能性，试图理解姆妈为何会走上这条道路。这促使我不停地猜测、回忆，并尝试拼凑母亲生前的生活片段，以期找到答案。在这一思维过程中，我决定采用悬疑手法，逐步设置悬念，逐一解开疑问，以此来叙述我探寻真相的旅程，从而形成了这种独特的写作方式。我之所以采用这种手法，是因为它更能扣人心弦，吸引读者。此外，悬疑或侦探类的影视作品和小说，本质上是一个追寻、探索乃至溯源的过程。在这个过程中，我不仅寻找到了母亲去世的原因，也不断地发现、认识并净化自己，实现了自我升华。实际上，小说中对母亲的追寻与追问，与我个人的反思、成长和升华紧密相连，也描绘了主人公的成长历程。这同样是对女性觉醒、反思到成长过程的叙述。在阅读时，我意识到，以我作为主要视角，实际上也是对自己行为以及孝道文化的反思。起初，我自认为为母亲提供了充足的物质条件，但后来与小苏的对话中，我意识到应更多关注老年人，尤其是村中老年人的心理健康。我主张子女不仅要关注老人的身体健康，还要关心他们的精神健康，以及情感和爱情需求。孝道不仅仅是物质上的，更要关注人的精神层面。此外，小说中的内容完全是虚构的，除了母亲投水自尽这一事实外，月光册、我和我的丈夫、母亲的爱情故事，均属虚构。我之所以进行这样的虚构，是为了表达我的成长，并提醒他人尽孝。

吕兴：您好像特别偏爱书写和塑造女性角色，您很多作品都是以女性为主角，诉说着不同代际、不同处境的女性的故事，比如您的《无回应之地》就是围绕着一位丧夫的女中学老师展开的，而另一篇作品《红棉花》则是关于一位勤劳、朴实的农村妇女的故事。您为什么会把女性作为您叙事的中心？

张慧兰：我曾被问及为何在我的小说中频繁以女性为主角。记得在2014年，我出版了一部中短篇小说集《证人》，并在随后的作品研讨会上，几位朋友向我提出了这一问题。他们指出，我的小说中女性角色往往令人感到压抑，命运多舛。我也被询问为何偏重于描绘不同境遇下女性的故事。对此，我的回答是与个人经历密切相关。作为女性，我自然对女性的命运抱有更深的关注。在我的生活中，有许多女性朋友，她们与我同处一个时代，共同经历着生活的起伏。身为女性，我深知女性在当代社会中扮演着半边天的角色，她们不仅是女儿、妻子、母亲，还肩负着多重身份和期望。社会对女性的要求往往繁重，有时甚至成为一种负担或苛求。相较于男性，女性似乎承担了更多，由于目睹了诸多现象，引发了深刻的思考，自然而然地，我便倾向于书写她们的故事。这便是我常以女性为主角创作故事的缘由。一方面源于女性的角色及其身份认同；另一方面则由于女性在现代社会中的地位及其所扮演的角色，她们肩负着诸多责任，这引起了我的关注。因此，我对此类话题的探讨更为深入，撰写的篇幅也相应较多。

吕兴：其实您在对人物的塑造，特别是女性人物的塑造过程中，也进行了一种传统和现代的融合。您所塑造的很多女性人物身上既有传统的女性美德，也有着超前的现代思想，而且她们往往跳脱出了"天使"与"恶女"这样的女性人物形象的窠臼，而是呈现出了割裂、矛盾的一面。您为什么会如此来塑造女性角色呢？

张慧兰：在当前社会中，女性往往被视为相对弱势的群体。作为一名女性，我在小说创作中融入了自己的一些特质，无论是性格、行为方式还是处世态度，我的许多女性角色都或多或少地反映了我个人的影子。我认为，每个人都是不完美的，而女性尤其如此。性格上的矛盾是普遍存在的,传统与现代并非完全对立。有些女性既传统又现代,而有些现代女性骨子里却保留着传统。女性本身就是一个复杂的个体,思想、性格、行为方式乃至内在含义都充满了复杂性。因此,在塑造小说中的女性角色时,我不会简单地给她们贴上标签,如完美女性、侠女或势利女性。相反,我努力全面而真实地展现女性的特质。全面真实意味着复杂性,而非单一性。这是我的第一个观点。

其次,我之所以采用不同的方式,甚至是相互对立的方式来塑造女性角色,是因为我希望寄托我个人的理想。理想是什么?以《无回应之地》中的辜庆荣为例,她是一个悲惨且令人同情的人物,患有抑郁症,丈夫去世,女儿远在海外,家庭和亲友都认为她未能妥善照顾丈夫,导致其生病和死亡。因此,她背负了沉重的负担。她是一个柔弱的女性,但我不想将她描绘成一个单纯的柔弱形象。现实生活中,许多女性确实柔弱且承受着许多压力。基于我的理想,我希望这样的女性能够觉醒、挣扎、爆发,甚至战斗,展现出改变的品质。因此,在创作时,我有意识地赋予角色叛逆的特质,让她们做出一些常人难以接受的行为。实际上,我希望她们能够拥有反叛意识,这反映了我对她们的期望。因此,角色可能会显得传统与超前并存,甚至有时显得不可理喻,带有某种魔鬼般的特质。

吕兴:尽管您把女性角色塑造得如此动人,但是好像您并不怜悯她们,她们的结局往往都十分悲惨。比如《戏殇》中的秋泠,《如梦令》中的白雪,《无回应之地》中的辜庆荣,她们都是在遭遇到变故、误解之后以非正常的方式死亡的。特别是秋泠,我感觉她应该是很多读者心中的"意难平",一个如此美好的女孩子最后却遭遇了重重背叛与打击,最后含恨死去,她的死亡唤起了人们对楚剧团的关注,但是她却最终香消玉殒了。为什么您会偏爱去书写这类女性的悲剧?

张慧兰:你的提问非常中肯。实际上,在小说《戏殇》中,我精心塑造了多位女性形象,如冯玉英、秋泠、夏花等。在创作这些角色时,我为每个人物都赋予了特定的责任和使命。例如,她们各自需要完成的秘密任务或承担的职责。为何如此?以秋泠为例,这个名字的选择并非偶然。秋泠与夏花这两个名字,秋泠的"泠"字暗示了一种冷峻之感,正如"死于秋叶之静美,生如夏花之绚烂"所表达的意象。在小说中,秋泠所承担的责任是展现一个热爱舞台艺术的女性,因生存压力而不得不与舞台告别,尽管她对艺术的热爱难以割舍。她所面临的挣扎、无奈,以及遭受的种种不公,如奖项被调包、角色被替代、被贾区长的妻子诬陷为第三者,以及她所爱的男子北漂离去,养父对她的侮辱等,都集中在她一人身上。最终,她母亲的去世成了压垮她的最后一根稻草。因此,作为一个优秀的女性角色,她的责任在于通过自己的行为引起人们对她的关注,进而关注楚剧事业的改革。她承担了启迪和教育的角色,促使人们反思。悲剧的本质在于展现美好事物的破坏,揭示最痛楚的一面,给人以启示、警示和教育,从而引导人们走向新生,迈向理想。因此,创作悲剧并非坏事,尽管人物命运悲惨。正因如此,秋泠的角色被设定为必须承担这样的责任,她的牺牲是必然的。而夏花则象征着如夏花般绚烂的生命力,代表楚剧事业的未来。她需要度过艰难的改革阶段,将楚剧发扬光大。最终,她不仅在舞台上绽放光彩,还在中法艺术交流会上遇到了热爱楚剧的法国青年,这象征着希望。因此,我为他们设定的责任不同,导致了他们不同的命运和结局。请不要责怪我的无情,因为这是他们必须承担的责任。正如许多电视剧中的人物,一旦完成了他们的使命,就必须退出舞台,以便剧情能够继续向前推进。

在创作人物与故事时,作为作者,我必须为人物设定特定的身份与命运。正如我之前所述,小说中的每个角色都肩负着各自的责任。赋予角色责任后,他们便需遵循既定的命运轨迹。至于我是否将角色描绘得过于悲惨,这并非作者应考虑的问题,而是读者的主观感受。读者是否同情角色,完全是个人的情感体验。对于作者而言,不应过多地考虑怜悯、喜爱或愤怒等情感,这些情感应由读者在阅读作品后自行产生。因此,作为创作者,我必须保持一定的理智与客观,确保人物命运的安排服务于小说的整体故事性和完整性。至于读者在阅读后是否产生同情或怜悯,那是读者个人的反应,而非作者应持有的态度。因此,我认为作者在创作过程中应保持一定的理性,而非过度感性。

吕兴:在这里我特别想提到您的一篇作品,就是《无回应之地》,这篇作品中的女性形象让我印象十分深刻,一方面是辜庆荣性格与命运的转变,在前期,她是一个善良、优雅而美丽的中学老师,到了后期她几乎丧失了理性;另一方面则是中间一些情节非常的大胆和让人匪夷所思,比如说她下药强行留下周晓磊,甚至用黑色的皮鞭抽打自己,等等。您在您的创作谈中提到"创作这部作品,谨以表达我对爱情的理解以及爱与死的哀悼",您能在访谈中结合这部作品更详细地跟我们谈谈您对爱情、女性、命运的理解吗?

张慧兰:我理解的爱情应当是建立在平等的基础之上的。在所描述的情形中,爱情的天平显然是倾斜的。首先,周晓磊已是有家室之人,辜庆荣的介入显然不够明智。其次,辜庆荣在与周晓磊的交往中,常以爱的名义进行道德绑架,甚至不惜采取下药等手段,以及通过哭泣和谎称寻猫等策略来试图留住周晓磊,这种行为无疑使自己处于一种卑微的地位,其爱情难以获得他人的尊重和理解。因此,他们的爱情首先就是不平等的,这是其一;其二,这种爱情并非正常的爱情,而是一种畸形的爱。我所理解的爱情,首先应当是平等的,其次必须是正常的、可以公开于阳光之下的,最后必须是双方情愿的,而非单方面的强求。在这一情境中,缺乏的是相互信任和共同的意愿。

就女性在爱情中的地位而言,女性往往处于较为弱势的位置。社会上常有言论,如男性即使到了三四十岁甚至五十岁,仍可找到年轻的女性伴侣,而女性一旦超过三十岁,便可能被视为剩女,难以找到合适的伴侣。在选择伴侣时,男性往往不自觉地贬低女性的价值,即便女性本身非常优秀。因此,女性尤其需要自尊、自重和自爱。至于命运,我认为性格决定命运。在所描述的故事中,我们不能仅批评辜庆荣的行为不当。实际上,周晓磊也应承担一定的责任。例如,他对辜庆荣的要求一再迁就,缺乏明确的界限感。他的性格中包含着对所有人的同情,仿佛自己是救世主,试图拯救他人,这种心态导致了辜庆荣的步步紧逼,最终造成了这一事件。如果周晓磊能够适时停止,辜庆荣或许会有所退让。辜庆荣之所以陷入如此境地,是因为她过于执着和偏执的性格,这导致了她的最终命运。因此,我认为小说中人物的命运与其性格紧密相关。

吕兴:因为您本身是女性作家,然后您所关注的大部分都是女性的爱恨情仇与生老病死,您会担心给读者留下您的写作题材相对集中,只擅长塑造女性形象这种印象吗?

张慧兰:我一点都不担心,因为我们作家并不是全能的,每个作家他都会有自己擅长的和不擅长的领域,所以说每个人都有自己创作的偏好。实际上,在写作过程中,除去日常饮食起居、工作、睡眠,乃至生命与疾病等时间,我们真正用于写作的时间极为有限。因此,我无法尝试所有题材,只能选择自己熟悉的领域、题材和人物来创作适合自己的故事。这或许让人感觉我仅擅长塑造女性形象。然而,尽管我的小说中女性角色众多,但女性并非孤立存在。若细读我的作品,不难发现男性角色亦有涉及,毕竟爱情故事中男女角色缺一不可。例如,《无回应之地》中的周晓磊,《月光册》中的黑二爹,均为男性角色。只不过,我可能在女性角色上倾注了更多情感,寄予了更多希望、思考与探索,这或许造成了外界的印象。然而,我对此并不感到担忧。

吕兴:老师,我想问一下您相关的阅读经历,有哪些作品和作家作品给你留下深刻的印象,影响了你后续的这样一个创作?

张慧兰:若论对我影响至深的作品,实则难以一概而论。由于我对写作的热爱,阅读成为我生活中不可或缺的一部分,几乎无时无刻不在阅读。若非要指出哪些作品对我影响巨大,我恐怕无法确切回答。我所能提及的,是那些给我留下深刻印象的作家。至于能否习得他们的风格,则另当别论。在我的记忆中,年轻时我特别喜欢阅读本土作家的作品。其中,池莉的作品给我留下了极为深刻的印象,此外,本土作家刘醒龙和陈应松的中短篇小说我很喜欢,它们也给我留下了深刻的印象。外省的著名作家,例如迟子建的作品,我也颇为欣赏。在女性作家中,铁凝的作品也给我带来了不小的震撼,记得早年读过她的小说《对面》,让我意识到小说可以有如此独特的表达方式。至于国外作家,我也阅读了许多,在这里就不一一提及了。2021年,我感觉自己的小说创作遇到了瓶颈,于是阅读了大量的外国小说,例如,《生死朗读》,《分成两半的子爵》,胡安·鲁尔福的《佩德罗·巴拉莫》,三岛由纪夫的《午后曳航》,以及罗恩·拉什的《美好的事物无法久存》等。这些外国小说给我留下了深刻的印象,尤其是三岛由纪夫的《午后曳航》,我一口气读了三遍,绝无虚言。我之所以反复阅读,是因为我非常喜欢他那富有诗意的语言。在我的中篇小说《伊对儿》创作谈中，我曾引用过他的几句话，他的语言之美，形象生动，句子一出，便能勾勒出一幅唯美的画面。他的比喻贴切至极，让人感同身受。因此，受到他语言风格的影响，我在创作时也刻意追求诗意的语言。正是这种尝试，使得我的小说语言与其他作品相比，展现出些许不同。

吕兴：随着短视频的流行，智能手机的出现，阅读好像变得越来越不重要，您能从一个作家的角度谈谈阅读的重要性吗？

张慧兰：阅读的重要性不言而喻。你之前提到，当前社会充斥着短视频平台，如抖音、微信公众号、小红书等，人们普遍怀有表达自我的写作欲望，可以既是作者又是读者。在这样的背景下，若要我评断何种阅读方式更优，我认为并无绝对之论。个人认为，适合自己的阅读方式才是最佳选择。以年轻人为例，他们往往工作繁忙，可能难以抽出大量时间来阅读纸质书籍，但碎片化阅读却能适应他们的生活节奏，如在乘坐地铁或公交、哄孩子入睡时，通过浏览短视频或阅读文章来实现。这种碎片化阅读虽内容繁杂，但亦不失为一种阅读方式。因此，我认为阅读者可分为两类：一类是出于纯粹阅读兴趣或消遣目的；另一类则是作为作家或写作者，其阅读需求与前者有所不同。

对于前者，我认为无可厚非。他们可根据自身时间安排选择阅读与否，无论阅读量多寡，只要能从中获得乐趣或知识，都应予以理解与接受。例如，我的外孙年仅十岁，偶尔喜欢观看小视频，我并不完全禁止，而是陪伴他一起观看，以便及时纠正其观点，引导其正确理解。我鼓励她保持开放态度，审慎辨别信息的真伪，形成自己的见解。因此，对于这类读者，我们不应强求，而应尊重其个人选择。

对于后者，即我们这些作家或写作者，阅读的重要性不言而喻。阅读与写作紧密相连，不可分割。作为写作者，若不持续阅读，就如同手机未充电，无法输出内容。因此，阅读对于写作者而言，是一项必修的功课，必须培养并保持阅读习惯。就我个人而言，我的阅读偏好较为单一，主要倾向于小说和诗歌，偶尔阅读散文。由于我曾大量撰写散文，担心其风格影响我小说语言的纯粹性，现在散文阅读较少。此外，作为作家，广泛阅读各类书籍，包括非文学作品，对写作同样大有裨益。例如，武侠小说、生活常识、美容、侦探小说等，这些看似与纯文学无关的作品，实际上也能为写作提供丰富的素材。尽管我对自己的阅读量并不完全满意，但考虑到工作繁忙，阅读时间有限，我只能尽力在忙碌之余挤出时间来阅读和写作。因此，我始终对自己的阅读量持有一定的遗憾。

吕兴：您好像非常喜欢阅读中短篇小说，您的作品也多是中短篇小说，感觉到了某个阶段，当创作经验日益丰富，作家都会希望写出优秀的长篇小说。其实在国内坚持中短篇小说创作的作家并不多，您为什么会有这样的创作偏好？

张慧兰：这并非出于个人偏好，而是由客观因素所决定。在撰写《戏殇》时，我参与了省作协第二届长篇小说重点扶持项目的签约，从上百篇作品中经过答辩选拔而出。因此，完成这部作品既是答辩后入围的必然任务，也是我个人对所选题目的浓厚兴趣所致，才促使了长篇小说的创作。实际上，撰写长篇小说是一项极为耗费时间和精力的工作。起初，我完成了15万字的初稿，但半年后，当我入围并重新审视这部作品时，我发现原先的文字已无法承载我当前想要表达的思想。随着思考的深入和想要表达的内容增多，我决定废弃这15万字，重新创作，最终完成了一部约26万字的《戏殇》。我意识到，前期的准备工作甚至比实际写作所花费的时间还要长。我采访了三代剧团团长，以及不同年龄段的剧团演员，并随他们深入基层，参与演出，这些跟踪准备过程耗时良久。而当我完成所有结构安排后，实际创作小说仅用了四个半月的时间。我清楚地记得，那是2015年，从5月5日开始，直至那一年中秋节，由于中秋节与国庆节重合，我在国庆节的最后一天完成了创作，实际上仅用了四个半月。撰写长篇小说确实是一项艰辛的工作，每天饭后，我都会关闭房门，开启电脑，强迫自己坐在电脑前，专注于写作。我记得在某个周末，尽管天气不算太冷，我却在家连续写作，一天内完成了1万多字。因此，这是一项既耗时又费力的工作。而《戏殇》的创作，正是由于这样的机缘巧合。由于我之前工作任务繁重，所有中短篇小说都是我利用午休时间见缝插针完成的，中午别人休息时，我会关闭办公室门，独自写作两小时。因此，客观条件决定了我只能在空闲时间撰写中短篇小说。再者,长篇小说的体量较大,考虑到我的工作繁忙以及家庭事务繁多,我在时间和体力上可能难以承受。此外,我至今尚未构思出一个合适的题材来撰写长篇小说。我确实很想将楚剧这一题材写出第二部,用更美好的方式来表达,但目前想法尚不成熟,因此暂时没有撰写长篇小说的计划。至于中短篇小说,它们与我的生活经历密切相关。有些经历给我留下了深刻印象,我不急于去书写,但可能过了一两年,某个触发点又会让我产生写作的冲动,就像种下的菜慢慢成熟,到了可以收获的时候,自然而然地就想将它写出来。所有的小说都是这样,自然而然地诞生。

吕兴:作为一位人生阅历和写作经验都非常丰富的前辈,您愿意聊聊对您来说很重要的写作经验或者创作心态吗?

张慧兰:其实你说我人生阅历和写作经验都非常丰富,我真的有点惭愧,实际上,我并不认为自己的经验特别丰富,人生阅历亦非极为丰富。我曾担任教师长达19年,自2008年起转至文化部门工作,至今仍在该领域耕耘。若以55岁退休计算,我的职业生涯可划分为两个19年,分别在教育和文化系统中度过。在这期间,我的工作历程相对平稳,未经历太多波折。至于人生阅历,或许与我的性格有关,我倾向于专注于个人事务,并保持一颗童心。因此,在人情世故方面,我可能显得较为单纯。尽管年过半百,我并不认为自己的人生阅历特别丰富,但所拥有的阅历足以提供素材,让我能够创作出一些中短篇小说。对此,我感到相当满意,并对这些阅历给予我的反馈心存感激。至于写作经验或创作心态,我不敢妄谈经验,但可以分享我目前的创作状态。我的态度是,写作时我从不随波逐流,不会因为当前流行某种题材就盲目跟风。我认为,只有当我对某个问题、题材或故事有了成熟的思考后,才会着手写作,绝不会刻意追求潮流。这种态度不仅体现在性格上,也体现在我的写作中。我写作时从容不迫,有时可能勤奋地日复一日地学习和写作,而有时可能一段时间内毫无进展。我的小说完成后,我也不会急于投稿,而是会放置一段时间,反复审视和修改,直至自己完全满意后,才会考虑投稿。因此,我始终保持一种慢节奏的生活和写作状态。我写作时,从不与他人比较,只是忠于自己的想法和表达。我从未将自己视为小说家或作家,我仅仅认为自己是一名写作者。我从未期望通过写作获得丰厚的收入,名利对我来说是次要的。我不指望写作赚钱,因为我生活无忧,没有沉重的负担。至于名声,我更是不以为意。名利终将随人而去,不是吗?我认为重要的是写作过程中的愉悦感,享受创作本身。无论作品好坏,只要它被写出来并发表,我便感到满足,就像养大了自己的孩子一样。我不在乎外界的评价,只要我自己认为自己了不起,那就足够了。因此,写作对我来说是个人的事情,与他人无关。

吕兴:请问您后续有什么写作计划吗?有什么特别想写的主题吗?

张慧兰:实际上,2024年对我来说是创作上相当勤奋的一年。在这一年中,我完成了两篇短篇小说,有一篇短篇小说已经顺利发表,而另外两篇中篇小说也已经完成。其中有一篇关注城镇化进程中还建房买卖的小说,另一篇中篇小说则聚焦于海外华人子女认亲的主题,尽管这对我来说极具挑战性,但我已将其完成。由于缺乏亲身经历,我不得不依赖间接信息、想象和虚构来构建故事,但无论如何,真实性是创作的基础。这两部中篇小说仍需进一步修改,这将是我的工作重点之一。

其次,我内心一直渴望尝试科幻题材的创作。受到一位挚友的影响,她虽然未曾发表作品,却对古典诗词和写作怀有浓厚的兴趣。最近,她花费半年时间创作了科幻小说《失踪的我在哪里?》已经在番茄阅读网上连载至20万字。我每日聆听她的作品,深受启发,脑洞大开。尽管目前我对此尚无明确计划,但科幻小说的构思一直吸引着我。总体而言,我发现自己不再局限于专门描写女性角色,而是开始尝试更多元化的题材。我的写作风格也有所转变,更注重人物命运的温暖和温情,不再刻意追求悲剧结局。或许是因为年龄的增长,我开始倾向于以更加慈祥的心态来塑造人物的命运。至于未来的写作方向,我可能会关注知识分子的情感问题以及乡村振兴的主题,因为这些变化确实正在我们身边发生。

[作者单位:张慧兰,蔡甸区文化馆;吕兴,武汉轻工大学人文与传媒学院]

论张慧兰小说中的乡村叙事

□ 鲁 微　张林园

新世纪以来,随着城市化的不断推进,作为中国文学叙事传统中重要母题的乡村叙事,也面临着新现实、新经验和新观念的冲击。在武汉作家张慧兰的小说创作中,乡村叙事构成了一道引人注目的风景线,她以细腻的笔触和深刻的人文关怀,描绘了中国乡村在现代化进程中的变迁与阵痛。她的乡村叙事既是对乡土生活的真实记录,也是对乡村精神文化的深刻反思。在她的笔下,乡村不仅是地理空间,更是承载着历史记忆、复杂人性和文化传统的精神家园。张慧兰的小说创作通过对乡村的全方位书写,展现了农民在时代洪流中的困境、挣扎与坚守,以及乡村社会在城市化冲击下的失落与重生。

一

在向现代化迈进的历史过程中,如何精准把握时代的脉搏,展现新时代的乡村巨变,是作家面临的重大挑战。张慧兰在她的小说创作中,既着力描绘了现代化进程中乡村的新变化,也看到了这种变化背后的难言和隐痛,同时也追忆了往昔的牧歌式乡村,由此呈现出一个多维的乡村图景。

自改革开放后,中国农村逐步走向开放、多元,尤其是新世纪以来的新农村建设,使乡村呈现出别样的现代风景,这在张慧兰的小说中得到了生动的呈现。例如在《红棉花》中,"从县城到村子只二十多公里路程,半个小时就到了。和往常一样,王天宝没有回家,而是沿着村村通的水泥路,直接把车开到村南面的一个小山坡"[1]。"村村通"工程不仅大大改善了农村的基础设施,也使农村和城市的联系更加紧密。除此之外,张慧兰还呈现了乡村环境与经济的新发展:"这几年,区里搞新农村建设,村后的长河边新修了一条环湖绿道,绿道沿途修建了好多景点,是供游客旅游观光的","去年三月村里搞开发,安排一些女人到绿道景点去植树,做一天给一百块钱工钱。姆妈听到消息后自己赶到植树点,抢着挖树坑,栽树苗,培土浇水"[2]。乡村环湖绿道的修建通过改善乡村的基础设施建设,推动乡村旅游业发展,这不仅改变了过去单一的农耕产业模式,为乡村带来了新的经济增长点,同时美化了乡村环境,改善了乡村的整体精神面貌,促进了美丽乡村的构建。《麻木》则描写了夏家湾的村民由于土地开发都搬到了统建楼:"统建楼小区总共有三十多栋楼房,其中有五栋楼住的全都是从夏家湾搬过来的村民。小伙伴们和以前在夏家湾稻场上一样,常常集中在小区院子里玩。"[3]在传统的历史语境中,乡村的一切活动都离不开土地,农民夜以继日地在泥土里讨生活。但在城市化浪潮下,部分农民告别了村舍,搬进了楼房,其居住环境和生活方式也产生了翻天覆地的变化:"从村里搬到镇上以后,很多女人做起了小工。每天早上,她们成排地站在集市边上,有的提着灰桶,有的拿着泥刀,有的背着锄头,等着别人请她们去做事。"[4]

值得注意的是,现代化浪潮虽然给乡村发展带来了新面貌和新机遇,但张慧兰也看到了现代化进程中乡村发展的问题与隐痛。例如《合欢树》中写毛林村开发后,村民们"手无寸土,无地可种"[5];《红棉花》中也提到,因大量农民进城打工,导致"大片大片的田地都荒着"[6]。城镇化带来了乡村经济的发展,但也带来了土地流失等问题。在《二指禅》中,作家更是借主人公之口写道:"就算眼前的这片土地全部盖成楼房,刘德树也会记得,哪座楼房以前是哪家的房子,哪片土地以前曾生长过麦苗和油菜、稻谷和棉花。可现在,在它们柔软的身体上全部长出了高楼和厂房。这些坚硬的物体在改变土地的同时,也将人心分隔成无数个区间,同时生长的还有人们的物欲、自私与冷漠。"⑦当传统的村屋、稻田被城市的高楼和厂房等现代化景观所取代时,乡村所固守的传统道德伦理规范和价值观念也正面临解体的危机。

当乡村面临前所未有的现代化洗礼时,作家在其小说中也时常流露出对往日传统乡村图景的怀念。在小说《月光册》中,"我"回忆起小时候的情景,那时候老屋后的那口水塘还没有被垃圾填满,而是"一年四季蓄着水,满满的,清清的"⑧。这口水塘也承载着"我"与姆妈美好的乡村记忆:"天气晴朗的夜晚,姆妈经常带着我到水塘边洗衣洗菜,我就搬个小板凳坐在塘坝上等姆妈。姆妈洗完衣服,总会抱着我,教我认天上的月亮:哪是上弦月,哪是下弦月,哪是新月、满月和残月。尤其是夏天的晚上,我们全家在塘坝上乘凉,姆妈常常一边教我认月亮,一边给我打扇子。"⑨这一乡村生活场景的描绘质朴而平凡,但又充满了温馨与诗意,与后来姆妈在这口塘投水自尽形成鲜明而残酷的对比。再如《红棉花》中,作者除了描绘新农村建设下乡村环境的改善,同样也将目光投向了乡村的田园风光:"已有二十多天没下雨,可各种瓜依旧长得很好。黄瓜身材苗条,嫩绿灵醒;丝瓜刚抽条儿,细眉嫩眼,皮肤粉白;南瓜刚打纽,手雷大小,泛着青黄的光泽。"⑩这里采用明朗鲜艳的色调和生动活泼的比喻手法,将田野生机表现得淋漓尽致。而年事已高的姆妈一心想要种出红棉花,则是因为当初嫁给父亲时,"正值红棉花绽放的时节,江汉平原的山坡上,漫山遍野开满粉红娇艳的棉花朵,远远望去,像天上的云霞织成的锦缎"⑪。红棉花与母亲的幸福笑脸互相映衬,成为父亲眼中"世间最美的笑容与景色"⑫。此时,红棉花作为彰显自然本体的意象,体现出传统乡村的生机盎然与生命律动,吹奏出一曲天人合一的乡村牧歌。

"文学中的'风景'从来都不是纯粹的自然现象,而是在时间中形成的社会历史性产物。"⑬在张慧兰笔下,对现代乡村的描写与呈现体现了作家对时代精神的回应和深沉思考,而对传统牧歌乡村的怀念则是一种返璞归真的追求,某种程度上更是抵御乡村现代化危机的一片世外桃源。由此,张慧兰构建了一个传统与现代相交织的乡村世界。

二

除了对乡村风景的描摹,张慧兰还生动刻画了在乡村中活动的、形象各异的农民形象,这些农民形象大致可以分为两类:一类是一辈子扎根土地、恪守乡村伦理的传统农民;另一类是出身农村后来失去了土地、游离于城市与乡村之间从而具有了他者特性的农民工。

在《二指禅》《红棉花》《合欢树》《回梦》《月光册》等中短篇小说中,主人公都是年事已高的传统农民,他们一辈子与泥土打交道,吃苦耐劳,恪守乡村伦理道德,是传统乡村的精神载体。《回梦》的主人公何香已年过七十五,"一生只知道做事"⑭,而老伴余贵则热爱读书,二人常不能互相理解。在老伴余贵去世之后,何香因迟迟等不到余贵的回梦而神伤。"在乡间有回梦一说,死者死后必须得报梦给亲人,如果死者到亲人梦里来了就表明在那边生活得好,否则就相反。"⑮后来何香无意中发现了余贵临死前留下的一封信,并认为这是余贵回梦的关键。从此何香开始学习认字,最终读出了信上的内容,完成了老伴临走前的心愿,也终于等来了回梦。何香这一农村妇女形象典型而又立体,她虽胸无点墨、唠叨甚至有些粗鄙,但一生勤劳、坚韧、默默奉献,闪烁着质朴的光辉。《红棉花》则塑造了一个"对土地一往情深,至死不悔"⑯的农村妇女形象。姆妈年事已高,独自一人生活在乡下,虽然身体一天不如一天,但她不顾儿女们的反对,坚持要种出红棉花,不仅因为红棉花承载着她与父亲的美好记忆,更寄托了她对土地的精神信仰和依靠,最终她竟将棉花籽"种"入自己的身体,含笑九泉。《二指禅》中的主人公刘德树是莲溪村的高龙传承人,一心希望发扬村里的舞龙事业,但年轻人对此缺乏兴趣,导致舞龙事业后继无人,在比赛中惨败。刘德树大受刺激,经过不懈努力在最终比赛中使出二指禅的绝活,但却因身体不佳而倒在比赛台上。

上述这类带有乡村原始底色的农民形象,他们既有自己所坚持的某种乡村文化传统,又有自己无法抵抗的时代困境和伦理困境。如作为非遗传承人的刘德树无法挽救舞龙的颓势,《合欢树》中的田世宝也无法阻挡毛林村被拆迁的命运,最后只能自己砍掉那承载着历史和家族记忆的合欢树。《月光册》中操劳了一生的姆妈,因恪守伦理道德而无法与初恋黑大爹相守,最终只能投水自尽。张慧兰在其小说创作中构建的这一系列传统农民形象,坚守着自己所信奉的某种传统,却在时代浪潮中无法脱离悲剧命运。

第二类人物形象则是农村出身却失去了土地、游离于城市与乡村之间从而具有了"他者"特性的农民工。"城市是他者的,民工只是钢筋水泥森林里的一个'闯入者',一个'城市的异乡客',一个'陌生的侨寓者',一个寄人篱下的栖居者,他们既是魂归乡里的游子,又是都市里的落魄者。"[17]有学者用"城市异乡者"[18]来称呼他们——物质上身处经济效益至上的现代化运行机制,而精神上还固守着乡村传统的农民工。他们既归属于城市又并不完全融入,既依恋乡村又似乎脱离,由此成为彷徨于无地的他者。在《麻木》中,夏家湾被开发之后,主人公夏辉开麻木谋生,妻子兰香则四处跟随草根乐队卖唱,并在酒店从事服务工作。为了给儿子凑够治疗癫痫病的八万块手术费,他们一直苦苦挣扎,生活十分拮据。好不容易存了一点钱,夏辉的弟弟夏历就开麻木撞死了人急需赔款,否则就面临家庭破碎的危机,甚至是牢狱之灾。在儿子的生命和丈夫弟弟的命运之间,兰香该如何选择?就在兰香急需用钱的时候,有一位颇有财力的追求者出现,是救儿子还是守卫自己的人格尊严,兰香又该如何选择?失去了土地的农民开始使出浑身解数在钢筋水泥的森林里寻找立锥之地,同时也面临着严重的生存危机和道德困境。最终妻子兰香为了钱出卖了自己的尊严,"当黄凯从她的身上爬下来,然后把八万块钱放到她身边时,兰香忽然有一种怪异的感觉,感觉自己和城里的妓女没什么区别"[19];而夏辉则在走投无路之下撞向了卡车,在生命的最后用"古怪的笑容"[20]戏弄了城市一把,用生命换取妻儿在城市中生存的资本,结束了自己在城市中仓皇忙碌的命运。

这两类人物形象统一于作家的笔下,展现了乡村主体在现代化进程中的命运遭际和精神变迁,为读者演奏了一曲复杂的、丰富的、生动的乡村复调。

三

在张慧兰笔下的乡村世界中,不论是乡村风景的描摹还是人物群像的刻画,最终都指向作家对于乡村精神文化的思考。现代化浪潮无可避免地带来某些乡村传统文化的式微,作家并未对此进行严厉的批判或控诉,而是以一种温柔而带有淡淡忧伤的笔调表达了自己的忧患。例如《月光册》中提到的"唱孝歌"这一民间丧葬习俗,"现在很少有人唱孝歌,年老的唱不了,年轻的没人唱,大家办丧事都时兴请乐队,唱歌跳舞打腰鼓","孝歌眼看就要消亡了"[21]。而已身患重病的黑大爹唯恐自己不能亲自给姆妈唱孝歌,便将所有孝歌都录下来,不仅是为姆妈送行,也给死后的自己送行。孝歌既是姆妈与黑大爹之间的爱情纽带,也是古老乡村文化的符号载体。同样,在《红棉花》中,姆妈生前对土地饱含深情,"相信任何人都不如相信土地"[22],并曾与早早过世的丈夫约定好,等她种出好的红棉花,死去的老伴就去接她。于姆妈而言,红棉花既是一位老农民对于土地的深情,也是一位妻子对亡夫的追忆,还是一位独居老人对于情感的渴望。但后来村里的土地被统一收购,姆妈再有没有田地可种了。随着病情急转直下,姆妈最终吞下棉花籽溘然长逝。《二指禅》中莲溪高龙作为非遗保护项目,原本在市区比赛中几乎年年拿金奖。但随着年轻人进城打工,如今舞龙的队伍都难以凑齐,即便参赛也难以获得以前辉煌的成绩。作为传承人的刘德树一直谨记师傅临终前的嘱托:"高龙是中国传统文化的一个代表,舞龙显示的是中国人民祈求幸福不畏困难不畏强权的精神,千万不能让高龙的技艺失传,让这种精神消亡。"[23]因此即便倒下也要在舞台上表演出二指禅这一绝技。

《合欢树》则探讨了乡村房屋之于农民的精神文化意义。"在我国文化传统中,'家'是一个具有超常稳定性的'能指',处于社会关系的核心位置,是一种久远而深刻的感情存在;而房屋则是人类生活最基本的物质要素之一,是'家'的物质基础和具体表象,人们因为房屋的存在而有一种'家园'的熟悉感和安全感。如此,'房屋'一直以来就是文学叙事中的一个重要意象,从神仙洞府、皇宫圣殿、府邸豪宅到草庐瓦舍、胡同弄里，文学中的'房屋'总是以或隐或显的方式在喻示着人类的生存状态。"㉓乡村的房屋不仅是农民遮风避雨、生活劳动的空间居所，更是农民乡村文化、集体记忆与生活哲学的载体，房屋的建造过程也是朴素农民"造梦"的过程。主人公田世宝的三层楼房是夫妇两人打拼十多年所建，而房屋门前的合欢树则承载着他们一家对于原乡的历史记忆。然而随着现代化改革，田世宝的房屋最终未能逃脱被拆的命运，"等他摸黑走到屋前，突然看到门口有一个庞然大物，正伸着长长的黑手在拆他的房子！田世宝顺着那只黑手望过去，楼房已矮了一大截，房顶被掀翻，三楼和二楼的墙体也垮塌了"㉕。被拆掉的不仅仅是房屋这个安身之所，更是田世宝的家族信仰与精神寄托。最后田世宝选择亲手砍掉心爱的合欢树，"一股股树汁从合欢树粗壮的身体里倒流出来，像田世宝眼里的老泪，浑浊、昏黄、热乎乎、黏乎乎的"㉖。这恰恰是作家张慧兰对乡土文明的失落唱出的无奈哀歌。

值得注意的是，张慧兰在看似悲剧的结局中仍然保留着一丝温暖与诗意。如《红棉花》中姆妈最后"贪婪地吃着那些种子"，"既然没地方可种，就把它们种在自己的身体里吧。自己的身体里有水有血液，一定会生根发芽，开花结果。自己爱了它们一辈子，现在终于可以与它们融为一体了"㉗。当姆妈吞下最后一粒种子，"感觉自己变成了一朵漂亮的红棉花，盛开在王家坟上的土坡上"㉘，微笑着见到了亡夫。《二指禅》中刘德树在年老力衰的情况下苦练绝活，在舞台上使出了二指禅绝技，即使最终"像一棵老树一般轰然坍塌"，但他"手上的高龙依旧昂首挺立，虎视眈眈，神圣不可侵犯"，"面部平静而温和，带着浅浅的笑意"㉙。刘德树的绝技二指禅，不仅仅代表着莲溪高龙的荣誉，更体现了他对高龙背后传统文化精神的坚守。这说明现代化进程虽然给乡土文明带来了冲击与危机，但古老的乡村机器主体依然在用生命坚守着他们的传统，而作家也并未悲观绝望，而是在哀歌之中抱有希望。事实上乡土文明与城市文明不是非此即彼，不是非黑即白，不是一蹴而就，而是缓慢变化的、混合交融的。张慧兰的乡村书写也并非对城市文明的抵抗，而是对乡村文明的呼救。作家或许在提示我们，历史的洪流滚滚向前，个人或单一群体的力量无法阻拦，不管是欣赏乡村精神的恬静安适还是偏爱城市文明的快节奏高效率，如何在高速发展的物质文明与尚未更新的精神世界之间寻找一个平衡点，从而实现新时代民族精神内核的自洽，是其文学作品深层次的哲学思索，也是张慧兰对当代文学发出的掷地有声的叩问。

结语

张慧兰在其小说创作中为我们构筑了一个传统与现代交融的乡村空间，生动描摹了各色乡村人物形象，并探讨了在城市化浪潮下乡村精神文化该何去何从的这一无法回避的问题。张慧兰小说创作中的乡村叙事，以其独特的视角和深刻的人文关怀，为中国当代文学中的乡村书写增添了新的风景。她的作品不仅真实记录了乡村在现代化进程中的变迁与阵痛，更通过对乡村生活细节的细腻描绘和对人性深处的深刻挖掘，展现了乡村社会的复杂性与多样性。通过她的作品，我们得以重新审视乡村的价值与意义，并在现代化进程中寻找那些被遗忘的历史记忆与文化传统。

注释：

①张慧兰:《红棉花》,《天津文学》2020年第1期。
②张慧兰:《红棉花》,《天津文学》2020年第1期。
③张慧兰:《麻木》,《芳草·潮》2012年第6期。
④张慧兰:《麻木》,《芳草·潮》2012年第6期。
⑤张慧兰:《合欢树》,《湖南文学》2020年第11期。
⑥张慧兰:《红棉花》,《天津文学》2020年第1期。
⑦张慧兰:《二指禅》,《福建文学》2019年第9期。
⑧张慧兰:《月光册》,《北京文学》2021年第3期。
⑨张慧兰:《月光册》,《北京文学》2021年第3期。
⑩张慧兰:《红棉花》,《天津文学》2020年第1期。
⑪张慧兰:《红棉花》,《天津文学》2020年第1期。
⑫张慧兰:《红棉花》,《天津文学》2020年第1期。
⑬周荣:《新时代乡土叙事的多重面向——读老藤〈草木志〉》,《中国文学批评》2024年第3期。
⑭张慧兰:《回梦》,《芳草》2016年第3期。
⑮张慧兰:《回梦》,《芳草》2016年第3期。

⑯张慧兰:《红棉花》,《天津文学》2020年第1期。
⑰丁帆:《"城市异乡者"的梦想与现实——关于文明冲突中乡土描写的转型》,《文学评论》2005年第4期。
⑱丁帆:《"城市异乡者"的梦想与现实——关于文明冲突中乡土描写的转型》,《文学评论》2005年第4期。
⑲张慧兰:《麻木》,《芳草·潮》2012年第6期。
⑳张慧兰:《麻木》,《芳草·潮》2012年第6期。
㉑张慧兰:《月光册》,《北京文学》2021年第3期。
㉒张慧兰:《红棉花》,《天津文学》2020年第1期。
㉓张慧兰:《二指禅》,《福建文学》2019年第9期。
㉔徐国源、邹欣星:《20世纪中国文学叙事中城乡观念的演替》,《江苏社会科学》2019年第2期。
㉕张慧兰:《合欢树》,《湖南文学》2020年第11期。
㉖张慧兰:《合欢树》,《湖南文学》2020年第11期。
㉗张慧兰:《红棉花》,《天津文学》2020年第1期。
㉘张慧兰:《红棉花》,《天津文学》2020年第1期。
㉙张慧兰:《二指禅》,《福建文学》2019年第9期。

[作者单位:鲁微,三峡大学文学与传媒学院;张林园,三峡大学文学与传媒学院]

女性形象的塑造与时代精神演变
——论张慧兰小说中的女性书写

□ 吕 兴

张慧兰是一个擅长写女性的作家,在她的作品中女性角色不仅数量较多,而且往往担任了十分重要的叙事功能。关注女性命运的女作家并不少见,张慧兰的特殊之处是在于她的创作没有局限于女性个体,而是通过对女性的书写来表现时代变迁过程中传统乡土道德伦理体系的衰落与嬗变,以及消费文化与科技文明共同带来的人性的异化和变异。换而言之,在张慧兰的小说作品中,不同代际、身份的女性变成了一种特殊的符号,发生于她们身上的传奇故事,以及她们幽微的内心情感,反映出了在特定的时代背景下独特的精神症候,从而达到以小见大、从个体及整体的效果。张慧兰作品中透露出把握整个时代精神的野心,作品中既涉及在城镇化进程中乡土伦理观念的变迁,又试图讨论都市文化背景下现代人情感的畸变,其塑造的女性角色可以分为两类,一类是与土地有着千丝万缕联系的农村女子,从她们身上既可以看到现代文明进入乡土之后所带来的觉醒之光,又能够窥见乡土伦理衰落之后她们所受到的贬损与压抑;另一类则是居住在城市之中的都市女性,她们享受着现代文明所带来的自由、独立,却又同时经历着生活方式变革所导致的孤独和绝望。

一、"地之女"与"零余者":乡村新女性形象的塑造与乡土伦理观念的嬗变

在中国现当代文学史中有着许多鲜活的乡村女性形象,她们反映出了作家们的性别观念、创作理念与审美追求,而面对如此之多的经典女性形象,张慧兰则从自身经历出发,另辟蹊径,书写了一批具有时代精神的新乡村女子形象,通过她们的传奇反映出了乡土伦理观念的嬗变。尽管她的作品中所涉及的乡村女子众多,但是仍旧可以分为两类,一类是在生产过程和家庭关系之中逐渐主导的"地之女",她们的际遇昭示着乡土经济模式的变迁,亦呈现了传统乡土社会秩序的变革;另一类则是孤独飘零的女性"零余者",她们的遭遇显示了在时代变革之际乡民们的"水土不服",亦展示了原有乡土伦理体系崩塌之后的凋敝之景。

首先,张慧兰敏锐地捕捉到了乡土生活变迁之中女性经济地位的变化,进而塑造了一批精明能干、富有主见的"地之女"。这批女性虽然仍旧居于乡间,但是已经逐步摆脱了对男性、家族的依附与从属地位,而有了实现自身价值、追求梦想的勇气。她们的出现似乎意味着乡土之间曾经森严的家族等级制度正在逐渐崩塌。

在中国乡土文学作品中,"地母"般的女性形象并不少见,这些女性角色往往如大地一般包容万物,承受一切的苦难,张贤亮中《绿化树》的马缨花、铁凝《麦秸垛》中的大芝娘都是其中极具代表性的女性形象。学者赵园曾说:"对天地化育尤其对母性大地的感激,直至当代,仍作为乡村文学中的诗意源泉。"①这些哺育、滋养万物的"地母"形象显然是由这抹诗意化来的,她们身上凝结着中华民族对土地的诗化想象,也是传统乡土伦理观念的具象化呈现。而与之相对的"地之女"形象却很少出现,这类形象与"地母"博大包容、被动内敛的性格不同。"地之女"表现出了更强的主观能动性与应变能力,与乡土和大地的关系也复杂化,她们接受

了乡土的滋养,却拒绝全盘接受乡土传统,而是如农村男子一般去勇敢争取自身权益,未曾把自己摆在从属地位,而是试图掌握自己的命运。其中以张慧兰小说作品《红棉花》中的姆妈最具有代表性。姆妈的儿女早已在城市定居,但是她却不愿进城,独自留在家乡侍弄几亩田地。她所具有的吃苦耐劳、坚韧不拔的品质很容易让读者联想到传统的乡村女性,但是姆妈的行为与观念却更具有现代性。以姆妈在乡村的劳作为例,她的勤劳肯干与传统乡村妇女的任劳任怨是有所不同的,这种不同主要体现在了她对劳动的意义、价值的认知上,在她看来劳动是获得自身独立的前提,更是肯定自我价值的重要方式。姆妈已经七十多岁高龄,但是她却仍旧在种菜、卖菜,这种行为早已经产生不了什么经济效益,"最近几年村里的人越来越少,除了鱼肉,几乎没有人买菜,姆妈的菜总是连卖带送,有时守一上午也只卖三五块钱"②,她的劳作更多是因为"这是一种成就感",更是"作为一个人的社会认同"③。在中国当代文学作品之中不乏对乡土女性劳作场景的描写,踏实能干几乎是一个传统乡村女性最基本的特质,但是她们的劳作更多是为了他者操劳奔忙,劳动更多地变成了女性奉献和牺牲自己的一种方式。姆妈却为劳动赋予了一种特殊的重要性,她甚至为了劳动放弃掉了一部分母职,她"从年轻的时候起就像个男人,在生产队里干活,耕田耙地,打鱼摸虾,下河绞草,样样都在行,可就是不会家务。田地里搞得清清爽爽,一根杂草也没有,家里却乱七八糟"④。为了做好农活,她每天只吃两顿饭,甚至连姆妈的丈夫都说"总有一天她会饿死在地里"⑤。这种突出的"劳力"(劳动)的重要性,乃至神圣性,不可谓不是一种相当现代的表述⑥。而姆妈身上之所以能够看到这样觉醒的现代意识,正是源于旧有的经济形式的崩塌,以及乡土伦理变革。费孝通的《乡土中国》中提到,在乡土社会中,家是一个连续性的事业社群,它的主轴是在父子之间,在婆媳之间,是纵的,不是横的⑦。但是姆妈却被强制性地踢出了"担负政治、经济、宗教等功能"⑧的家族,"因父亲兄弟姐妹多……婆婆就要和姆妈分家"⑨,以至于姆妈只能独自承担养家糊口的责任,所以"也是从那时起,姆妈对土地一往情深,至死不悔"⑩。正是基于乡土社会家族

的解体,以及随之而来的礼治秩序的崩塌,姆妈获得了觉醒的可能,由被动承担的"地母"般的传统女性,变成了主动汲取乡土养分,具有一定现代意识的"地之女"。而在张慧兰另一部作品《回梦》中何香亦是如此,她在与余贵的婚姻生活、劳动关系之中占据了主导,她的家庭遇到飞来横祸,父母双亡,年幼的何香只能早早嫁人。而劳动成了把她拽出深渊的救赎,所以她甚至有些不近人情,连丈夫得了重病即将死亡的时候,她也"恨不能完全把余贵从床上拖起来帮自己干活才是"⑪。可以发现,张慧兰所塑造的这类型乡村女性身上仍然有着浓厚的"旧"底色,但是掩盖不住她们所具有的"新"变化,作家捕捉到了时代进程中乡土社会所发生的细微改变,并把这种变化融入女性的塑造,以跌宕起伏的女性命运隐喻了乡土的变迁。传统乡土伦理秩序的崩塌带来了女性解放的可能,但是也带来了其生活失序的可能,造成乡土世界中一批女性"零余者"。

其次,在张慧兰的作品中也出现了一批女性"零余者"。随着交通的发展、城市化进程的加快,稳固的乡土社群被打破,而原有的道德伦理体系也逐步瓦解,于是乡土女性也不得不承担这种变化所带来的苦果,或是在失序的乡土生活中找不到自己的归处,被世人所遗忘,最终走向了生命的终点;或是成为失落的乡土伦理秩序的一部分,既无法被乡土所接纳,也无法融入城市生活之中,成为失魂的漂泊者。

"零余者"是一个十分经典的文学形象,纵观20世纪中国"零余者"形象,他们都处在不为人瞩目的社会边缘,大多没有正式的职业,没有完美的家庭,其生活方式和精神情感世界与主流社会大相径庭,因愿望、要求与现实发生冲突不能实现而体验着零余处境中的苦闷、忧郁和焦灼⑫。觉醒之后却无法寻到生命的出口,被环境与社群所抛弃,这是"零余者"形象的共性,在张慧兰的作品之中出现了一批乡土女性"零余者",她们也在某种程度上获得了觉醒,却无法再在乡土生活中寻觅到自己的位置。《月光册》中的姆妈可以看作一位特殊的乡土"零余者"。她生育了三个子女,身体尚算健康,并且具有一定的经济能力,没想到她竟然选择在屋后的水塘里结束了自己的生命。"我"作为姆妈的女儿百思不得其解,于是踏上了揭开姆妈死亡之谜的旅

程,随着越来越多线索出现,她死亡的原因也逐渐浮出水面。一方面,传统伦理体系的失序使姆妈陷入了失语与孤独的状态。原来的乡土社会是"礼治"的社会,礼并不是靠一个外来的权力来推行的,而是从教化中养成了个人的敬畏之感,使人服膺[13],但是随着乡土社会中人口流动变多,生活方式的变化,乡土社会的礼治秩序在逐渐崩塌,而姆妈可以说是分崩离析的伦理秩序的受害者。她虽然是年长者,却已经无法获得子女的尊重和照料。二儿子、二儿媳时常对其冷言冷语,本该温暖的家庭,竟变成了一个"冷气森森的冰窖"[14]。大儿子和小女儿的常年缺席,姆妈成为一个游荡于家族之外的"局外人"。另一方面,未曾完全消除的世俗偏见又使姆妈无法获得其他情感的慰藉。尽管传统的伦理秩序已经逐步失效,但是根深蒂固的封建思想并未完全消散,传统的贞洁、等级观念仍旧束缚着乡土大地上的女性。姆妈与唱孝歌的黑老爹两人都已丧偶,儿女也早已经长大成人,两人早已暗生情愫,但是二哥畏惧乡亲们的议论,最终选择拆散二人。可以说,日渐崩塌的礼教体系与冥顽不化的乡风民俗共同铸就了姆妈的悲剧。张慧兰以姆妈凄惨、悲凉的晚景揭开了传统乡民在新时代乡土生活中水土不服的症状,也细腻地呈现出了古老乡土所经历的变革的"阵痛"。而在另一部作品《幺姑》中,作者则是直接呈现了保守的乡土伦理观念与现代女性意识之间强烈的冲突,展现了在新旧交替之中农村女性的无奈与无措。幺姑本来是爷和婆最为疼爱的小女儿,她聪明貌美早早进城,嫁给了一个城里人成,但是成却酗酒成性,不仅时常殴打幺姑,而且因酗酒早早瘫痪了,成为幺姑沉重的负担。幺姑渴望获得新的生活,她最终迈出了勇敢的一步,与少管所的黄教员相爱。当她兴奋地把自己的爱情与家人分享,等来的却是家人的谩骂,并被禁止回家,甚至在母亲死亡的时候都无法光明正大地为其送葬。幺姑无疑是一个乡土传统道德伦理的破坏者,等待她的是被驱逐的命运,她既无法从城市中获得幸福,也无法再回归乡土,成为飘荡在城市与乡土之间一抹叛逆的游魂。

总体而言,张慧兰通过对"地之女"和"零余者"这两类女性形象的塑造,勾画出了在时代变革过程中旧的乡土伦理制度逐渐解体,新的观念意识逐渐生成的过程。作者以细腻的心理描写、鲜活的人物形象展现了新时代乡土生活的新面貌,把握住了时代变革之中乡民们种种幽微的心境,但是并没有把笔触局限于乡土之中,她所把握与关注的是整个时代人们的精神症候群。

二、"疯女人"与"殉道者":都市女性传奇的书写与异化人性的摹写

除了通过塑造新乡土女性形象呈现乡土伦理道德变迁之外,张慧兰亦善于讲述城市女子传奇,她们或是离经叛道,以近乎极端的行为追求、满足自己内心的欲念,成为出没于现代都市之中的"疯女人";或是忘却自身,以自虐般的牺牲精神承担起她们难以承受的重任,成为现代社会中的"殉道者"。而不管是"疯女人"还是"殉道者"都展现出了现代都市生活中人性异化的一面。

"疯女人"这一经典文学形象已经衍生成了一个十分重要的女性主义意象,其往往带有明显的性别色彩,揭示了女性所遭受的结构性压迫。张慧兰笔下的"疯女人"更多的是对现代生活方式的一种反省和诘问,其中更有对都市文明中异化人性的观察和思考。以《无回应之地》中的辜庆荣为例,她本来是一位"优雅而漂亮"[15]的中学语文老师,"会写文章,会唱歌,是班上很多男生的偶像"[16],而且"脾气温和,上课总是轻言细语"[17]。可是这样一位善良、智慧的女性在二十年之后却变成了一位不折不扣的"疯女人"。面对昔日学生周晓磊的帮助,丧夫、失女的她生出了种种不可名状的情愫,做出了种种近乎癫狂的行动。起初,她只是借着找猫、找女儿这样的事件刻意制造与学生周晓磊接触的机会;而后,则是通过下药、自残等极端的方式把周晓磊留在身边;及至最后,她竟然带着自己的小猫撞上了周晓磊的福特车,结束了自己的生命。尽管作者未曾对辜庆荣二十年来的经历和心理进行详细的叙述,但是从作品的名字《无回应之地》,以及她本身癫狂、极端的行为已经能够窥见其中真相,这位昔日善良的老师被"无回应"的孤寂逼上了绝路。造成这种孤寂的原因有很多,既有无常命运的作祟,丈夫的病亡给了她最为沉重的打击,而女儿的叛逆和死亡更让她失去了生命

的活力;也有辜庆荣本身的性格,她"这人天生脆弱悲观"⑱,刻意拒绝了生活中多姿多彩的一面。而冷漠的人际关系、快速的生活节奏无疑是把辜庆荣推入绝境的最后一根稻草。在遭遇家庭变故之后,辜庆荣无法向亲人求助,亲人"他们只会抱怨,看我的笑话,没有人同情我关心我,我也不想麻烦他们"⑲。而朋友们"工作都很忙,有谁会请假来照顾一个外人呢"⑳?正是这种孤寂导致辜庆荣人格上的异化,对人伦感情产生了一种畸形的渴望,变得偏执而极端。所以当周晓磊这个昔日的学生稍稍给予其温暖,她便对其生出了不伦的情感,甚至为了留住这份温情不择手段。尽管辜庆荣本身的行为和经历具有传奇性,但是作者并不欲以猎奇的口吻来吸引读者的注意力,而是通过冷静地观察、克制地叙述尝试探讨导致其悲剧更深层次的原因,对现代人的冷漠、疏离发出更深层的诘问。如果说《无回应之地》中辜庆荣的疯狂折射出了现代城市生活的残忍之处,那么《如梦令》中白雪的"荒唐"则呈现了都市人际伦理关系的混乱。白雪本是一名古代文学的研究生,她端庄秀丽,本该享受幸福的生活,但是她却为了自己的教授做尽了疯狂之事,直闹到众叛亲离、香消玉殒。在她读书时期就暗恋彼时风流倜傥的教授,只是教授已有发妻红绫,两人恩爱非常,白雪只能黯然退场。没想到若干年之后,红绫身染重病,竟上演临终托"孤",请求白雪照顾教授和自己的爱犬。白雪竟真的不顾外界的舆论来到教授家当起了免费的"保姆"。面对教授的冷漠疏离,她不仅要忍受他在生活上的刁难和折磨,稍有差池就要被指责和辱骂,还要压抑自己的情感,看着教授与其他女性暧昧,听任他对自己的贬低。在色诱无效之后,白雪摔碎了红绫的骨灰盒,与红绫的爱犬一起溺死在了小区的池塘里。白雪对爱情的偏执、对青年幻梦的执着最终让其走上了一条不归路,成为为爱痴狂的"疯女人"。她的疯狂实际上折射出了教授、前夫等一干人等的卑琐、冷漠与自私,以及都市社会中真诚爱情的不可寻。正是在这样病态的人伦关系之中,白雪最终丧失了理性,遭遇精神上的危机。这些城市之中的"疯女人"大都有着传奇的经历与故事,但是作者并不欲突出她们经历之奇与情感之异,而是以其为镜折射出了现代都市人所存在的精神病灶。

如果说张慧兰笔下的"疯女人"切实地反映出了人性的异化,那么她所塑造的"殉道者"则更清晰地呈现出了现代都市生活所存在的问题,对女性,甚至是整个当代人类的处境进行了审视。在《星星别怕》这篇作品之中,作者通过对刘慧珍这个无私而伟大的"殉道者"形象的塑造,揭示出现代人所存在的偏见、虚伪、冷漠。刘慧珍本是一个普通的小学教师,有着一个幸福美满的家庭,丈夫贺子铭与她感情不错,女儿贺梦颖已经出嫁并且生下了两个可爱的孩子。但是没想到外孙聪聪竟然查出了自闭症,从此家里发生了天翻地覆的变化。孩子的爷爷奶奶抛下聪聪回了老家,女儿终日以泪洗面,生性内向的女婿则变得更加沉默寡言,"人也一下子瘦了七八斤"㉑,而贺子铭则是再也不来女儿家,每周末只沉迷于麻将。只有刘慧珍站了出来,帮助女儿一家渡过难关,她不仅陪伴聪聪进行干预复健,除了辗转多地陪孙儿上课,更是把家里都变成了课堂,随时随地锻炼他的能力;并且不断安慰女儿,宁愿从县城转三趟车来到女儿家,只为了"给女儿做两顿饭,让她好好睡一觉"㉒。到最后,聪聪终于开口说话,仿佛预示着新的希望到来,但是这个结果是刘慧珍牺牲自己的工作、健康和婚姻换来的。为了照顾外孙,她提前离开了工作岗位,留下丈夫一人在县城生活,遭遇背叛后被迫签下了离婚协议书,更不用说她在照顾自闭症儿童中所经历的艰辛、痛苦。可以说,刘慧珍"献祭"了自己,成为另一种意义上的"殉道者",她以牺牲自己为代价守护了女儿一家。而这种牺牲既源于刘慧珍对亲人无私的爱意,也源于多种无奈和极端的情境,她更像被绑缚于母爱"神坛"上的"圣母",被迫成为他人生活的"救赎者",因此刘慧珍除了凸显出母爱的伟大之外,更呈现出了当代社会生活之中的种种问题。她的牺牲首先反映出了人性的自私凉薄。在面对聪聪的疾病时,爷爷奶奶不顾与孙辈的血缘羁绊,更无视儿子儿媳的窘境,不肯在危急关头伸出援手;而贺子铭更是置身事外,甚至在妻子与女儿正在遭受痛苦的时候出轨第三者,使家庭进一步走向分崩离析;连聪聪的父母都试图逃避,不管是女儿贺梦颖的无助和暴躁,还是女婿鹏程的沉默和缺位,都带有对育儿责任的推卸;而不知情的外人更是表现出了对聪聪的不耐烦,或是言语上的侮辱,或是肢体上的推搡,一再呈现出了对这一疾病的无知和偏见。正是他人的冷漠、自私,逼迫刘慧珍不得不独自一人承担所有的责任。其次则是呈现了女性所遭受到的歧视,以及腐朽保守的性别、生育观念。尽管《星星别怕》所描写的是一个接受过教育和文化熏陶的城市家庭,但是重男轻女、传宗接代等封建的生育观念几乎贯穿了全文。聪聪的疾病之所以能引发这个家庭极大的动荡,正是因为他曾经被寄予厚望,被视为整个家族的继承人而贺子铭终其一生都在做着求子梦,甚至为了生下儿子不惜抛弃发妻。在这样的性别观念中,女性自然成为"第二性",被视为可以牺牲、欺侮的一方,而长期浸淫其中的女性自然缺乏反抗和反思能力。以刘慧珍为例,她拥有一份稳定的工作与较好的家境,但是始终因为没有为丈夫生下一个儿子而心存愧疚,为此甚至忽视丈夫出轨的行径,面对突如其来的婚变更是不曾有过责问,更不要说保障自身的利益。刘慧珍的付出、牺牲变成了一面"照妖镜",照见了人性的卑劣自私之处,亦映出了现代生活中陈腐的性别观念。如果说刘慧珍是为了亲情,无奈成为一名"殉道者",那么《卓佳的爱情》中的卓佳则是为了所谓的"爱情",不得不独尝生活的苦果。卓佳"从来就不相信会有爱情降临自己的身上"㉓,只因她从小是个"丑"姑娘,时常被人嘲笑,就算她因优异的学习成绩获得了一份不错的工作,她也始终存着一份自卑之心。对情爱的懵懂、对外貌的自卑、对忠贞观念的固守,最终让她选择与她差距甚大的伟迪结为夫妻。为了这份所谓的爱情,她选择了与家人决裂,更要独自承担怀孕、育儿的痛苦。但是她始终不肯亵渎她的"爱情",拒绝了身边男性的示好,一再原谅伟迪不忠的行径,包容其所犯下的错误。当她又一次抵御外界的诱惑,捍卫了"爱情"的纯洁后,却发现伟迪正在与别的女性密会。尽管在小说作品中,卓佳尚且拥有伴侣和家庭,但是她毫无疑问是爱情中的"殉道者",她向伴侣交付了真心,并付出了生理与心理的双重代价,但是到头来却发现自己所坚守的"爱情"不过是镜中花水中月。而卓佳之所以会一头栽进"爱情"的陷阱里,并不完全是因为她被情爱和欲望所蒙蔽,一方面是社会对女性的规训让卓佳在尚不懂情爱的时候就已经自觉地忠贞于自己的伴侣,就算她明白丈夫伟迪存在着很多问题也无从挣脱社会规训所编织的精神大网;另一方面则是由于对人性和情感的懵懂无知,卓佳从校园走进了校园,对于人性的认知并不深刻,更没有时间和空间探索关于情感和人性的真理,最终过早的与伟迪走入了婚姻,无从逃离。其实在张慧兰笔下,"疯女人"与"殉道者"之间的界限并不清晰,《如梦令》中的白雪身上同样有着殉道者的悲壮,而卓佳面对爱情时的困惑、狂热也不亚于《无回应之地》的辛庆荣。她们更像是现代人的一体两面,从不同方面呈现了人性的异化。

总体而言,张慧兰以城市女性的传奇经历为切入点,剖析了现代都市生活中所存在的问题,呈现出了人性的异化,更在有意无意之间展现了女性所遭遇到的困境。对女性困境的体察是张慧兰作品的一大亮点,但是她并没有被困在性别议题之中,而是通过对女性命运的讲述完成对时代的观察,以及对人性的书写。可以说她笔下的乡土女性和城市女性共同构筑起了一个完整的文学世界,这个文学世界之中既有对传统伦理观念的反思,也有对优秀民族文化的认同;既有对人性阴暗一面的揭示与挖掘,也有对善意的捕捉与褒奖;既有对急速变化的乡土的书写,也不曾忽略对城市生活的观察。以女性命运为视角,张慧兰成功地将个人遭遇与社会现象交织在一起,呈现了现代文明背后的深层问题。在她的笔下,女性不仅是情感的主体,更是社会变迁的见证者和批判者,她们的故事和遭遇反映了更广泛的现实困境,这也构成了她写作最突出的特点,那么这一特点将会赋予其作品怎样的美学效果?对于当下女性文学的诗学构建是否有特殊的意义?

三、聚焦与发散:女性视野下的时代变迁

张慧兰的作品具有鲜明的女性意识,她通过细腻的笔触展现了在时代变迁之下女性所获得的物质、精神上的解放,也不讳言女性群体所遭受的挑战和压制。但是,她并没有满足于对女性群体的书写,而是以女性的命运触摸时代脉搏的跳动,她巧妙地在个体的经历中编织了更宏大的社会图景。女性的命运与时代大潮交织在一起,对个体的关照与宏大的叙事交相辉映这都为其作品带来了独特的美学效果,一方面,人物形象

的塑造变得更加立体和富有深度，立足时代背景和人性层面，个体的境遇有了更多可供解读的空间，因而从个体传奇的书写变成了一个时代的精神寓言；另一方面，对时代精神特质有了更为精准的把握，更全面和细腻地展示了时代变革下的不同群体的特殊境遇与心理，触碰到了许多时常被忽略的议题。这一创作特质既是对20世纪90年代女性文学诗学特质的继承，也是当下女性文学创作中的进一步创新。

作为女性作家，张慧兰善于挖掘女性生活中的细节，愿意揭示女性在日常生活中幽微的感受，更不惧大胆书写女性的情欲与爱欲，着重表现个体的独特感受与情感范围。这样的作品往往容易被冠以"视野不开阔""生活过窄，缺乏广度和变化"[23]的评价。然后张慧兰的作品却可以打破这种偏见，她把时代因素和社会背景融入个体的书写，从而赋予了个体命运以史诗般的厚重感，更是把女性的性别困境变成了对整体民族命运的反思。

以她长篇小说《戏殇》为例，里面的女性角色都有着鲜明的时代烙印，她们的人生境遇反映了时代精神的变迁。以其中的年轻女性秋泠为例，她不仅长得"亭亭玉立，冷艳娇媚"[24]，而且具有学习楚剧的天赋，更有着学习楚剧的热情和理想。她与自己的师父冯玉音在外形和性格上都颇为相似，然而二者的命运却截然不同。冯玉音恰逢楚剧兴盛之时，她的艺术生命与时代潮流同步高涨，更兼遇到了懂楚剧、爱楚剧的挚爱恩师，所以她专心投身于楚剧表演，谋求在艺术上的进步发展。秋泠却生于楚剧艺术求新求变之际，她面对的不仅是楚剧艺术的巨大变革，更经历着物质与精神上的双重危机。由于遭遇了转企改制的浪潮，楚剧团缺乏资金，发展困难，秋泠作为学员迟迟无法转正，只能拿最低工资，而她的养母又身患重病急需用钱。而对金钱、权力的崇拜早已经磨灭了人们欣赏、追求艺术的心，秋泠的身边再难寻到执着于楚剧艺术的良师益友，而更多是觊觎她美色的市侩之徒，他们引诱她走向了堕落的深渊，她既无法反抗时代的大潮，也无法解决自身的困境，最终选择以极端的方式结束了自己的生命。秋泠的悲剧不能简单地归结为命运不济，或性格缺陷，而是深刻地折射出了社会转型期的阵痛和个体

抗争的无力。《剪红莲》中的红莲、《麻木》中的兰香，《伊对儿》中的柳絮等，她们的际遇都与时代的变革息息相关。在张慧兰笔下，女性角色的生存状态与心理挣扎，不仅代表了个体的悲欢离合，更映射出整个时代的风云变幻。正因为融入了对社会深刻洞察与对现实的认知，所以张慧兰的作品往往能够从个体悲剧出发上升到了对人类命运的普遍性思考，因此减少了对个体的道德批判，而多了对个人困境的体察，在作品中融入了一种带有普世性的人文关怀。

而对于个体的关注，特别是对女性的关注也为其书写时代变革带来了不一样的角度和风格。那些小人物的悲喜苦乐成为时代精神的另一重注解，她们的故事，映照出社会的复杂与多元，从而为宏大叙事赋予了一份温情与细腻。正如张慧兰在《戏殇》中所展现的那样，她以秋泠、夏花、花千朵等楚剧女演员的人生际遇展现了文化制度改革的艰难，以及文化传统的现代性转化过程所遭遇到的挫折。从一个县级楚剧团的遭遇入手，去谈文化体制改革过程中的艰辛与成就。同时，以楚剧团的改革发展为主线，围绕主要女性角色，把非遗文化传承、农村城镇化、官场博弈等议题都纳入其中，切入视角虽小，但是触及的面却非常广博。而在她的作品《麻木》中，她通过讲述夏辉与兰香这对平凡夫妻的故事，揭示了乡土文化与城市文明之间的对立与冲突，展现了发展过程中所付出的代价。

而这样的创作特质既可以追溯到20世纪90年代女性文学的诗学实践，亦可以从中窥见新时代女性文学创作的新的美学特质。中国现当代女性文学自"五四"始，及至20世纪90年代女性写作的繁荣与兴盛变成了一种重要的文学现象[25]，引发了一波社会、思想、文学领域的热潮，诸多女性作家所进行的文学实验、美学实践亦影响深远。学者贺桂梅把90年代女性文学作品中女性意识的书写主要归结为以下三种类型：一是以写实的手法揭示现实和历史中的女性属性，二是以一种"纯粹的女性表意方式"书写极具性别意味的文本，第三种书写方式则更多带有女性创造性实践的努力（林白、陈染、海男等的小说被当代文坛列为"先锋小说"）[27]。显然张慧兰的写作更接近第一种女性文学创作范式，她的作品完全符合贺桂梅对此类女性文学作

品的定义,"这些作品并不公开张扬其女性意识,似乎更为关注作品本身的严密性和写作对象的真实度,但恰恰是现实主义的'真实性'与'准确性'构成了其性别批判内在力度的基础"㉘。同时,张慧兰也曾谈及过对池莉作品的喜爱,而池莉的作品则被视为这一类型文学作品的代表作。若是仅仅在女性话语之中融入现实书写和历史维度,那么仅仅是对90年代女性文学创作传统的继承,并不是对早期写作范式的突破,而张慧兰的创新之处是在于在坚守现实主义传统的基础之上,把对女性身体经验、个人体验熔铸其中,她并没有因对社会环境的关注遮蔽了女性个体,但是也不似林白、陈染等人过分渲染女性的感官体验,她巧妙地把三种写作方式熔铸在了一起。从她对女性形象的塑造中既可以看到女性意识的彰显,又能看到她铸写时代篇章的野心。

[本文系湖北省教育厅哲学社会科学研究项目"新时代湖北新乡村小说叙事研究"(项目编号:23Q038),湖北省作家协会2024年湖北新时代文学研究支持计划一般项目"新时代湖北乡土小说叙事新变研究",武汉轻工大学校立科研项目"新时代文学语境中湖北新乡土叙事研究"(项目编号:2023Y61)的阶段性成果。]

注释:
① 赵园:《地之子》,北京大学出版社2007年版,第2页。
② 张慧兰:《红棉花》,《天津文学》2020年第1期。
③ 张慧兰:《红棉花》,《天津文学》2020年第1期。
④ 张慧兰:《红棉花》,《天津文学》2020年第1期。
⑤ 张慧兰:《红棉花》,《天津文学》2020年第1期。
⑥ 蔡翔:《革命/叙述:中国社会主义文学——文学想象(1949—1966)》,北京大学出版社2018年版,第231页。
⑦ 费孝通:《乡土中国》,人民出版社2015年版,第48页。
⑧ 费孝通:《乡土中国》,人民出版社2015年版,第47页。
⑨ 张慧兰:《红棉花》,《天津文学》2020年第1期。
⑩ 张慧兰:《红棉花》,《天津文学》2020年第1期。
⑪ 张慧兰:《回梦》,《芳草》2016年第3期。
⑫ 叶永胜:《"零余者"形象的世纪流变》,《江西师范大学学报》2004年第3期。
⑬ 费孝通:《乡土中国》,人民出版社2015年版,第63页。
⑭ 张慧兰:《月光册》,《北京文学》2021年第3期。
⑮ 张慧兰:《无回应之地》,《芳草》2022年第1期。
⑯ 张慧兰:《无回应之地》,《芳草》2022年第1期。
⑰ 张慧兰:《无回应之地》,《芳草》2022年第1期。
⑱ 张慧兰:《无回应之地》,《芳草》2022年第1期。
⑲ 张慧兰:《无回应之地》,《芳草》2022年第1期。
⑳ 张慧兰:《无回应之地》,《芳草》2022年第1期。
㉑ 张慧兰:《星星别怕》,《小说月报·原创版》2021年第3期。
㉒ 张慧兰:《星星别怕》,《小说月报·原创版》2021年第3期。
㉓ 张慧兰:《卓佳的爱情》,《芳草》2010年第6期。
㉔ 贺桂梅:《女性文学与性别政治的变迁》,北京大学出版社2014年版,第183页。
㉕ 张慧兰:《戏殇》,长江文艺出版社2018年版,第11页。
㉖ 贺桂梅:《女性文学与性别政治的变迁》,北京大学出版社2014年版,第180页。
㉗ 贺桂梅:《女性文学与性别政治的变迁》,北京大学出版社2014年版,第180~183页。
㉘ 贺桂梅:《女性文学与性别政治的变迁》,北京大学出版社2014年版,第180页。

[作者单位:武汉轻工大学人文与传媒学院]

人生如戏，戏如人生
——评张慧兰长篇小说《戏殇》

□ 董 琼

中国文学史上，戏子的形象并不少见，如《红楼梦》里痴情重义的龄官、芳官，《啼笑因缘》里命运多舛的沈凤喜，还有新时期以来，《霸王别姬》里因"戏"生恨的程蝶衣，《青衣》里为"戏"痴狂的筱燕秋等。张慧兰长篇小说《戏殇》的独特之处不仅在于它为当代文学贡献了诸如秋泠、冯玉音、樊良栋等生动鲜活的"戏子"形象，更在于它用冷峻温情的笔调真实再现了文化体制改革下楚剧人的迷茫、苦痛、艰辛与挣扎，可谓是一部楚剧事业以及三代楚剧人命运的发展史。

一

《戏殇》中，透过对文化体制改革中一个地方楚剧团改革所带来的人们生活的变化，表现出对楚剧人，尤其是女楚剧人的生存境遇与精神遭际的思考。小说中塑造最典型的莫过于楚剧青年演员秋泠。小说中，秋泠的世界多重而复杂。秋泠是自我的，她是她自己的；秋泠是独特的，她来自舞台；秋泠又是尖锐的，她来自文化。秋泠的身上，既有命运枷锁下的苦苦挣扎，更有人性与文化的双重观照下，孤寂清冷的抗争背后不堪命运束缚的决绝。现实世界的秋泠命运多舛：一出生便被亲生父母遗弃，虽享受着养母的悉心呵护，但因养母常年生病，面对养父的图谋不轨，养母也只能狠心将她送到剧团。来到剧团，虽有师父冯玉音的精心培养，然而文化体制改革的洪流，剧团人心惶惶前途未卜，秋泠也迷茫无措，面对获奖被换掉，角色被替换，同行好友的离开，养母的离世，养父及贾成彪的侵犯以及肖玉瑶的污蔑，秋泠不堪重负，选择结束自己的生命。一边是靓丽的舞台，一边是生存的压力，一边是事业的不顺，一边是社会的轻慢，在善与恶、爱与恨、喧嚣与清冷的交替碰撞中，尽管秋泠"生命中最绚烂的时刻只属于舞台，她生命的全部意义也只属于舞台"[①]，然而事业家庭社会的多重重压，秋泠"成为剧团改革路上的牺牲品"。

戏子们在台上神采飞扬，受人追捧，到了台下，面对现实，种种的落差、不如意使他们比普通人面临更多的身心困扰与煎熬。"我是有些贪图物质，我们这年龄，谁不想吃好穿好玩好，谁不想有个好前程，可这又有什么错？难道我们就该安守贫困做一个殉道者吗？你们为了自己的梦想，总是在强迫我们、欺骗我们，剧团两个月没发工资，你们想到我们怎么生活吗？我们长这么大还不能自食其力，好多学员还要找家里要钱，你叫我们在父母面前怎么抬得起头来？你总说我留在剧团有希望、有出路，可出路在哪里呢？如果连最基本的生活都不能得到保障，我们谈什么理想，谈什么事业？"文化体制改革以及消费市场的冲击，年轻的楚剧演员秋泠面对现实生活的重压表露出对文化事业的质疑。然而即便生活处处充满着困顿，秋泠对舞台依然是热爱着的。不仅仅因为在舞台上成角成名，光彩照人，更重要的，"既然自己这么热爱楚剧，倒不如用心唱楚剧，唱出世间所有的苦痛，把楚剧好好地传承下去。就像她听到的那些楚剧大师一样，用自己的生命铸造楚剧艺术的辉煌"。对现实命运的抗争，对楚剧真挚的热爱，对自我生命的体悟，表明秋泠对现实处境的充分认识和对个人价值的执着追求，然而现实的不堪远远超出年轻的秋泠所能承受的范围，她的赴死同样是对命运抗争的一种决绝。

张慧兰在对秋泠命运思考的同时，也执着于对当代女性,特别是"女戏子"在新的历史境遇面前的思考。作为一种特殊职业,"女戏子"在现实与舞台间游离,舞台在戏子生命中架构其艺术的殿堂,让她们找到了挣脱现实的心灵慰藉,然而不可避免的是,越是与舞台交相辉映,越是在戏台中流连忘返,越容易陷入入戏太深以及戏我不分的身份陷阱,如《秋海棠》中的戏子秋海棠、《啼笑姻缘》中的鼓书艺人沈凤喜、《青衣》中的青衣筱燕秋等。游走于舞台与现实之间,如果说筱燕秋是因为缺乏清晰的自我身份认同,最终在两者的交错中顾此失彼,以悲剧谢幕。事实上,《戏殇》中的"女戏子"同样存在这一身份上的迷失。"你是一个优秀的演员,但你总是混淆演戏与生活的关系,你把演戏当成了生活,你以为舞台上的精彩就是生活的精彩。其实,你错了!演戏并不等于生活!"和筱燕秋一样,冯玉音同样面临着无法挣脱的身份危机,特别是当爱情婚姻生活的不幸接踵而至,身心的分离更让她们进退两难,立足舞台无疑放弃现实,而选择现实又注定舞台上的遗憾。"当初你在舞台上那么风光,那么辉煌,可你现在得到了什么?除了那么多不值钱的奖证,还落下了一身伤痛,没有孩子,现在连主角也当不了。是的,我承认你当初很有成就感,很快乐,可现在的你呢?看到你,我就仿佛看到了我的未来、我的明天,我就感到很悲哀。这难道就是我们唱楚剧奉献一生最后的结局吗?"游走于现实与舞台之间,女戏子身心的分离,注定了这一群体难以挣脱的身份危机。不仅如此,舞台表演的巨大压力也让女性承受着比男性更沉重的身心负担。小说中,为了凭借获奖争取政府对剧团更多的支持,花千朵即使在有流产征兆的情况下也没办法停止演出,然而当"台下的观众自发地站起来鼓掌",花千朵却"感觉如同跑完了马拉松长跑一般,浑身虚弱无力,大汗淋漓"。随后整个身子软软地倒了下去。"成功的花,人们只惊羡她现时的明艳,然而当初她的芽儿,浸透了奋斗的泪泉,洒满了牺牲的血雨!……他认为这句诗是对戏剧演员舞台人生的最好写照!"梨园舞台犹如双刃剑,既给她们带来舞台上的绚烂夺目,也匡正着她们的人生轨迹,让她们承受着身心的双重困顿。

身心的分离固然可怕,更可怕的是来自文化上的以及社会对这个群体的轻视与冷漠。从女性主体出发,女性意识包括:一是以女性的眼光洞悉自我,确定自身本质、生命意义及其在社会中的地位;二是从女性立场出发审视外部世界,并对其加以富于女性生命特色的理解和把握[②]。换句话说,女性意识来自女性对自我的认同,她应该有一种女性的标准。《戏殇》中,职业的束缚,观念的固守,自我认知的不足以及现实的种种困境,女性很难实现自我的觉醒。然而庆幸的是,在更年轻一代的"女戏子"夏花、卓雅身上,我们看到了女性觉醒的自觉与担当。面对权贵周富贵的多次诱惑,夏花敢于主动挣脱对方的纠缠捍卫自己的事业。无意被获奖,她也能坦然面对外界对她的误解。面对楚剧团的困境以及朋友的遭遇,她敢于把它发到朋友圈。中法青年联谊会上,她也勇于追求自己的幸福。和夏花一样,卓雅在母亲的支持下一心致力于楚剧表演,面对他人的诽谤误解不争辩也不内耗。她们坚信"我是我自己的,他们谁也没有干涉我的自由",并真正做到了"他们谁也没有干涉我的权利"时,"我"依然是"我"自己的。张慧兰紧贴现实,《戏殇》中对几代女性的把握比大而空的女性主义理论和照搬理论塑造出的女性形象更贴近生活的原生态,也让我们看到现实境遇下女性自我的成长蜕变。

二

小说《戏殇》里许多人物的原型是张慧兰所认识的人,作为文化体制改革的亲历者,张慧兰"切身感受到了蔡甸区楚剧团面临的一些困境,以及剧团的改革给演职员工带来的惶恐和迷茫",她"决定创作一部以楚剧为题材的长篇小说,呼吁全社会重视楚剧,更好地传承楚剧"。以文学的方式参与现实生活中的改革进程,很容易让人想到改革文学,这似乎是老生常谈,然而作为一名有着长期基层工作经历的作家,文化体制改革带来的阵痛以及阵痛中人们的奋力挣扎,既是改革文学绕不开的主题,也是作家张慧兰自觉的责任。"我的第一身份是文化工作者,第二身份才是文学创作者。"在她看来,作家在文学创作中,应多关注文化现象与文化建设,通过文学作品来推动文化事业的发展,所以不论是创作《知音九章》《高山流水》,抑或《月光册》《星星别怕》,还是《戏殇》,张慧兰一直这样要求自己。"现在,蔡甸区楚剧团已被改为公益二类事业单位,剧团的演职员工全都安心唱戏,人人精神十足,剧团呈现出一片欣欣向荣的景象。我不敢说《戏殇》这篇小说发挥了多大的作用，但在当时那种情况下，至少起到了一定的呼吁的效果。"③这无疑是对张慧兰以文学方式参与现实改革进程的充分肯定。

改革作为一种持续的动态过程，以改革为书写对象的改革文学同样强调持久与变化。基于这一特点，大多数改革小说往往透过时间上与空间上的巨大差异，营造出一种现代化的焦虑：国外领先，国内落后，过去耽误，现在追赶，未来展望。在现代化的共识背景下，改革小说通过对数字与时间的强调来昭示国人内心的焦虑，而铁腕形象的书写则将这种焦虑转化成一种现实行动。尽管到了改革小说后期，描写改革的领域更加全面，指向的现实越发深刻，改革的道路也更加崎岖，人物的形象也更趋于多面，然而时间作为改革小说的重要手段，它以现在为原点，其本质依旧指向未来，并由此构成中国现代化实现的向度。尽管同样以改革为书写对象，《戏殇》却不同，小说对数字与时间基本是模糊的，叙事上也不似多数改革小说那样，或大刀阔斧雷厉风行，或紧张激烈矛盾迭起，或问题百出刻不容缓，往往以一种严肃迫切的视角强调改革的重要性和必要性。《戏殇》着眼于区县一级，在基层的杂乱琐碎中，在日常的焦头烂额中，在人情的家长里短中，将改革与基层干部与群众的关系变化娓娓道来。小说从一年的新春开始写起，然而这一年所经历的纷扰，尽管是在改革的背景下，又何尝不是基层日常工作生活的真实写照？小说紧贴现实，紧跟社会实际需要，在一种冷静温情的直视中正视基层改革的实际情况，正如张慧兰自己所思考的，"我觉得城市文化体制改革跟区县文化体制改革，还是应该有所区别。区县一级文化市场相对落后，人们没有花钱消费文化的观念，更何况受经济影响，人们哪有钱消费文化？区县一级剧团改制后确实会面临生存困境……应该因地制宜，不能一个模式一刀切"④。基于此，《戏殇》更像一篇报告文学，用文学的语言记录莲城楚剧团在全国文化体制改革浪潮冲击下的一场"生产自救"。小说没有波澜诡谲、跌宕起伏的故事情节，也缺少大刀阔斧下洋溢着希望的改革盛景，有的只是改革浪潮裹挟下向前步步挣扎不轻言放弃的基层工作实录。

作为紧贴时代风潮的文学类型，改革文学不仅承担着记录时代的需要，同时也借作品塑造出一群生动鲜活的改革者形象。事实上，自1979年改革文学创作伊始，改革者形象一直是文学殿堂中不可或缺的一个组成部分。通观这些改革者形象，不论是"好像被赋予了一种超自然的力量，一种克里斯玛式的胸怀和非凡能力"的乔厂长（《乔厂长上任记》），抑或"被改革的重负压得喘不过气，但始终与民众站在一起，以普通人的身躯继续着改革的事业"的吕建国（《大厂》）、黄大发（《黄坡秋景》）等，还是"拖着沉重的包袱在改革大潮中昂首挺进的改革英雄"高长河（《中国制造》）、黄江北（《苍天在上》）等，他们以文学的方式参与到现实生活中的改革进程，不仅是改革文学史上独特的"这一个"，也是现实主义烛照下一个时代的精神象征⑤。刘富道曾提到：张慧兰是一个关注底层小人物命运的现实主义创作者。她笔下参与改革的无不是改革浪潮冲击下最真实最基层的普通人。她自己也说："我并不是一个喜欢歌颂高尚的人，但高尚往往就是由这些小人物创造并引领的。"⑥小说中，从剧团基层演员逐步做到莲城文化局局长的樊良栋正是这样一个人物。樊良栋"因为家里穷，父母把他送进了剧团"，后因在全省戏曲比赛中屡获大奖，才一步步由剧团基层演员做到莲城文化局局长的职位。面对文化体制改革下的重重困境，樊良栋不是英雄，他没有"面对体制问题、政治与经济问题的痛苦克制以及敢于在荆棘中舒展筋骨的'狼性'品质"⑦。文化局的琐碎日常，特别是面对其管辖的楚剧团与影剧院体制改革所引发的一系列矛盾冲突，樊良栋殚精竭虑疲于应对。他最常做的就是协调各方面的关系，甚至为了楚剧团的生存，他放下身段四处拉赞助拼酒。然而尽管被改革的重负压得喘不过气来，他始终站在最基层，以普通人的身躯继续着改革的事业。樊良栋是个凡人，但却不能抹杀他对理想的坚持，对激情与浪漫生活的向往，以及在日常生活的现存秩序中保持高度热情去寻找一线希望的努力与拼搏。正是因为这份执着与坚持，楚剧团和影剧院才一步步突破困境，迎来体制改革的曙光。

以樊良栋为代表，《戏殇》塑造了一系列"新"的改革者形象。他们是新世纪以来随着改革的逐步深入，以基层干部为代表，虽身处改革浪潮最前沿，面对种种矛盾与困境，仍不屈不挠因地制宜的一群基层改革者形象。他们不是理想主义色彩浓烈的改革"巨子",也不是拖着沉重包袱在改革大潮中昂首挺进的改革"英雄",他们只是被社会现实束缚苦苦挣扎的"凡人",然而他们对理想信念的坚持,对基层改革之路的执着探索,以及保持高度热情寻找一线希望的决心,作者身处其中,以更直观的眼光、更贴合现实的视角,更丰富的表现方式将新世纪以来新的时代问题面前这一基层改革者形象展露出来。而这一形象的深入人心,也使其成为当下全面深化改革的时代浪潮下鲜明的精神标识。

三

艺术舞台的"魅力",归根到底来自文化。作为一部表现楚剧及楚剧工作者的文学作品,张慧兰有意识地将戏曲文化因素融合到创作中。我们知道,楚剧作为湖北省地方传统戏剧,取材广泛,生动活泼,乡土气息浓厚,很有包容性,同时也善于吸收京、汉大戏的剧目,既能演生活小戏、现代戏,又能演宫廷大戏和武戏,表现手段丰富多样。《戏殇》为我们展示了楚剧这一文化的发展状况,大到戏曲舞台,小到田间地头,楚剧都能贴近生活,紧跟时代,满足各个层次的需要。不仅如此,整部小说为贴合楚剧这一地方传统剧种的文化特点,语言上也是丰富多样而又富有生活化。如"你成天骨头痒想干事,这次是个好机会","在他眼里,影剧院就像一个失宠的妃子,皇上偶尔记起来看看他,说几句一时冲动温暖贴心的话,一转身,就又去宠幸别的女人了"。这些语言不仅富有生活化,同时短短几句就将文化改革大势下基层工作的艰难但仍不言放弃的人物性格凸显出来。此外,小说中诗词歌赋、戏剧台词信手拈来,不仅使得全文语言富有变化,这些语言也有助于读者深入理解小说人物思想、情感与行为,感受作品所传递出的深刻意义和价值。如花千朵心力交瘁在台上流产这一段,"湖阳公主大惊:'啊!董宣,你……你……你……'却怎么也'你'不出来","就在此刻,花千朵突然感觉下身发热,一股热流涌了出来"。紧张的戏剧情节与演唱者花千朵现实的人生遭际相契合,将花千朵身心遭受的重创展露无遗,而读者也在跌宕的情节体验中更容易引起共鸣。

不同于小说运用叙述、描写、分析等方式来揭示矛盾冲突,戏剧冲突只能依靠人物的语言和动作来揭示,它是建立在独特人物的基础上的人物冲突。张慧兰是个讲故事的高手,她善于用简单流畅的语言,把故事情节与戏剧冲突巧妙糅合,使其在小说的外形之下,具有戏剧的某些典型特征,从而达到扩大和丰富小说容量的目的。《戏殇》中,有些矛盾冲突与戏剧冲突非常相似,它们都是借助人物冲突作为推动小说情节发展的主要力量。这是张慧兰运用戏剧手法的一大表现。如小说中的樊良栋与贾成彪。樊良栋和贾成彪的矛盾冲突在故事开始就已经埋下伏笔。小说一开始就讲到樊良栋与贾成彪之间有仇怨,现在贾成彪成了樊良栋的顶头上司,"它似乎在提醒樊良栋,更多更大的麻烦还在后面"。两人因工作关系见了面,贾成彪开门见山质问:"今天早上政府门口到底是怎么回事?"两人一见面就剑拔弩张,樊良栋字斟句酌小心应对,随后贾成彪提高声音继续责难:"我分管的这块出了问题,你这不是有意让我难堪吗?"樊良栋小心翼翼表明态度,贾成彪停了一会儿,语气稍微缓和了些。小说接着写道,贾成彪轻轻"哼"了一声,樊良栋忍不住分辩,贾成彪用食指在桌上敲了几下继续发问。停了一下之后,贾成彪又换个话题继续问责,此时的樊良栋"隐隐感觉后背在冒汗",他只能谦卑地笑着周旋。"樊良栋费力地揣摩贾成彪说话的意图","樊良栋赶紧坐直身子,连声应道"。樊良栋与贾成彪的初次见面,小说随处可见这样的文字:"贾成彪反问道""贾成彪皱了皱眉头""一听贾成彪说'影剧院'三个字,樊良栋的心'咯噔'往下一沉,暗自感叹:真是哪壶不开提哪壶啊!""贾成彪直视着樊良栋""樊良栋赶紧说"。纵观两人整个的交谈过程,小说通过一系列行为语言的变化营造出一种扣人心弦的戏剧冲突,并将人物之间的紧张关系淋漓尽致地表现出来,"都说伴君如伴虎,何况贾成彪比虎还多三根胡须呢!一番谈话就好比一场较量,让樊良栋筋疲力尽"。小说中,不仅樊良栋与贾成彪之间,还有贾成彪与冯玉音、樊良栋与徐慧芳、贾成彪与秋泠等等,人物间层层错杂的矛盾交织构成一个个戏剧冲突,成为推动小说情节发展的重要力量。

作为戏曲题材小说常见的叙事结构,"戏中戏"不仅有助于"戏曲舞台"与"人生舞台"的互相依托有机融合,也在人物、情节、主题等方面发挥着有效的作用。

作为一部表现楚剧文化的小说,《戏殇》中也包含了"戏中戏"的叙事结构。楚剧经典曲目众多,小说中提到最多的莫过于《梁祝》。小说中第一次提到《梁祝》是樊良栋新年伊始第一次跟贾成彪见面,贾成彪提出的会演曲目,进而小说以《梁祝》为契机,交代了樊良栋、贾成彪与冯玉音的关系。三人因《梁祝》相遇并因戏生情,樊良栋与冯玉音互生爱慕喜结良缘,贾成彪因爱生恨,因报复樊良栋而无法在剧团继续待下去,愤而出走。现在三人再次相遇却恩怨未解。《梁祝》中梁山伯、祝英台与马文才的关系何尝不是小说中樊良栋、冯玉音与贾成彪关系的写照?不仅如此,小说中,冯玉音、樊良栋与徐惠芳,贾成彪、肖玉瑶、秋泠以及秋泠、贾成彪与王阳庭等无不呈现出这种三人关系的叠加。不仅如此,小说中多次上演《梁祝》,借"戏曲舞台"与"人生舞台"的重合,揭示人物间的复杂关系,营造戏剧冲突,推动故事情节发展,丰富作品表现形式。如樊良栋、贾成彪与冯玉音之间因《梁祝》结下恩怨,成为推动全文故事情节发展的重要主线。不仅如此,正是源于三人情感的郁结,为后来贾成彪因看《梁祝》对秋泠一见倾心,进而对秋泠展开追求,并由此跟冯玉音、肖玉瑶之间产生错综的矛盾冲突,这不仅是前述三人关系的进一步推衍,同时也对全文故事情节的发展产生了深远影响。除此之外,樊良栋与徐惠芳也因《梁祝》结下一段情感往事,它同样对徐惠芳的一生以及樊良栋后来被举报产生了强烈的影响。此外,《梁祝》也为小说平添了几分诗意与浪漫,"戏曲舞台"与"人生舞台"的交相辉映,赋予了小说更丰富的人生思考。面对徐慧芳的痴情,冯玉音决定让樊良栋跟徐慧芳演一场《梁祝》,"她要的只是戏里的生活,我为什么就不能成全她呢"。徐慧芳在戏里追述往事,"徐慧芳又记起二十多年前莲城剧团经常来他们村演出的情景"。"如今,这个男人近在眼前,他正与自己合演梦寐以求的《梁山伯与祝英台》。曾经,他是那么遥远,而现在,他是这么贴近,这么真实,真实得可触可感……"戏里戏外生活的交错,现实中无法实现的愿望在戏里得到满足,三人间的情感纠葛在这一刻得到释然。然而,樊良栋的突然倒地,人生的圆满在舞台营造的诗意美好中最终还是

落下遗憾,"它老于世故,看惯了人间上演的悲欢离合,而它看得最多的,还是莲城楚剧团在这里上演的经典楚剧《梁山伯与祝英台》……","戏曲舞台"与"人生舞台"的交错,人生的悲欢离合终将落入尘嚣,唯有艺术在代代传唱中承载着时光的厚重。

人生如戏,戏如人生。小说既是在写戏,也是在写人。小说再现了文化体制改革下楚剧人的迷茫、苦痛、艰辛与挣扎,这里既浓缩了女楚剧人在新的历史境遇面前对人生、爱情、家庭及事业的思考,也凝聚着文化体制改革浪潮下楚剧人作为最基层的改革者立足平凡、坚守信念、突破困境的执着探索。"戏曲舞台"与"人生舞台"上的交相辉映,一代代楚剧人前仆后继,为戏坚守,为戏痴狂,在传统与现代的交织中用青春与生命谱写出一曲时代的篇章!

注释:

①本文所引小说原文均出自张慧兰:《戏殇》,长江文艺出版社2018年版,下文不再另外标注。

②乔以刚:《论中国女性文学的思想内涵》,《南开学报(哲学社会科学版)》2001年第4期。

③包应普:《作家张慧兰4个半月创作26万字小说〈戏殇〉,聚焦楚剧发展与传承》,https://baijiahao.baidu.com/s?id=1700789805164100003&wfr=spider&for=pc。

④冯爱华:《武汉作家张慧兰推出长篇小说〈戏殇〉,再现三代楚剧人命运》,http://www.app.dawuhanapp.com/p/24768.html。

⑤蒋洪利:《巨子·凡人·英雄——改革开放四十年小说中的改革者形象流变论》,《南京晓庄学院学报》2023年第5期。

⑥包应普:《作家张慧兰4个半月创作26万字小说〈戏殇〉,聚焦楚剧发展与传承》,https://baijiahao.baidu.com/s?id=1700789805164100003&wfr=spider&for=pc。

⑦蒋洪利:《巨子·凡人·英雄——改革开放四十年小说中的改革者形象流变论》,《南京晓庄学院学报》2023年第5期。

[作者单位:武汉工程大学外语学院]

论张慧兰小说《戏殇》中的楚剧因素

□ 孔德玉

戏曲与小说极具相通性。明末清初文学家李渔认为,"稗官为传奇蓝本"①,他也将自己的一部小说集命名为"无声戏"。当代作家汪曾祺也指出,小说与戏曲"同源而异流"②。古往今来的诸多作家常常将戏曲元素引入小说,以丰富小说创作的题材内容与叙事技巧。比如诸多中国当代作家,都先后从戏曲中汲取小说创作资源。白先勇在小说《游园惊梦》中引入昆曲,莫言在小说《檀香刑》中书写山东戏曲茂腔,贾平凹在小说《秦腔》中穿插大量秦腔唱词。至于湖北作家张慧兰,在小说《戏殇》中则聚焦楚地方戏曲——楚剧。小说通过书写一个地方楚剧剧团在文化体制改革背景下的艰难转型过程,展现出作家张慧兰立足传统文化、积极回应现实的现实主义精神。同时,一些楚剧元素的穿插,也构筑了小说"戏中戏"的叙事结构。而楚剧中所蕴含的平民精神、世俗情怀及民间道德伦理观念,也丰富着《戏殇》的文化内涵。

一

楚剧是流行于湖北武汉、孝感、黄陂等地区的地方戏曲剧种。作家张慧兰自小便接触楚地戏曲文化。她曾在散文《永远的长堤街》中回忆,幼年时期,在武汉工作的父亲每逢暑假,便将她从乡下接来度假,并常常带她去民众乐园听戏。戏曲,也是她早年间文学艺术启蒙的重要来源之一③。2007年,张慧兰被调入蔡甸区文旅局,因工作原因,她常常随蔡甸楚剧团下乡观看演出,这使她有机会细致了解楚剧这一戏曲形式及楚剧演员的真实生活。后来,国有文艺剧团体制改革拉开序幕,要求地方剧团适应市场经济变化,在市场中求生存。湖北各剧团也开始进行改革,至2012年4月,武汉市楚剧团完成转企改制,成立武汉楚剧院有限责任公司。在基层工作的张慧兰敏锐捕捉到这种变化,创作了反映这一现实的长篇小说《戏殇》。该小说以改革开放以来楚剧剧团的现代转型为基础,呈现了地方楚剧剧团转企改制的艰难过程,书写了楚剧艺人在时代转型中的命运浮沉。这部小说也融汇着张慧兰在工作期间的多年积累及对楚剧的深厚情感,展现出她对时代现实问题的敏锐思索与把握。

小说聚焦于文化体制改革背景下楚剧剧团的生存困境及艰难转型过程。小说中,随着文化体制改革的逐步深入,剧团被直接抛向市场,一度陷入经济困窘境地。剧团的年轻学员们常常为了工资问题进行上访,剧团中也是人心浮动,另谋出路者、背后拆台者比比皆是。在种种困难之下,一些剧团的改革者积极顺应时代变化,探索剧团发展新路。莲城区文化局局长樊良栋着手改造莲城月末剧院作为楚剧演出场地,力图增强楚剧的社会与市场效益。而剧团团长杨喜亮则是带领剧团送戏下乡、在周边地区商演,以解决剧团经济问题。就在一切欣欣向荣之际,二人先后被恶意举报遭到调查,杨喜亮在商演时又被砸伤,樊良栋又被确诊肝癌。与此同时,剧团青年演员秋泠也因家庭变故而绝望自杀。小说陷入前所未有的低迷氛围。秋泠去世后,好友夏花将其遗书转发至朋友圈,被多人转载。剧团却因祸得福,相继得到民营企业家、政府等各方资助。剧团因此成立楚源文化有限发展公司,重新焕发生机。

小说关怀楚剧剧团及楚剧的当下境遇,虽题名为"戏殇",但整体基调却是波浪起伏,最终"殇"而不伤,展现出作家对以楚剧为代表的地方传统文化在当下境遇的深层思索。一方面,小说中对于剧团生存困境的呈现融汇着作家对楚剧这一地方戏曲形式在现代化进程中不断被挤压的处境的担忧。楚剧约在清朝之际兴起,1926年正式定名为楚剧。新中国成立后,随着国家对传统戏曲曲种的倡导,楚剧一度获得较快发展,楚剧剧团也成为新中国专业艺术团体。改革开放后,楚剧迎来新的发展契机,但90年代以来随着社会转型进程的加快,大众文化、商业文化的勃兴,又使诸多如戏曲之类的传统文化的生存处境面临极大的挑战。一定程度上,小说中莲城区楚剧团在被抛入市场之后所面临的生存困境,也正是映射着以楚剧为代表的传统文化的生存土壤在现代化进程中备受冲击与挤压的境遇。这种冲击也反映在剧团成员的生活之中。诸如剧团副团长刘新海则是在业余办起了高档娱乐歌厅"弯月亮",青年演员王阳亭为了赚钱也一度离开剧团北上天津。这也隐隐流露出作者对以楚剧为代表的传统文化在当下的生存危机的担忧。

而另一方面,随着时代的发展,楚剧在人民生活中的地位日渐提升,艺术价值也不断得到人们的肯定,楚剧也进入了国家级非物质文化遗产行列。在此背景下,小说虽关注楚剧文化备受挤压的困境,但也并不是站在反现代性立场上为传统文化唱挽歌,而是保持对楚剧发展光明前景的期待。小说中,剧团顺应政策与市场积极转型的过程,也恰恰关联着小说对传统文化在现代化进程中寻求创新发展的期许。以小说中所关注的楚剧类型为例,其中不仅包含诸如《梁山伯与祝英台》《打神告庙》等传统经典楚剧剧目,同时也谈及在传统剧目的基础上,结合反腐的时代主题而创作的现代楚剧《强项令》。这也彰显出楚剧在现代化进程中的创造性与发展性,这种发展性也正是楚剧在新时代保持生命力的重要来源。而小说中楚剧团每次演出几乎场场爆满,观众叫好声此起彼伏;青年演员秋泠自杀前仍心系楚剧发展,在遗书中谈及希望楚剧能被发扬光大;曾经离开剧团的王阳亭最终返回剧团,在剧团扎根。这些情节无不昭示着在现代化背景之下楚剧仍然有着强大的生命力,楚剧并未完全丧失受众,楚剧发展亦后继有人。由此,整部小说也展现出张慧兰小说独特的精神面向。概而论之,张慧兰在小说《戏殇》中以楚剧的时代浮沉书写时代的发展演变,呈现出其关注传统、立足时代的现实主义精神。

二

楚剧元素的融入不仅构筑了小说的叙述题材与主题内容,也承担着一定的叙述功用,构筑了小说"戏中戏"的叙述结构。"戏中戏"叙事结构,是指在叙事文本中的主要叙述情节之中插入戏曲演出活动、戏曲内容、戏文段落等,并与叙事文本的情节叙事、主题有着复杂的关联,也有论者将之称为戏曲嵌入式结构[④]。这种叙述结构本质上是一种叙述分层[⑤]。这也是传统戏曲中常常使用的叙述策略。例如元代早期南戏《宦官子弟错立身》、元末明初杂剧《金童玉女娇红记》、明代杂剧《吕洞宾花月神仙会》,便在戏曲故事中嵌入戏曲表演片段[⑥]。这种叙事结构也被广泛用在小说之中,诸如《红楼梦》中便穿插了大量听戏、赏戏情节。小说之中穿插的戏曲与主叙述之间有多重关系,或是小说与戏曲共享着类似的故事情节与桥段,或是起到对小说情节的暗示、伏笔、类比映射的作用。《戏殇》中,在主干情节之中穿插了大量楚剧排演场景及诸多戏曲的唱词,使得小说叙事在戏里戏外、虚构与现实之间不断穿行,构筑了"戏中戏"叙事结构。这种叙述结构几乎占据小说叙事的半壁江山,成为推动小说情节的发展、映射小说情节、挖掘与展现人物性格与心理的重要手段。

小说主要围绕系列楚剧剧团的系列楚剧排演活动来架构故事主干情节。小说在主干情节中主要穿插了八场楚剧排演活动。一是剧团为庆祝姜区长上任作汇报演出在莲城影剧院演出《梁山伯与祝英台》,二是剧团为参加湖北省第三届地方戏曲艺术节排演《强项令》,三是剧团在莲城月末剧院演出楚剧经典剧目《孟丽君》,四是剧团在汀泗镇谢家祠堂的商演,五是在杨树坪村杨家祠堂的商演,六是在"送戏下乡"活动中秋泠演出楚剧《百日缘》选段,七是在中法青年联谊会上剧团副团长刘新海策划的系列戏曲演出,八是樊良栋与楚剧戏迷联合会会长徐惠芳合演经典楚剧选段《访友》。围绕这些戏曲排演活动,小说中的主要情节矛盾冲突、人物的命运不断铺展开来。例如,小说开篇书写的剧团在莲城影剧院作汇报演出活动时,小说详细展现出樊良栋筹划演出活动的不易,例如场地的选定、影院的修缮、请剧团老团长为士气低落的剧团演员开展讲座、鼓舞士气等。由此,剧团所面临的困境也在这一戏曲演出活动之中缓缓展开。而小说中的情节突转、人物命运轨迹的变化,也几乎在楚剧演出的背景之下展现。例如心系楚剧改革的杨喜亮发生意外身负重伤、樊良栋遭到调查,仕途受挫,皆是放在剧团两次商演背景之下。秋泠演艺之路的不断受挫,也是在《强项令》演出之后的评奖风波、《孟丽君》排演期间选角纠纷之中得以展现,这也为之后秋泠的自杀做铺垫。而秋泠母亲的离世、樊良栋病倒在舞台等情节,则是由送戏下乡活动及樊良栋与徐惠芳的合演场景引出。在这里,系列楚剧演出活动,宛如一个个精美的珠子,串联着小说一波三折的情节,成为小说情节演进的内在叙事线索。

在"戏中戏"叙事结构之下,戏曲情节也映照着小说情节与人物心理。小说中书写最多的楚剧剧目为《梁山伯与祝英台》及其中的各段演出场景。其中樊良栋与冯玉音互生情愫、贾成彪对秋泠的爱慕、周富贵对夏花的心动与追求等,也都在戏曲舞台中梁山伯与祝英台的爱情故事演绎背景下得以呈现,戏曲中的爱情故事与演戏者、听戏者内心的情愫相呼应。小说第7节详细叙述了樊良栋与冯玉音同台演出《访友》选段的场景。舞台上,樊良栋扮梁山伯,冯玉音饰祝英台,"梁山伯依依难舍,祝英台亲自帮梁山伯顺马,梁山伯忍痛上马,回头深情幽怨地望了一眼祝英台"⑦。也正是梁山伯这一眼打动了冯玉音,她感受到了对方是在用心、用生命演戏,并对之心生爱慕。在此,对舞台演出场景的描摹正是映衬着演员内心场景,台上的演出场景与演员的情感心理之间发生紧密的联结,戏里戏外的爱情构成强烈的互文。又如小说第15节,剧团演员王阳亭、秋泠演出《结拜》选段时,秋泠扮祝英台,虽着男装,仍英气逼人,身材纤美,与王阳亭扮演的梁山伯一起在凉亭观景。而台上的演出也勾起了台下的观众贾成彪对自己青春爱情的回忆。他一边回忆自己年轻时与冯玉音同台演出楚剧时对冯玉音的痴迷,又惊觉台上饰演祝英台的青年演员秋泠与自己曾经的情人冯玉音容貌如此相像。而这也引出了此后贾成彪对秋泠的追求情节。在这些戏曲演出与观看情境中,戏里的爱情故事与戏外的情感悸动被放在同一时空中,丰富着小说的叙事情节,也构筑了小说强烈的戏剧性特征。

三

楚剧从民间草台一路走来,融汇着鲜明的平民意识与世俗情怀,蕴含着丰厚的民间道德观念。楚剧这种平民化、世俗化、道德化的文化精神,也影响着张慧兰小说的叙事姿态,丰富着张慧兰小说的文化内涵。

楚剧有着强烈的平民性与世俗情怀。楚剧融清戏、弹词、东流戏、花鼓戏于一体,唱腔上朴实轻快,表现手段丰富多样,语言通俗易懂,贴近大众;内容上,既能演生活小戏、现代戏,又能演宫廷大戏、武戏,题材广泛,具有浓厚的生活气息与人情味⑧。楚剧的这种平民性、世俗性精神,也影响着张慧兰小说的叙事姿态。小说《戏殇》并未着意塑造文化英雄式的戏曲名角形象,而是坚守着平民化、世俗化的叙事姿态,挖掘草根戏人的世俗生活,为地方剧团小人物树碑立传。青年演员秋泠,是小说中塑造最为用力的形象。她身世凄苦,自小被生家抛弃,又被乡村中一对不能生育的夫妇收养。为了生计,秋泠自小被送到剧团,成为剧团骨干冯玉音的得意门生,也是剧团青年演员中的佼佼者。秋泠想依靠自己的力量改善家人生活,帮助母亲治病,但微薄的工资又让她力不从心。除了身世的艰难、生活的穷困,小说也着意呈现秋泠坎坷波折的苦难经历及孤独心绪,及其一步步走向自杀的过程。因一系列偶然因素,秋泠与地方戏曲节演出奖及《孟丽君》演出的主演机会失之交臂,这让她的演艺之路接连受到打击。好友王阳亭的离开,更让她深觉无依无靠。母亲去世后,她又被觊觎其已久的养父强奸,与贾成彪约会时又被跟踪已久的肖玉瑶羞辱。无论是在剧团还是在家庭中,她都仿若浮萍,无所依靠,随处漂荡。最终,孤苦无依又不堪羞辱的秋泠,换上祝英台的装扮,吞食安眠药自杀。小说以平民姿态关怀地方剧团小人物的俗世命运,展现出底层戏人的生存境遇。在平民姿态与世俗情怀下,小说也着重关注剧团演员对于艺术理想的追求与现实世俗生活的矛盾。例如剧团演员花千朵、冯玉音因戏曲演出而流产,在失去孩子之后,她们也有痛苦与遗憾。花千朵流产后一改舞台上的明艳动人、熠熠生辉,而是"像遭受狂风暴雨摧残一样,颓败枯萎,没有一丝生气"⑨。而冯玉音不能生育多年后,时常在愧疚中梦到孩子。这些都展现出戏人在舞台生活之外的世俗生活情境，极具生活气息。

传统楚剧剧目多样，其内容多是以在民间流传广泛的爱情故事、历史故事、生活故事为主，表达着民间爱憎分明、善恶忠奸分明的朴素道德情感，熔铸着民间对于勤劳、侠义、谦逊等美德的追求，以及仁义礼智、忠孝节义的民间道德伦理规范，承载着民间的道德坚守。例如楚剧《葛麻》《杨绊讨亲》赞美劳动人民勤劳与见义勇为的品质，《讨学钱》《荞麦馍拜寿》则是讽刺不学无术者、嫌贫爱富者。又如小说中所谈及的《强项令》塑造了董宣这一刚正不阿的清官形象。《戏殇》中有诸多细节展现出楚剧所蕴含的精神观念对人物性格的影响。剧团老一代团长洪正宣在传统戏曲文化精神熏陶之下，有着强烈的道德坚守，这也构筑了他的精神气节。他认为："我这一生人穷，但我人穷志不穷，人活着就是要有骨气。"⑩在得知儿子为了帮剧团节省开支而偷电后，他主动代替儿子道歉，并拿出3万元积蓄当作罚款。而自幼喜爱楚剧的樊良栋，也从楚剧的戏文中学习到了"顺其自然"的人生哲学及务实的作风。他坚信"任何时候，福兮祸之所伏，祸兮福之所依。任何事情只要认真努力去做好，是福是祸都难说"⑪。他也信守"人就是在为自己的良心活着"⑫。他的名字"良栋"，更是有着成为优良栋梁的美好隐喻。而他在担任莲城文化局局长期间，也始终不忘初心，致力于推进莲城区楚剧的演出及地方文化活动的举办。又如小说在批判剧团某些员工时，更是直接阐明他们只是照本宣科地哼唱戏曲，并未养成"传统戏曲中那些谦逊礼让、尊老爱幼、舍生取义的美德"⑬。这些都展现出张慧兰对于楚剧精神内蕴的丰富性与多样性的挖掘。

小说《戏殇》中楚剧元素的渗透，昭示着张慧兰小说创作的文化转向。此前张慧兰的小说创作以中短篇小说为主，聚焦于乡土与女性，带有经验写作的意味。或是如《疯哥》《愧》《家事》《憨女》《麻木》等，描摹传统乡土社会中农民的苦难命运，及社会转型时期农民的生存与精神困境；或是如《证人》《卓佳的爱情》《如梦令》《白夜》等，以女性叙述视角，探究现代社会中女性的处境及复杂情感心理。而《戏殇》汲取与转化楚剧这一地方戏曲元素，也是作家寻求自我突破的创作尝试，丰富了张慧兰小说的文化内涵。《戏殇》之后，张慧兰的中短篇小说创作虽未继续汲取楚剧资源，但《戏殇》中所展现出的对传统文化的关注倾向依然有所延续。如中篇小说《二指禅》(2019)便聚焦于湖北非遗民俗文化舞龙项目的传承与保护困境。而中篇小说《剪红莲》(2021)中也穿插了非遗文化保护的相关问题。我们也期待张慧兰在今后的小说创作中，始终立足广袤的生活大地，坚守平民立场与悲悯之心，创造性借鉴与转化戏曲文化、地方文化乃至传统文化资源，拓宽现实视野，开掘现实主义文学作品的深广度，讲好新时代的中国故事。

注释：

①李渔：《李渔全集》(第九卷)，浙江古籍出版社1991年版，第326页。

②汪曾祺：《汪曾祺说戏》，山东画报出版社2006年版，第100~101页。

③张慧兰：《永远的长堤街》，刘醒龙主编：《武汉印象2014 散文》，武汉出版社2014年版，第119页。

④李鹏飞：《论明清通俗小说的"戏曲嵌入式结构"》，《文艺理论研究》2016年第4期。

⑤李莉：《"戏中戏"的符号美学分析——一个符号叙述学的视角》，《学术交流》2023年第3期。

⑥戴谨忆：《明清戏曲"戏中戏"场上审美样式研究》，《中国戏曲学院学报》2021年第2期。

⑦张慧兰：《戏殇》，长江文艺出版社2018年版，第19页。

⑧赵静：《楚剧时空格局演变与传承发展》，人民出版社2017年版，第146页。

⑨张慧兰：《戏殇》，长江文艺出版社2018年版，第136页。

⑩张慧兰：《戏殇》，长江文艺出版社2018年版，第121页。

⑪张慧兰：《戏殇》，长江文艺出版社2018年版，第16~17页。

⑫张慧兰：《戏殇》，长江文艺出版社2018年版，第217页。

⑬张慧兰：《戏殇》，长江文艺出版社2018年版，第6页。

[作者单位：郑州大学文学院]

断裂后的修复
——网络旧体诗坛问卷实录（十一）

□ 阿 黛 程羽黑 黑眼睛 金 鱼

这是《新文学评论》第十一次推出关于网络旧体诗词的同题访谈。往期的访谈活动促进了新旧文学的交流，更潜在地加深了新文学界对于旧体诗词现存状况的了解。往期的访谈刊出后产生了较为强烈的反响，为此本辑将继续刊出四位当代旧体诗人的访谈实录。四位受访者简介如下：阿黛，本名戴芬，已过不惑之年。从医，居合肥，摄影与诗词爱好者，正式习诗两年有余。程羽黑，上海人，1988年生，复旦大学博士，现任职于上海交大，创作时间集中于2003年，2004年出版《癸未诗词存稿》。黑眼睛，本名张超，80后，原籍湖北天门，后迁宜昌，常年客居上海，从事餐饮行业，2003年左右开始学写诗，常流连于各类诗词论坛，因忙于生计，有好几年疏网不再写诗，后因加入诗友组建的微信群，再次燃起作诗兴趣，重拾旧笔，陆续在《当代诗词》《诗刊》《诗潮》《中华书画家》等杂志发表诗作，作品被《我们的战疫》《冰雪诗词选》《21世纪新锐吟家诗词编年》《当代古风三百首》《当代绝句三百首》等多种选本收入，曾任某地方性诗社理事。金鱼，本名彭莫，80后，钢琴教师，定居沈阳，业余写诗自娱自乐。

一、请介绍一下您走上旧诗写作之路的历程，有哪些关键节点和事件？

阿黛：我时常遗憾进入旧体诗的学习太晚。但回头看时，发现其实已经有好几次可以学习的契机，只是因为种种原因失之交臂。可见学习这东西也需要机缘。认真梳理了一下，倘要认真溯及我与旧体诗之渊源，值得一提的有三个关键点。

第一个关键点可归结于一次打赌。2014年，我受邀到"蓝色月光论坛"摄影版块挂版。偶然闲逛于隔壁的诗歌版块，灌水中认识了一帮写诗的朋友，觉得新诗很好玩，给摄影配上分行的文字也很酷，于是亦步亦趋尝试新诗的写作。2016年底，论坛中一位写旧体的诗友和我开玩笑："你们写新诗真没啥意思，都是回车键，有本事写写旧体看看。"我也开玩笑说："那有什么，告诉我规则，你能写我也能写。"于是我向他请教了平仄、词牌，花了半天时间照葫芦画瓢凑了一阕《菩萨蛮》。无知者无畏，接着我又在他的激将下填了《忆秦娥》《浣溪沙》，只当是一次轻松愉快的尝试。只是彼时我沉迷于新诗和摄影，对旧体诗词并没有产生学习的兴趣，浅尝之后再无下文。

第二个关键点大约在2018年。我偶尔浏览到一条诗词课的链接，价格不贵，套餐优惠。好奇心起，遂报了填词班。进班之后，才发现我是唯一一个没有任何基础的学员，连老师都诧问："你没有学过绝句吗？"但是交钱不能浪费，我也就硬着头皮学起来。至今仍记得第一课是《如梦令》，很意外作业被主讲老师表扬，很受鼓舞。6节小令课很快结束，我又勉强听了几节中调，渐渐跟不上进度，加之主讲老师出国，课程结束后我就离开了学员群。不久有位诗友带我到另外一个诗词学习群里，听绝句写作的课。可惜才跟了几节，因为工作和生活的缘故，我就离开了那个群，中断了与旧体诗词刚刚建立的联系。

第三个关键点在2022年。由于经常参加论坛的诗舞活动和同题作业，千篇一律的书写、无病呻吟的内容和无法突破自我的沮丧让我产生了厌倦，我对新诗忽然失去了兴趣，并止笔于2021年夏天。写，自己不满意;不写,情绪又无处释放,我一度陷入深深的困苦中。直到2022年夏天,我在网上遇到了现在的老师刘斌先生。刘斌老师擅长绝句,题材广泛,风格多样,尤其以军旅、故乡、城市题材为著,还撰写了大量的诗词理论随笔。一读之下,深为叹服,遂与旧体诗词重新结缘,正式开始了我的学习之路,并进入藕斋平台学习编选、评论诗作,也得以认识了一些网络上的老师们。一段时间下来,获益良多。具体的学习过程不再赘述,将来若有成长,或许可以细细地回顾,应该也是很有趣的事情。

程羽黑:这要从我识字说起。我在日本上的小学,当时有本认字手册,从甲骨文开始介绍常用字,让我爱不释手。在日本,因为有假名,所以汉字不是必需品,这反倒让我以纯粹审美而非实用的态度看待汉字。比如"龙"字,日本写法"竜"和中国写法"龍"就完全不同,后者平稳、繁复、充满烟火气和锣鼓声。兰波说每一个字母都有颜色,我对汉字也有这种感觉。后来我回国了,有段时间喜欢《三国志》游戏,把《三国演义》的书和电视剧都看了。《三国演义》里形形色色的定场诗是我的诗歌启蒙,大学时参加知识抢答,有一道题问《三国演义》最后一字是什么,我脱口而出,是"骚"——我背的第一首长诗就是《三国演义》篇尾诗"高祖提剑入咸阳……后人凭吊空牢骚",记得极牢。我现在当然不会觉得这是首好诗,但我仍然觉得曹操死时钟惺的那首《邺中歌》是首极好的诗。我当时认为《邺中歌》比课本上的诗都好——这也影响到后来的我,只认诗不认人,作者的名头对我毫无意义,一见钟情才是重点。我正式走上旧诗之路是初一时,有两本书启蒙了我。一本是王力《古代汉语》第四册,60年代出的,纸张泛黄。我从中学会了格律,其中的选诗也让我印象深刻——至今记得冬天的黄昏,读杜甫的《岁晏行》"岁云暮矣多北风,潇湘洞庭白雪中。渔父天寒网罟冻,莫徭射雁鸣桑弓……"时那种沉浸在音节中的感觉。另一本是施蛰存的《唐诗百话》,80年代印的,厚厚一大本。施先生文笔清爽,我总是随手翻到一篇就读下去,因为这种读法,有些章节我读过好几遍,有些可能至今都没读到。人生唯一一次大规模写诗是初二的暑假,几乎每天一首。说来好笑,当时的我觉得自己要老了,所以诗中充满了对时光的眷恋。

黑眼睛:我对旧诗发生兴趣是在小学时代,当时有部香港武侠剧《萍踪侠影录》正在电视台热播,有次全家围坐看该剧,剧中男主角念了句诗——"君不见黄河之水天上来,奔流到海不复回",父亲立刻接口念了下句——"君不见高堂明镜悲白发,朝如青丝暮成雪"。我很惊奇父亲如何知道剧里的台词,他告诉我这是一首唐诗,家里一本书上便有。那时我家有个大木箱,听说里面全是书,但木箱平时放在衣柜顶上,我年幼够不着,后来在我的央求下父亲才将它搬了下来,打开后确实像个藏宝箱,里面装满了各类书籍杂志,诗词类的书就有好几种,比如《唐诗选注》《唐人绝句选》《唐女诗人集三种》《红楼梦诗词曲赋评注》等。电视剧里那句诗就出自李白的名篇《将进酒》,《唐诗选注》里便能找到。这些书成了我最早的诗词启蒙,闲来无事就会翻翻。中学时代我迷上了古典文学,节衣缩食买过一些古典名著来阅读,打下了一定文言基础。后来步入社会,当时正值互联网兴起,下班无事,便开始学上网。那会QQ有个聊天室叫对联雅座,我特别喜欢在里面和人对对子,后来有联友告诉我,天涯论坛里有个版块叫诗词比兴,你可以去玩玩。那是我第一次接触到论坛,很快就沉迷了进去。当时论坛相当活跃,诗写好后发上去,很快就有人跟帖点评,一旦得到网友肯定,便会兴奋不已。后来有网友对我说,你写的诗几乎句句出律,这话就像兜头一瓢凉水,于是赶忙去旧书摊上淘了一些诗词格律方面的书籍来看,慢慢才了解了一些相关知识。当时除诗词比兴外,还有不少其他诗词论坛,创作者也很多,有些人还写的相当惊艳,见贤思齐,他们一直激励着我努力提高自己的诗词水平。但现在论坛已经式微,大家发诗多在朋友圈,或公众号。

金鱼:在相当长的时期内,诗词对我只是需要背诵的考试内容,遇到很长的诗会腹诽一番作者。一直到了中学时踢球受伤,在家休养。那个时代没有手机和电脑,读遍家里藏书后,偶然翻出一本《子弟书选》。坦白讲平常不会看这样的书,百无聊赖下翻了一遍,出乎意料地看下去了。每篇唱词前有一首定场诗,至今还能大致背几句。

伤好之后恢复正常生活,书也找不到了,一直到了2003年左右,在一个江湖游戏聊天室里玩,江湖难免有恩怨,物理打不过氪金玩家,于是在论坛里编了些诗词模样的东东魔法攻击。因为顺口溜编得好，还差点获得假期去某广告公司实习的机会。当年埋下的种子以这种形式发芽我也是没想到的，再后来知道有平仄，有词牌，从此走上了写诗的道路。

二、请问您平时是否阅读新诗？与新诗作者有否交流？您认为旧诗与新诗应该是一种什么样的关系？

阿黛：我在少年时代就对新诗怀有好奇和向往之心。初中时期流行席慕蓉、汪国真的作品，我自然也深受影响，连毕业纪念册上都会写上"我不去想，是否能够成功，既然选择了远方，便只顾风雨兼程"这样的鸡汤句子，那时以为这就是新诗的全貌。后来在学校的广播室里，听到了学长朗诵海子的作品，惊为天人，才知道新诗可以是这样子的。于是顺藤摸瓜陆续读了顾城、舒婷、食指等诗人作品。刚上班时，在新华书店购买了一本台湾现代诗选，又被余光中、郑愁予、痖弦、洛夫深深打动。至今仍然记得和同事上班闲暇时一句一句对诵《乡愁》《众荷喧哗》《我在水中等你》的情景。但是我的阅读始终是浅层次的，并未涉及新诗的灵魂和精髓。

2014年接触到新诗之后，除了阅读熟悉诗友的作品和朋友圈诗友转发的精选作品之外，也阅读了少量国外经典现代诗作，如佩索阿、聂鲁达、里尔克。不过坦白来说，阅读经过翻译这个"二次加工"之后的诗句，总觉得难以触及诗的本质。自身外文水平有限，阅读原文是一件很困难的事情，索性放弃了阅读国外现代诗作品。

现在主要是阅读公众号上的作品，关注较多的新诗平台有"新诗简""阿水的池塘""给木偶哈一口仙气""诗歌月报""诗绸""诗现场""中国诗歌网"等。特别值得一提的是，很多个人公众号做得非常优秀，号主本人也是诗人，坚持多年选诗编诗，公众号更是集结了大量的优秀诗作，读起来确实是一种享受。

由于曾经担任过论坛的管理，也参与过新诗公众号的编辑，所以与新诗作者的交流还是有一些的，但仅限于网络上活跃的部分诗人。2021年底，巴芒、雪馨等人决定做一个优秀诗文刊发的公众号，取名为"空尘记"，邀我加入。我是个没有任何编选经验的小白，偏爱唯美风格的作品，是巴芒大哥指导我鉴别遴选的方法，告诉我要拓宽眼界，接受自己不喜欢的风格，好作品往往朴实、厚重、耐咀嚼，如果一味沉浸于轻灵、唯美风，就会走进诗歌的死胡同。某次我提到某位获得鲁奖的诗人，他说："成都锦瑟的诗，社会性要优于他。你看他文墨气息很重，毕竟是体制内的，顾及较多，写起来放不开，很收敛。我更喜欢锦瑟，以笔为刀，写快意恩仇，奔放恣意！"可惜那时我贪玩不爱学习，很多有益的指点对我都如风过耳。直到去年巴芒大哥离世，我再想起，悔之晚矣。

我对新诗的阅读并不是很深入，也没有认真学习相关理论，对新诗的了解远低于我对旧体诗词的了解。因此，关于旧体诗与新诗的关系，我确实很难表述。我读过一篇文章，提到旧体诗依赖于汉字的形、声、意及其相互关系来构建诗意，强调对仗和押韵，表达上呈现出凝练有节奏的美感。而新诗更注重词组的组合，强调自由表达，允许更深层次的情感挖掘和诗意探索，灵活运用现代文学手法如象征、隐喻、暗示等，营造多维的立体精神空间，反映了现代社会的复杂性和多元性。对于这种阐述，我是比较赞同的。

人都是有思维定式的，习惯一旦形成，就很难改变。我也认识有的作者擅长写旧体，但是一写新诗就成了旧体诗的白话翻译。我刚学习旧体诗写作时，也会下意识地代入写新诗的习惯，譬如不太注意起承转合的逻辑联系，过于跳跃等。但我觉得这种影响其实来源于对另一种体裁的不熟悉、没有很好地掌握技巧所造成。

正如时下流行交叉学科一样，我从不认为新诗和旧体诗是水火不相容的关系，相反，我觉得它们之间是可以互相补充、互相拓展、互相渗入的，前提一定是对两者非常熟悉，能够做到驾轻就熟，能够在两者之间自由转换乃至交叉融合。当然很难。我也很期待在经过一段旧体诗词的学习之后，还能继续进行新诗的尝试，并且能够在两者之间找到一条互通的道路。

程羽黑：新诗读的不多，但我和新诗作者有交流，介绍我出诗集的唐晓渡先生就是著名的新诗评论家。诗无定法，新诗旧诗应该互相借鉴……这些话当然是正确的，但我仍认为新诗和旧诗的核心写法是不可通约的。我在17年和舒婷老师对话时就提过我的看法：新诗的重点在比喻，在读现代诗的时候，你很清楚其中的表象指向某种本质，哪怕这种本质是无法言说的；旧诗的重点是直觉，它把世界的关系表现出来，越切越好，禅宗说"当下即是"、庄子说"目击道存"，都是旧诗的高境。套用佛教的说法，新诗是"比量"，旧诗是"现量"。

黑眼睛：新诗平时也会读，曾对1980年代兴起的朦胧诗发生过兴趣，尤其喜欢其中的代表人物顾城，觉得他的一些诗非常干净纯美。个人平常与新诗作者交流较少，写新诗与写旧诗似乎是两个圈子，平常一般没什么交集，不过据我所知，旧诗作者中也有一部分人兼写新诗。其实二者完全可以相互借鉴，开拓创新。旧诗如果一味摹古，不加入新的元素，就会陷入故步自封的泥淖，难以进步。同时新诗也可以从古典诗词里吸收养分，但不能仅取其皮毛，一味堆砌传统意象及辞藻，结果写出来的作品看似古雅华丽，实则毫无逻辑，甚至不知所云，比如现在流行的一些所谓古风歌词，就有这个毛病。

金鱼：读过一些新诗，自己也写过几首。买过的唯一一本新诗集是顾城的《英儿》，除了因为喜欢顾城的诗外，八卦也占了很大比重。我有一点社恐，不但与新诗作者没什么交流，与旧诗作者其实交流也不多，不参加诗词群和诗社之类的。

新诗与旧诗之间，无论是古典诗词意象组合成的新诗还是新诗加上格律平仄当作旧诗，我觉得都是融合的初期阶段。最终或许会有一种独立于新诗和旧诗之外的第三种诗，不流于表面意象，气质里兼容现代的技法与古典的审美。

三、能否对当代旧诗写作的现状作一番全景式的简介？如存在哪些圈子、流派和风格？都有哪些代表性的诗人和作品？您自己属于这当中的哪一类人？旧诗作者是否呈现出职业和年龄上的特征？旧诗主要的读者对象是哪些人？

阿黛：我进入旧体诗词的学习时间很短，视野和阅历都很有限，所以全景式的简介没法做到。倒是可以参考一下刘斌老师的《网络诗词小史》里对诗派和圈子的描述："按风格及诗词观可划分为：传统派，中间派，开新派。"我以为这种划分的确是一种稳妥而适应于各个时期的方法，缺点是具体到某些诗人上并不是那么容易界定。

另外，披云老师曾提出："将当代诗词的写作的圈子概括为三部分：一、在一些纸质媒体发表诗词的中华诗词学会系统和各省诗词学会系统中的诗人，这个圈子多'老干体'；二、在一些网络论坛发表诗歌的诗人，这个系统人员构成上极其芜杂，风格与水准也千差万别；三、高校及各研究机构中的部分诗人，这个群体风格各有差异，但整体水平极高。"我觉得这种划分失于简单偏颇，理由是以上圈子不是截然分开的，同时兼有"学会会员、网络诗人、机构成员"之二或之三的人很多；纸质媒体上不乏佳作，非纸质媒体同样有很多劣质作品；高校及研究机构的学者或许长于理论研究，有深厚的学养，未必长于创作。

由于以上内容创作时间为2016年之前，现在看来还不够"与时俱进"，或许可以补充若干如下。

其一，20年前活跃于网络时代的风云人物有一部分已经退出诗坛或者创作力已经远不如当年。譬如李梦唐离世，杜随、碰壁斋主、梁元让等一批当年声名鹊起的诗人消失在公众视野，二十年前的风云人物，放到今天再提起，除了诗坛老人，已经鲜有人知。

其二，BBS消亡、大量诗词论坛（光明顶、诗三百、菊斋、天涯比兴、芸香社等）关闭；虽然还有少数论坛坚持运作，已经呈现出式微之象。如网络百花潭，虽有更新，人气已大不如以前。

其三，网络圈子发生了很大的改变。以前以论坛为聚集地的诗圈转而改变为以诗词机构、诗社、微信诗群为聚集地，多依托公众号来发布交流该圈子成员的作品，少数采用美篇。此外，还有一些容易被忽略的诗人聚集地，包括知乎、新浪微博等处，特点是年龄跨度大，圈子较松散，交流自由。

其四，公众号经过12年的发展，已经十分成熟。公众号主也分为官方、民间（团体、个人）。官方公众号多为各级诗词学会（协会）、文联的公号，以及诗词杂志的公众号，这类公众号由于会员众多，参与人数众多，流量十分可观，尤其是中华诗词学会的公众号的浏览量,一般公众号难以匹敌。这类公众号,总体上看作品数量高于质量。相对于官方公众号,民间公众号的生命力亦不可小觑。民间团体公众号多以诗社为载体,我比较关注的有铭社、未社、兰社、中镇诗社、湘天华诗社、巴山诗社、逸社等,皆各有特色。个人公众号众多,其中比较知名的也都有各自不同的宗旨和定位。如"风雅志""光影掬尘""谈瀛斋"等以发布今人诗为主,"雪窗诗词小屋"等兼选今人和古人;"藕斋"等选评结合,兼发诗词理论;《诗词国学》等以学术探讨为主,还有很多个人随笔记录、诗话类公众号,皆可一观。

其五,关于流派,十年前出现的"流年体""李子体""金鱼体""兽体""新国风""不觚体""庆霖体"……虽拥趸众多,但其实并没有形成一定规模与气候,不像武林门派那样真正做到开宗立派,尽管有后来者效仿,却难以继承衣钵。我认为,只有经过时间淘洗之后依然具有生命力的才能称之为"流派";否则,称之为某个人的"风格"要更为确切一些。

最后,老干、尖巧、浅俗之风流行,已经成为诗坛顽疾。尤其是尖巧者,可能很多人自己也反对干体,却以尖巧为诗之妙处,再加上众多诗赛、某些高流量公众号推波助澜,此风愈烈。

至于我自己,目前处于学习阶段,尚未形成自己的风格。由于选诗经历的缘故,对诗的宽容度也比较大,但是真正论及"喜欢"二字,确实有些贪心,能列出长长的一串名单……将来会变成什么样子,我也很期待。

说到旧体诗作者是否呈现职业和年龄上的特征,我以为不够明显。江山代有才人出,年轻诗人不断涌现,老一辈依然笔耕不辍,60后、70后、80后正在扛鼎,各个年龄段都有大量的诗人在坚持创作。至于职业特征,或许有的工作会为写作提供便利和素材积累,但我以为只和作品题材与风格有关,与是否从事写作无关。

旧体诗受众范围还是比较狭窄的。我感觉80%的读者是诗人,剩下20%是他们的亲朋好友、诗词爱好者、诗词相关栏目的编辑们,剩下极少的部分是的路人(并没有调查过,纯感觉)。

程羽黑:各玩各的圈子,作者和读者几乎遍布所有职业和年龄。我近年很少动笔,不属于任何一类。值得一提的是,现在有很多理工科学生写诗。我在西湖大学开了诗词课,学生都是理工生,他们非常颖悟,进步之快令人惊异。我的课结束后,他们组织了一个诗社"环社",求其友声,继续创作。我相信他们会将诗词发扬光大。工业革命后,人类知识的主流转移到理工科,当代最好的头脑不可能再去专门搞诗词了。让理工生受到诗词熏陶,我认为是旧诗乃至新诗复兴的"向上一路"。杨振宁说:"做科学研究,要有好的品位。"诗词也是培养品位的重要途径,也许能反哺科学研究,那就是更大的贡献了。奥本海默在第一颗原子弹爆炸后用梵文念诵《摩诃婆罗多》的诗句,我希望我们的科学家有朝一日也能在这样的关键时刻吟味古人或自己的诗(当然我不希望对象是原子弹这样的毁灭性武器)。

黑眼睛:互联网兴起之前,很多旧诗创作者都属于自娱自乐,因为写出来也难有平台发表。但进入二十一世纪,网络诗词论坛的出现改变了一切,任何人都可以在上面发表作品。由于参与者众多,创作的多元化很快催生了各种流派。如果仅从技法上作简单划分,可分作两派,一曰守正派,一曰创新派。守正派一般旧学修养较深,他们恪守中国古典诗学传统,学有师承,用语雅正。创新派多用现代技法,现代语汇入诗,勇于变革。守正派这里不多谈,主要说说创新派。创新派中有一类被称作"实验体",代表人物为嘘堂,代表作有《空地》《玛笃克》等。其特点是大量使用现代诗歌艺术手法,因而大大拓宽了旧诗的表现领域及表达技巧,但同时又让一些作品显得晦涩难懂。另外因诗歌抒写对象的侧重不同,又分出了"城市派""新国风"等诸派别。城市派代表人物是独孤食肉兽,其创作多以城市生活为主,造语奇谲,给人耳目一新的感受,代表作有《永遇乐:不来电的城市》等。"新国风"代表人物为书生霸王,其追求"作品精粹化,读者大众化",继承"饥者歌其食,劳者歌其事"的诗歌传统,站在民众立场,抒写底层生活,力求语言明白晓畅,代表作有《途经某建筑工地偶得》等。此外还有用创作者本人网名命名的各种"体",比如"李子体""金鱼体"等,他们的作品多为当代题材,且常采时语入诗,个人风格辨识度极高,因而在诗坛据有一席之地。但是,这些派别间的界线通常是比较模糊的,往往相互重叠,并非泾渭分明。总的来说,守正派有时给人感觉过于泥古,脱离现实;而创新派有时又会流于晦涩或浅俗。我希望自己的作品能在守正与创新之间找到一个平衡点。说到旧诗作者,各类职业,各个年龄段都有,难以一概而论,职业方面我所知道的就包括快递小哥,年龄方面小的甚至有初中生。至于旧诗读者,应该多是喜爱古典文学,并且有文艺情怀的人吧。

金鱼:我属于闭门造车式的写诗,不怎么关心外界风云。在我对当代旧诗流派非常有限的认知里大致分为三类,一种是努力创新的,一种是坚持怀旧的,一种是顺其自然不管新旧的。我应该属于第三种。至于每种流派代表性的诗人我不太清楚,李子和赵缺对我早期颇有影响,李子让我觉得原来诗还可以这样写,赵缺让我觉得诗就应该这样写。

旧诗的读者群体是一个很迷的问题,鉴于当代诗词读者与作者基本是二合一的,可以放在一起讨论。据官方数据,当代有300万诗词作者。这个数字虽不算特别庞大,但理论上也足以形成一定市场规模,但目前似乎没有哪位旧体诗人能靠出版诗集谋生。另外我有一个朋友,是真有一个朋友,听他讲各种诗词群里的群员大部分是重合的,看似群体很多,翻来覆去就是那些人以及小号,据他估算网诗这个圈子里有几千人就不错。我觉得他的视野有限,可以往上加一加,1万人。那么其余299万爱好者在哪里,都不上网么?薛定谔式作者,不观察的时候都在,一观察就消失了。

如何发掘出这299万作者兼读者的潜力与市场空间,可能是当代诗词能否建立起正常循环的关键。

四、您如何评价当代旧诗写作的成就?与唐诗宋词的辉煌时代相比如何?与当代新诗相比又如何?

阿黛:当代诗词的写作可谓泥沙俱下,在这一点上,我认为新诗和旧体诗处境相似。随着网络的兴起,诗人的作品发布、传播和交流也更加便捷。一首作品,无论优劣,只要作者愿意公之于众,都有途径让它传播出去。诗词的功利化、毫无节操的圈子互捧,也给劣诗伪诗留下了生存空间。无论是新诗还是旧体诗,每天的创作量都极其巨大,但是论及精品率,却低得可怜。我们在选诗的过程中曾做过统计,对某大型公号进行佳作遴选,结果竟然是千不存一。网络时代,信息更替

速度之快令人咋舌,一首诗的存活时间也非常之短,所以诗坛非常需要甄别机制(类似从前的论坛的加精和置顶),需要有专业的、具有良知的选家来进行披沙拣金,好的作品以选本的形式存在,才不会在时间的洪流中很快消失。相信如果这么做,我们这个时代一定可以留下媲美唐宋的作品。

程羽黑:无论新诗还是旧诗,都不可能再有唐诗宋词的辉煌。主要是人类的关注点变了。不过这不妨碍爱好者继续写诗,就像发育的时候打篮球会长高,成年后不会了,但人们还是会去打篮球,因为篮球本身是好玩的。

黑眼睛:我觉得当代诗词写作成就高处并不亚于唐宋,这并非妄语,实乃时代因素使然。首先现代诗人眼界更宽,他们不仅能从传统诗词中吸取养分,也能借鉴现代诗歌技法。其次因为他们的思维是现代的,作品所表现的生活与情感也是现代的,所以更能为现代人所共情。当然,当代旧诗平均水平可能不及唐宋,原因有二,第一,因为唐宋诗人多是当时知识分子,旧学功底深厚,非现代人所及。第二,现在留存下来的唐诗宋词多是岁月筛选出来的精华,劣质者很难流传到今天。若一定要将当代旧诗与当代新诗作比较,只能说春兰秋菊,各有特点吧,但总体而言,都属于小众。

金鱼:当代旧体诗词的整体成就不低,即使不比唐宋,起码不让元明。随着90后、00后一代学诗更早、教育背景更好的写手崛起,以后大概率还会提升。古人写诗其实也是好诗少、平庸多,但被时间过滤后留下来的都是优秀之作,显得精品迭出。当代诗词的经典尚散落在数据海里。等待时间沉淀。大抵诗需隔代评,彼时可以更清晰的评价当代诗词成就。

旧诗与新诗是两种不同的审美体系,不很容易做对比。从影响力看,当代诗词肯定不如当代新诗。

五、在当代语境下,旧诗写作面临的最大问题是什么?您认为旧诗在未来会有怎样的前景?很多人认为旧诗是一种落后的文体,它无法有效地表现现代人的社会生活和思想情感,您对此有何看法?

阿黛:个人认为,当代语境下,旧体诗写作面临的

最大问题是学养不足和人心浮躁。

应该说现代人和古代人相比，从启蒙时代到成年，所学习的内容都有很大的差异性。这是时代造成的，古代以诗取仕，从小就接受国学体系教育；现代的孩子从小就要学习语数外音体美外加无数辅导班，所以除了文字工作者已经很难积累如同古代学术大儒一般的深厚学养了。另外，经历过文化断层、缺乏文言语境、网络语言的强势插入以及外来文化的融合等因素，都给旧体诗词创作增加了难度，这恐怕也是很多的文学爱好者会选择写现代诗的原因。

当然我们也应该看到国家倡导文化自信，传统文化正在回归。单说教育方面就可以看到小学孩子的课本里文言和古诗词的比例不断增加，相关的学习资源越来越多，家长也越来越重视传统文化的教育。相信这样发展下去，旧体诗词的生存环境会得到逐步改善。事实也确实如此，当下不少00后诗人，诗龄不长就已经有了很厚的积淀，这也是教育进步的结果。

现代社会生活节奏越来越快，绝大多数人都处在一种时时"刷新"的状态。工作要快速出成果，学习要快速见成效，古代人学习以十年计的方式放到现在变成了"速成班"：绘画速成班、舞蹈速成班、应试速成班……但，诗词写作原本是一种需要慢慢积累、不断涵养的工作啊，我的老师就曾说过"板凳要坐十年冷"。人心浮躁，急功近利，总有很多人耐不住寂寞，浅尝辄止、投机取巧，以这种心态如何写好诗词？

至于"很多人认为旧体诗是一种落后的文体，它无法有效地表现现代人的社会生活和思想情感"，我觉得大可一笑置之。提出这种观点的人多半并没有深入阅读当下诗坛的优秀诗作。我目之所及，就有很多诗人都在努力表达当下社会生活和思想情感。

优秀作品是可以与时代同频共振的。当代的旧体诗创作也一样，与古人作品相比，无论是题材选择，还是遣词造句，抑或构思立意，其时代性都有不同程度的体现，或宏阔，或细微。略作举例，或可窥其一斑。

林杉之《春夜口占》："万斛春风荡夜瞳。行车浮泛隐其中。人间城市贪明月，楼齿参差啮碧空。"取材城市生活，现代感十足。

采薇之《即景》："楼群斜照似微温，半坼杏花春几痕。街角公车行缓缓，陌生城市欲黄昏。"以温婉细腻笔触，写城市黄昏。

孟依依之《十二日玉渊潭看樱花》："粉悴红憔罪忍加，一年春事最堪嗟。人前未敢深怜汝，不合扶桑作国花。"间有金石之气，一扫闺阁咏花之柔媚，此写樱花，前所未有。

金鱼之《夏夜》："心绪微沉不似愁，银河耿耿为谁流。彼星或有人如我，独坐风中望地球。"视角独特，有赖于今人对宇宙的探知。

杨雪窗的《糖画老人歌》《辛丑城居八首其五》、安全东的《离人行》、张小红的打工系列，写尽了打工人的甘苦悲欢，反映了一个时代、一个群体，诗句直抵人心，引人共情。

我的老师刘斌有"了却尘餐更底思，一街烟烘乱蝉嘶。行人凭说空调病，自觅凉阴睡片时"（《民工》）、"通衢鱼鸟乱纵横，落日苍茫括大城。莫倚高楼笑棚户，高低一一是苍生"（《示儿》）、"跃马扬鞭此复此，莽莽苍苍帕米尔。爱倚斜阳看神州，赭面坚笑马头紫"（《斯姆哈纳》）等诗，写民工、城市、高原战士，皆生动鲜活而迥于古人生活，具有时代气息。

这样的例子还有很多，不一一列举。其共同特点就是以旧体诗词的创作手段真实、真切、深入地书写当下，反映了我们所处生活的真实面貌。

当然，我也看到很多过于拟古的作品，诗中充斥着对烛垂泪、倚栏负手、雁阵驿马、桃源隐逸、高士古僧……让人分不清古今。我相信或许生活中真的有诗人就是生活在这样的场景中，但是大片这种恍如隔世的诗词出来，就会给人以不真实的感觉。形式上的陈旧也就罢了，更有一些作品，思维之陈腐令人摇头叹息。

程羽黑：我认为当代旧诗最大的问题是表达的焦虑，也就是一味想要"表现现代人的社会生活和思想情感"，邯郸学步、削足适履，忘了写得好（娱人）、写得畅快（自娱）才是根本。另外，认为现代人有统一的社会生活和思想情感本身就是很不现代的想法。现代的特征是多元化，古典的表达也是多元中的一元。

黑眼睛：旧诗写作面临最大的问题确实是如何表现当代生活。因为我们写旧诗不能一味摹古，与时代脱节，否则便是造假古董。而表现当代生活，又难免会将时语入诗,这样会显得不雅正。比如将"手机""电脑""汽车""飞机"这类词语用于诗词,会给人以鄙俚浅俗之感,所以我们得调和古典与现代,使之不相冲突。旧诗是一种传统文体,如果能旧瓶装新酒,与时俱进,就不会显得落后。虽然它确实有形式,格律方面的制约,但如果多加练习,能熟练运用后就不会成为问题。一个小题材、一点小感想,如果写成新诗,可能显得不入流,但如果写成一首绝句,因为有了形式及格律的加持,反而会显得很漂亮。

金鱼:我读书时学古典音乐,旧体诗词和古典音乐略有共同点,二者面临的问题都是黄金时代已过,且不会重来。无论古典诗词还是古典音乐,并非不能表达现代社会生活与情感,而是有了其他更适合表达现代生活的情感的文艺体裁。打个未必恰当的比方,有了3D电影,看驴皮影的观众就不会多。古典音乐和诗词不会消失,但也不会复兴。

六、您认为旧诗写作者应该具备怎样的禀性和知识结构?比如需要阅读哪些书籍,增加哪些阅历,培养哪些品格?

阿黛:无论是新诗写作还是旧体诗写作者,或多或少都具有诗人的共同气质:敏锐、感性、善良、热血、善思、个性……至于知识结构,我以为不能仅限于诗词写作基础(如诗词格律、章法结构、前人名作等),还应该兼具各方面的知识;不能仅限于书本上的知识,还要有丰富的社会实践知识。阅读的书单我就不列了,好几位老师都给我列过书单,至今我尚未读完其中百分之一二。读书是一生的事情,并且需要融会贯通,如果指望读书现学现用去写诗,还是算了吧。

至于阅历,我以为尽可能地丰富自己的经历当然有利于创作,环境的陌生化、山川大地的壮美、异域的风土人情、工作学习环境的转变,都可以带来写作的灵感。我曾于2022年参加援藏抗疫,有机会去雪域高原待了一段时间,深刻体会到陌生环境与陌生生活对触发诗意的重要性。但是阅历也有很多限制,不是每个人想走出去就能出得去,也不是每个人可以随便改变自己的人生。多少人从开始工作就日复一日、毫无悬念地干到退休,这种情况下就要想办法多观察自己身边的事物,也要想办法走出去。诗无处不在:下班的路上,与你擦肩而过的人;你去买菜,路边卖烤红薯的老人;你去公园,花开叶落,鸟飞虫鸣;你在家里,骨肉亲情,相聚别离,吃到的美食,看到的好书……

今天,我的老师在群里提及罗伟老师的一首诗:

喝小米粥

红乳堆盘细掇尝,白瓷在手玉含光。
何须更上邯郸道,亦有黄粱一饭香。

老师说:小米粥大家都喝过,但是如此日常的一件事被诗人捕捉到写入诗中,角度很独特,这就是他厉害的地方,诗人能够从平淡的生活中提炼出一些东西来,平淡就成了不平淡。

因此我觉得阅历丰富固然重要,保持一颗善感的心更加重要。

程羽黑:最重要的是语感。

黑眼睛:写旧诗,起码的古典文学修养是不可或缺的,文言文是基本功。讲个笑话:有人作了首诗,里面有一句"鸭香贵转馒",无人能懂,原来他的意思是:烤鸭很香但太贵,于是转而买了个馒头。这就是缺乏文言基础而出现的语法错误。写旧诗若要语言典雅,古典词汇的储备也必须够用,因为它毕竟是古典文体,你不太可能完全用大白话去写。想要提高诗词水准,平时可以多读读诗话词话类书籍,这些都是前人的经验之谈,很有启发作用。同时也可参看现代诗歌作品,甚至从电影等其他艺术形式中去学习表现手法,触类旁通,为我所用。诗人同时也应该用心观察体验现实生活,以避免作品题材与境界的狭小,比如杜甫,如果只是吟风弄月,不去表现时代疾苦,就不会取得那么大的成就,更不会获得"诗史"的称号。

金鱼:既然写旧体诗,自然首先要具备一定古典文学知识,不至于以为杜甫登高不会押韵,李白预言日本地震。其他的知识面则因人而异,没有什么必须读或者不能读的书,很多东西能了解挺好不了解也行,屈原肯定不知道他写的叫浪漫主义。但我个人觉得接触一些其他艺术形式可能对写诗有帮助,例如美术的构图,音乐的韵律。阅历则有些命运成分,譬如李后主,他应该不会希望有亡国的阅历,哪怕因此名留词史。品格这件事最不好说,就像益鸟害兽只是人类出于自身利益的分类,过些年成了保护动物也说不准。真诚是诗人的必杀技。

七、旧诗是否特别重视渊源和门户,当代的任何一位诗人,都能从某位古代诗人那里找到渊源,是这样的吗?

阿黛:学习的道路上,有人引领肯定比自己摸黑瞎撞要少走很多弯路。但是门户这个问题不仅仅取决于重视,更取决于机缘。事实上,很多优秀的诗人并没有门户,他们很强的学习和领悟能力,从一切可能的渠道汲取营养,再转化为自己的血肉——因而能创作出具有个性的精彩作品。

中国文化几千年传承下来,诗国海洋里的作品早已如星汉灿烂,各种套路花样早已被一代又一代诗人耍了个遍,想要出新实在太难了。拿今天的作品去与数不清的古人作品去匹配,总有能匹配得上的渊源。我们今天的旧体诗创作,即使是开新一派,也不可能完全脱离传统的路数,纵然是最离经叛道的作品,只要它还是合格的诗词,只要它还遵循最基本的写作规则,总能找到与它相似的"基因"与"面孔"。

程羽黑:旧诗的渊源和门户,往往是"不一不异"的,执着任何一边都无必要。出自哪里不是重点,关键是写得好。

黑眼睛:旧诗确实有很多门户派别,如果你专一学习某一派别,当然能从古代诗人那里找到渊源,但要说任何一个当代诗人都是如此,恐怕不是这样。因为当代旧诗作者吸收养分的地方很多,通常不会只拘于单一派别,他们陶冶熔铸后会形成自己的风格,何必去与古人强行联系。

金鱼:NBA有一个选秀模板,理论上球探可以为每个新秀设定一个前辈球员做模板,但最后超越了前辈,自己成为新模板的也不乏其人。我个人没有什么师承和门户,也并不关心能否找到渊源。对我而言写诗的最终目的无非是"诗如其人"几个字,每个人都是独一无二的,只要用心,人人都是食神。

八、有人说当代旧诗的出路在于创新,您是否同意?较之古代,当代旧诗发生了哪些新的变化?

阿黛:不断地重复古人的套路显然是死路一条,即使是古人,也在不断地推陈出新,我们更没有理由墨守成规。

但是创新的前提一定是很好的继承,继承才是根基。

时代在变,诗词,必然也会变。较之古代,当代旧体诗发生了很多变化,比如白话、网络语言、外来语和其他专有名词入诗;新韵和平水韵的并行;现代物象如电脑、手机、咖啡、高铁的引入;新的诗歌流派、诗体涌现;对传统意象的翻新……这类文章也很多,总结也很全面,不再重复。

程羽黑:我觉得"出路在创新"是非常浮泛的提法,不过我想借机评论下近年将新诗写法引入旧诗的尝试。我认为其中确实不乏佳作,但用旧诗的文体写新诗的思路可能是事倍功半的。为什么呢?因为新诗发展到现代诗的阶段,早已脱离了外在的音乐性格律(如胡适、朱湘、戴望舒、徐志摩等齐整的押韵),转而探求语言的内在韵律。现在将新诗的意趣套入旧诗的格律,对新诗来说无疑是鸟入樊笼,又走上了音乐性的老路。这样写出来的诗可能是好的,但恕我直言,这种"好"不太高级,更像是一种噱头,就像我们看到马伯庸在历史小说里窜入现代词汇,会心一笑则可,一本正经地奉之为"出路",未免有点……套用庄子的话,"止可以一宿,而不可久处"。

黑眼睛:同意该说法。古人说得好:"江山代有才人出,各领风骚数百年。"即便在古代,诗词也是不断创新的。宋诗风格就与唐诗不同,唐诗重情致,宋诗偏理趣,这就是宋人创新与发展的结果。不创新即无进步,较之古代,当代旧诗题材更广泛,技法更多元,思想更现代。

金鱼:每种文艺形式的出路都在于创新,何止旧体诗,但不是每种文艺形式创新了便会有出路。诗之所失,在"刻意"二字,无论刻意求新或是刻意守旧。

九、您的作品具有怎样的特质？能否结合一两首具体作品作一番自我解读？

阿黛：作为一名初学者，解析自己作业的"特质"其实是一件尴尬的事情。但是这又何尝不是一次"照镜子"的机会？就借着这问题，我也来大胆地解剖一下自己：

《月下》
门前细草逐阶生，小竹随风起复倾。
明月醉来顽兴起，满墙墨影乱签名。

这是我刚开始跟老师学诗时写下的一首诗，时值夏夜，我带孩子下楼玩耍，看到小区的竹影投在墙上，当时就觉得好像一只无形的手在涂涂画画，回去就写了这首诗，现在读来，已经觉得没什么意思了。那时的我和很多人一样，有意追求诗趣，总想着这个有意思，那个像什么。随着学习的深入，我开始抛弃这种清浅风格，试着融入自己的感情。

《立春日公园小坐》
梅英几瓣散清绯，风到亭前春满衣。
遥望南坡浮浅绿，儿童争放纸飞机。

这也是带孩子去公园，他们在草地上玩飞机，我坐在长椅上休息。梅花只开了稀稀拉拉的几朵，我却能感受到风里都是春天的气息。对于整天两点一线的家庭妇女兼打工人来说，这是难得的快乐时光，"空气里充满了自由的味道"。可惜这样的时光很短暂，很快我又要投身于家务、育儿和工作中。所以我写诗的时候，渲染的调子并不是特别温暖，甚至还有点清冷。远处的孩子在欢声笑语，我远远望着，仿佛置身其中，又仿佛置身事外。

其实我在很多诗里都有这种情绪的描述，我把它总结为"落寞"和"疏离"。

再如近期的一首：

《与道旁流浪猫》
美汝不上班，饱卧花枝下。
有时驾春风，恣意驰青瓦。

其实也是站在远处望着，眼神里都是羡慕。

《黄昏绝句》
朵云自闲闲，天风与一坏。
但将心上痕，燃作倾城色。

高天不染尘，片羽轻如雪。
我心出林杪，忽上蛾眉月。

人在流水边，云销黄昏后。
坐得盈盈波，酿出葡萄酒。

今年暑假给孩子们报了游泳班，每天傍晚匆匆把他们送去上课，然后回家去做饭，等上课结束再接回来。那天黄昏，我经过南㳇河，看到天空的云朵很大，河水很清很静，预计能看到很美的晚霞，就停了下来。孩子的课有两个多小时，我有足够的时间在桥上发呆。靠在栏杆上，看着天空渐渐染上红色，白云变成火烧云，河水盛满霞光，最后余晖落尽，回光返照，天空与河水呈现出偏冷调的葡萄紫。我在桥边用手机拍着照，脑子里就有了这组绝句。因为喜欢摄影，我写诗会下意识地安排好画面和色彩，体现在这组绝句里也是这个样子。

从这几首不同阶段的绝句可以看出我努力的曲线。从单纯地追求趣味到寄托心怀，从直露清浅到尽力含蓄，我尽可能地融入情感和审美，把生活的不堪、狼狈和沉重，藏在文字的后面。

我会尽力展现生命中轻盈、美好、阳光的一面，这是我生活的态度，与情怀、责任感无关。

程羽黑：蓬岛渺如丸，天风北海寒。凭虚挟长剑，随意起波澜。不羡搏黄鹤，何须驾彩鸾。可怜春梦觉，惨惨不能欢。

中散琴一曲，刘伶酒一杯。琴杯共骨朽，空自使心颓。倚竹待山鬼，霜花如落梅。悠悠梦先至，髑髅莫相催。

这两首都是我十四岁写的，主要看语感吧。第二首我有一个尝试，试图在遵守古韵的前提下再押今韵，可谓戴着两重镣铐跳舞。

黑眼睛：我会力求在诗中增加一些现代元素，同时看起来又无违和感。比如我有一首古风《离家五百里》：行役经年岁，游子今始归。去时花灼灼，来时雪霏霏。故园日以近，中心日以悲。吉他久已弊，缁尘染素衣。离家五百里，铁轨何逶迤。离家四百里，北风漠漠吹。离家三百里，旷野行人稀。离家两百里，穷巷在山陲。离家一百里，慈母应倚扉。这首诗里有"铁轨""吉他"等现代意像，让诗具备现代特征，同时又有化用自《诗经》的句子——"去时花灼灼，来时雪霏霏"，又让诗具有了一种古典美。能将古典与现代和谐地调和在一起，以此来抒写现代生活，这是我所追求的。

金鱼：我觉得自己的诗具有一种反差萌的气质，诸如外表现代审美传统，外表轻盈内核沉重，外表喜剧内核悲剧，我就是这么个表里不一的人。具体就不举例了，解读自己作品挺尴尬的，主要是控制不住吹嘘的力度。

十、您认为诗歌写作的意义何在，是一种个体的言说和宣泄，还是某个群体的代言，抑或是一种改变社会的工具？

阿黛：诗本身是没有意义的，是诗人和读者赋予了它意义。于我而言，诗首先是出于个体的言说和宣泄之欲，其次才是为某个群体代言。至于成为改变社会的工具……这并不是诗人的本心，而是多种机缘的结果，且结果的呈现并非立竿见影、显而易见。诗词作为一种文化艺术，它所带来的影响一定是潜移默化和润物无声的。

因此，诗什么都不是，又什么都是。在天时地利人和的时候，能改变世界，但在天时地利人和皆无的时候，就只是文字而已。譬如岳飞的"莫等闲、白了少年头，空悲切"、李清照的"生当作人杰，死亦为鬼雄"、杜牧的"商女不知亡国恨，隔江犹唱后庭花"、夏明翰的"杀了夏明翰，还有后来人"等无不具有深远的影响，毛泽东的诗词更是激励了几代人。基于此，诗人们如果能够走出个人的狭小天地，将视野放得更远一些，或许会成为扇起龙卷风的那只蝴蝶，成就意想不到的结果。

程羽黑：该言说时言说，该宣泄时宣泄，该代言时代言，做到上述几点，才有可能改变社会。

黑眼睛：诗可以说是个体的言说和宣泄，只有作者足够真诚，才会打动读者。社会是由每一个个体构成的，诗人作为其中一员，如果能忠实记录自己的当下的生活与情感，他的作品就具备了社会意义和时代意义。诗人处于哪个群体，自然就表现了哪个群体，无所谓特意去为某个群体代言。至于改变社会，诗的力量是有限的。

金鱼：诗歌写作的意义对于不同的人以及不同时代环境是有差异的，甚至同一个人在不同的成长期意义也有不同。诗歌首先是个体的，其余都是附加buff。不必用高大上的使命感之类催眠自己，没有你的几首诗人民生活也不会更糟。此刻即历史，你我亦苍生。真诚表达足矣。

十一、您认为您的作品能流传于世吗？为什么？

阿黛："作品""流传"这样的词汇对我来说还很遥远。我目前想得更多的是学习、积累，并享受这样的攀登过程。至于将来如何，借用泰戈尔的一句诗："天空中没有翅膀的痕迹，但我已飞过。"

程羽黑：能，因为好。

黑眼睛：我觉得首先应该努力把诗写好，至于能不能有几首侥幸得以流传，只能顺其自然。听说一般人去世后五十年，就会被这个世界遗忘得一干二净，最近我有诗作被收入到华文出版社出的《当代古风三百首》等几种书里，心想纸质书籍若是保存得当，大概可以存世百余年，那么我的诗百年之后或许还有读者能偶然读到吧。因此颇生感慨，题了一首绝句：残卷何人信手开，吟余生喜或生哀。雪泥鸿爪身前句，知我曾经世上来。

金鱼：写诗初衷并没有流传后世的理想，但写到一定程度说毫无野心也是虚伪。我觉得概率不高但不是完全没有机会，希望当代诗词写手里有人可以流传，是谁都好，至少证明当代诗词不是一场集体无用功。万一是我，让我自己选择哪一首流传，我希望是最长的那首，要求全文背诵，哈哈哈哈哈。